Manuel G. Campos

Vishnu

europa
ediciones

© 2021 **Europa Ediciones** | Madrid
www.grupoeditorialeuropa.es

ISBN 979-12-201-1357-1
I edición: Septiembre de 2021
Depósito legal: M-24545-2021
Distribuidor para las librerías: **CAL Málaga S.L.**

Impreso para Italia por *Rotomail Italia S.p.A. - Vignate (MI)*.
Stampato in Italia presso *Rotomail Italia S.p.A. - Vignate (MI)*.

Vishnu

A mi hijo Sharukh, luz de mi vida, a mi padre Manué, gitano bueno, a mis Ángeles del cielo que velan por mi, mis Malenas, mi madre que me dio la vida, mi abuela, y mi Monsita, la luz que siempre busqué y que brilla en mi interior. Gracias, amor.

Mi agradecimiento especial a Pilar Távora, por creer en mi, a Mari Carmen González López que vio nacer mi obra desde el principio y de la que aprendí tanto, y a todas aquellas personas que me ayudaron a descubrir que escribir era el propósito de mi vida. Y a los que nunca me juzgaron por hacer cosas diferentes…

"Porque, sin buscarte te ando encontrando por todos los lados, principalmente cuando cierro los ojos".
Julio Cortazar.

PRÓLOGO
Cuando la emoción se hace novela

Tuve el privilegio de asistir a su gestación y verlo formarse, capítulo tras capítulo. No eran letras sino palabras las que me conducían hacia el alumbramiento.

Escuchaba su voz de madrugada, cuando sabes que solo el silencio es quien te acompaña y te abre la puerta a la concentración y a la calma.

Iba viajando por la historia de Vishnu conducida por una excelente y cálida narración que se adentraba por todos los paisajes físicos, sociales y humanos y por los sentimientos de todos y cada uno de sus personajes. Todos son hijas e hijos suyos, por eso conoce perfectamente los recovecos de sus corazones, de sus grandezas y de sus miserias, de su bondad y de su crueldad. Les brindaba su voz, los interpretaba, los describía y, por arte de WhatsApp, me los desvelaba noche tras noche.

Hablo de su autor, de Manuel. Lo conocí en Jerez y nos presentó el Arte, no el de WhatsApp, que está lejos de ser un arte, sino el del teatro que es un Arte con mayúsculas. Frente a la puerta "de artistas" del teatro Villamarta, por la que yo entraba y salía aquellos días de primavera, tiene una preciosa tienda de objetos indios que son uno de los mayores reclamos para mi. Cuando entré por primera vez, ignoraba que tras el mostrador habitaba un alma singular y que seria todo un descubrimiento.

Entré, hablamos unos minutos. Los suficientes para darme cuenta de que estaba ante un ser especial. No nos conocíamos, pero en algún otro lugar del universo o en algún otro tiempo habríamos coincidido… certezas para las que no hace falta prueba científica.

Tras ese primer encuentro, no iba a Jerez sin pasarme a verle y a charlar de mundos invisibles tan ciertos como en el que vivimos, de cosas cotidianas, de los vaivenes de la vida… y de la India, país que conoce a la perfección. Y fue en mi última visita cuando me contó que había escrito un libro y que lo había publicado él mismo. Un libro, que mas que libro, es una enseñanza de vida y un saber "vivir la muerte" con la sabiduría de que nada acaba.

Y fue ese día, en el que me habló de Vishnu y me transmitió y contagió su entusiasmo. Estaba seguro de que esa historia se publicaría, que se interesarían por ella. Yo también lo estaba sin ni siquiera haber "oído" el primer capítulo.

La historia de Vishnu es una historia sorprendente, con acontecimientos insospechados que provocan en los lectores todo tipo de sentimientos. Retrata la vida de millones de niños y niñas que en la India –o en otros lugares de mundo– no vale nada, son moneda de cambio, carne de cañón.

Al mismo tiempo es una historia donde habita a chorros el amor de una madre que no se rinde, la importancia de la solidaridad, el valor de la amistad, la causalidad en cada esquina... asistes al milagro que causa la semilla de la resistencia, esa que da frutos cuando menos te esperas pero que no te libra de los sobresaltos en cada capítulo.

A nuestro Vishnu le toca conocer desde muy pequeño todo tipo de dolor, de vivencias al límite, de pérdida, junto al desgarro de ser separado de su familia y asistir a situaciones que un niño jamás debería conocer.

Pero su vida y su historia, por obra y gracia de su autor, gira, gira y gira, y esos giros nos van asombrando inmersos en una historia casi imposible… casi.

Encontramos ternura en medio de un mundo cruel, despiadado e inhumano, y es un canto a la capacidad humana de superación de adversidades. Con Vishnu conocemos escenarios y culturas muy distintas y un desenlace tan inesperado como creíble.

Vishnu es nuestro propio hijo, y nos consciencia a través de su existencia de no mirar para otro lado.

Manuel nos guía a través de mundos que controla, conoce y describe permitiendo que formes parte de esta historia nada previsible que es algo que se agradece en una obra.

Como gitano andaluz y como amante de las dos culturas, Manuel ha sabido mover los hilos de la vida de Vishnu para situarla donde quiere, sabe, puede y es, precisamente esto, lo que añade originalidad y brinda también un guiño a la alegría, a la luz y a la vida con sus idas y venidas como la de las olas de un mar que firma como testigo.

Asistí a su gestación y lo estoy viendo volar y llegar hasta ti. Ojalá te emocione como me emocionó, porque si algo debe ser ingrediente principal del Arte, es la emoción. Y Manuel sabe hacerlo, porque escribe desde su propia emoción, desde una sensibilidad que traspasa el papel. Es lo que sucede cuando se escribe directamente con las herramientas del alma.

Pilar Távora.
Escritora y cineasta.

INTRODUCCIÓN

Miré a mi alrededor. Contemplé mi despacho, mis diplomas, mi querida biblioteca repleta de libros junto al gran ventanal que presidía la amplia habitación. Disfrutaba del momento que tanto había soñado; he conseguido todo cuanto un hombre pudiera desear.

No solo las cosas materiales como esta casa, un hogar donde el techo no amenace con desplomarse en cualquier momento, si no por las cosas verdaderamente importantes, las que no se pueden comprar con dinero: estudiar, formar mi propia familia, cumplir mi sueño de escribir. Me pregunto cómo sería ahora mi vida si no me hubiesen obligado a montar en ese tren. Dicen que nada ocurre por casualidad. ¿Me encontraría sentado ahora en este sillón? ¿Podría abrazar a mi hija y a mi esposa?

Es imposible saberlo, quedó atrás mi vida llena de penurias, que se empeñaba en acompañarme como hace un perro lazarillo pegado a su dueño. Los recuerdos, las duras experiencias vividas quedarían grabadas en mi mente para siempre, al igual que las enseñanzas de un viejo profesor.

–Cariño, ¿estás preparado? Tu editora pasará a recogernos en diez minutos –resonó la voz aguda de mi esposa desde el piso superior–. ¿Me estás oyendo? ¡Ay, que me va a dar algo! ¿Qué me pongo? y la canguro sin llegar... ¡Ay, Dios mío! Cielo, ve al despacho y avisa a tu padre, otra vez estará metido en su mundo.

—¡A la orden, *mommy*[1]!

La pequeña Indira bajó alocadamente las escaleras de la coqueta casa con vistas a la playa.

—¡*Pita*[2]! ¡*Pita*! *Mommy* te está llamando, está muy nerviosa. ¿*Pita*, qué te pasa?

—Nada, *betee*[3]; ven aquí que te vea. Qué guapa estás, siéntate en mis rodillas, ¿has hecho ya tus deberes?

—Sí, claro, ahora mismo los he terminado. *Pita*, ¿te acuerdas mucho de la India?

—Claro *meere betee*[4], cada día.

—¿Cuándo volveremos?

—Muy pronto, pero con una condición.

—¡Vale, desembucha!

—Jajá... ¿Quién te enseñó esa palabra?

—La tele, *pita*. ¿Qué quieres a cambio?

—Ummm, déjame pensar... ¡Ya lo tengo! Un beso y un abrazo fuerte, muuuy fuerte.

—¡Eso está hecho!

Se agarró a mi cuello y no había forma de separarla. Sin duda tenía ganas de regresar a la India.

—Vamos pequeña, dile a *mommy* que ya estoy listo. La espero aquí mismo, tengo que repasar aún un poco la presentación.

Una persona nunca olvida donde nace. Si durante tu infancia el mundo que te rodea se empeña en hacer de tu

---

[1] Mami.
[2] Papi.
[3] Hijita.
[4] Hija mía.

vida un tránsito de injusticias, de dolor y de sufrimiento, te deja marcada el alma para toda tu vida. Lo único que puedes hacer entonces es sacar tu instinto para sobrevivir un día más y luchar; luchar contigo mismo para que el odio y el rencor no se apoderen de tu existencia y transformarte así en alguien igual a los que te causaron tanto daño. Que cómo se consigue. No lo sé, solo sé cómo lo logré yo mismo: perdonando, huyendo obsesivamente de la ignorancia y de lo peor del ser humano. En este momento no puedo evitar viajar en el tiempo y recordar cómo comenzó todo.

I
A ORILLAS DEL RÍO SAGRADO

El sol penetraba pacientemente a través de una atmósfera plomiza cargada de polución; muy lentamente sus rayos traspasaban el cielo de Benarés. El canto de los gallos y el rumiar de las vacas sagradas se entremezclaban con el jolgorio de los niños, en su ir y venir hacia los puestos ambulantes en busca de su tazón de leche, antes de encaminarse a la escuela. Mi pequeña aldea a las afueras de la ciudad despertaba a un nuevo día, con una incipiente actividad que avanzaba imparablemente. Mi humilde familia contaba como única posesión con una destartalada y minúscula casa de dos habitaciones. Vivíamos el día a día con el único propósito de poder asegurarnos un plato de comida; soñábamos con una vida mejor, pero éramos conscientes de lo difícil que resultaría. La cruda realidad era aún más fuerte que nuestros sueños.

Mommy Anjali, mi madre, aunque visiblemente envejecida por el duro trabajo, conservaba impasible su belleza natural; su rostro se presentaba curtido por el ardiente sol de Benarés, pero sus ojos de indescriptible color aún mantenían el brillo de la esperanza. Llevaba quince años casada y, como es tradición en la India, mediante un matrimonio concertado con un hombre algunos años mayor que ella. Con solo 16 años se vio obligada a sacrificar su vida, renunciar a sus sueños y a convivir con un extraño, que resultó ser un malvado personajillo carente de toda moral, ruin, vago, muy agresivo y preso de su propia ignorancia.

Ranjit Shankar, mi padre, es el tipo de persona que en el bus pone la bolsa en el asiento que queda libre para que nadie se siente a su lado. Hacía honor a su nombre, que significa "el placer", gastándose todo lo que ganaba para sí mismo. Se dedicaba a trapichear diariamente con objetos robados a los turistas, frecuentaba malas compañías, siendo víctima de alguna que otra paliza… En una ocasión, seguramente por algún ajuste de cuentas propio del sórdido mundo en que se movía, a punto estuvieron de transportarlo al otro mundo. Algunas veces pasaba días, semanas, sin volver a casa, despreocupándose totalmente de todo lo que no fuera satisfacer sus propias necesidades. Cuando volvía lo hacía casi siempre borracho, convertido en un demonio psicópata y, sin ninguna excusa, descargaba toda su ira contra mi madre principalmente, y contra mí mismo al intentar defenderla.

El alcoholismo, en toda India, está más extendido de lo que algunos puedan pensar, siendo nuestro estado el que tiene la mayor proporción de consumidores de alcohol de todo el país.

Mi nombre es Vishnu, "el omnipresente," Dios de la bondad y la protección, el más venerado en el hinduismo, junto con los dioses Brahma y Shiva; los tres, forman la llamada *trimurti*. En el tiempo en que nuestras vidas cambiaron penosamente de rumbo, contaba con trece años. Nací en una pequeña aldea cercana a Benarés en

1987. Heredé de mi madre la fuerza y los sueños por conseguir hacer de nuestras vidas una existencia un poco más digna. Soñaba con estudiar y volver a la escuela que tuve que abandonar precipitadamente para convertirme en el hombre de la casa. Mi hermanita, Savitri, era cinco años menor que yo y tenía ocho. Era la alegría de nuestra casa. Mi madre y yo trabajábamos duramente para que pudiese ir al colegio: caminaba nueve kilómetros diarios junto a los niños de la aldea.

Hacía ya dos años que trabajaba como mozo en una tienda textil de la ciudad, entregando paquetes y siempre atento a lo que me ordenasen, desde atender a los clientes ofreciéndoles té o algún refresco, hasta recoger y clasificar las telas desenrolladas. Mi jefe, el dueño de la empresa, el señor Harminder Singh, era un grueso hombre de gran corazón muy respetable de la religión Sij. Ellos predican con el ejemplo las enseñanzas de sus maestros, que no es otra que el amor al prójimo.

Los *Sijs* creen en un Dios supremo, absoluto, omnipresente, creador, sin enemistad ni odio. El creó al hombre, no para castigarle por sus pecados, si no para que cumpliese su verdadera misión en el cosmos. Ellos no reconocen el sistema de las castas y tampoco creen en el culto a los ídolos, rituales o supersticiones. A los dioses o diosas los consideran inexistentes. El *Sijismo* no acepta la ideología del pesimismo. Está llamado al optimismo y a la esperanza. La máxima de "a quien te golpee en la mejilla derecha ofrece la otra" no existe en el estilo de vida *Sij*. Por el contrario, entre ellos dicen lo siguiente:

"cuando un asunto no tiene ningún otro remedio, en verdad, es lícito desenfundar la espada.

De voz profunda, el señor Harminder cubría su cabeza con un vistoso turbante azul añil y lucía una canosa y pobladísima barba; caminaba cojeando de su pierna derecha por problemas de circulación, ignorando los consejos de su familia para que fuese al médico. Su empresa la habían fundado sus antepasados y contaba con más de cien años de antigüedad. Sus clientes eran principalmente extranjeros de todo el mundo atraídos por la calidad y el colorido de sus telas de seda y satén. Siempre me trató bien y me decía que, si seguía así, en unos años me ascendería para que pudiese atender a los clientes. Me gustaba hablar con ellos y practicar mi inglés.

—Vishnu, tú siempre observa a Surendra, el encargado. Mira cómo atiende a los clientes, que no se te escape ni un detalle.

Me sentía afortunado por tener al menos un pequeño sueldo para entregar a mi madre. Aparte, el señor Harminder me daba una comida diaria y algunas noches insistía para que me quedase a dormir en el almacén,

—Muchas gracias, señor, pero prefiero volver. No quisiera preocupar a mi madre.

—Bien, pero piénsalo al menos. La noche menos pensada te pueden asaltar y no volverás a ver a tu madre ni a tu pequeña hermana.

—¡Pues no sé qué podrán quitarme, señor Harminder! —le respondí sonriendo y abriéndome de brazos.

–Hijo, no se trata de lo que tienes, sino de lo que eres. Debes tener mucho cuidado, ya sabes que existen personas despreciables, capaces de secuestrar a chicos como tú, para utilizarlos como mano de obra esclava por solo un plato de comida.

Yo prefería estar con mi familia, con mi madre y con Savitri. Después de cenar, y hasta que nos quedábamos dormidos, compartía conmigo todo lo que aprendía en el colegio, y me traía libros de la biblioteca de la escuela, principalmente de geografía, porque quería saber de otros mundos fuera de mi pequeña aldea.

Benarés pertenece al estado de Utar Pradesh, al norte de la India. Es la más sagrada de las siete ciudades hinduistas del país, y centro de peregrinaje de esta religión. Está bañado por el río sagrado Ganges, que en sánscrito significa "que va o se mueve rápidamente".

A lo largo de sus serpenteantes y malolientes calles inundadas de basura; plagadas de templos, incluido el Kashi Viswanath, –el mayor templo dorado de la ciudad dedicado al Dios Shiva, reservado solo a personas que procesan la religión hinduista–, se llega a los *Ghats*: gradas destinadas a la cremación de cadáveres. Las piras funerarias, al borde del río sagrado, son la imagen más cruda y a la vez extraña y fascinante para los ojos de los visitantes, integrada en una población cuajada de viejos templos, palacios y castillos.

Para los hindúes morir en Varanasi (Benarés) es casi un anhelo, ya que para ellos es la mejor forma de lograr, después de incontables reencarnaciones, abandonar el tránsito terrenal y alcanzar la liberación a través del *Moksha*. Por eso las aguas del Ganges, a su paso por la ciudad, son un verdadero crematorio al aire libre, donde los muertos y los vivos se mezclan para recibir las bendiciones del agua sagrada. El olor a carne quemada lo impregna todo, mezclado con el olor a incienso de las ofrendas. Los restos, no siempre totalmente reducidos a cenizas, se tiran al río como parte culminante del ritual del abandono de la vida terrenal. El agua tiene un color entre marrón y verdoso, el olor es parte imprescindible del paisaje, junto con las moscas, el bullicio… se pueden ver a multitud de personas haciendo la colada o bañándose en las aguas infectadas, y entre tanta vida, las piras funerarias: una incesante cremación de muertos que van a parar al río, haciéndolo el cuarto más contaminado del mundo.

Muy cerca de los crematorios se levantan grandes albergues donde ancianos y enfermos de todo el país, esperan pacientemente su última hora. No es, definitivamente, un lugar para estómagos delicados.

Pero al anochecer, la visión de las escalerillas crematorias cambia por completo, adquiere un ambiente místico y casi mágico que lo envuelve todo. Se agolpan, en la orilla y en embarcaciones gentes del lugar y turistas para participar del espectáculo de silencio, recogimiento y oración. La noche se ilumina solo con la luz de las antorchas y las ofrendas de los sacerdotes, con cientos de velas flotantes que, a su vez, son recogidas de nuevo por los comerciantes para ser vendidas otra vez. Es Benarés, un lugar donde, más que vivir, se sobrevive.

Ese era el lugar de trabajo de *mommy* Anjali. Acude cada mañana acompañada de nuestro Bobby, un chucho que vivía entre montañas de basura a medio camino entre la aldea y la ciudad. Un buen día comenzó a seguirme, y ya no hay forma de que se separe de nosotros, es uno más de la familia. *Maan*[5] trabaja como empleada en un puesto ambulante de jugos de frutas, en los alrededores de los *Ghats*. En cierta forma nos sentimos afortunados, existen trabajos mucho más duros y ella acude feliz. Le permite relacionarse, conocer nuevos rostros, guiar a los turistas y mantener con ellos pequeños diálogos.

Al atardecer regresa a casa, justo a tiempo para preparar la cena y compartir las experiencias de la jornada; eso contando con que no se presente mi padre para invadirlo todo de silencio y miedo.

Llevaba días sin aparecer por casa y yo, desde lo más profundo de mi alma, pedía al Dios Shiva que no lo hiciera nunca más. Siempre temía el momento de llegar y encontrarme al demonio sentado junto al fuego. "Ese debería de ser su sitio, pero eternamente, en alguno de los veintiún infiernos", pensaba.

Salí del trabajo, esta vez temprano, aunque aún quedaban clientes en la tienda: una simpática pareja de españoles haciendo acopio de *saris* de seda y tapices para abrir una nueva tienda en su país. El señor Harminder se había marchado a casa con fuertes dolores en su pierna, y Surendra, el encargado, los atendía con dos ayudantes.

---

[5] Mamá.

Había estudiado español en el colegio y gustaba de presumir de su habilidad con todo aquel que presenciara la escena.

–Vishnu, recoge todas las telas acumuladas en la primera sala y, cuando hayas terminado, puedes marcharte a casa –me dijo después de ofrecerles un té a los clientes.

–Sí, señor Surendra, gracias –respondí.

Satisfecho por el trabajo realizado, me dispuse a perderme por las callejuelas en busca del camino principal que me llevaría hasta la aldea. Como era temprano, me entretuve con unos chicos de mi edad que jugaban al *crícquet* en un descampado. Echaba de menos hacer cosas que normalmente hacen los niños de mi edad, pero desgraciadamente no era una excepción: el mundo que nos había tocado vivir a muchos chicos como yo, nos exigía tomar responsabilidades más propias de un adulto. No era fácil la vida en Benarés. Pero estaba muy lejos de sospechar que esa noche nuestras vidas darían un giro dramático. Ya nada volvería a ser igual.

Rezaba, conforme me iba acercando a mi casa, para que mi padre no hubiese dado señales de vida. No sentía remordimientos por pensar así, era lo que sentía mi corazón. El amor que sentía por mi madre era mucho más grande que el respeto y obediencia que se le debe de tener a un padre. Su despotismo y violencia con todos no dejaba ninguna duda a lo que sentía por él: había sido testigo desde muy niño de demasiadas palizas. Afortunadamente, abrí la puerta y respiré aliviado.

–¡Vishnu! –gritó mi hermanita Savitri abalanzándose sobre mí de un salto. Seguidamente caímos al suelo, mientras me hacía cosquillas entre las costillas,

–Jajá jajá… Déjame, estás loca, Savitri.

–¡*Mommy* ha cobrado hoy su jornal, y va a preparar *naan* de ajo y mantequilla con *tandoori chicken*!

–Hola, *beta*[6]. ¿Cómo te fue el día? Vete a coger agua del pozo y lávate antes de comer. La comida ya está casi lista –comentó mi madre con una gran sonrisa mientras ultimaba el delicioso *naan*.

–¡Umm! ¡Qué bien huele, *mommy*!

Bobby cogió posición junto a la lumbre, en espera de pegarse su propio festín. Cenamos tranquilamente alrededor del fuego, donde Savitri había dispuesto todo. Cada vez que *mommy* cobraba era un día especial, no todos los días podíamos comer *tandooree chicken*; la mayoría de los días la base de nuestra alimentación era arroz, verduras y lentejas.

–¿Cómo va tu inglés, *lalloo*[7]?

–Cada día mejor. El señor Harminder está muy contento conmigo, y dice que puedo ser un buen encargado. Me ha dicho que le pregunte al señor Surendra si puede enseñarme algo de español después de cada almuerzo. Cada día son más los clientes que acuden de España y no todos hablan inglés.

---

[6] Hijo.

[7] Hijito.

–¿España? ¿Dónde está ese país, Vishnu? –Me interrogó Savitri con los ojos como platos.

–¿Bromeas? ¿Qué haces en la escuela, pequeña ignorante? ¿Es que no te enseñan geografía?

–Sí, hermanito, pero como la India es tan grande…jajá jajá…

–España es un país del sur de Europa, y su idioma es el segundo más hablado en todo el mundo.

Mi madre intervino en la conversación mientras acariciaba mi cabeza.

–Eres muy inteligente, Vishnu. No es justo que tuvieras que dejar la escuela tan pronto, hijo mío. Con la ayuda de los dioses conseguirás todo lo que te propongas.

–No te preocupes, *maan* seguro que será así.

De repente Bobby comenzó a ladrar, y un escalofrío recorrió todo mi cuerpo.

–Alguien viene murmuró mi madre–. No tengáis miedo, *mommy* está aquí. Acercaos a mí.

Una expresión de estupor se tornó en el rostro de mi madre e, instintivamente, nos arropó con sus brazos. Yo más bien sentí que era ella la que quería protegerse con nosotros. Mi hermanita hundió su cara sobre el pecho de mi madre, temiéndose lo que estaba por suceder.

La puerta se abrió bruscamente, sobresaltándonos a todos, incluido a Bobby, que cesó de ladrar al momento. Era él, con la camisa bañada en sangre y con una gran brecha en su cabeza.

–¿Que estáis celebrando? ¡Eres una zorra! Has cobrado, ¿Verdad? ¿Dónde está el dinero mujer? ¡Responde!

–Ranjit, por favor, cálmate. Está ahí, junto a la cama – respondió mi madre con un hilo de voz.

–¿Esto es todo? ¡Claro! Has decidido por ti misma daros un festín sin contar conmigo. ¿Dónde escondes el resto? ¡Ven aquí, maldita estúpida!

Se abalanzó sobre ella y, agarrándola por el pelo, la arrastró por el suelo mientras la pateaba sin piedad. Mi madre se revolvía de dolor protegiéndose con las manos.

–¡No! ¡Por favor, para! ¡Para!

Él, fuera de sí, continuó dándole golpes con un cubo metálico que encontró a su paso. Mi hermana, aterrorizada, comenzó a llorar y a gritar.

–¡Déjala! ¡Para! ¡Para!

Bobby volvió a ladrar ferozmente, y se enganchó a su pierna, pero este se revolvió y, de un tremendo y certero golpe con el hierro del fuego, lo dejo malherido mientras aullaba de dolor. Nunca presencié igual paliza y, sin pensármelo dos veces, agarré el cuenco de la comida y me interpuse entre él y mi madre, amenazándole con estampárselo en su miserable cabeza.

–¡Ya está bien! ¡Para! ¡La vas a matar!

Maan sangraba abundantemente por la cabeza y por su cara llena de cortes.

–¿Qué tenemos aquí? ¿Quién te crees que eres? ¡Dime! ¡Soy tu padre!

Soltó a mi madre y, de un puñetazo en la boca, me tumbó dejándome aturdido en el suelo.

–¡*Mommy*! ¡*Mommy*! –gritaba Savitri acercándose a nuestra madre, que yacía en el suelo inconsciente.

Antes de poder recuperarme, mi indeseable padre cogió una cuerda y me amarró las manos, colgándome del marco de la entrada de la habitación por los pies.

—¿Cómo te has atrevido, mal nacido? ¡Ahora te voy a enseñar lo que les pasa a los que no respetan a su padre!

—Y usted, ¿respeta a alguien? ¡Ojalá se muera!

—¿Con que esas tenemos? Ni te imaginas lo que tengo pensado para ti.

Era la primera vez que le plantaba cara de esa forma y, entre sorprendido e iracundo, se quitó el cinturón y comenzó a darme correazos brutalmente con la hebilla metálica hasta que perdí el conocimiento. Al despertar se había marchado. Parecía que hubiera pasado un huracán de odio, violencia y de resentimiento. "¿Por qué?", me preguntaba. Mi madre, con la ayuda de Savitri, me descolgó y, aún sin curar sus heridas, me tendió en el camastro y le pidió a mi hermana que fuese a por agua. No decía nada, solo lloraba, y sus ojos se clavaron en mí compasivamente con una mezcla de pavor y tristeza en la mirada. Comenzó a lavar los verdugones y la sangre que corría por mi espalda, mientras repetía una y otra vez: «Ya pasó todo, hijito. Aquí está *mommy*, aquí está *mommy* Anjali…»

Mi madre, como cada mañana, se levantó con el canto del gallo, después de haber pasado la noche en vela al pie de mi camastro,

—¿Cómo estás, hijo? ¿Has podido dormir algo?

—Un poco, *maan*, ¿y tú?

—No te preocupes por mí. En unos días no podrás ir a trabajar.

–¡No! Debo levantarme, no puedo faltar al trabajo. ¿Qué pensará el señor Harminder? –exclamé haciendo ademán de incorporarme, mientras mi madre me sujetaba.

–El señor Harminder es muy comprensivo y lo ha entendido. He ido al teléfono de la tienda del señor Daljeet y le he dicho que te atropelló una moto. Tu hermana te cuidará hasta que yo regrese.

Maan Anjali era la mujer más fuerte que nunca conocí. Su cara estaba inflamada, desfigurada por los cortes y golpes recibidos. Se cubría la cabeza con un sari de colorida gasa, a través de él se adivinaba la silueta de su frágil cuerpo molido a patadas, pero, a pesar de todo el dolor que estaba soportando, su mirada solo me transmitía amor, y con un tierno beso en la frente y una blanquísima sonrisa, se despidió de mí.

–Hasta la noche, mi niño. Intenta descansar y no te preocupes por nada: *mommy* está bien.

La vi marcharse lentamente, disimulando el dolor que sentía a cada paso. Aunque no podía casi moverme, necesitaba una vez más ver a mi madre. Tuve el impulso y, con mucho esfuerzo, me incorporé hasta poder acercarme a la pequeña ventana de la habitación. Contemplar su figura maltrecha caminando torpemente hasta perderla entre el bullicio de la aldea, me provocó una enorme tristeza y compasión, pero también una profunda ira hacia mi padre. Más que nunca deseaba que los dioses nos libraran de él, y me culpaba pensando en por qué no reaccioné antes. Hubiera dado lo que fuese por haberle podido evitar un solo golpe.

Me quedé profundamente dormido, rendido por el cansancio; imaginando cómo podrían ser nuestras vidas sin el torturador que nos causaba tantísima angustia. Me juré a mí mismo que no permitiría nunca más que le pusiera una mano encima y, para hacerlo, estaba dispuesto a todo. Si los dioses no oían mi petición, pondría, yo mismo, solución al problema aunque ardiese en el mismísimo infierno.

II
EL TREN DE LA ESCLAVITUD

–Vishnu, ¿qué nos va a pasar? –preguntó aterrada mi hermana.

–No lo sé, tranquila, yo estoy contigo.

Nos llevaron a través de la ciudad hasta llegar al barrio antiguo, muy cerca de donde trabajaba. El coche paró al llegar a una casa, donde nos estaba esperando en la puerta un hombre alto, vestido elegantemente, con una gran cicatriz en el labio. Nos obligaron a salir del coche; yo no soltaba la mano de mi hermanita.

–¿Estos son? —preguntó el hombre alto.

–Sí, jefe —respondió uno de los que nos custodiaban sin soltarme del cuello.

–Muy flaco, pero parece fuerte. Lleva al chico adentro, a la niña llevárosla a la otra casa.

–¡No, por favor, señor! ¡No nos separe! Prometí a mi madre que cuidaría de mi hermana –supliqué aterrado, pensando en lo que le pudiera pasar a Savitri.

El desconocido no dijo nada, solo me dirigió una mirada de desprecio, mientras sus hombres intentaban separar a mi hermana, que se apretaba fuertemente contra mi.

–¡No, nooo! ¡Vishnu, *bahee saa*, no! ¡Por favor!

–¡Por favor, señor! ¡Por favor! –grité una y otra vez sin que nadie se apiadara de nosotros.

No había forma de separar a Savitri de mí. Uno de los hombres intentaba abrir con dificultad sus manos, que se mantenían atenazadas alrededor de mi cintura, mientras el otro me sujetaba por la espalda. Al fin consiguieron soltar a Savitri de mí y, de un brazo, la llevaron arrastrando hasta el coche. Sus gritos, súplicas y llantos obligaron a que uno de los esbirros le tapase con su sucia mano su pequeña boca. Nadie pareció oírnos, y la noche recobró el silencio en cuanto cesaron los lamentos de mi pobre hermanita.

Impotente, roto de rabia y dolor, me desplomé en el suelo de rodillas, echándome las manos a la cabeza. Vi sus manos pegadas al cristal trasero del coche, y su redonda carita alejarse de mí lentamente.

–¡Te encontraré Savitri! ¡Te encontraré, *bahan*! ¡Te lo prometo, te lo prometo...! –gritaba con todas mis fuerzas.

Me llevaron a rastras hasta un sucio cuarto, una especie de celda con una pequeña ventana por donde entraba la débil luz de una farola que se encontraba justo encima. Me encontré con tres niños más; el más pequeño parecía tener cinco o seis años, otro parecía tener la edad de Savitri, y el último aparentaba ser un poco menor que yo. Estaban todos sentados en el suelo. Compartiríamos a partir de esos momentos la misma cara de terror, el mismo dolor y el mismo destino. Nada más entrar me convertí en el centro de las miradas de mis nuevos compañeros, ninguno se atrevió a decir nada, así que fui yo quien decidí hablar. No sabía cómo habían llegado hasta allí; en cualquier caso, se les notaba muy asustados.

Me acerqué y me senté junto a ellos.

–Hola, me llamo Vishnu. ¿Lleváis mucho tiempo aquí?

Tímidamente, un chico que pasaba su brazo por los hombros del más pequeño me contestó.

–Hola, me llamo Sundar y este es mi hermano Roshni. Llegamos hoy cuando aún era de día, ellos llegaron un poco antes que tú.

–¿Y tú? ¿Cómo te llamas? –pregunté al que parecía ser el mayor de mis nuevos compañeros.

–Yo soy Kiran.

–¿Sabes dónde nos llevan? –intervino Sundar.

–Sé lo mismo que vosotros, o sea, nada.

–Hace unos días llegó a mi aldea un hombre muy amable, y le dijo a mi padre que pertenecía a una organización que ayudaba a estudiar a los niños pobres –comentó Sundar, levantándose–. Se ofreció a pagar mis estudios y los de mi hermano a cambio de dinero; le dijo que estaríamos en un internado, y que si estudiábamos mucho seríamos personas importantes. Ese hombre nos entregó a los que nos trajeron aquí.

Al oír esto, Kiran se levantó de un salto.

–¡Eso es lo que dicen a todos! –exclamó–. No sé cómo pueden seguir cayendo en la trampa; los montan en un tren y no se vuelve a saber nada de ellos.

–¿Y a tus padres? ¿También los han engañado?

–No tengo padres, murieron, y llevo tiempo viviendo en la calle –contestó agachando la cabeza.

–Y, ¿cómo llegaste hasta aquí?

–Iba caminando, buscando un sitio donde dormir, cuando me asaltaron de repente y me montaron a la fuerza en un coche. Conseguí escapar, pero por poco tiempo.

—¿Te dijeron algo? —le pregunté sorprendido.

—No, no hablaban; solo uno al meterme en el coche le dijo a su compañero: "tenemos al que faltaba".

Cada vez lo veía más claro, había ocurrido lo que tantas veces me prevenía el señor Harminder.

—Lo siento por vosotros —continuó Kiran—, pero ¿queréis que os diga algo? A mí, si me aseguran un plato de comida al día, casi que lo prefiero.

—No sabes lo que dices, espero que no te arrepientas.

—¡Y tú no sabes lo que es vivir en la calle! —me replicó.

El más pequeño se abrazaba a su hermano a punto de llorar.

—Dejémoslo, vamos a asustar al pequeño —me dirigí a él y, acariciándole la cabeza, le intenté tranquilizar—. No tengas miedo, Roshni, tu hermano está contigo y nosotros también, ¿verdad? —dije dirigiéndome al resto de niños, haciendo un gesto de aprobación con los ojos

El pequeño asintió con la cabeza y sonrió tímidamente. Pasados unos minutos, la puerta de la habitación se abrió y aparecieron los mismos hombres, con cuatro cuencos de arroz y una gran jarra metálica de agua. Al cerrarse de nuevo la puerta, los chicos se miraron entre ellos y se abalanzaron sobre la comida.

—¿No comes, Vishnu? —se dirigió a mí Roshni, ofreciéndome uno de los cuencos.

—No, no tengo ganas, gracias. Comí antes de llegar hasta aquí. De todas formas, tampoco me entra nada ahora, comed vosotros, parece que no habéis comido en días.

Me recosté en el suelo, sin dejar de pensar en Savitri y en mi madre: ¿cómo estarían? ¿Qué serían de ellas? Me negaba a resignarme a haberlas perdido para siempre y, ahora más que nunca, cobraba sentido la promesa que les hice; esa sería a partir de ese momento mi única obsesión: encontrar a mi hermana y llevarla de nuevo junto a *maan* Anjali.

La noche avanzaba muy lentamente, se me hacía muy difícil conciliar el sueño, pero, casi coincidiendo con el cantar del gallo y rendido por el cansancio, pude pegar una cabezada. No duró mucho mi descanso, cuando los primeros rayos de sol de la mañana iluminaban la pequeña habitación, de nuevo nos vimos sorprendidos por nuestros captores.

–A ver, ¡todos arriba! –espetó uno de ellos, mientras despertaba de un puntapié a Kiran, que se incorporó sobresaltado.

La apariencia de Kiran era la propia de alguien que vivía en la calle, más bien bajito para su edad. Sin duda, provocada por la precaria alimentación que seguro sufría. Vestía con un polo de *cricket* de imitación y un pantalón, convertidos en harapos cubiertos de mugre. Caminaba descalzo, su pelo no demasiado largo era una maraña de greñas y su piel oscura se ocultaba bajo una capa de churretes.

Al momento entró otro hombre portando un barreño de agua y una muda limpia bajo el brazo. Lo dejó todo en el suelo y, lanzándole una pastilla de jabón a Kiran, exclamó:

—¡Lávate! ¡Pareces un mono! No puedes montar así en el tren.

El otro sujeto le entregó también unas roídas zapatillas.

—¿Al tren? ¿A dónde nos llevan? —me dirigí al esbirro.

—No sé nada, pronto llegará "The Boss" y os dirá lo que tenéis que hacer.

—¿Dónde está mi hermana? —insistí, pero solo obtuve como respuesta una irónica sonrisita.

A los pocos minutos, Kiran parecía otro después de haberse aseado. El pequeño Roshni lo miraba sorprendido. Volvieron a entrar los hombres, esta vez acompañados por el jefe, que se plantó ante nosotros balanceando su bastón y se dirigió a todos.

—Escuchad con atención, es muy importante que comprendáis lo que os voy a decir. Vais a viajar con uno de mis hombres a Bombay, si alguien os pregunta debéis responder que sois hermanos y primos, y que quien os acompaña es vuestro tío. Un rico comerciante, familiar vuestro, se hará cargo de vosotros.

—Y, ¿a qué vamos en verdad a Bombay? —pregunté.

—Eso ya lo veréis. Recordad: sois familia, y es vuestro tío. Como se os ocurra escapar o iros de la lengua, serán vuestras familias las que sufrirán primero las consecuencias. ¿Lo habéis entendido bien?

Ninguno abrimos la boca, "The Boss" se acercó tanto a nosotros que podíamos percibir su aliento en el rostro.

—Sí —respondimos al mismo tiempo después de mirarnos.

—Sí, ¿qué? —nos espetó con tono amenazante.

–Sí, lo he entendido.

–Así me gusta, ¡andando! Llama cuando hagas la entrega, no quiero problemas –le advirtió el jefe al encargado de llevarnos a Bombay.

La suerte de Vishnu y Savitri parecía estar echada, como la de miles de niños en toda India que desaparecen de sus casas para ser explotados. La forma en que fueron entregados a las mafias no difirió mucho de cómo suele suceder en otras ocasiones.

En esta parte de la India hay tanta pobreza que, a veces, los padres venden conscientemente a sus hijos; otras, aparece un extraño en las aldeas y se ofrece a financiar la educación de sus hijos. Jornaleros que ganan cuarenta rupias al día, equivalente a cincuenta céntimos, ven en el adelanto de mil rupias y la promesa de recibir trescientas más cada mes, una gran oportunidad de salir adelante tanto para sus hijos como para ellos mismos. Se les dice que los niños deben acompañarlos a Delhi, a más de mil kilómetros o a cualquier otra gran ciudad y esperan a que les informen de si han llegado bien. Los sufridos padres piden para ello una dirección y un número de teléfono, se les dan datos falsos o les dicen que lo harán en cuanto lleguen al destino.

No sospechan nada, son engañados, no ven ni una rupia más, y sus hijos desaparecen sin dejar rastro. Salvo raras excepciones, en las que algunos logran ser liberados, la gran mayoría nunca vuelven a saber nada más de sus hijos.

En lo que va de año, más de seiscientos niños han desaparecido de las aldeas de la zona, y terminaron montando en el *Slavery Express*[8].

Todo el mundo que sube al tren a diario lo sabe, pero a nadie parece importarle. Cuentan con la pasividad o incluso la complicidad, a veces, de la policía. Los niños deben decir que viajan con su tío si son preguntados. Son entregados a intermediarios de las grandes ciudades, que los vuelven a vender a empresarios de todo el país. El futuro de estos niños es desolador: enviados a trabajar como soldadores, o a alguna fábrica textil al servicio de una gran multinacional europea o americana. El destino de las niñas no es menos dramático, en el peor de los casos pueden terminar en algún burdel; a veces también son vendidas a intermediarios para entregarlas en adopción a parejas occidentales. Las condiciones de vida de estos niños son terribles: trabajan desde la mañana hasta la noche sin descanso, sin cobrar nada; solo por un plato de comida.

Llegamos a la estación de Upadhyaya a primera hora de la mañana, vigilados por tres hombres. Durante el viaje nos acompañaría solo uno de ellos, su nombre: Brahma. Sabía que si montaba en ese tren nada bueno me esperaba. Lo único que pensaba era volver con mi madre, pero ¿qué podía hacer? Pensé en escapar, pero era muy difícil: estábamos estrechamente vigilados.

---

[8] Tren de la esclavitud.

Por otro lado, sabía que si lo hacía pondría a *maan* en peligro, no me quedaba otra opción que resignarme a mi suerte, y el miedo se apoderó de mí.

Me resultaba inconcebible que esto pudiera estar pasando. Daba igual que alguien se estuviese muriendo en una acera, que nadie repararía en ti, o que un niño pidiese ayuda, ya que podría estar simplemente perdido. ¿Qué clase de religión es la que cree que si te bañas en un agua infectada te purificas y limpias tus pecados?

Mientras, permanecen ajenos al sufrimiento que los rodea. Algo no me cuadraba, en mi mentalidad de niño yo sólo sabía lo que estaba bien o mal.

Nuestros captores habían comprado los billetes con antelación. Después de casi una hora de retraso, montamos en el *Slavery Express*. Había niños por todos lados, siempre acompañados de un adulto. Era común la expresión de miedo en el rostro de cada uno de ellos. Nos acomodamos como pudimos en dos hileras de asientos de lo más variopintos, simples bancos de madera o algunos acolchados. Sobre nuestras cabezas suspendían unas especies de compartimentos acondicionados para el equipaje, pero que todo el mundo utilizaba a modo de literas, para soportar mejor las casi veinticinco horas de viaje.

Quien no tenía la suerte de conseguir una, se podía pasar todo el trayecto sentado en el duro banco o tirado en el pasillo. La distancia entre Benarés y Bombay es de casi mil quinientos kilómetros, atravesando hacia el sur los estados de Utar Pradesh, Madhya Pradesh y Maharastra. Nos habían dado a cada uno unas recalentadas botellas de agua. Abundaban vendedores de comida y de fruta con nubes de moscas revoloteando sobre ellas, que montaban en cada una de las estaciones del trayecto.

Era frecuente también encontrarte con viajantes europeos, que se aventuraban a cruzar el país con sus pesadas mochilas. El calor para ellos se hacía insoportable, y buscaban un poco de aire fresco asomando sus cabezas por la ventana. Después de varias horas de viaje, en la estación de Kanpur se sentaron a nuestro lado una pareja de estos aventureros viajantes.

Ella era una delgada mujer rubia con el pelo recogido y de ojos azules como el mar, le acompañaba un joven barbudo de cabello rojizo y de piel sonrosada; su cara estaba encendida y parecía que estuviese a punto de explotar como si fuese un volcán.

El olor a sudor era compañero inseparable de viaje, y entre los extranjeros era frecuente ver como se tapaban la nariz con algún fular. Nosotros convivimos con el hedor desde que nacemos, y se puede decir que estábamos acostumbrados.

Al llegar, nos sonrió y nos saludó: "¡Hi!". Todos permanecimos en silencio y agachamos la cabeza, temiendo la reacción de Brahma, que nos custodiaba. Ella miró a nuestro secuestrador, y le pidió permiso, con un amable gesto, para ofrecernos unas chocolatinas. El hombre accedió con una sonrisa hipócrita y el pequeño Roshni aceptó tímidamente sin levantar la mirada.

–Me llamo Carol, ¿a dónde os dirigís? –nos preguntó en inglés.

Ninguno contestó. Nadie parecía entenderla, ni siquiera el somnoliento Brahma, que me miró extrañado.

–¿Qué dice? –me preguntó–. Cuidado con lo que contestas, no soy tonto –y con un leve movimiento de ojos me permitió responderle.

–Nos dirigimos a Bombay, no la entienden señorita.

–¿Y tú? ¿Cómo es que hablas tan bien inglés? ¿Cómo te llamas?

–Soy Vishnu. Estudié en el colegio. En India es obligatorio aprenderlo, para quien tenga la suerte de estudiar, claro.

–¿No son tu familia? —preguntó sorprendida.

–Por favor, señorita, no haga ningún gesto que levante sospecha.

–¿Por qué hay tantos niños en el tren?

Al contemplar el silencio que existía en el vagón repleto de niños, donde las risas y juegos deberían ser lo normal, pareció comprender al fin y, contrariada, agarró el brazo de su compañero.

–Peter, ¿estás oyendo?

Su compañero, que adormilado balanceaba acompasadamente su cuerpo por el traqueteo del tren, despertó sobresaltado.

–¿Qué pasa? ¿Qué pasa? –exclamó, sorprendido.

–Algo muy raro ocurre en este tren.

No pasó inadvertida para Brahma la reacción de la extranjera y, agarrándome suavemente del brazo, me murmuró al oído: "¿Qué le has dicho? Que no sepa inglés no significa que sea tonto, ¿lo has entendido? No intentes nada; si no hacemos la entrega ya sabes lo que le pasará a tu madre".

–No he dicho nada, señor. Sólo que vamos a Bombay a ver a la familia. Yo tampoco la entiendo bien.

Carol me volvió a preguntar.

–¿A dónde os llevan? Ese no es tu padre, ¿verdad?

Negué con la cabeza.

–Nos han vendido para trabajar, señorita.

–¿Qué puedo hacer para ayudaros? –me respondió, disimulando.

–Nos han amenazado, si decimos algo harán daño a nuestras familias.

Carol no salía de su asombro, y su cara adquirió un gesto de horror.

–No te preocupes, en la próxima estación pediré ayuda.

Yo no dije nada más, pero le comenté a Kiran mi conversación con la extranjera, aprovechando que Brahma parecía dormido.

–Vishnu, yo tengo poco que perder —me dijo al oído–, pero te advierto que no servirá de nada. Tendrían que desalojar todo el tren, o ¿es que no ves todo lo que pasa a nuestro alrededor? Yo, en cuanto lleguemos, me esfumo, pero no quiero poneros ahora en peligro.

No sabía si serviría de algo, pero no podía permanecer sin hacer nada. Lo que para los sorprendidos ojos de Carol suponía una gran tragedia, para el resto de los que viajaban en el vagón parecía el pan de cada día. Se comportaban como si convivir con el miserable destino de todos los niños fuese lo más normal.

Casi al atardecer, el tren hizo una parada y subieron una pareja de policías. En la India no se andan con chiquitas, y portan en sus manos unas varas de madera que causan pavor a quienes tienen la desgracia de probarlas. Al llegar a nuestra altura, observé cómo Carol hablaba con uno de los policías, este volvió la mirada sobre nosotros y le pidió la documentación a nuestro secuestrador.

–¿Quiénes son estos niños?

–Son mis sobrinos –respondió Brahma.

–¿A dónde os dirigís? ¿Cuáles son sus nombres?

–El mayor es Vishnu, el otro es su hermano.

–¿Cómo se llama?

Ante la pregunta, Brahma palideció y no supo qué contestar.

–¿No sabes el nombre de tus sobrinos? ¿Y los otros? ¿Qué edades tienen? –nuestro captor respondió dubitativamente.

–El mayor dieciséis, y el hermano... tiene quince.

–¡Calla! que respondan ellos –exclamó con ímpetu el policía.

–Tengo trece, señor –respondí rápidamente.

–¿Y tú? –interrogó a Kiran, que respondió con una sonrisa burlona:

–Tengo once, señor.

El policía puso su vara sobre el hombro del nervioso Brahma, y le espetó:

–Creo que no es necesario que te pregunte por el resto de los niños, está claro que sabes de ellos menos que yo. ¡Levanta! Tienes que acompañarnos.

El resto del pasaje contemplaba la escena con la más completa indiferencia, a excepción de Carol y su acompañante, que exclamaba muy excitada al guardia insistentemente.

—¡Los llevan secuestrados, señor! ¡A saber en qué serán explotados!

En ese momento, Brahma sujetó sutilmente el codo del policía que intentaba levantarlo, pegando su cara a la de él.

—Señor, yo solo soy un empleado, creo que podríamos solucionar esto de alguna forma...

Y, sacando un fajo de billetes de cien rupias, se las ofreció disimuladamente. El corrupto policía, con un leve movimiento de cabeza de izquierda a derecha, como queriendo comprobar que nadie se había percatado del flagrante soborno, aceptó de inmediato y guardó el dinero velozmente en el bolsillo superior de su camisa color tierra, para continuar posteriormente su recorrido por el estrecho pasillo, en busca sin duda de la siguiente recaudación entre los abundantes malhechores que viajaban en el mismo vagón.

Carol no salía de su asombro.

—¡No lo entiendo! —exclamó en voz alta, secándose el sudor que corría por su frente.

—Yo tampoco, señorita.

—¿Esto es siempre así en este país?

—Ya te dije que no serviría de nada, Vishnu —intervino Kiran mientras miraba por la ventanilla cómo la noche caía sobre la atestada estación.

El tren inició de nuevo la marcha y me acomodé como pude en la litera, pensando una vez más en qué iba a ocurrir con nosotros al llegar. ¿Cómo serían los hombres a los que seríamos entregados? Ingenuamente, pensaba que quizás tuviera la suerte de caer en manos de alguien con la suficiente humanidad como para poder ayudarme a salir del infierno al que mi malvado padre nos había empujado.

Mi pensamiento estaba continuamente centrado en mi hermana y en mi pobre madre, cuánto tendrían que estar sufriendo...

La desgracia había entrado abruptamente en la vida de *mommy* Anjali desde el momento en el que arrancaron de sus brazos a sus hijos. La sufrida madre quedó tirada en el suelo de la pequeña casa, totalmente destruida por el dolor, con la sola compañía de Bobby, que permanecía fiel al lado de su ama.

Ranjit, como no podía esperarse otra cosa de él, abandonó cobardemente la casa nada más consumarse el secuestro.

III
ANJALI

Mommy Anjali era una mujer muy fuerte, como solo se dan en esta parte de la India, de las más pobres del país, donde la sociedad está dominada desde miles de años por el sistema de las castas. La casta de la pirámide más alta fue la de los llamados *Brahmanes*. Al ser ellos los únicos en comprender el destino de los hombres, los *Brahmanes* fueron tomando mucha importancia entre la sociedad. Ellos se transformaron en la casta dominante. Una casta era una forma de etiquetar a las personas, cada niño es automáticamente designado integrante de la casta en la que había nacido, y debe cumplir con ese rol durante el resto de sus días. Si uno tenía la suerte de nacer en una familia de *Brahmanes*, sería sacerdote y tendría muchos privilegios, pero nunca podrían ser guerreros, que era la segunda casta en importancia. Los *Xatrias* serían fuertes y valientes, pero jamás podrían ser otra cosa que guerreros, ni siquiera podrían enamorarse de una niña perteneciente a otra casta; ni siquiera les estaba permitido sentarse a conversar con ellas.

La tercera casta era la de los *Vaicias*, que eran los agricultores, artesanos y mercaderes; y en último lugar estaban los sirvientes, llamados *Sudras*. Pero lo peor no era nacer sirviente. Lo peor era ser un paria, que era una persona que no pertenecía a ninguna casta: estaban totalmente fuera de esa pirámide de clases. Estaban destinados a hacer los trabajos más duros y desagradables, los parias no podían beber de las mismas fuentes de agua de los demás, nadie podía tocarlos ni tocar sus sombras. Si eso ocurría, esa persona sería contaminada y debería purificarse.

La familia de Anjali pertenecía a la casta *Sudra*, donde servir el resto de sus días era su destino. Si eras niña la desgracia era doble. En algunas partes de la India, nacer hembra es casi una maldición, aunque con la aparición de las ecografías y del aborto selectivo, cada vez nacen menos. En estos sitios, nadie desea tener una niña, se considera una carga inútil. El infanticidio se lleva a cabo en los pueblos más recónditos, en nombre de la tradición de las creencias y de la pobreza.

La familia de Anjali era muy pobre y ya tenían a dos hijas. Anjali era la mayor, y su hermana pequeña se llamaba Nahali. Su madre se volvió a quedar embarazada cuando Anjali contaba trece años y, para desgracia de la familia, dio a luz a una preciosa niña.

Los vecinos le decían que tenía que deshacerse de ella, ¿cómo podría alimentar otra boca más? ¿Cómo podrían casar a tres niñas? las niñas no sirven para nada, su familia le decía lo mismo, era muy guapa, demasiado; había nacido para morir y Anjali suplicaba a su madre que no lo hiciera.

–Vamos a matarla con jugo de tabaco –dijeron los vecinos ante la pasividad de su padre.

Prepararon una mezcla con hojas de tabaco trituradas; ella no quería hacerlo, pero se sintió obligada. Al amanecer, le dieron una cucharada de jugo de tabaco. Anjali se puso muy triste y no paraba de llorar, se tumbó a su lado, no podía mirarla. No murió enseguida, murió por la tarde. Cuando la vio no lo podía soportar.

–Madre, hay que salvarla, vamos a darle jugo de azúcar para despertarla.

La madre se lo dio con su mano, pero ya era demasiado tarde. Su hermanita estaba muerta; la enterraron en el jardín, detrás de la casa, plantaron unas flores y un árbol en ese lugar. Nunca pudo olvidarla.

En ese mundo, si la madre no mata a su hija, se convierte en una extraña, y cuando alguna se niega a hacerlo, es discriminada y sus vecinos se lo echan en cara. Los ancianos del pueblo y la comunidad ejercen una gran presión psicológica, todos se reúnen y les dicen: "Tienes ya muchas hijas, ¿cómo vas a educarlas y casarlas?".

La madre ni siquiera es consciente de estar cometiendo un crimen, porque en la mayoría de los pueblos se considera que se puede disponer de los hijos como se quiera. Toda la presión recae sobre la madre, porque hay una creencia popular que dice que no es pecado que una madre mate a su propia hija.

Sin embargo, en la India, los varones siempre han tenido preferencia. En los ritos hindúes, el varón es el único que puede encender la hoguera funeraria de sus padres, solo él puede garantizar su reencarnación permitiendo que mueran en paz. El hijo también es el heredero: permite que los bienes y las tierras permanezcan en la familia.

La hija está considerada como una carga inútil; necesita una dote para poder casarla, una costumbre ruinosa que desde 1960 está prohibida por la ley, aunque se sigue practicando.

En la India tener a un hijo te hace más poderoso, te permite automáticamente acceder a un estatus más elevado en la sociedad; en cambio, tener una hija se dice que es como regar el jardín del vecino: no sirve absolutamente para nada. Crías a una hija sabiendo que algún día se marchará con otra familia. Cuando nace un niño se hace una gran fiesta, se mata un cordero y hacen un festín, se visten de fiesta, cantan y bailan...

Los padres están dispuestos a endeudarse durante largo tiempo para celebrar el nacimiento de un varón; nada parecido a cuando la que viene al mundo es una niña.

Es increíble que las propias madres están de acuerdo con sus maridos: cuando una mujer sólo tiene hijas, el marido la abandona y se vuelve a casar; y si se repite la historia con su nueva esposa, la abandona de nuevo hasta conseguir la mujer que pueda darle el ansiado varón.

Ser mujer, y además pobre, es lo peor que te puede ocurrir en el mundo donde se crio *mommy* Anjali: marcada por el rechazo y la desgracia incluso antes de nacer.

Un destino obcecado en que el sufrimiento protagonizara su dolorosa vida. Lo único que la salvaba de tanta desesperanza eran sus hijos, por los que había luchado en contra de las creencias milenarias y de su propio marido. Pero ya no tenía siquiera eso. Nada por lo que seguir luchando. Quería morir y acabar con su sufrimiento. Permaneció tirada en el suelo durante varios días, como si estuviese muerta en vida. Rezaba y pedía a los dioses que alguien pudiera ayudarla. Pero ¿quién? Dejó de ir al trabajo y se alimentaba con lo poco que le traía alguna compasiva vecina de la aldea; vivía en la más absoluta miseria.

Después de pasada una semana alguien llamó a la puerta.

—¡Anjali! ¡Señora Shankar! —resonaba con fuerza desde el exterior una grave voz.

Nadie respondía desde el interior de la humilde casa; la puerta parecía ser tan débil como los mugrientos muros de adobe que la sujetaban. No le resultó difícil abrirla, solo bastó un leve movimiento de muñeca. No parecía haber nadie en esos momentos, así que se decidió a entrar. En la pequeña habitación reinaba el desorden y la suciedad, el visitante necesitó solo unos segundos para sentir que algo grave había sucedido allí mismo, y sabía que estaba íntimamente relacionado con la desaparición del joven Vishnu. No había mucho más que ver en ese pequeño habitáculo, pero, cuando se disponía a entrar en la pequeña habitación contigua que servía de dormitorio, el ladrido de un perro le sobresaltó: era el fiel Bobby, que salía a su encuentro. Sin duda, el instinto del noble animal. Su movimiento de cola le daba la bienvenida como si hubiese sido largamente esperado; Bobby sabía que su ama necesitaba ayuda.

El perro, con sus ladridos, le invitaba a seguirle y a entrar en el pequeño y lúgubre dormitorio. El orondo personaje dio unos pasos, y encontró ante sus ojos a la débil figura de Anjali, recostada en el camastro. Se acercó a ella e, hincando una de sus rodillas en el polvoriento suelo y con suma delicadeza, cogió sus manos y se dirigió a ella: "Señora Shankar, ¿qué ha pasado? ¡Despierta!". *Mommy* Anjali no respondía. Incluso después de abrir los ojos estaba ausente de todo cuanto le rodeaba, pero cuando fue levemente zarandeada, su triste mirada pareció recobrar de nuevo vida y contempló el inconfundible turbante azul del bondadoso señor Harminder.

—Anjali, ¿qué ha pasado? ¿Dónde está Vishnu?

La débil mujer apretó con inusitada fuerza la mano de su salvador, repitiendo una y otra vez sin poder contener las lágrimas: "Mis hijos, señor Harminder, mis hijos", para, a continuación, volver a cerrar sus ojos de indescriptible color.

El inesperado protector, conmovido, cogió entre sus brazos a la frágil mujer y salió a la calle para introducirla en el coche que lo había llevado hasta allí. Ordenó a su chófer que le abriese la puerta, y se montó con ella en el asiento trasero. Antes de ponerse en marcha, observó como el bueno de Bobby permanecía sentado mirándolo fijamente. El señor Harminder sintió que no era capaz de abandonar a quién había demostrado tanto amor por su dueña

—¡Anda, sube! —le dijo abriendo la puerta del coche.

Bobby, de un salto, entró junto a su dueña en el vehículo sin parar de mover su cola: estaba feliz.

Se alejaron rápidamente de la pequeña aldea que había sido testigo mudo del sufrimiento y desgracia de esta humilde familia, para poner rumbo a la casa del señor Harminder. Se convertiría así, desde esos momentos, en su protegida y en una más de su familia a pesar de ser una sirviente. El corazón de este buen hombre se anteponía a las creencias, a las limitaciones que las castas y diferencias de clases que imponían en la sociedad de la India.

Un rayo de luz aparecía imprevisiblemente en la dolorosa cicatriz de Anjali Shankar y, sin duda, para la sufrida madre supondría poder contar con la inestimable ayuda de alguien para intentar encontrar a sus hijos. Pero aún quedaba un largo y tortuoso camino por delante.

****

Bombay

Nos llevaban como corderos al matadero. La noche me la pasé sentado en el duro y pegajoso asiento. Mi estado físico era lamentable, después de la paliza recibida y dos días sin dormir. Miraba al pequeño Roshni, dormido con su cabeza apoyada en el hombro de su hermano; "al menos siguen juntos", pensaba. Me preguntaba qué habría sido de mi hermana. La desolación me afectaba hasta el punto de que sentía un dolor punzante en el pecho, y respiraba con dificultad; inspiraba continuadamente, intentando que entrase aire a mis pulmones.

Brahma dormía sin inmutarse, balanceando su grasiento flequillo. Estaba a punto de amanecer, cuando noté cómo Kiran me daba una leve patada en la pierna. Me miró, me guiñó un ojo y, haciéndome un gesto con la cabeza, me invitó a seguirlo hasta el fondo del vagón.

—No sé si dará resultado, pero he decidido escapar. Hay que intentarlo: ¿me acompañas, Vishnu? Lo he estado pensando mucho y, entre dejar de pasar hambre y seguir teniendo libertad, me quedo con lo segundo; no podría vivir sin ella.

No lo dudé un instante. Sabía que nada bueno nos esperaba, pero tenía claro que, si quería encontrar a mi hermana, tenía que mantenerme libre. No sabía cómo, pero lo más importante para mí era cumplir la promesa que le hice a *momy* Anjali.

—Estoy contigo, Kiran. ¿Has pensado algo?

—Creo que lo mejor es intentarlo en el andén, aprovechando el bullicio y el descontrol que se forma en la estación. Debes de permanecer siempre a mi lado, Vishnu. Se me ha ocurrido algo, pero tenemos que buscar ayuda. Sundar y Roshni nos pueden venir bien; ve a buscarlos.

No sé por qué, pero me vi obedeciendo ciegamente a un pequeño niño. Transmitía tal seguridad en todo lo que decía, en cada gesto, que era muy difícil no seguirlo, y mucho más en esos terribles momentos en que nos sentíamos tan huérfanos de una figura que nos dijese lo que teníamos que hacer, qué camino tomar... Sí, era lo más parecido a una madre.

Me acerqué silenciosamente y desperté a mis compañeros, al mismo tiempo que llevaba mi dedo índice a los labios de Sundar y a los de su hermano.

−¿Qué pasa? −me preguntó Sundar.

−Silencio, seguidme...

El pequeño Roshni nos siguió aún medio dormido, sin decir nada.

−Vishnu y yo hemos decidido escapar cuando lleguemos a la estación −explicó Kiran tomando la palabra−, pero no podremos hacerlo sin vuestra ayuda.

Sundar nos miró, sorprendido, y después de unos instantes en silencio apretó el hombro de su pequeño hermanito.

−Volver a casa es lo que más deseo, pero tengo que cuidar de Roshni, es muy pequeño para correr y nos atraparían rápidamente. ¿Qué tenemos que hacer?

Nuestro improvisado líder nos reunió en un cerrado círculo, y en voz muy bajita nos contó su plan de huida. A pesar de ser más pequeño que yo, sin duda sus años en la calle le habían provisto de un espíritu de supervivencia mucho más desarrollado que el mío.

Cuando regresamos a nuestros asientos, Brahma aún dormía. Ya había amanecido, faltaba poco para que llegase el momento, y nos mirábamos con complicidad.

Kiran se sentó a mi lado, el cansancio hizo al fin mella en mí y me dormí sin darme cuenta, sintiendo que estaba haciendo lo correcto. No sé el tiempo que transcurrió, pero podría haber dormido todo el día de no haberme despertado el trasiego de viajeros que se movían aceleradamente de un lado a otro del vagón, preparándose para la llegada a Bombay. Era consciente de que en breves minutos estaba en nuestra mano la posibilidad de decidir si esta gigantesca ciudad, de casi veinte millones de almas, significaría para nosotros la más cruel esclavitud o el lugar donde mantendríamos la esperanza en cambiar nuestro negro futuro.

El *Slavery Express* llegó al fin a su destino, quedó parado en el andén, la puerta del vagón se abrió. Brahma nos apresuró y se dirigió a todos:

–Caminad delante de mí, no intentéis ninguna tontería. Permaneced juntos.

Kiran respiró profundamente, y volvió a guiñarme uno de sus vivarachos ojos. Avanzamos lentamente en la caótica fila que se había formado para bajar del tren, entre gritos, moscas, el calor sofocante y el olor a sudor que impregnaba hasta el último rincón del atestado vagón. El descontrol era general, parecía una estampida de borregos: los que querían salir del tren, se mezclaban con los que querían entrar; empujones, lamentos, los alaridos de alguna persona que había caído al suelo y era arrollada por los que venían por detrás. Viendo lo que se nos venía encima, cogí en brazos a Roshni, pusimos pie en tierra y, con mucho esfuerzo, llegamos a un claro, Brahma nos ordenó que nos sentáramos en un banco cercano a la puerta de salida de la gran estación, pero permanecía a nuestro lado sin dejar de buscar con la mirada a sus cómplices para hacer la entrega. Poco a poco se fue dispersando un poco el tumulto, y aparecieron delante de nosotros dos individuos de lo más normales, no parecían ser delincuentes.

Uno de ellos se dirigió a Brahma.

–¿Son estos los niños del jefe?

–Sí –respondió nuestro secuestrador.

La entrega y el pago se iniciaron allí, a la vista de todos, pero a nadie parecía interesarle lo que estaba ocurriendo; ni siquiera a una pareja de policías que balanceaban sus palos de madera mientras charlaban animadamente entre ellos.

–Son tres mil por cabeza –dijo Brahma.

Nosotros permanecíamos atentos a la señal de Kiran. Me sudaban las manos, y la garganta la tenía reseca: estaba muy nervioso. Mi compañero de fuga, increíblemente, me miraba y sonreía pícaramente, intentando quitarle gravedad al momento tan tenso que estábamos viviendo. El pequeño Roshni era sujetado de la mano por Sundar, los policías, estaban demasiado cerca, no sabía si eso era bueno o malo para nuestros planes: "Quizás se pudiesen convertir en nuestros aliados", pensaba.

Pero, sorpresivamente, la ayuda la encontramos en un mozo con un carro lleno de fardos apilados en varios pisos que, al pasar justo por delante de nosotros, cayeron como una torre de naipes muy cerca de donde nos encontrábamos. Se formó tal discusión entre el mozo y el que parecía ser su jefe, que atrajo las miradas de todos los que estábamos cerca, incluidos los policías, que acudieron a poner orden. Creí que ese sería el momento, pero Kiran permanecía en silencio. Sundar me miraba, sin saber qué hacer, pero en el instante en que el encargado de recogernos sacaba el fajo de rupias para hacer el pago, nuestro particular "jefe" hizo la señal: apretó el brazo de Sundar, este la mano de Roshni y el pequeño cayó al suelo como si lo hubiera fulminado un rayo, convulsionándose exageradamente mientras su hermano gritaba pidiendo ayuda sin parar. Nuestros captores miraban sorprendidos la escena, los policías, al oír los gritos, acudieron de inmediato y, sin perder ni un segundo, Kiran me hizo una señal con la cabeza e iniciamos una vertiginosa carrera hacia la salida, mezclándonos entre el bullicio de la gente que acudía al andén para montar en el tren, al igual que el incesante goteo de un grifo.

No miramos atrás hasta llegar a las atestadas calles de las inmediaciones de la estación. Pillamos completamente por sorpresa a nuestros secuestradores que, cuando quisieron darse cuenta, notaron que la distancia que les sacábamos hacía imposible que nos atraparan.

—¡Corre, Vishnu, corre! —repetía Kiran sin parar de correr.

Corríamos como alma que lleva el diablo, esquivando viandantes, perros, vacas sagradas, puestos de comida y todo lo que se nos pusiera por delante. Después de casi veinte minutos corriendo no podía más.

—¡Espera, Kiran! ¡Me falta el aire!

Nos encontrábamos en una gran avenida. Mi compañero volvió la vista atrás, y comprobó que nadie nos seguía. Apoyó sus manos en las rodillas y, jadeando, me decía una y otra vez:

–¡Lo hemos conseguido, Vishnu! ¡Lo hemos conseguido!

–Dame un minuto, ¿qué hacemos ahora? –le pregunté.

–No lo sé… debemos continuar, no podemos quedarnos aquí.

A un ritmo rápido, pero sin detener nuestros pasos, nos dirigimos a una mancha azul que se divisaba en el horizonte, entre varios edificios.

Era la primera vez que veía algo así. Poco a poco, nuestro ritmo se fue convirtiendo en un pausado caminar. Me dio tiempo a comprobar la grandiosidad de la ciudad que nos acogía; las cuidadas avenidas con sus paradas de autobuses con un tráfico incesante; grandes monumentos y edificios muy antiguos, que contrastaban con puentes en construcción y otros que servían de refugio para mendigos y niños que pedían limosna medio desnudos en los semáforos. Hombres vestidos de mujer circulando entre los coches detenidos pidiendo, y mendigos tirados en las plazas ajardinadas, tristemente invisibles para todos los que pasaban junto a ellos.

¿Es esto la India?, me preguntaba. No había salido de mi aldea nunca, y creía que estas cosas solo se podían ver en Benarés. Me faltaba mucho por descubrir aún, y comprobar que esta visión para el que nace aquí es de lo más normal. ¿Quién es capaz de construir toda esta riqueza, sin ver toda la miseria y dar solución a tanto sufrimiento?

Habían pasado más de dos horas cuando llegamos a la gran mancha azul. Kiran y yo, la miramos con los ojos como platos.

–¿Lo habías visto alguna vez? –me preguntó.

–No, es grandioso.

–¡Vamos! –y, cogiéndome de la mano, corrimos hasta la orilla de esa gran masa de agua azul que nunca habíamos visto antes.

Me parecía mentira. ¿Había sido necesario sufrir tanto para ver el mar en toda su inmensidad? Por primera vez en nuestras vidas, nos encontrábamos frente a él, y sentí cómo esa agua podía realmente limpiar mi mente y mi castigado cuerpo; nada parecido al agua infectada que mis ojos estaban acostumbrados a ver desde que tengo recuerdos.

Fue un baño sanador, pero solo por unos momentos. La realidad que nos rodeaba nos obligaba a sobrevivir en un mundo desconocido: no teníamos dinero, ni dónde ir. ¿Por dónde empezar?

–¿Qué vamos a hacer? –pregunté a mi salvador.

–Bueno, no sé tú, pero yo tengo más hambre que un perro. Espera aquí, que ahora vuelvo–, me contestó Kiran como si no hubiese en el mundo cosa que no pudiese conseguir.

Me dejé llevar y me tumbé al sol, en la arena cálida de la playa. Contemplé a las familias caminando por el gran paseo marítimo repleto de hoteles y restaurantes; puestos ambulantes de comida; infinidad de niños jugando al *cricket* o volando cometas; a madres jugando con sus hijos, y me acordé de la mía, de mi *mommy* Anjali: "Si vieras esto, *mommy*… Algún día te traeré junto a Savitri". Y me quedé plácidamente dormido. Paradójicamente, fue el instante fugaz de mi vida en el que más paz recuerdo haber sentido; el momento más consciente. Sentía que un mundo mejor podía ser posible, y es lo que quería seguir sintiendo, y ofrecérselo con toda mi alma a mi familia.

Pasados unos minutos, me desperté con el olor de un pincho de cordero delante de mi nariz.

–¡Guauuu! ¿Dónde lo has conseguido?

–¿Tú que crees? Llevo mucho tiempo sobreviviendo en la calle. Tú pégate a mí. ¡Toma! –exclamó Kiran lanzándome una lata de refresco sin parar de reír, y guiñándome nuevamente el ojo.

Sin duda, este pequeño personaje de gran corazón se convertiría en mi nuevo hermano y en mi guía. No teníamos nada, lo habíamos perdido todo, pero manteníamos lo último que puede perder un ser humano: la esperanza.

IV
EL NECIO

Desde el fatídico día en que se consumó el secuestro de sus propios hijos, por primera vez en su vida Ranjit experimentó un nuevo sentimiento: el remordimiento. Desde lo más profundo de su ser sabía que había hecho algo horrible; esta vez no estaba seguro de poder seguir viviendo con esa culpa. Su verdadera esencia, la misma con la que vino al mundo, tomó posición en su manera de sentir. Comenzaba a tomar consciencia de que se había convertido en un verdadero monstruo, y se maldecía por ello.

El desgraciado señor Shankar deambulaba sin rumbo fijo por las callejuelas de Old Varanasi, comido por la mugre, después de haber pasado varias semanas tirado por las calles como si fuese un perro más de los que abundan por la vieja ciudad. No tenía una rupia en los bolsillos, pero, aun así, decidió entrar en uno de los bares que frecuentaba. Era conocido por muchos y sabían bien qué tipo de persona era. Todos callaron al verlo entrar y, con la vista perdida, se dirigió a la barra del bar.

–Por favor, llevo varios días sin comer.

–¿Tienes dinero? –le respondió el dueño del negocio.

Ranjit agachó la cabeza.

–¡Vete! ¡No eres bienvenido! –exclamó el posadero apartándolo de un manotazo para poner distancia entre ambos.

–¡Tengan un poco de piedad! –imploró dirigiéndose a los clientes que se encontraban sentados en las mesas.

–¿La misma piedad que tú sentiste por tus hijos? – intervino un corpulento hombre desde el fondo del salón,

–No tienes vergüenza, ¡sal de aquí ahora mismo! ¡Piensas en comer sin saber si tu familia puede hacerlo! Conozco a tu hijo Vishnu, es un buen chico, su jefe me ha contado lo que has hecho, ¡todo el mal que has causado caiga sobre ti!

El irritado cliente cogió a Ranjit por la pechera y lo arrojó a la calle como si fuese un pelele, no sin antes propinarle un par de humillantes guantazos.

Repudiado por todos, abochornado, el necio se recompuso como pudo y, como un autómata, arrastrando los pies lentamente, se encaminó hacia uno de los *Ghats*. Nunca sintió la necesidad de sumergirse en las putrefactas aguas del río sagrado, no era hombre espiritual ni participó jamás de rituales de purificación, era lo más alejado de la religión que se podía ser. Su interior estaba lleno de odio y resentimiento, no había espacio en su corazón para nada más. Pero sin saber por qué, se vio al borde del río, y miró al cielo como pidiendo ayuda a los dioses, los mismos a los que había ignorado toda su vida.

Casi en trance, se adentró en el río, primero hasta las rodillas, después se sumergió completamente en las turbias aguas del Ganges ayudado por un *Pandit* o sacerdote, mientras éste le repetía:

–Arrepiéntete de tus pecados hermano, arrepiéntete.

Ranjit no decía nada, solo lo miraba como el que ve un tablón en medio del océano, y se derrumbó ante él hecho un mar de lágrimas.

–¡He hecho algo horrible! ¡He hecho algo horrible! – repetía sin cesar.

–Bien, es bueno que te desahogues, pero intenta calmarte. Acompáñame –le consoló amablemente el sacerdote.

El *Pandit*, viendo el sufrimiento del ahora desvalido Ranjit, lo invitó a participar en la ceremonia.

–Querido hermano, quédate esta noche, y comprueba el poder sanatorio del *Ganga Aarti*; debes saber que te puede cambiar el rumbo de tu vida y ayudarte a encontrar tu verdadero camino, que no es otro que el del amor, por lo que todo ser viene al mundo.

–No sé, ¿de qué se trata? –preguntó Ranjit ya un poco más repuesto de la experiencia más espiritual que hubiese sentido nunca. Solo sabía que había encontrado consuelo en la amargura que le arañaba las entrañas.

–Es un ritual espiritual muy poderoso, también llamado "La ceremonia del fuego", y se realiza en tres de las ciudades sagradas de la India: Haridwar, Rishikesh y donde nos encontramos, Benarés.

El sorprendido Ranjit aceptó complacido la invitación del sacerdote, y recibió ropa limpia y comida hasta que llegara la hora de la ceremonia. Mientras devoraba un plato de lentejas, su anfitrión le siguió explicando.

–Querido Ranjit, un *Aarti* es un ritual devocional que usa el fuego como ofrenda, mediante lámparas encendidas o con una pequeña *diya* con una vela y flores flotantes, es una ofrenda a la Diosa Ganga o como nosotros la llamamos: "Madre Ganga". Las lámparas adquieren el poder de la deidad, "la esencia de los

Dioses". Una vez que se completa el ritual, los devotos deben colocar la palma de sus manos sobre la llama, y llevarlas hacia la frente para obtener la purificación y la bendición de la diosa. La leyenda cuenta que hace mucho, en la noche de los tiempos, los *devas* (dioses) y los *asuras* (demonios) hicieron una alianza para trabajar juntos en la elaboración del *Amrita*: el néctar de la inmortalidad. Sin embargo, cuando el *Amrita* estaba listo, los demonios arrebataron el *Kumbhá* (el bote que lo contenía) y huyeron. Durante doce días y doce noches, el equivalente a doce años para los hombres, dioses y demonios combatieron en el cielo por la posesión del cántaro. Durante la batalla, gotas de *amrita* cayeron en cuatro lugares: Praiag, Ujjain, Nasik y Haridwar. Por este motivo, estas ciudades son de las más sagradas de la India. La ceremonia del *Aarti*, significa "Pies del Señor". Se dice que una huella de un pie en un muro de piedra pertenece al Señor Vishnu.

La noche cayó pronto sobre los *Ghats*, y el espectáculo de luz y recogimiento dio comienzo ante los sorprendidos ojos de Ranjit. Acompañado de su nuevo amigo, el *Pandit*, pusieron una vela flotante con flores, y este renacido hombre sintió como toda su maldad se marchaba rio abajo, quizás acompañada también de la de otras muchas almas convertidas en ese momento mágico. Esa noche, Ranjit la pasó en el albergue, rodeado de enfermos que esperaban a la muerte, pero no le importó; él sentía que todos esos moribundos tenían algo en común con él.

El señor Shankar tomó consciencia, comprendió y descubrió cómo dentro de varias capas de mucho dolor, se escondía un corazón capaz de amar. Tenía que hacer algo para reponer todo el daño que había causado, era incapaz de dormir; solo podía esperar a que amaneciera un nuevo día para comenzar su redención y recordar.

El maltrato y las humillaciones sufridas durante su infancia, no se desvanecieron nunca de la mente del indefenso Ranjit, dejando en su interior una herida muy profunda y, como consecuencia, el mismo rol de comportamiento que suelen tener en común los maltratadores. Él solo fue una víctima más.

El joven Ranjit nació no muy lejos de la aldea donde se estableció con Anjali al casarse. Su madre, Denali, que significa "aquello que es grande", era una verdadera discípula de amor: siempre tenía la mano abierta para quien lo necesitase e intentó educar a Ranjit y a sus tres hermanos en él. La pareja tuvo cuatro hijos, dos varones y dos hembras, pero la bondadosa Denali se encontraba continuamente sometida a su marido Kailash, un burdo hombre alcohólico y maltratador, que encerraba dentro de la familia un oscuro secreto.

Es fácil deducir en qué clase de espejo se terminó reflejando. Sus hermanas Shaila y Naya eran las más pequeñas y, a pesar de los esfuerzos de su madre, la maldad de aquel hombre se fue apoderando poco a poco de cualquier atisbo de hogar de paz.

Ranjit y su hermano fueron poco al colegio. Acudían cada día para trabajar en las tareas del campo, todos guardaban con el padre prudente distancia, ya que los maltrataba verbalmente en la menor ocasión y les hacía sentir como si fuesen unos inútiles. Este hecho, junto a los continuos maltratos físicos que presenciaban contra su madre y padecían al intentar interponerse, terminó desembocando en un germen de odio muy grande contra su padre.

Ranjit, fue creciendo y, ya de adolescente, no podía soportar por más tiempo el desolador ambiente que reinaba en su humilde casa, y pasaba días desaparecido de ella.

Fue a partir de entonces, cuando comenzó a frecuentar malas compañías y dedicarse al pillaje y a los pequeños hurtos gran parte del día.

Sus hermanas nunca fueron al colegio. Por orden de su autoritario padre se dedicaban a las tareas del hogar, siempre al lado de su madre. Ellas tampoco se libraron de los abusos de este auténtico demonio, pero las desafortunadas niñas lo sufrieron del modo más brutal e incestuoso. Denali, todo bondad, no veía salida al suplicio en el que se habían convertido sus vidas y sufría en silencio: ¿a quién acudir? Nunca la creerían.

Pero a Ranjit, una idea comenzó a rondarle por la cabeza.

–Esto no puede seguir así –le comentó a Sopnir, su hermano mayor.

–Y, ¿qué se te ha ocurrido, Ranjit? No es tan fácil, mamá tiene razón, nadie nos creerá –intervino Sopnir, mientras intentaba meter a las gallinas en el corral.

–Sólo hay una forma de solucionar el problema, pero necesito tu ayuda –respondió Ranjit.

–¿Qué estás pensando? No vayas a hacer ninguna tontería –cuestionó Sopnir entre preocupado y sorprendido,

–Tú no tienes que decir ni hacer nada, solo acompañarme. No voy a permitir que siga haciendo "eso" a nuestras hermanas.

A partir de ese día, todas las noches seguían a su padre al salir del antro que frecuentaba. Volvía siempre borracho, y había ocasiones en que caía al suelo y allí se quedaba hasta que despertaba.

Se limitaban a vigilarlo esperando que la ocasión se presentara. Y ese momento llegó pasadas unas semanas, cuando el malvado Kailash caminaba al borde de la orilla del río de regreso a casa. Ranjit y Sopnir lo acechaban a prudente distancia, la noche era oscura, y el camino estaba desierto de testigos que pudieran presenciar lo que estaba por ocurrir.

Esa noche, Kailash iba bastante perjudicado, y su cuerpo se balanceaba de un lado a otro del camino, tropezando y cayendo al suelo en varias ocasiones.

Hasta que en una de ellas ya no se levantó.

–Es el momento –dijo Ranjit.

Sopnir obedeció sin decir nada, sin aún sospechar lo que su hermano pequeño estaba a punto de hacer. Se acercaron al cuerpo del padre que permanecía boca abajo, balbuceando. Se arrodillaron ante él, y le dieron la vuelta; Kailash entreabrió fugazmente los ojos, todo su cuerpo olía a alcohol y a sudor.

—¿Qué hacemos, Ranjit? —preguntó desconcertado Sopnir.

—Tú todavía nada —respondió Ranjit para, seguidamente, asestarle a su padre un fuerte golpe en el centro de la frente con una gran piedra de las que abundaban en la orilla del río.

La pedrada provocó que un chorro de sangre salpicara la cara de Sopnir, que contempló horrorizado la escena. No hizo falta más: el desgraciado Kailash no hizo ningún movimiento, la borrachera que llevaba ejerció de anestésico.

—¿Qué has hecho? ¡Cómo has podido hacer algo así! —gritaba Sopnir, aterrado.

—Se acabó el problema. ¿Se te hubiese ocurrido algo mejor? ¡Anda, deja de gimotear y ayúdame, cógele de los pies! —espetó Ranjit, con una serenidad que impresionaba.

—¡Estás loco! ¡Estás loco! —repetía una y otra vez Sopnir—. Si llego a sospechar lo que tramabas, no me hubiese prestado a ser tu cómplice, ¡vamos a ir a la cárcel!

—¡Calla de una vez y terminemos con esto! Pueden descubrirnos en cualquier momento.

Sopnir obedeció a Ranjit y, tras un leve balanceo, lo tiraron al río; el cuerpo se fue alejando rápidamente de la orilla, arrastrado por la corriente.

—Escúchame con atención: no has visto ni oído nada, ¿me entiendes? En unas horas encontrarán el cuerpo, y creerán que se golpeó la cabeza y cayó al río, ¿lo has entendido? ¡Responde!

Sopnir permanecía en estado de shock, y no era capaz de articular palabra, hasta que su hermano pequeño lo zarandeó por los hombros y lo hizo reaccionar.

–¿Lo has entendido? ¡Responde!

–Sí, sí... lo he entendido –respondió Sopnir sin aún asimilar lo que había ocurrido.

–Volvamos a casa; pero antes lávate la cara y despréndete de la camisa, que tiene restos de sangre. ¿No me dirás que ahora todo el mundo no estará mejor?

Encontraron el cuerpo a los dos días, tal y como había previsto el chico. La policía recabó testimonios de las personas que lo vieron por última vez. Todos coincidieron en que por las noches salía del bar borracho, y algunas veces dormía tirado en la puerta. El juez ordenó que el cadáver lo examinara un forense y, después de leer el informe, cerró el caso como muerte accidental.

La frialdad que demostró Ranjit era impropia de un joven de su edad.

Sería un hecho que marcaría para siempre su vida, pero, paradójicamente, en contra de lo que él mismo pensaba, el problema no se había acabado. Su mente enferma cogió el testigo de su despreciable padre. La historia se volvía a repetir, desgraciadamente para el destino de la pobre Anjali, a la que conocería no mucho tiempo más tarde.

V
KIRAN, EL MAESTRO

Procurábamos no exponernos mucho durante el día, ya que sabíamos que nos estarían buscando, así que permanecíamos durante la mayor parte del tiempo en la playa. Nos construimos, en la parte menos transitada, una especie de choza con cuatro palos y ramas; sería nuestro refugio, no sabíamos hasta cuándo, pero, en cualquier caso, convenimos que lo mejor era dejar que pasaran unos días, quizás así se olvidarían de nosotros, pensábamos ingenuamente.

Kiran se convirtió en mi maestro también en el arte de robar comida y sobrevivir cuando no se tiene literalmente nada. Era realmente rápido.

–Presta atención Vishnu: el secreto consiste en tener paciencia, no llamar la atención, como si fueses invisible; no le quites nunca el ojo al comerciante, no dudes, elige tu objetivo y aprovecha siempre el momento en que otros clientes distraigan su atención. Cuanta más gente haya alrededor, mucho mejor. Cuando sientas que es el momento, actúa rápido como el rayo y desaparece tranquilamente sin correr, a no ser que sea necesario. Nunca lo intentes cuando el mercader esté desocupado o espantando las moscas de la comida. ¿Lo has entendido?

–Por todos los dioses, Kiran, dicho así parece fácil, pero no sé si seré capaz.

–Pues no te va a quedar más remedio, es una cuestión de supervivencia, Vishnu. ¿Qué pasaría si yo no estuviese aquí para llenarte el buche? ¿Prefieres morirte de hambre? Mañana me acompañarás y, cuando creas que estás preparado, tendrás tu primera misión, ¿ok?

—A ver, qué remedio...

—Qué remedio, qué remedio... ¿Quieres convertirte en una mujercita y ocuparte siempre de la casa? Jajajaja...

—No te burles —le contesté a Kiran tirándole una botella de plástico y acertándole en toda la frente.

—¡Ven aquí! ¡Comienza a correr!

Me levanté de un salto y me correteó por toda la orilla hasta que, al fin, me atrapó y me embadurnó todo el cuerpo y la boca con arena mojada,

—¡Puag! Kiran, ¡piedad, piedad!

—Jajajaja... ¡Eres una nena! Jajajaja...

Terminamos dándonos un relajante baño; era curioso y extraño al mismo tiempo: a pesar de lo trágico de mi situación, me sentía libre por primera vez en mi vida y comenzaba a disfrutar de cada momento en continuo contacto con el mar.

Al llegar la noche, nos tirábamos en la arena a contemplar las estrellas. Nunca imaginé que podría haber vivido este momento.

—Kiran, ¿en qué piensas?

—En nada, solo miro a las estrellas.

—¿No te preocupa nada?

—¿Qué debería de preocuparme? Comprendo que para ti todo esto que nos pasa es algo muy malo, pero yo hace mucho tiempo que dejé de tener miedo a perder algo porque ya lo perdí todo. ¿Qué gano echando de menos algo que no tengo o nunca tendré? He aprendido a vivir el momento; el miedo solo sabe de pasado y de futuro, pero del presente no sabe absolutamente nada. Además, esto de no estar apegado a nada ni a nadie tiene sus ventajas, te ofrece algo único: la libertad. ¿Qué más da si mi cárcel está en Benarés, Bombay o cualquier parte del mundo? Mañana mismo podría estar en América y no estar más feliz por ello.

—No entiendo, ¿qué quieres decir?

—Pues que todo está dentro de cada uno de nosotros, Vishnu. Yo ahora mismo, sin tener nada, soy feliz mirando las estrellas, y dejo que la vida me marque el camino. ¿Sabes cuál será mi máxima preocupación mañana cuando despierte?

—No —le contesté abstraído por todo lo que estaba escuchando.

—Desayunar. Estando aquí, ¿qué más nos puede hacer falta?

—Pero, Kiran, ¿es esta la vida que quieres vivir siempre?

—Seguro que no, pero mientras llega ese momento, vivo. Dejaré que la vida fluya.

—A todos estos pensamientos, ¿has llegado por ti mismo? Eres muy pequeño para pensar así.

—Conocí a un monje budista en los *Ghats*; me dijo que veía algo en mí. Él me ayudó a comprender muchas cosas.

—¿Qué vio en ti?

—Lo observé una mañana cuando iba al río a lavarme; al salir del agua me senté frente a él, y así permanecimos, sin decir nada hasta que al caer la tarde me dijo: "me alegro de volver a verle" e inclinó la cabeza. No sé por qué se dirigió a mí así, era la primera vez que lo veía. "¿Por qué te inclinas ante mí que no tengo nada?" le pregunté.

"Puede que no tenga nada, pero ¿Por qué alegrarse por una ganancia material? Usted aún no lo ha descubierto, pero es muy rico. Sabe que aquel que persigue una buena actitud de equilibrio mental, ni se regocija con la ganancia ni se entristece con la pérdida; usted sabe que el hombre viene al mundo desnudo, sin dinero y se marcha tal y como vino". Continué a su lado durante una semana, él fue quien me enseñó todo lo que sé, y a aceptar mi situación, hasta que un buen día desapareció.

–Por el Dios Shiva, Kiran, ¡Qué historia!

Sentí que me encontraba ante alguien diferente, a pesar de ser solo un niño de once años, pero sin duda lleno de sabiduría. Era solo el comienzo de mi aprendizaje junto a la persona más especial que conocí en mi vida. Él apareció en mi camino cuando más lo necesitaba.

****

Barriga llena, cabeza bien alta.

Nuestros primeros días en Bombay transcurrían lentamente, sin otra ocupación que no fuese intentar pasar desapercibidos y llenar la barriga. Cuestión difícil, ya que siempre teníamos hambre. Nuestra situación no nos permitía elegir; nuestra dieta, la mayoría de las veces, era un par de pinchos o algunos *naam* sustraídos torpemente en mi caso.

Me sentía como una de las gaviotas que revoloteaban sobre los restos de comida acumulados en los cubos de basura; "espero no llegar nunca a ese extremo", pensaba.

Le propuse a Kiran que siguiera utilizando su método. Yo tenía pensado el mío propio, definitivamente no servía para hacer lo que él hacía, lo pasaba realmente mal. Podría parecer fácil imitar su dilatada técnica, pero la mayoría de las veces perdía el botín en la apresurada huida.

–Y, ¿Qué piensas hacer? –Me preguntó Kiran, levantando la ceja.

Después de casi una semana, mi apariencia se asemejaba bastante a la de los muchos niños de la calle que malvivían en Bombay.

–Prefiero pedir. Creo que puedo causar la suficiente compasión entre los turistas alojados en los hoteles frente al paseo marítimo.

–Está bien, por probar no se pierde nada; a ver a quién se le da mejor ——espondió Kiran mientras me lanzaba una desafiante mirada entrecerrando sus vivarachos ojos, rematada por una sonora colleja en mi cuello.

–¡Pero bueno! Me has cogido desprevenido, ¡ven aquí!

–Jajaja… hay que estar más vivo, ¡pringao! –exclamó Kiran mientras se alejaba corriendo hacia atrás velozmente en dirección a la orilla.

Nos encontrábamos en plena época de monzones, eso significaba que conseguir comida resultaría mucho más difícil. El incesante trasiego de personas desaparecía como por arte de magia mientras duraba el chaparrón, y los puestos ambulantes quedaban desiertos bajo la atenta vigilancia del desocupado tendero.

Los viandantes se agolpaban bajo las paradas de autobuses, intentando resguardarse de la intensa lluvia que, a veces, era tan torrencial como para formar grandes lagunas haciendo invisibles las aceras. Aunque también era habitual ver caminando a personas despreocupadamente, caladas hasta los huesos, buscando así refrescarse del bochorno y humedad propios de la época; era lo que más buscaba todo el mundo, un poco de aire fresco.

Yo me dejaba envolver por la lluvia, al igual que me envolvía una nana de *mommy* Anjali cuando era pequeño. "Barriga llena, cabeza bien alta, no olvides esto nunca hijo mío", decía siempre mi madre al terminar de comer.

Estaba dispuesto a seguir su consejo. Me encaminé hacia uno de los hoteles que bordeaban la costa; la tormenta había cesado y el paseo marítimo recuperaba lentamente a sus paseantes, los tenderos sacudían los toldos de sus puestos de grandes bolsas de agua y se preparaban de nuevo para recuperar su actividad normal. Volvía el olor a curry y a pinchos de cordero, ¡qué hambre, por Dios!

Decidí sentarme en el muro de piedra que separaba la playa de unas de las desiertas terrazas del Mumbai Juhu Beach Hotel. Las cristaleras de uno de sus restaurantes quedaban lo suficientemente cerca. Mi objetivo era llamar la atención de alguno de los clientes que a esa hora comenzaban a bajar a cenar. Debía tener paciencia, pero después de casi una hora, solo había conseguido ver como rebañaban los postres, pagaban la cuenta y los atentos camareros volvían a preparar la mesa para el siguiente comensal.

Me fui acercando disimuladamente, esquivando la mirada de quien salía o entraba ocasionalmente. Me planté frente al cristal a pocos centímetros, y me llamó la atención una bellísima señora hindú ataviada con un elegante *kurta* bordado. Iba acompañada de una niña que parecía tener mi edad y de un señor vestido impecablemente con un traje de estilo occidental: quizás fuese su marido.

La primera que se percató de mi presencia tras el cristal fue la niña, que me miraba muy seria, mientras le hacía un gesto a su madre con la mirada. Ese momento se vio interrumpido por un camarero que traía en una bandeja una gran guía telefónica para entregársela al caballero.

Eso hizo encender una luz en mi cabeza, ¿cómo no se me había ocurrido antes? Resultaba tan sencillo como buscar en ese gran libro el número de teléfono del Sr. Harminder y nuestra aventura habría terminado.

La señora me miró con ojos compasivos, como solo una madre puede mirar. Yo, al ver que sus bellos ojos verdes conectaron con los míos, hice el gesto de comer llevándome mis cinco dedos a la boca. No tuve que interpretar mucho para que ella entendiese rápidamente que estaba hambriento. Me sonrió dulcemente y le hizo un gesto a su hija para que le ayudara a recoger varios platos de comida y pan; pidieron al camarero una bandeja y fueron ellas mismas las que salieron a la terraza. La encontré frente ante mí y me hizo un rápido reconocimiento visual: la cara la tenía aún más renegrida por el sol, el cabello engreñado, caminaba descalzo, vestía con una agujereada camiseta que se adivinaba blanca tras la mugre y unos pantalones cortos deportivos que encontré en la playa. Parecía estar muy impresionada.

La bella señora me invitó a sentarme en una de las mesas de la terraza, mientras la niña sonreía tímidamente.

–*Thank you so much, lady* –le agradecí en perfecto inglés.

–¡Sabes hablar inglés! –exclamó, sorprendida.

–Un poco, señora. Lo aprendí en el colegio y también en el trabajo –le respondí a mi salvadora mientras devoraba un trozo de *tandoori chikken*.

–Come, debes de llevar días sin comer. ¿Estás solo? ¿Cómo has llegado hasta aquí? Eres diferente a los niños de la calle de Bombay. ¿Cómo te llamas?

Gestioné como pude el bombardeo de preguntas mientras no quitaba ojo de la comida.

–Me llamo Vishnu. Le parecerá increíble, señora, pero llegamos hace unos días cuatro niños desde Varanasi en tren, secuestrados por una mafia para trabajar; pero mi amigo Kiran y yo conseguimos escapar, nos han alejado de nuestras familias, a mi hermanita Savitri la separaron de mí y no sé nada de ella desde entonces.

–¡Es horrible! ¿Cómo pueden ocurrir estas cosas? ¿Dónde está tu amigo?

–Está buscando comida por otro sitio, señora. ¿Puede usted ayudarnos, por favor?

–Claro, hijo mío. Llamaré a la policía ahora mismo.

–¡No! Quiero que haga por mí otra cosa: por favor busque un número en la guía telefónica... Harmin...

No me dio tiempo a terminar de pronunciar el nombre de mi jefe, cuando sentí que alguien me agarraba por el cuello y tiraba de mis brazos.

–¡Corre, Vishnu, corre! ¡Son ellos, nos han encontrado! ¡Corre!

La elegante señora me miraba angustiada, y observé que los mismos delincuentes de los que escapamos, se acercaban de nuevo a nosotros, tirando todas las sillas de la terraza que entorpecían su camino. No me dio tiempo a más. Salimos despavoridos en dirección a la gran avenida, no sin antes gritarle a la señora:

–*Thak you, lady.* ¡Harminder Singh, de Benarés! ¡Harminder Singh and Sons! ¡The Boss!

–¡Rápido, Vishnu, no te pares! ¡No mires atrás!

Al salir de la playa, un coche negro parecía estar esperándonos, pues salieron otros dos hombres a nuestro encuentro.

–¡Sígueme, sígueme! –repetía sin cesar Kiran.

La huida esta vez fue mucho más larga y angustiosa, pues nuestros perseguidores nos seguían a poca distancia, montados en el coche.

–¡Debemos llegar al mercado! ¡Al mercado! ¡Allí podremos despistarlos! –gritaba Kiran.

En nuestra frenética carrera, descalzos por las calles de Bombay, nos topábamos cada vez con más obstáculos por salvar, pero, al llegar a las calles, su estrechez nos ayudó a dar esquinazo a nuestros secuestradores. El tráfico y los embotellamientos hicieron el resto. Debíamos alejarnos todo lo posible de aquella zona, y para hacerlo debíamos caminar por varias horas.

–Kiran, espera. Ya han pasado dos horas, y parece que no nos siguen. Necesito recobrar aire, y los pies me sangran.

–Siempre te tengo que estar esperando, Vishnu. Parece que el pequeño fueses tú.

–¿Qué quieres que haga? Tengo los pies destrozados.

–Vale, pero debemos buscar un refugio. Corremos peligro aún, seguro que esta gente no descansará hasta atraparnos, para ellos somos solo dinero.

Después de un par de horas, la noche había caído totalmente sobre la ciudad. De nuevo comenzó a llover, pero esta vez de una forma mucho más suave, como una esperada caricia. Era agradable sentir como el sudor y la sal del mar abandonaba tu cuerpo, hasta que pareciese hacerlo más flexible. Nos guiábamos como perros siempre por el olor a comida; nos dirigimos a una humareda cercana, el olor a carne era inconfundible. Llegamos a un concurrido mercado con puestos de todo tipo.

Pero fue el olor a los dulces lo que nos llevó casi hipnotizados a uno de los muchos puestos que se intercalaban a un lado y otro de la animada calle. Cuánto tiempo hacía que no probaba alguno, se me hacía la boca agua.

Conocidos como *mithai*, encontramos estos diferentes tipos de pastelitos cuya base es la leche, el azúcar, harina, almíbar o frutos secos. Tradicionalmente no se hornean, si no que se cocinan en estufa o en fuego abierto. Como los *yalebi*, con forma espiral, son dulces fritos que se remojan en jarabe de azúcar, elaborado con harina de garbanzos y con un color amarillo que les da el azafrán. Pero mi preferido son los *laddús*: están deliciosos. Son regordetas bolas anaranjadas con base de harina rellenadas con jarabe de azúcar. En algunas partes de la India, a un niño regordete se le llama *laddú* cariñosamente.

Nos posicionamos frente a un puesto especializado en estos dulces. Era un carromato de madera, con un colorido toldo lleno de lucecitas, atendido por un escuálido y barbudo hombre mayor, con un turbante multicolor más grande que su propia cabeza, sin un solo diente en la boca y siempre con un cigarrillo *Vidy* en la comisura de los labios.

–Vishnu, esta vez trabajaremos en equipo: tú lo distraes y yo ejecuto, ¿de acuerdo?

–Claro, pero ¿qué le digo?

–Amigo, un poquito de imaginación, colega. Negocia el precio de un kilo de *yalebis* y otro de *laddús*, después improvisa. Lo haría yo, pero mi aspecto es peor que el tuyo, ¿quién iba a creerse que mis roídos bolsillos contienen rupia alguna? Vamos, esto es pan comido, Vishnu, ¡puedes hacerlo!

Me acicalé un poco el pelo, y me dirigí al puesto. El hombre estaba terminando de atender a dos chicas; yo guardé respetuosamente mi turno.

–¿Qué quieres? –me preguntó el señor del puesto secamente, como intuyendo que no tenía ninguna intención de comprar.

–¿Cuánto cuestan los y*alebis*?

–Cinco rupias.

–¿Y los *laddús*?

–Igual.

–Y, entonces, ¿cuánto cuesta el kilo de y*alebis*?

–50 rupias.

–Y, ¿el de *laddús*?

–¡Pero bueno, chico! No me hagas perder el tiempo, ¿no te he dicho que cuestan lo mismo? –Me contestó irritado el viejo, hasta hacerle caer el *Vidy* de sus labios.

–No se ponga usted así, señor. Estoy pensando... Mi madre me ha hecho más encargos, pero creo que me llevaré un kilo de cada. Sí, está decidido.

–¿De qué?

–De qué va a ser: de y*alebis* y de *laddus*. Ahora es usted el que me está haciendo perder el tiempo.

Los clientes comenzaban a agolparse detrás de mí, y yo vi como, sigilosamente, una pequeña mano comenzaba a aparecer una y otra vez por el extremo del carro: Kiran, agazapado, comenzaba a hacer su trabajo.

–¿Estás seguro? ¿Tienes dinero?

–¿Qué le hace pensar que no tengo dinero?

–Enséñalo.

–Cuando me dé los dulces –le respondí cada vez sin menos idea de cómo iba a terminar esta absurda conversación,

–Son cien rupias –me contestó agriamente el hombre, mientras comprobaba como Kiran no dejaba de meter dulces en su camiseta.

–Bien, se lo traeré mañana, ¿se fía de mí? Esto es un antojo mío; solo tengo dinero para patatas y verduras que me encargaron.

–Pero ¿crees que soy tonto? Vuelve mañana, ¡pero con las cien rupias en la boca!

–¿Por qué en la boca, señor?

–¡Ven aquí! ¡Te daré una paliza para que aprendas a no tomar el pelo a un pobre anciano!

–Tranquilo, señor, perdone. Volveré mañana con el dinero. *Namasté, namasté.*

En esos momentos, Kiran se había alejado calle abajo, y me percaté de cómo se perdía en un callejón; todo lo contrario del señor desdentado que no se dio cuenta de nada.

—Jajajaa… Ha sido divertido. Déjame probar uno, Kiran.

–Solo uno, este será el postre. Hoy comeremos como auténticos Marajás.

–Ummm, ¡qué bueno está, por todos los dioses!

Cerré los ojos, y sentí como el *laddu* se deshacía en mi boca; el sabor dulce de ese delicioso pastelito me transportó de nuevo a casa, junto a *maan* y Savitri.

–Vamos, lo esconderemos aquí. Ahora vamos a por el primer plato.

Nos dirigimos a un puesto de patatas asadas con la misma intención, pero el resultado no fue el esperado. Kiran se equivocó de lado, y escogió el sitio donde estaban las patatas crudas.

–Algo es algo. No pasa nada, las asaremos nosotros – comentó mi compañero.

–¿Cómo piensas hacerlo?

–Haremos una fogata.

–¿Con qué? ¿Tienes cerillas?

–¡Anda, pues es verdad! —exclamó Kiran, rascándose la cabeza.

–No te preocupes, yo me encargo —le respondí con una sensación de seguridad que nunca había sentido. Sin duda estaba aprendiendo a sobrevivir–. Dame dos *laddús* y dos *yalebis*.

–¿Para qué?

–¡Mira y aprende, pringao!

–Pues ya puestos, no te olvides de la sal y la pimienta –apuntilló Kiran.

No me resultó difícil encontrar a un par de chicos fumando, sentados en los escalones de una vieja peluquería, donde los hombres acuden regularmente también a sacarse la cera de los oídos. Cambié dos dulces por cuatro cerillas. En cuanto a la sal y la pimienta, las conseguí en un puesto a cambio de nada: a la señora debí de darle tanta lástima que me dio un buen puñado de ambas bien empaquetado; me sobraban dos dulces, así que decidí comerme uno. El otro se lo guardé a mi querido amigo.

–Debemos alejarnos de los puentes, el metro y las paradas de autobuses: es donde primero nos buscarán. Suelen hacer redadas. Debemos subir al bosque –pensó en voz alta Kiran.

Miramos a nuestro alrededor, buscamos la vegetación y hacía allí nos dirigimos. Encontramos un sitio elevado, entre dos árboles, desde donde se podía divisar la ciudad y gran parte de la bahía de Mumbai, abrazada por sus rascacielos iluminados; tan iluminados como el cielo estrellado que nos servía de techo. Nos dimos un auténtico festín. Encontré una botella vacía, que llené de agua, antes de llegar a nuestro nuevo refugio.

Tal y como hacíamos en la playa, nos tendimos boca arriba a contemplar las estrellas.

–Barriga llena, cabeza bien alta, barriga llena, cabeza bien alta...

–¿Quién te enseñó eso, Vishnu?

–*Maan* Anjali, mi madre.

–Aunque ahora estés lejos de ella, eres afortunado, Vishnu. Al menos sigue viva. ¡Yo te ayudaré a volver con ella y con tu hermana!

–¿De verdad, Kiran?

–¡Mi corazón nunca miente, pringao!

–Gracias, hermano. Hoy he estado a punto de que alguien pudiera ayudarme a contactar con ella, pero no pudo ser. No pasa nada, al menos ya sé el camino.

Con renovadas fuerzas, nos dormimos al calor del fuego y de nuestros propios sueños: el de poder abrazar de nuevo a mi hermana y a mi madre. Sabía que podía ser posible y con esa esperanza me quedé profundamente dormido, sintiéndome nuevamente libre.

VI
SEÑOR HARMINDER

El señor Harminder Singh vivía con su familia en pleno centro de Benarés. Su esposa, Asha, hubiese preferido residir en una zona más alejada del bullicio, de su permanente olor a curry y a carne quemada que, en días de brisa, inundaba cada rincón del barrio antiguo; pero la voluntad de su marido era asumida con amorosa aceptación por la bella señora, que se movía majestuosamente por toda la casa, regalando una dulce sonrisa a todo aquel que se pusiera delante de sus hermosos y consoladores ojos negros. El señor Harminder sentía devoción por ella, y les unía una complicidad envidiable para cualquier pareja; el amor se hacía evidente, palpable entre ellos hasta cuando discutían. Fueron bendecidos con tres hermosos hijos, el primogénito se hizo esperar más de tres años, por eso lo llamaron Kalu, "el esperado", "el amado por todos", "el primero"; al igual que el fundador del *Sikismo* y primero de los diez gurús *Sij*. Contaba con veinte años, y fue enviado a estudiar derecho a Inglaterra a una importante universidad: era el orgullo de la familia.

Tres años después llegó la bellísima Naisha, que verdaderamente hacía honor al significado de su nombre "la especial"; había heredado la belleza y el porte de su madre. Su padre no disimulaba que era su ojito derecho, mostrándose más permisivo con ella que su esposa, en lo que se refiere en su forma de vestir. La señora Asha siempre reprendía a su hija por no hacerlo de un modo más tradicional. La mujer *Sij* recibe la máxima veneración por su papel en la familia y en la sociedad. El nacimiento de una hija no se considera una desgracia en su religión; transmite que una mujer tiene la misma alma que un hombre, y el mismo derecho a crecer espiritualmente. Una mujer *Sij* no usa velo, la dote no está permitida, aunque llevar ropa que muestre el cuerpo o provoque pensamientos pecaminosos se considera indeseable. Pero la joven Naisha permanecía ajena a todas estas costumbres y vestía al estilo occidental.

Al pequeño Gobind, lo llamaron así por ser el último en llegar, como el último de los gurús humanos. Contaba por entonces con quince años, era un risueño y simpático joven muy parecido en su forma de ser a su hermana; apasionado por los deportes, se pasaba las tardes volando cometas o jugando al *cricket* en el instituto.

La casa de la familia estaba entroncada en una estrecha callejuela, pasaba desapercibida, era una más de tantas: nada que hiciera sospechar la grandiosidad que se ocultaba tras su discreta fachada. No se diferenciaba del resto, excepto por un gran portón de madera con incrustaciones de metal, coronado por un gran escudo: eran tres sables cruzados sobre un círculo, que anunciaba a todo el que pasara por delante que se encontraba frente al hogar de una familia *Sij*.

Tras pasar por un angosto y largo pasillo se llegaba a un gran patio rodeado de columnas, en el centro una fuente de la que brotaban ocho o diez chorros de cristalina agua que caían delicadamente sobre el estanque repleto de nenúfares y flores de loto. Su relajante sonido, junto a la belleza de las flores y macetas que adornaban toda la estancia, y unido al trinar de los pájaros, hacían del lugar un sitio capaz de inspirar los más bellos poemas de Rumi. Al ocupar la casa de recién casada, rodeando la fuente, la señora había ordenado plantar, simétricamente situados, cuatro pequeños naranjos que, con el paso de los años, se convirtieron en esplendorosos árboles, capaces de cubrir con su sombra gran parte del patio en los calurosos días; y en primavera florecía en oloroso azahar inundando toda la casa de su delicada fragancia.

Las columnas del patio sostenían dos plantas, a la cual se accedía mediante una ancha escalera de mármol adornada por una preciosa barandilla enrejada con pasamanos de madera de nogal. Cada planta daba acceso a un cuadriculado pasillo con idénticas barandillas pintadas de blanco, salpicadas de puertas que daban entrada a las dependencias. En la primera, dos grandes salones: el primero, un inmenso comedor elegantemente decorado con ricos tapices traídos expresamente por el señor Harminder de la región del Rajasthan, donde el señor organizaba regularmente cenas de negocios y recibía a importantes invitados. La señora consiguió una combinada decoración con una clara influencia británica después de más de noventa años de *raj*. Al lado se encontraba una cocina casi tan grande como el salón comedor donde la familia pasaba la mayor parte del tiempo, se relajaban en sus cómodos sofás y compartían las comidas familiares. En esta planta se encontraban dos baños y cinco dormitorios. Una casa tan grande era demasiado para la señora, y era continuamente atendida por una cocinera, una ayudante de cocina, dos chicas que se encargaban de la limpieza diaria, y un encargado del mantenimiento, un "chico para todo". El joven Yamir era la sombra de la señora, siempre atento a sus indicaciones, hacía también de chófer para toda la familia.

En la última planta se encontraban las habitaciones para el servicio, y un baño más; en la planta baja, una puerta trasera, daba paso a un terreno que hacía las veces de garaje. Y en uno de los laterales del gran patio, se podía ver una gran puerta acristalada, maravillando a todo el que la cruzara por primera vez, dando la bienvenida a un frondoso y colorido jardín con infinidad de flores, plantas y árboles de todo tipo, con su merendero sobre un porche de madera elevado, donde se reunía la familia algunos días a desayunar y a disfrutar de una gran piscina rodeada de un cuidado césped. Todo ello mantenido impecablemente por Yamir.

Este era el nuevo hogar de Anjali, que permanecía continuamente al cuidado de la señora Asha y también de su hija Naisha, muy impresionada por ver el estado en que llegó la nueva ocupante de la habitación de invitados. Había sido acogida desde el primer momento como una más de la familia, ignorando el orden de las castas que marcaba la vida de la sufrida *mommy* Anjali, y la señalaba como una sirvienta desde el momento en que nació.

Habían transcurrido casi dos semanas desde que la señora Shankar fuese acogida en la casa del señor Harminder. Gracias a los cuidados y al cariño recibido, Anjali estaba comenzando a recuperar la conciencia; aún no se había levantado de la cama, era lavada cada mañana por la señora Asha, que no permitía que nadie lo hiciera. Ella misma le daba de comer y, aunque no decía palabra alguna, no era necesario: entre los ojos de ambas mujeres se había establecido un estrecho vínculo, no hay nada más poderoso que el amor más incondicional.

Como cada mañana, Asha entró en la habitación, pero esta vez sin la palangana para asearla. La potente luz del sol mañanero de Benarés iluminó por completo el dormitorio al descorrer las cortinas.

–¡Buenos días, Anjali! ¿Cómo te has despertado hoy? ¿Sabes? Hace un día precioso y he pensado que ya es hora de que te levantes de la cama, debes de ir haciendo un poco de ejercicio.

Ella no dijo nada, pero esta vez una leve sonrisa se traslució en su rostro. Asha se acercó sorprendida y, muy dulcemente, le acarició las manos y la cabeza.

–¡Qué alegría, querida Anjali! ¡Creí que nunca podría ver esa preciosa sonrisa! –le dijo——¡Vamos arriba! Hoy vamos a darte un relajante baño y luego bajaremos al jardín a desayunar, ¿qué te parece?

Anjali continuó en silencio, pero al mismo tiempo que acariciaba la mano de su protectora, le sonrió nuevamente y, con una sincera mirada, le agradeció desde lo más profundo de su corazón todo lo que estaba haciendo por ella. Fue un día al menos esperanzador en la sufrida vida de esta mujer, al menos sentía que no estaba sola y la idea de reencontrarse con sus hijos, fue lo que le dio fuerzas para iniciar su recuperación. Daba largos paseos por el jardín del brazo de la señora; poco a poco comenzó a hablar y, pasada una semana su estado, mejoró bastante, quería ayudar en las tareas del hogar, pero la señora nunca se lo consintió.

Cada mañana acompañaba a la señora al mercado, ayudaba un poco en la cocina y las tardes las pasaba en el jardín; era su sitio preferido, nunca se había bañado en una piscina, cosa que le encantaba. Pero no podía evitar sentirse culpable por estar disfrutando de un momento que quizás sus hijos, lo que más quería en el mundo, nunca podrían hacer, fue por ello por lo que dejó de bañarse. No se permitía demasiado sonreír, cosa que a veces era difícil: le resultaba inevitable caer rendida a las bromas y juegos de Naisha. Comenzó a aficionarse por la lectura, no fue mucho al colegio, pero sí lo suficiente para aprender a leer.

Frecuentaba la gran biblioteca de la señora, ella era la responsable de haber acumulado cientos de libros durante años. Comenzó a nutrirse sobre espiritualidad y meditación: Oshio, Krishnamurti, incluso las sudras de Sidarta Gautama. Todo lo que le ayudase a canalizar el dolor que sentía. Los solía comentar con la señora Asha y empezó a tener con ella largas y profundas conversaciones.

–¿Por qué nos ha pasado esto, señora? ¿Cómo puede la vida tratarnos de esta forma tan cruel?

–No tengo respuesta para eso querida amiga, solo puedo acompañarte para aliviar un poco la pena que te ahoga.

–¿Por qué Dios permite que ocurran estas cosas? Yo siempre me preguntaba por qué no daba solución a mis problemas. Todos somos hijos de Dios, pero veo como ofrecen comida a las imágenes, ¿alguna vez dijo que lo bañaran en leche? Creo que él, preferiría que le diesen esa leche a los millones de niños hambrientos que malviven en las calles de toda India.

–Tiene mucho sentido lo que dices Anjali, nunca me había parado a pensarlo. ¿Tienes una crisis de fe? – respondió la señora, sorprendida.

–No, creo mucho en Dios, si no mantuviese la fe en él, no podría seguir viviendo; es lo único que me queda. Pero los encargados de transmitir la religión, cuando no tienen respuestas, usan el miedo para hacernos callar.

La señora Asha quedó en silencio durante unos instantes, sin dar crédito, sin llegar aún a comprender que una mujer como Anjali tuviese la capacidad de discernimiento que mostraban sus palabras. Anjali prosiguió.

–Yo me pregunto: ¿En qué Dios debería creer? Yo creo que existen dos tipos de Dios: uno el que nos ha creado a todos y otro el que las religiones han creado, el Dios que ellos han creado es un mentiroso que engaña. Yo solo tengo a Dios, tengo fe en él, no tengo casa, no tengo amigos, me han quitado a mis hijos, solo tengo una cosa: a Dios. Cada día pienso que mañana será mejor, él me enseñará el camino, teniendo fe se puede encontrar esperanza. ¿Nos hace Dios una marca al nacer? No, esa diferencia la han creado los hombres; es lo que siempre provocó a lo largo de la historia muchas guerras. Y Dios, simplemente es amor

Asha, se quedó pensativa durante unos instantes, cogió de la mano a Anjali y juntas miraron al cielo, después de unos segundos se dirigió a ella.

–Estoy convencida de que Dios te ayudará desde el cielo, y mi marido y yo haremos lo imposible para ayudarte a encontrar a tus queridos hijos desde la tierra. Te contaré algo: mi padre pasaba meses fuera de casa por trabajo, estábamos muy unidos, cada vez que se despedía de mí me decía: "En un rincón donde pudieras recordarme, cuando el tiempo pase y tengas ganas de acordarte de mí, en esas ganas me encontrarás". Tu amor y tu fe te harán encontrar a tus hijos, querida.

Para la señora Shankar, los días transcurrían lentamente, marcados por el desánimo y una angustiosa esperanza. El dolor que sentía se hacía patente en cada gesto, en cada suspiro. La señora Asha quiso animarla una mañana y la intentó convencer para que le acompañase a la tienda de su marido, y escogiese a su gusto algunos *saris*.

–No, señora, por favor, no puedo aceptarlo. Bastante está haciendo ya por mí.

–No seas tonta, querida, no puedes ir todo el tiempo con la misma ropa. Hace un día magnífico, así que le diré a Yamir que nos lleve, y luego regresaremos dando un paseo, ¿Te parece? No se hable más.

Anjali no tuvo más remedio que aceptar la invitación, y después de desayunar pusieron rumbo a la fábrica del señor Harminder.

Un encuentro inesperado

Las calles de Benarés, como siempre, bullían atestadas de personas y de una incesante actividad; esta vez observó la ciudad de una forma muy diferente a como la había visto hasta entonces en sus cotidianos recorridos hacia su trabajo. Aunque no tenía nada material, sabía que al llegar a casa le estarían esperando sus hijos. Miraba melancólicamente por la ventanilla del auto, sin prestar especial atención a nada, su mente estaba permanentemente ocupada en recordar momentos junto a su familia. Tomó conciencia de que esos días, los vivía desde el miedo y la infelicidad. Qué curioso, creía en ese tiempo que no podía ser más desgraciada, y ahora estaba experimentando una desgracia muchísimo más profunda y dolorosa.

Al pasar por una de las entradas a los *Ghats*, al parar el vehículo, hubo algo que a Anjali le llamó poderosamente la atención. Su mirada se detuvo en uno de los ancianos que permanecían tranquilamente sentados: era un hombre enjuto, renegrido por el ardiente sol; su cabeza lucía rastas adornadas por cintas de colores, y vestía solo con un taparrabos; su cuerpo estaba embadurnado por cenizas que lo protegían del calor y del frío. El ojo espiritual estaba representado sobre su frente por una mancha de untura de madera de sándalo.

El hombre permanecía con los ojos cerrados, inmerso en su recogimiento en posición de loto. Podía permanecer así durante días, pero en el instante en que sintió que Anjali le observaba, levantó la cabeza y sus ojos recién abiertos conectaron con los de la amorosa mujer. Este le dedicó una sonrisa y juntando las palmas de sus manos la saludó con un silencioso "Namasté". Anjali imitó su gesto y notó en ese momento una extraña paz en su atormentada mente. Misteriosamente, la presión que oprimía su pecho desapareció.

El automóvil reemprendió la marcha y se alejó de aquel anciano que le había transmitido tanto en tan pocos segundos. Asha, que había contemplado en silencio el misterioso encuentro, le preguntó:

—¿Estás bien, querida?

—Si, señora, estoy bien; pero no sé aún qué ha ocurrido. Presiento que ese hombre puede ayudarme de alguna forma, estoy segura de que algún día volveré a encontrarme con él.

En esa mañana, en teoría plácida, Anjali estaba lejos de sospechar que se iban a precipitar una serie de acontecimientos que le harían experimentar sensaciones opuestas.

La señora Asha y Anjali, pasaron las horas probándose *saris* y *kurtas*. Después, dejaron los paquetes a Yamir para que los llevara a casa. El señor Harminder estaba muy contento de ver a Anjali tan animada, por unos momentos su gesto de tristeza se había transformado y una nueva mirada de luz iluminaba su rostro. Tal y como había planeado la señora, se disponían a volver a casa dando un paseo, esta idea era del gusto de Anjali: quizás su encuentro con el anciano sería más pronto de lo que pensaba. Cuando se disponían a marcharse, el señor Harminder les ofreció un té y las invitó a sentarse en su despacho.

–¿Cómo te encuentras, querida? No sabes lo feliz que me hace verte tan repuesta.

–Gracias, señor. No tengo palabras para agradecerle todo lo que hacen por mí. Si estoy así es gracias a usted y su familia.

–No tienes nada que agradecerme. Mi corazón siempre estará con los que sufren, y tú no mereces todo cuanto estás sufriendo, estamos contigo.

A Anjali se le humedecieron los ojos, y se levantó para abrazar a su protector. Se fundieron en un sentido y tierno abrazo y, cuando estaban a punto de salir del despacho, sonó el teléfono.

–Un momento, no marcharos aún, quiero acompañaros a la puerta. Contesto la llamada, perdón. ¿Dígame?

Al momento la voz de una mujer replicó rápidamente.

–¿Es usted el señor Harminder de Benarés? ¿Harminder Singh and Sons?

–El mismo, ¿En qué puedo ayudarla?

–¡Gracias a Dios! No sabe el tiempo que llevo intentando transmitirle un mensaje, ¿conoce a un chico llamado Vishnu?

–¿Vishnu? –Respondió sobresaltado el señor Harminder.

Al momento, al oír el nombre de su hijo, a Anjali le dio un vuelco el corazón.

–¡Mi hijo! ¡Mi niño! ¿Dónde está?

—¡Un momento, Anjali! Espera.

La señora Shankar, intentó arrebatarle el teléfono al señor Harminder, pero este no se lo permitió.

—¡Querida, un momento! Estás muy nerviosa, deja que la señora se explique. Dígame, señora, por favor, ¿Cómo está Vishnu? ¿Dónde se encuentra?

—Escuche con atención: tuve un encuentro con el chico, fue muy corto. Iba acompañado por otro niño, salieron huyendo rápidamente pues les perseguían unos hombres. Solo le dio tiempo a decirme que buscara su número y le dijese que estaba en Bombay.

—¿Bombay? Un momento, que está aquí su madre.

Anjali se había abrazado llorando a la señora Asha, y esta la apresuró a que se pusiera al teléfono.

—¡Señora, por favor, ¿cómo está mi hijo?!

—Tranquilícese, tiene usted un hijo muy guapo y muy educado. Estaba hambriento y le di de comer. Me dijo que lo habían vendido junto a otros niños, estaba sucio y sin zapatos, pero parecía estar bien.

—¿No vio usted a una niña con él?

—No, me dijo que los habían separado.

—Y, ¿qué pasó luego? ¿De quién huía?

—Lo único que puedo decirle es que, por lo visto, escaparon de sus captores. Cuando estaba hablando con él, su amigo le gritó para que corriese e, inmediatamente, unos hombres aparecieron tras ellos. Lo siento, señora, no puedo decirle más.

—¿Por qué no avisó a la policía?

—Quise hacerlo, pero creo que su hijo no se fiaba de ellos.

–¡Pobre hijo mío! ¡Solo en una ciudad tan grande! ¿Qué podemos hacer, señor Harminder? ¡Por favor ayúdeme, ayúdeme!

La pobre Anjali se derrumbó en los brazos de la señora Asha, mientras el señor Harminder retomaba el teléfono.

–Por favor, señora, le agradecemos mucho que nos haya llamado, pero necesitamos su dirección, creo que lo mejor es que salgamos hacia Bombay cuanto antes.

–Por supuesto, señor, todo lo que esté en mi mano para ayudar, estoy a su disposición.

El señor Harminder tomó los datos de la señora y, tras colgar el teléfono, se dirigió a *mommy* Anjali.

–Anjali, por favor, debes serenarte. Al menos sabemos que está bien y dónde se encuentra, comparado con lo que sabíamos, créeme, es mucho.

–¡Quiero ir con usted, señor!

–No, Anjali, creo que lo mejor es que te quedes en casa esperando noticias. Saldremos mañana. Yamir me acompañará.

El señor Harminder llamó a uno de sus empleados y le ordenó que sacara dos billetes para el primer tren que partiese hacia Bombay. La señora Asha consiguió calmar a Anjali un poco.

–Querida, confía en mi marido, él lo traerá de vuelta a casa –le dijo.

–Señora, ¿y mi hija? Mi pequeña Savitri, ¿dónde estará?

–Tranquila, Anjali. Estará bien también, ya lo verás.

Anjali se quedó pensativa durante unos instantes.

–¡Mi marido! Debemos encontrar a ese demonio, él debe saber quién se llevó a mis hijos.

–Bien, Anjali, todo saldrá bien. Sigue confiando, pero ahora debemos volver. Harminder, llama a Yamir.

–No, señora, prefiero caminar. Necesito que me dé un poco el aire.

–¿Estás segura?

–Sí, señora, gracias.

El señor Harminder dispuso todo para salir en el primer tren de la tarde, y se quedó dando órdenes a su encargado. Además, pidió a su esposa que le preparase el equipaje. Las dos mujeres se perdieron agarradas del brazo por las callejuelas de la ciudad antigua de vuelta a casa. Esa llamada había sacudido el corazón de Anjali, pero, al mismo tiempo, lo había alimentado con una fuerza inusitada de recobrada esperanza por encontrar a sus hijos, esta vez con fundamento: tenían la primera pista para comenzar la búsqueda.

Pero las emociones del día aún no habían terminado para Anjali. Conforme se aproximaban de nuevo a los *Ghats*, inesperadamente se cruzó con quién menos podía imaginar.

Un hombre que parecía ser un monje caminaba con la cabeza agachada, como lo hace el tipo de persona que no tiene la conciencia tranquila, esos que nunca miran a los ojos. Vestía con ropa blanca y cubría su cabeza con un turbante de igual color. Fue Anjali quien reparó en él al cruzarse. ¡No podía ser! No estaba segura del todo, pero tenía un presentimiento. Anjali apretó el brazo de la señora Asha, parándose las dos en seco.

–¡Un momento señora!

Anjali se giró rápidamente, volvió sobre sus pasos y, sin dejar de seguir con la mirada al señor, puso su pequeña mano sobre el hombro del cabizbajo individuo. Todas sus dudas se disiparon en el momento en que levantó la mirada: ¡Era él!

–¡Ranjit! –gritó la señora Shankar– ¿A quién entregaste a nuestros hijos, malnacido? ¡Responde! – repetía una y otra vez, mientras golpeaba el pecho de su marido.

Las personas que los rodeaban miraban la escena con asombro, no era nada habitual que una mujer mostrase esa actitud en plena calle con un hombre. Se formó un círculo en torno a ellos, como si estuviesen presenciando un espectáculo callejero.

–¡Responde! ¡Responde!

Las fuerzas de Anjali comenzaron a flaquear, Ranjit permanecía en silencio, no dijo nada, solo pudo volver a bajar la cabeza y, advirtiendo que su mujer se desvanecía, la cogió en brazos justo antes de que se desmayara. Pasados unos minutos, Anjali recobró el conocimiento, tendida en el suelo. La señora Asha permanecía junto a ella. Ranjit se había encargado de dispersar a la multitud, que se arremolinaba junto a la escena. Anjali preguntó por su marido.

–¿Dónde está? ¿Dónde está ese demonio?

–Tranquila, querida. Está aquí, no se va a ir, ¿verdad?

–Sí, Anjali, no te preocupes. Aquí estoy, ¡perdóname, perdóname! –Respondió Ranjit

—¿Que te perdone? ¿Cómo pretendes que perdone lo que has hecho? ¡Has llevado a nuestros hijos al infierno! ¡Jamás podré perdonarte!

Ranjit hincó las rodillas en el suelo y comenzó a llorar, mientras tapaba su rostro con sus manos. La señora Asha intervino.

—¡Pide un taxi, desgraciado! Debemos llevarla a casa. Tranquila, Anjali, le he hecho jurar que esta noche vendrá a casa y nos contará todo, ¿no es así, insensato? ¡Responde!

—Sí, Anjali, te lo juro por nuestros hijos, voy a poner remedio a todo el daño que os he hecho —respondió avergonzado Ranjit.

—¡Pide un taxi, rápido!

Pasados unos minutos, la introdujeron en el coche, con el compromiso del arrepentido hombre de ayudar en todo lo que pudiese en la búsqueda de los pequeños. El auto se alejó dejando a Ranjit desolado, sin reparar en que un silencioso personaje había sido testigo de todo cuanto allí había ocurrido.

Subieron a *mommy* Anjali a su habitación con la ayuda de Yamir. Al caer la tarde, y cuando el señor Harminder llegó a casa, fue informado de todo lo que había pasado; decidió aplazar el viaje hasta no escuchar el testimonio de Ranjit. Era de vital importancia saber los nombres de los responsables del secuestro.

Todos aguardaban el momento en que Ranjit apareciese por la casa. Había anochecido, Anjali estaba ya repuesta del trance que había supuesto para ella ver de nuevo a su marido, aunque se encontraba muy nerviosa. Caminaba de un lado a otro del salón como una leona enjaulada, mientras el señor Harminder permanecía junto a la ventana, ansioso por ver aparecer a Ranjit.

Una blanca figura se aproximaba por la puerta del garaje que permanecía abierta.

–¡Ha llegado! ¡Ya está aquí! Aún le queda un poco de vergüenza –exclamó el señor Harminder, e invitó a las dos mujeres a que bajasen a recibirlo.

Todos se asomaron a las ventanas.

–Vamos, querida, todo va a salir bien, ya lo verás.

Ranjit permanecía parado en la puerta del garaje aguardando a ser recibido. El señor Harminder y las dos mujeres lo esperaban en la puerta que daba entrada al gran patio interior. Anjali miró a su marido: no sentía nada por él, solo quería saber a quién había entregado a sus hijos. Después de unos segundos, el dueño de la casa hizo un gesto con la mano, indicando a Ranjit que se aproximara. Asha apretaba fuertemente la mano de *mommy* Anjali. Inmediatamente, Ranjit comenzó a caminar con la cabeza agachada como siempre hacía, pero, repentinamente, todos fueron testigos de cómo dos hombres con las caras tapadas se acercaron por detrás del desgraciado: uno de ellos vació sobre Ranjit un cubo de lo que parecía ser agua, pero no... no era agua. Ranjit se detuvo sorprendido, mientras abría los brazos sin encontrar explicación. Un inconfundible olor a gasolina inundó todo el patio, nadie daba crédito a lo que estaba sucediendo. Sin que nadie tuviese tiempo a reaccionar, uno de los hombres lanzó un mechero encendido sobre el empapado cuerpo de Ranjit que prendió al instante para convertirse en una auténtica bola de fuego humana.

—¡Nooooo! ¡Noooooo! —gritaba horrorizada Anjali, mientras era sujetada por el señor Harminder y la señora Asha.

Los dos individuos se alejaron con tanta rapidez como con la que aparecieron. La gran llamarada iluminó todo el patio, el pobre diablo cayó al suelo, aullando y retorciéndose de puro y agónico dolor. Tras casi dos espeluznantes minutos, todo quedó en silencio. Los vecinos acudieron en masa al oír los gritos, pero nadie pudo hacer nada por él. Con la muerte de Ranjit se esfumaba la principal pista para salvar a los niños del infierno al que les había empujado su propio padre, dejando desolada a esa madre. Sin duda, el Karma había actuado sobre este detestable ser, aunque arrepentido en sus últimos días. Una nueva desgracia más a sumar en la penitente vida de esta mujer, pero aún no se daría por vencida, contaba con una fuerza interior tan grande como el deseo de volver a abrazar a sus pequeños.

VII
LA CAPTURA

La luz del sol de un nuevo día entraba sesgada a través del fino toldo de plástico que se suspendía amarrado sobre tres palos y un árbol. Kiran y yo nos dedicamos con esmero a hacer de ese montículo rodeado de vegetación nuestro nuevo hogar, y así ocultarnos de los mafiosos que nos perseguían. Poco a poco, habíamos ido completando nuestro particular refugio, todo lo que encontrábamos le dábamos alguna utilidad; nos proveíamos para ello de un vertedero de basura que no se encontraba demasiado lejos de nuestro campamento. Dormíamos sobre cartones. Para protegernos del frío no nos quedó más remedio que echar mano de la ropa tendida de alguna confiada vecina, y para asearnos utilizábamos bidones de plástico, que rellenábamos regularmente en una fuente pública cercana. Habíamos conseguido un espacio totalmente cerrado gracias a plásticos y tablones de madera clavados en la tierra.

Había pasado casi un mes desde que llegamos a Bombay, esperábamos ingenuamente que se terminaran olvidando de nosotros; al fin y al cabo, solo éramos dos niños más de los muchos que llegan diariamente a esta inmensa ciudad. Cada día nos sumergíamos en el desordenado bullicio del mercado en busca de algo que llevarnos a la boca, pero pronto comprobamos que nuestra fama de ladrones crecía entre los mercaderes, y nos vimos obligados a buscar otros sitios donde llenar la barriga. Alternábamos otros mercados, aunque para ello tuviéramos que caminar varios kilómetros. Nos construimos otro pequeño refugio en la playa, esta vez más alejado de la zona donde nos encontraron nuestros perseguidores; allí pasábamos la mayor parte del día. Kiran y yo manteníamos nuestro particular duelo en cuanto a quién conseguía más comida, y aunque yo había progresado mucho en mi técnica, lo pasaba realmente mal y prefería pedir comida o dinero a los turistas, al igual que hice con la bella señora a quien pedí que llamase al señor Harminder. Me preguntaba día tras día si habría conseguido alertar a mi jefe.

Llevaba algún tiempo que no me encontraba bien, estaba muy cansado, el hambre pesaba. Un día, después de una noche en la que tuve fiebre, no me sentía con fuerzas para levantarme.

–¿Qué te pasa, Vishnu? He tenido que taparte con mi manta esta noche, estabas tiritando.

–Sí, Kiran. Me duele mucho la garganta y la cabeza, he debido tener fiebre. Creo que hoy no podré acompañarte, compañero.

–No te preocupes, amigo, voy a ver si consigo algo de comer. Quizás pueda conseguirte también algo para bajar esa fiebre.

Me dio una palmada y se despidió de mí guiñándome un ojo. Yo siempre tenía a mi madre en el pensamiento, pero cuando estás enfermo se echa aún más de menos; me sentía tan triste y desamparado...

Pensando en ella y en mi hermanita, me quedé dormido, no sé el tiempo que transcurrió. Sentí como alguien se acercaba, y fijé mi mirada en el toldo entreabierto que daba entrada al refugio, esperaba ver aparecer a Kiran con el desayuno, pero no. Sorpresivamente, vi al instante a los mismos tipos que nos persiguieron en la playa. No tenía escapatoria, uno de ellos me propinó una patada.

–¡Por fin te atrapé, pordiosero! ¡Levántate! –me gritó.

Y, cogiéndome del brazo, me sacó de la tienda violentamente. Miré a mi alrededor; ni rastro de Kiran.

–¿Dónde está tu amigo, rata?

No pude responder porque, inmediatamente, me dio tal bofetada que me reventó el labio y me hizo caer al suelo. Me llevé las manos a la boca y, al levantar la mirada, observé como el otro hombre se giraba.

–¡Ahí está el otro! ¡Ve a por él! –gritó a su compañero.

Vi a Kiran paralizado a pocos metros de donde me encontraba; dejó caer el bidón de agua y todo cuanto llevaba en las manos.

–¡Escapa, Kiran! ¡Corre! –le grité.

Pero Kiran no movió un dedo, y se dejó atrapar. Con ese noble gesto comprendí que mi amigo prefería perder la libertad, que para él era tan importante, a continuar la huida en solitario.

Una vez juntos, nos llevaron en volandas, sin dejar de pegarnos hasta meternos en un coche. Kiran no decía nada, solo me miraba de una forma como nunca antes lo había hecho. Sus ojos reflejaban en esta ocasión una profunda tristeza y desesperación, como si se hubiese resignado a su cruel destino. No sabíamos a dónde nos llevaban. Nos vendaron los ojos; tampoco me atrevía a abrir la boca después de todos los golpes que habíamos recibido. Solo quedaba esperar a ver qué nos encontrábamos. ¿Cómo podían ser tan crueles? Me preguntaba si esos hombres tendrían hijos. Éramos solo unos niños, estábamos completamente solos y abandonados a nuestra suerte. La maldad humana en su máxima expresión se presentaba ante nosotros y formaría parte de nuestras vidas por más tiempo del que jamás imaginé.

****

El taller

Calculé el trayecto hasta nuestro destino en aproximadamente una hora, nos hicieron bajar del coche y nos llevaron dentro de lo que parecía ser un taller de soldaduras. No pude ver nada del exterior, observé al menos a diez hombres cortando chapas, vigas y alambres de hierro de diversas medidas, bajo la atenta vigilancia de un encargado. Kiran y yo nos miramos sin decir nada, estábamos realmente asustados, la permanente y pícara sonrisa de mi amigo, había desaparecido de su rostro. Nos llevaron a un destartalado y mugriento despacho de paredes negras por pura suciedad.

–Esperad aquí, ahora vendrá el encargado –nos dijo uno de nuestros captores.

Permanecimos de pie frente a la mesa del despacho. Después de unos segundos, noté como Kiran me cogía de la mano.

–Tengo miedo, Vishnu –me dijo casi al borde del llanto.

Sentí que, a pesar de toda la fortaleza que había demostrado Kiran hasta entonces, era solo un niño y se estaba viniendo abajo. Yo, aunque estaba tan asustado como él, me vi obligado por primera vez a ejercer de hermano mayor, e intenté tranquilizarlo.

_–¿Por qué no escapaste, Kiran? Tuviste tiempo de hacerlo.

–No me regañes… Me asusté, Vishnu, no quería estar solo.

–Bueno, tranquilo. Al menos seguimos juntos, no temas. Oye, el Kiran que veo no es el que yo conozco, ¡ánimo pringao!

Mi comentario provocó al fin una leve sonrisa en mi pequeño amigo, me sentí contagiado y le sonreí después de propinarle una colleja. Instintivamente, estábamos descubriendo que se puede transitar por las circunstancias más adversas, si miras al miedo de frente. Pasados unos minutos, llegó el encargado para sentarse en su desgarrado y sucio asiento de cuero. El tipo era un desgarbado y escuálido hombrecillo, de tez muy negra y pelo grasiento; se tomó unos segundos para mirarnos de arriba a abajo, se levantó, se puso a dar vueltas a nuestro alrededor sin dejar de observarnos y se volvió a sentar.

–Trabajareis desde el amanecer hasta la medianoche – nos dijo poniendo sus pies sobre la mesa–. Los primeros días aprenderéis a soldar varillas de hierro, ese será de momento vuestro cometido; lo puede hacer cualquiera, hasta dos pequeñas ratas como vosotros. Dormiréis en el piso superior junto al resto de niños. Me han dicho que os escapasteis en la estación, y ha sido necesario un mes para encontraros. Debéis saber que este es el mejor sitio en donde podéis estar. Os ganareis con vuestro trabajo la comida que os llevaréis a vuestros sucios estómagos. Ahora formáis parte de nuestra gran familia, y os protegeremos de todos los que os quieran hacer daño. En alguna ocasión, si es necesario, os esconderemos de falsos libertadores que, en verdad, lo que quieren es traficar con vuestros órganos; llegado el caso, debéis permanecer en silencio en el sitio donde os llevemos. ¿Lo habéis entendido? Comenzareis inmediatamente.

No nos quedó otra que asentir con la cabeza. Kiran y yo nos miramos sin entender bien lo último que este señor nos había dicho. Fuimos llevados por un operario a una gran nave trasera, donde se encontraban al menos veinte niños. Sus edades oscilaban entre los cinco a los catorce o quince años. Trabajaban en el suelo, descalzos, soldando unas varillas de hierro; luego supe que eran las mallas para el encofrado de las construcciones. Lo hacían sin ningún tipo de protección y sin ninguna medida de seguridad. Los niños que allí se encontraban nos vieron llegar, pero ninguno se atrevió a mirarnos; estaban continuamente vigilados por dos hombres con una fina y flexible vara de madera en sus manos. Quién se distrajese de su trabajo o se atreviese a charlar, era rápidamente azotado.

Llegamos a media mañana, así que la primera hora en nuestra "cárcel de hierro" la pasamos aprendiendo nuestro nuevo trabajo: había que colocar las varillas formando cuadrados para después soldarlas. La hora de comer llegó pronto, nos reunieron a todos en el piso superior, que era una gran habitación muy oscura. Casi a la altura del techo, distribuidas por toda la estancia, se encontraban ocho pequeñas ventanas enrejadas por donde entraba tímidamente la luz del sol. Hacía un calor tan insoportable que, unido al fuerte olor a soldaduras y a metal, se hacía muy difícil poder respirar. Fuimos los primeros en llegar; en el duro suelo de pavimento, pegadas a la pared, pudimos ver esterillas y algunos cartones, así como algunas mantas y urinarios. Todo hacía indicar que nos encontrábamos en los dormitorios, donde pasaríamos el poco tiempo libre que nos quedase después de cada jornada. Nuestro "nuevo hogar"; solo los dioses sabían hasta cuándo estaríamos sometidos a este verdadero infierno, deprimente y trágico, como todo lo que nos había ocurrido desde el último mes.

Comenzaron a subir los niños, los que serían nuestros compañeros de calamidades a partir de ahora. Casi al mismo tiempo, nos llevaron unas grandes bandejas con la comida, si se le podía llamar de esa forma: una especie de sopa con apariencia de agua sucia, unos tazones de arroz hervido y unas jarras de agua. El encargado se dirigió a todos:

—Tenéis media hora.

Kiran y yo nos situamos en uno de los extremos y nos sentamos en el suelo; no teníamos nada, ni siquiera un cartón. Desesperado, hundí mi cabeza entre mis rodillas, y sentí como alguien golpeaba mi cabeza suavemente, como si estuviesen llamando a la puerta.

–Toc, toc, toc... ¿Hay alguien ahí? –preguntó el niño.

Al instante abrí los ojos. No podía ver muy bien porque aún no me había acostumbrado a la oscuridad, pero pude advertir borrosamente a un niño ofreciéndome un tazón de arroz.

–¿No me reconoces? ¿Tanto he cambiado?

–¡Sundar, amigo! ¡Qué alegría verte de nuevo!

–¡Vishnu! ¡Kiran! –exclamó Sundar con una gran sonrisa.

Me levanté rápidamente y nos abrazamos. Al instante se nos unió Kiran, que había contemplado la escena, asombrado. Sundar reía sin parar; tenía toda la cara tiznada de negro, y su blanca sonrisa resaltaba cada vez que abría la boca.

–¡No te he reconocido, Sundar! Con esa cara llena de churretes es imposible. Dime, ¿dónde está tu hermano, el pequeño Roshni? ¿Está bien?

–Sí, amigo, se encuentra bien. Os vimos entrar al taller cuando llegasteis, pero no podemos hablar: está prohibido. Mi hermano está aquí, conmigo. Está guardando nuestra comida. Aquí no te puedes despistar, tenemos siempre más hambre que un perro vagabundo ¡Vamos a por ella!

Sundar nos llevó hasta donde se encontraba el pequeño Roshni, que nada más vernos salió corriendo hacia nosotros, gritando nuestros nombres.

–¡Vishnu! ¡Kiran!

–¡Hola, pequeñajo!

Exclamó Kiran abrazándolo y levantándolo sobre su cabeza. Después se abrazó a mí.

–Os he echado mucho de menos, amigos —nos dijo Roshni –pero mi hermano me ha cuidado muy bien. Siento que os hayan atrapado, aunque también estoy muy contento de que estéis aquí, no sé...

–Claro que sí, pequeño. Yo también me alegro de volver a veros; tarde o temprano nos hubiesen encontrado, no te preocupes.

–Vamos, coged vuestras raciones –intervino Sundar–. Os he guardado sitio junto a nosotros. Luego os buscaré algunos cartones, nos queda menos de media hora.

Entre tanta desgracia, resultó ser un momento feliz. Ellos se convirtieron en mi nueva familia desde el momento en que entré en ese lúgubre cuartucho de Benarés. Me sentía un poco más tranquilo y, aunque la situación que estábamos viviendo era realmente dura, de momento parecía suavizada por la alegría de reencontrarme con mis amigos. No tardaría mucho tiempo en comprobar las inhumanas condiciones de trabajo que tendríamos que soportar. Demasiado para dos almas tan libres como la mía y la de mi amigo Kiran.

Esa tarde continuamos hasta medianoche aprendiendo a soldar. Para ello, debíamos aprender de un chico que no debía tener más de diez años. Vestía con una roída y mugrienta camiseta, y unos pantalones cortos igual de sucios; sus pies, como los de casi todos, estaban descalzos, y sus pequeños brazos estaban salpicados de pequeñas quemaduras, provocadas por las chispas de las soldaduras. No contaban con ningún tipo de protección, ni siquiera en los ojos. Era frecuente ver a algún niño tuerto, deberíamos tener cuidado. Nos dirigíamos a una gran cantidad de varas de hierro trenzados, de aproximadamente cuatro metros de largo, apiladas en el suelo. Luego se colocaban en forma de cuadros. Una vez que estaban conformadas, había que ir soldando todas las uniones con un soldador de gas. Se calentaba el hierro hasta que alcanzase la temperatura justa, casi al rojo vivo y, en ese momento, se espolvoreaba con un polvo blanco para que corriese bien la soldadura, que consistía en unas varillas finas. Parecía fácil, pero muy peligroso al mismo tiempo.

—¿Habéis visto cómo tenéis que hacerlo? —se dirigió el supervisor a Kiran y a mí—. Cuando este niño haya acabado esta malla, comenzaréis a hacerlo vosotros, ¿entendido? Tenéis que trabajar lo más rápido que podáis.

—Sí, señor —respondí.

—¿Cuántas mallas tenemos que hacer al día?

—Buena pregunta —respondió el supervisor—. Aquí la buena productividad se premia con doble ración de comida para el día siguiente. Para conseguirlo debéis hacer veinte mallas diarias; todo lo que no sea alcanzar esa cifra, supone solo media ración al día. A partir de mañana esto se pondrá serio, y no permitiremos que os relajéis. ¿Os ha quedado claro?

—Sí, señor —respondimos al mismo tiempo Kiran y yo.

Comenzamos a trabajar sin ayuda después de unos minutos, Kiran separado de mí por unos metros: la distancia la marcaba la longitud de los hierros. Desde el primer momento, se me dio bastante bien y me concentré en realizar el trabajo lo más rápido que alcanzaba. No se podía decir lo mismo de mi pobre amigo, que se llevó más de un azote del supervisor por su lentitud. Kiran me miraba nervioso, y se fijaba en cómo lo hacía yo.

Intentaba ayudarle, pero era muy difícil hacerlo sin poder siquiera dirigirme a él. Cada vez que veía al guardián alejarse, le hacía todo tipo de gestos para orientarlo.

La dura jornada de trabajo terminó casi a medianoche. Nadie hablaba. No solo nos sentíamos presos por vernos obligados a trabajar de esta forma y en contra de nuestra voluntad, sino que además nos castigaban con el mayor de los silencios. En una esquina de la nave, existía una pila con varios grifos de agua y algunas pastillas de jabón; era el momento del día en que nos aseábamos de la mejor forma que podíamos. Algunos niños descansaban sentados en el suelo, hasta que la pila se quedara un poco más libre. Vi al niño que nos había enseñado a soldar extendido en el polvoriento suelo.

–Hola, ¿cómo te llamas? –le pregunté acercándome a él. El niño no respondió, pero yo insistí–. ¿Llevas mucho tiempo aquí? –el pequeño se incorporó y se sentó junto a mí con la espalda apoyada en la pared.

–Me llamo Asitos –me dijo mirándome.

–Por lo rápido que trabajas, parece que llevas mucho tiempo aquí.

–No lo sé, llegué con siete años. He visto pasar por aquí a muchos como yo.

–Y, ¿qué ha sido de ellos? –le pregunté.

–Solo hay tres motivos por el que salen de aquí: están los que por accidentes no pueden seguir trabajando, estos son obligados a pedir limosna, luego están los que intentan escapar...

—¿Qué pasa con ellos? —pregunté, intrigado.

—Es difícil escapar de aquí. De vez en cuando vienen muchos policías, pero debe haber alguien que alerta, pues somos llevados a otro sitio con los ojos tapados, y aquí seguimos...

—Sí, pero ¿Qué ocurre con el que escapa?

—Lo suelen encontrar el mismo día, y te aseguro que de la paliza que le dan, se le quita las ganas de volver a intentarlo. A quiénes se atreven a repetirlo se los llevan y nunca más se ha sabido de ellos.

—Falta una, Asitos...

—Una, ¿qué? —me respondió el niño, frunciendo el ceño.

—Pues, la última forma de salir de aquí...

Asitos me agarró del brazo.

—Muerto —murmuró agachando la cabeza—. ¿Por qué crees que estás aquí? El negocio debe seguir funcionando; las quemaduras en los brazos y en los ojos son lo más leve que te puede pasar aquí. He visto niños aplastados como cucarachas por pesadas vigas de hierro, o extenuados por el cansancio. Un día tu cuerpo ya no puede más y se acaba tu sufrimiento.

Con esta desalentadora y cruda realidad, subimos a descansar, me dejó muy afectado todo lo que me contó Asitos, no terminaba de asimilarlo. Esa noche casi no hablé; me quedé sumido en mis pensamientos, en mis recuerdos. Si existía un Dios le pedí con todas mis fuerzas que nos ayudara y, al hacerlo por primera vez desde que me apartaron de mi familia, lloré en silencio.

VIII
LA BÚSQUEDA

La muerte de Ranjit había dejado a Anjali abatida; no porque lo sintiera en absoluto, más bien había supuesto una gran liberación para ella, sino porque el camino para encontrar a sus hijos se haría así aún más enrevesado. El señor Harminder decidió que lo primero que había que hacer era denunciar el secuestro a las autoridades, a pesar de los casos de corrupción policial. Era un hombre bien relacionado y puso el caso en conocimiento de un buen amigo, que a su vez tenía buena relación con un mando de la policía de Benarés. Disponía de la dirección y el teléfono de la señora que vio a Vishnu en Mumbai por última vez, pero antes de viajar quería contar con toda la ayuda posible. Pensaba que, si no confiaba en la justicia, difícilmente podría ayudar a Vishnu y a tantos otros niños desaparecidos.

Esos días dejó de ir al trabajo, y se encerraba en su despacho, recabando información por si podían recibir apoyo de alguna organización. Descubrió que existía en el país una ONG llamada *Bachpam Bachao Andolan*, con sede en Delhi, fundada por el premio Nobel de la paz Kailash Satyarthi. Ellos trabajaban desde 1980 para investigar, liberar y defender los derechos de estos pobres niños. Desde su creación habían conseguido liberar a más de 85.000 en toda India.

El señor Harminder no dudó un instante en comunicarse con ellos. Le dijeron que el paradero de estos niños principalmente se encontraba en Delhi, pero también en otras zonas del país. Pusieron en su conocimiento que colaboraban con su organización voluntarios de todo el mundo, y se comprometieron a enviarle a alguien para el seguimiento del caso de Vishnu y de su hermana Savitri. Esa misma tarde se pondrían en contacto con él; el liberar a un niño que hubiese sido denunciada su desaparición, suponía para otros chicos que estuvieran junto a él en esos momentos, la ansiada libertad.

Anjali fue informada por la señora Asha de los avances de su marido en la investigación, y se sentó frente al despacho del señor Harminder en espera de que este pudiese darle más detalles de primera mano. Transcurrió demasiado tiempo, su interior bullía en busca de respuestas, se levantaba, se volvía a sentar, recorría el salón de un lado a otro intentando apaciguar tanta incertidumbre. No quería molestarlo, lo respetaba demasiado; la señora vio su estado y se dirigió a ella.

—Querida, ¿quieres que te traiga una infusión? Te sentará bien, a veces las cosas no resultan como nos gustaría, por eso hay que dejar que la vida se encargue de desanudar complejos nudos como este, si tiene que ser. Tú ya estás en el camino con solo desearlo. Sé que es difícil, pero deberías intentar serenarte.

—¡Ay, señora, es que no puedo evitarlo!

—No te angusties más, ya verás como pronto podrás abrazar a tus pequeños.

En ese momento el señor Harminder salió de su despacho y Anjali se dirigió a él respetuosamente.

—Señor, ¿qué le ha dicho la ONG?

–Tranquilízate querida, vamos a recibir ayuda. Me han dicho que me llamará alguien para hacerse cargo del caso, no podemos hacer otra cosa que esperar.

Mommy Anjali le dio las gracias y le besó las manos, después fue conducida del brazo por la señora al jardín.

–Acompáñame Anjali, te daré esa infusión, ya verás como todo sale bien, mi marido es muy cabezota, y ahora mismo su máxima preocupación es traer de vuelta a tus hijos.

Después de la comida, el señor Harminder se volvió a encerrar en su despacho, esperando impacientemente que sonara el teléfono. La ansiada llamada se produjo al fin pasada más de una hora, después de muchas otras relacionadas con el trabajo. El jefe ordenó que no se le volviese a llamar hasta nueva orden. La voz cálida de una mujer sonó a través del auricular.

–Buenas tardes, ¿el señor Harminder Singh? – preguntó.

–Sí, dígame.

–Encantada, señor. Mi nombre es Carol y he sido informada desde la central de *Bachpam Bachao Andolan* del caso de unos niños desaparecidos, ¿son sus hijos?

–No, son los hijos de una buena mujer, ahora mi protegida. Su hijo mayor era empleado mío.

–Bien, señor, soy periodista española y he venido a la India para colaborar con esta ONG. Casualmente me encuentro en Benarés desde hace unos días, ahora me han encargado que investigue el secuestro de estos niños. ¿Sería posible entrevistarnos? Necesito recabar toda la información posible.

—Por supuesto, señorita. ¿Podría venir a mi casa esta misma tarde? La invito a cenar.

—Estaría encantada, dígame la dirección y, a la hora que usted me cite, allí estaré.

—Será un placer, señorita Carol.

Tras darle la dirección, citó a la periodista a las siete de la tarde; encargó a su esposa que sirviese esa noche la cena en el jardín, Anjali pidió estar presente.

La señorita Carol llegó puntual a la cita. Una de las chicas del servicio la estaba esperando en la puerta de la casa. Tras hacerla pasar, fue recibida por el señor Harminder en el patio.

—Buenas tardes, señorita. Bienvenida.

—Encantado de conocerle, señor.

Tras estrecharle la mano, fue invitada a pasar al jardín, donde le esperaban nerviosas la señora Asha y Anjali. La visitante miraba sorprendida la belleza del patio. Estaba a punto de anochecer, y la señora había iluminado el porche del jardín con velas y lámparas de coloridas telas.

—Por favor, pase. Le presento a mi esposa Asha, y ella es Anjali, la madre de los chicos. Ella es Carol.

Anjali no pudo reprimirse y abrazó a la periodista, al mismo tiempo que le decía:

—¡Por favor, señorita, ayúdeme a encontrar a mis niños!

A partir de ese momento, el señor Harminder oficiaría de traductor, pues *mommy* Anjali no hablaba inglés.

—Para eso he venido, señora —respondió Carol cogiendo la mano de Anjali.

Todos tomaron asiento; la señora Asha hizo traer una gran jarra de limonada y tras ser servida, el señor Harminder tomó la palabra.

–¿Me dijo usted que era española?

–Sí, de Barcelona.

Mommy Anjali, al oír esto, recordó inmediatamente la conversación que sus hijos tuvieron un día antes de desaparecer, sin poder disimular un gesto de melancolía.

–Periodista, ¿verdad?

–Sí, he trabajado en algún periódico y en revistas escribiendo artículos de investigación, sobre todo de temas sociales. Pero hace meses decidí dejarlo todo y ponerme a disposición de esta ONG, después de haber leído mucho sobre la esclavitud infantil en la India.

–Bien, señorita...

–Llámeme Carol, por favor.

–Como prefiera. Dígame, Carol, ¿por dónde comenzamos?

–Necesito que me digan todo lo que sepan sobre el secuestro.

Anjali, relató con detalle a Carol como fueron entregados sus hijos a la mafia por su propio padre. A continuación, el señor Harminder le explicó que el niño fue visto en Bombay por última vez en compañía de otro chico y como eran perseguidos por unos hombres. La periodista tomaba nota de todo.

–Necesito todos los datos que puedan facilitarme –pidió–: edad, rasgos físicos, también si tienen fotografías de los pequeños.

La sufrida madre, sin soltar la mano de la señora Asha, intervino.

—Mi hijo Vishnu tiene trece años, lleva el pelo rizado, y es como yo de alto.

—Un momento, ¿ha dicho Vishnu?

—Sí —respondió Anjali.

—Es muy curioso: conocí a un niño llamado así en un tren, pero claro... puede haber muchos niños llamados así. ¿Cuánto tiempo hace de la desaparición?

—Un mes —contestó Anjali, sorprendida.

—Por ahora todos los datos encajan. ¿Podría enseñarme una fotografía?

—Sí, solo tengo una, en ella está con mi Savitri, la tengo en mi habitación.

—¿Podría traerla, por favor? Tengo un presentimiento, señora Anjali, ¿su hijo hablaba inglés?

Mommy Anjali no daba crédito.

—¡Sí! No es que lo dominara, pero lo estudió desde pequeño en la escuela. Dígame, ¿le acompañaba una niña de ocho años?

—Antes de responder a eso, debo de asegurarme de que el niño que vi era su hijo. Traiga la foto, por favor, señora.

Anjali asintió con la cabeza, y corrió apresuradamente hacia su habitación.

—¡Es increíble! —exclamó la señora Asha— no puede ser posible tanta casualidad.

—Las casualidades no existen, querida. Si el destino ha querido que esta señorita esté sentada aquí, debe de ser por algo —intervino igual de sorprendido el señor Harminder.

Después de sólo un par de minutos, con manos temblorosas, Anjali le entregó la foto a Carol. La periodista no daba crédito; aunque en la fotografía Vishnu parecía más pequeño, no tenía dudas. Después de tragar saliva, cogió la mano de Anjali y le dijo:

—Señora, ¡es él!

Al oír esto, Anjali se echó las manos a la cara y arrodillándose en el suelo, rompió a llorar, recordando a su hijo.

—Vishnu, Vishnu… ¡Mi pobre niño!

La señora Asha abrazó a su protegida amorosamente y la volvió a sentar. Carol prosiguió hablando.

—Señora, tranquilícese, por favor. Fue una increíble casualidad, pero no aporta ningún dato nuevo a lo que ya tenemos: sabemos que está en Bombay y eso es importantísimo. En la mayoría de los casos no sabemos siquiera por dónde comenzar a buscar.

—¿Y mi pequeña? ¿Y mi Savitri?

—No encontré ninguna niña junto a su hijo. Desgraciadamente, respecto a su hija partimos de cero. Pero encontrar la pista de Vishnu nos puede llevar a la pequeña, si conseguimos detener a los responsables. No pierda la esperanza.

—¿Qué puede ocurrirles a mis hijos mientras no los encontramos, señorita? ¿Qué será de ellos? —preguntó, desconsolada, Anjali.

Carol sintió que no debía responder a esa pregunta en presencia de ella.

—No piense ahora en eso, lo único que conseguiría sería ahondar más en su sufrimiento. Le puedo asegurar que siempre me implico mucho en mis investigaciones, pero el caso de su hijo es muy especial para mí, porque pude conocerlo y tuve en mi mano rescatarlo. Le prometo que tomaré este caso como algo muy personal, y que traeremos a sus hijos de nuevo a casa. Me ofrezco para acompañaros a Bombay mañana mismo.

La señora Asha intentó animar a Anjali y, con la excusa de que necesitaba su ayuda en la cocina, dejó a Carol a solas con su marido. El señor Harminder se dirigió a ella después de apurar la limonada y secarse el sudor que corría por su frente.

—Señorita, debo hacerle la misma pregunta, necesito al menos saber a qué nos enfrentamos. ¿A dónde pueden haber sido llevados? ¿Qué puede ocurrirles?

—Señor, a usted no puedo ocultárselo. En la India desaparecen cada año más de 100.000 niños y es un porcentaje pequeño los que son liberados. Algunos son explotados sexualmente, otros vendidos en adopción, la mayoría utilizados en trabajos peligrosos en muy malas condiciones. Y lo peor es, que es una lacra que aumenta cada año; los rescates no son fáciles, a pesar de que se suelen hacer redadas sorpresa, coordinadas por la policía, pero en el último momento, algún agente corrupto puede alertar a las mafias. Por eso se suelen hacer en varias fábricas al mismo tiempo, evitando así que les dé tiempo a trasladarlos.

—Hay que intentarlo, señorita, no es imposible. Estos niños volverán con su madre, aunque sea lo último que haga en mi vida.

—Estoy con usted, señor Harminder.

De vuelta, Anjali, un poco más animada, y la señora Asha sirvieron una exquisita cena ligera. En la sobremesa, pudieron ultimar la estrategia a seguir. Decidieron viajar al día siguiente, acompañados de Yamir y por Peter, el fotógrafo que documentaba siempre las investigaciones de Carol. Lo primero que harían al llegar a la ciudad, sería entrevistarse con la señora que vio a Vishnu en la playa para, posteriormente, coordinar la búsqueda con la policía. Llevarían un documento de especial prioridad firmado por un juez de Benarés, gracias a la influencia del señor Harminder. Todos mantenían en esta ocasión fundadas esperanzas de que diese resultado la búsqueda. En verdad, todo se puede conseguir si se desea con toda el alma, pero a veces no es suficiente si no pasas a la acción, si no ejecutas. Esa era la gran diferencia que existía entre el caso del joven Vishnu y Savitri con los miles de niños que desaparecen cada año en toda India. Estaban decididos a encontrarlos y con ese firme propósito se fueron todos a dormir esa esperanzadora noche.

El equipo de rescate, comandado por el incansable señor Harminder, puso rumbo hacia Bombay con un único objetivo: encontrar a Vishnu. No sabían cuánto tiempo les llevaría, pero si algo tenían claro, tanto el señor Harminder como la señorita Carol, era que no les resultaría nada fácil y necesitarían una buena dosis de suerte. Aun así, no estaban dispuestos a incumplir la promesa que le hicieron a Anjali. Ella, a regañadientes, aceptó quedarse en casa a la espera de noticias.

Después de un agotador viaje, arribaron al fin a la estación de Bombay. Una vez instalados en un discreto hotel, comenzaron a organizarse. Se dividieron en parejas, por un lado, Carol y Peter. Antes de salir de Benarés ya habían concertado una cita con el jefe de policía de Bombay. Pedirían su máxima colaboración, presionando con el documento firmado por el juez. Harían cientos de copias de la fotografía de los niños para distribuirlas por toda la ciudad. El señor Harminder, estaba citado esa misma mañana con la señora que les alertó de que Vishnu se encontraba en la ciudad. La cita tendría lugar en la terraza del mismo restaurante donde el niño fue visto por última vez. Era un día soleado, aunque no demasiado caluroso. El señor Harminder llegó temprano a la cita, y decidió esperar a la señora tomando un refresco en la terraza del restaurante. Le había advertido a su cita que llevaría su clásico turbante azul. La señora apareció a la hora convenida acompañada de un caballero; no le resultó difícil identificarlo, pues, en esos momentos, no se encontraba en el lugar ningún otro hombre *Sij* con turbante. El señor Harminder nada más verla se levantó y le extendió la mano.

–Buenas tardes, señora, soy Harminder Singh.

–*Namasté*, encantada. Mi nombre es Preeti Kumar, y él es mi marido, Amitabh Kumar.

–Es un placer conocerlos. No saben cuánto les agradezco su ayuda. Por favor, tomen asiento.

–Señor, no puedo hacerme a la idea de cómo debe estar sufriendo esa madre. Cuente conmigo y con mi marido para cualquier cosa que necesiten.

El señor Kumar era un importante hombre de negocios, muy bien relacionado. La señora le trasladó también que era, además, miembro del consejo de administración de una importante cadena de televisión y le ofreció el medio para dar a conocer el caso.

—Muchas gracias, eso es fantástico, todo lo que sea divulgar la desaparición nos puede venir muy bien. Pero si le parece, señor Kumar, esa cuestión la podemos tratar más adelante. Ahora quisiera que su esposa intentase recordar todo lo que habló con Vishnu.

La señora Preeti comenzó a relatar con todo detalle su encuentro con el niño.

—Como ya le informé por teléfono, Vishnu apareció tras el cristal del restaurante. Fue mi hija quien primero se percató de su presencia. Hacía gestos de tener hambre con la mano, y decidí salir para llevarle comida junto a mi hija…

—Perdone —interrumpió el señor Harminder.

—¿Qué aspecto tenía?

—Estaba sucio y descalzo, me dijo que habían sido secuestrados por una mafia, que le separaron de su hermana. Al llegar a Bombay, escapó junto a otro niño, creo que hasta que me encontré con él, vivían en la playa. Me dijo que aprendió inglés en el colegio y poco más.

—¿Qué pasó luego, señora?

—Estaba muy hambriento, comía mientras me pedía ayuda. Quise llamar a la policía, pero no quiso. Me pidió, muy excitado, que no lo hiciera, prefirió que lo llamara a usted. Apenas cuando había pegado un par de bocados, apareció por sorpresa su compañero corriendo y gritando:

"Corre, corre, Vishnu, nos han encontrado". Me dio las gracias mientras comenzaba a correr: "Harminder Singh and Sons, Varanasi", esas fueron sus palabras.

–¿No dijo nada más?

–Que yo recuerde, no...

–¿Está segura? Cualquier detalle por insignificante que pareciera, podría ser de vital importancia, haga memoria, por favor, señora.

La señora Preeti, guardó silencio durante unos instantes.

–No, no recuerdo nada más.

–Está bien, no tenemos mucho, solo la certeza de que deben encontrarse en algún lugar de la ciudad.

El señor Kumar intervino.

–Creo que lo más indicado es hacer un llamamiento por televisión, alguien les ha tenido que ver, alguien que pudiera aportar alguna pista.

La señora Preeti continuaba intentando recordar si Vishnu pronunció alguna palabra más en su despedida, cuando repentinamente consiguió recordar algo que podría clarificar un poco el caso, y dando una sonora palmada dijo...

–"The Boss", después de pronunciar su nombre, "Harminder Singh" dijo: "The Boss", ahora recuerdo, ¡estoy segura!

–¿The Boss? –preguntó el señor Harminder, llevándose su mano derecha a la frente.

–Es extraño, nadie se refiere a mí de esa forma en el trabajo. Quizás quisiera decirnos algo. En cualquier caso, no podemos dejar ningún cabo suelto, lo pondré en conocimiento de la policía.

–No puedo decirle más, señor. ¿Qué piensa hacer ahora?

–Pues, creo que es importante que nos pongamos en el lugar de esos niños, que intentemos, a partir de la huida, reconstruir a dónde pudieron dirigirse. Ha sido de gran ayuda señora, gracias.

El señor Kumar le dio su tarjeta e insistió en hacer un llamamiento por televisión. Existía un programa en su cadena dedicado a este tema. Para ello, recomendó que fuera la madre quién fuese la encargada de destapar su caso ante la opinión pública, eso, según él, sensibilizaría a la población.

–Me parece buena idea señor Kumar, esta noche me reuniré con Carol, la representante de la ONG que nos está ayudando en la búsqueda, y decidiremos. Ella está ahora reunida con la policía.

–Por favor, señor Harminder, cualquier novedad no dude en llamarnos.

–Descuide, señor, muchísimas gracias.

Tras despedirse de la señora Preeti y del señor Kumar, el señor Harminder llamó a su chófer. Yamir pidió un taxi, e intentaron reconstruir el recorrido que pudo hacer Vishnu con su compañero, pero la inmensidad de la ciudad, sus atestadas avenidas, su caótico tráfico, y multitud de posibilidades en lo referente al camino que pudieron tomar los niños, hicieron pronto desistir de la idea al señor Harminder. El estado de su pierna tampoco le permitía caminar demasiado, adentrarse en los barrios y mercados que abundaban por la zona. Era como buscar una aguja en un pajar. Decepcionado, decidió volver al hotel a la espera de entrevistarse esa noche con Carol. La noche anterior en el tren, la periodista le había hablado sobre la forma más efectiva de comenzar la búsqueda. Como última posibilidad, en el supuesto que pensaran que hubieran sido capturados de nuevo, se haría pasar por una clienta extranjera, con el propósito de hacer negocios. Los empresarios, creyendo estar a punto de firmar un gran contrato, solían hablar más de la cuenta y al final la avaricia siempre les hacía cometer errores. En verdad, todo resultaba tan burdo, tan evidente, que no se entendía cómo estas mafias podían campar a sus anchas por un sistema, una sociedad que, incomprensiblemente, no ponía los medios suficientes para que estas barbaridades no ocurriesen.

IX
LA FRUSTRACIÓN

"Quien está dispuesto a encontrar un camino, lo está también a dejarse guiar". Era una de las máximas del señor Harminder, y la llevaba a la práctica a la menor ocasión. En el caso de la desaparición de Vishnu y Savitri, no fue una excepción y, aunque también era un hombre muy intuitivo, confiaba en la experiencia de Carol. Tenían por delante un gran reto, una misión casi imposible: encontrar a un niño en una ciudad de veinte millones de habitantes. La periodista, en su entrevista con el jefe de policía de Bombay, había puesto en su conocimiento los nuevos datos aportados por el señor Harminder. La misteriosa palabra pronunciada por Vishnu, "The Boss", merecía no ser pasada por alto. Consiguió, por parte de la policía especial, atención en el caso gracias a la intervención del juez de Benarés. El jefe de policía decidió que la periodista comenzara a investigar por las fábricas y, en el caso de tener sospecha de que en alguno de los cientos de talleres existiesen niños explotados, organizarían una redada. Los agentes comenzarían a investigar por otra zona.

El primer día de búsqueda comenzó muy temprano. Tras desayunar todos juntos en el hotel, el señor Harminder preguntó a la periodista.

–¿Cómo nos organizamos, señorita?

–Hoy comenzaré junto con Peter a investigar por las fábricas; él grabará con cámara oculta, si conseguimos grabar a algún niño, será la prueba que necesitamos para que intervenga la policía. Muchos otros niños podrían beneficiarse, aunque no esté Vishnu entre ellos.

–¿Qué puedo hacer yo? –preguntó el señor Harminder.

–Aunque es difícil, podría comenzar a preguntar si vieron a los niños por los mercados más próximos a la playa. Es el lugar más probable por donde Vishnu y su compañero se hubiesen podido dejar ver, ya sabe, cuando el estómago habla... No desespere, si hoy no conseguimos nada, hay que tener paciencia, señor – respondió Carol, poniendo la mano sobre su hombro–. No olvide tampoco gestionar con el señor Kumar la entrevista en la televisión.

–De acuerdo, pongámonos en marcha. Nos veremos en la cena, ¡buena suerte!

Unos minutos más tarde, el señor Harminder y Yamir, se vieron sentados en el asiento trasero de un cuidado taxi negro de época.

–Buenos días, señor. Dígame, ¿a dónde los llevo? – preguntó el taxista.

El señor Harminder le explicó el motivo de su visita a la ciudad, y le pidió que le llevase a los mercados más próximos a la playa.

–¿No habrá visto usted a este niño, por casualidad? – preguntó mostrándole la foto de Vishnu.

–Es muy difícil señor, es un niño muy común, igual que los cientos de niños que veo cada día –contestó el chófer tras una mirada rápida–. Es terrible lo que ocurre en nuestro país, no me explico cómo pueden suceder estas cosas, una verdadera tragedia para miles de familias.

El taxista se hacía llamar Nindi, un simpático y joven *Sij*. Lucía turbante color añil, larga barba anudada en la barbilla y bigote hábilmente retorcido en sus puntas hacia arriba. Conducía ágilmente por las calles de Bombay, evitando colisiones y sin dejar de hacer sonar su estridente claxon. Durante el recorrido hasta el primer mercado que visitarían, se abrió paso casi temerariamente, esquivando multitud de distraídos peatones, ciclistas, motocicletas, *rickhaws* a pedal o a motor a través de un laberinto de callejuelas… Al señor Harminder le cayó bien desde el primer momento, y decidió contratarlo para todo el día tras negociar el precio.

–¡Hemos llegado, señor! Les espero aquí mismo, les deseo que tengan mucha suerte –exclamó Nindi sin dejar de sonreír.

Yamir y el señor Harminder se dividieron con sendas fotos en sus manos, y comenzaron a preguntar por Vishnu entre todos los mercaderes instalados en pequeños puestos ambulantes atestados de clientes y turistas. Encontraron en todos, la misma respuesta: "No, lo siento". Después de casi dos horas de infructuosa búsqueda, volvieron decepcionados al taxi, tal y como habían acordado.

–Esto es más difícil que desaparezca mi cojera –se lamentó contrariado el señor Harminder.

–Ya lo dijo la señorita Carol, señor, hay que tener paciencia y seguir buscando –respondió el fiel Yamir.

—Necesito reponer fuerzas, Nindi. Llévanos a algún sitio donde podamos comer algo antes de continuar – pidió el señor Harminder.

El chófer reemprendió la marcha y, después de casi media hora, se detuvo frente a un gran edificio plagado de restaurantes, situado en una transitada esquina, donde confluían dos sinuosos callejones. Se sentaron en la terraza de uno de los bares e invitó a Nindi a que los acompañara.

—Dígame, Nindi, ¿qué sabe sobre los niños secuestrados que llegan a Bombay? ¿Tiene alguna experiencia? –preguntó el señor Harminder.

El taxista resopló, y después de pegar un sorbo al té que le habían servido, respondió.

—Déjeme decirle algo señor: todo el mundo sabe a lo que vienen tantos niños en esos trenes. Pero parece que a nadie le importa, se hace a la vista de todos. Yo mismo he sido testigo en varias ocasiones de cómo se trafica con esos pobres niños, en la misma puerta de la estación. Todos deberíamos de hacer más para evitar este drama. Creo que lo primero que tendría que hacer la policía, es hacer controles estrictos en las estaciones. Es muy sospechoso que un adulto viaje con cuatro o cinco niños, sabiendo lo que aquí se cuece ¿no cree? Los pequeños, una vez que se los llevan de la estación, desaparecen y es difícil seguirles el rastro. Suelen hacer redadas y liberan a muchos de golpe, pero este negocio no se detiene, al día siguiente siguen llegando más chicos. Es como un cáncer que se reproduce y se extiende.

–Y, ¿usted? ¿Por qué no denuncia a la policía cuando ve esas entregas de niños a las mafias? –intervino visiblemente enfadado Yamir.

Nindi agachó el cabeza, avergonzado.

–Me culpo por ello, por eso digo que todos deberíamos implicarnos más, y tomar conciencia de este grave problema.

–India es, sin duda, un gran país; de los que más rápido crecen económicamente en el mundo, pero esto es una lacra. Es vergonzoso que, más de la mitad de la explotación infantil mundial, ocurra delante de nuestros ojos –replicó Yamir ante la mirada de aprobación de su jefe.

–Bien, nosotros vamos a aportar nuestro granito de arena, y a intentar liberar a todos los niños que nos sea posible. Ojalá sea nuestro Vishnu uno de ellos, ¿qué le parece, Nindi? –exclamó el señor Harminder, mientras le daba una palmada en la espalda.

–¡Por supuesto, señor! El mercado al que los he llevado antes no es el más cercano al que los niños podrían haber llegado a pie. Si les parece los llevo y continuamos preguntando. Por favor, me gustaría ayudar también si me dan una fotografía.

El señor Harminder agradeció el gesto de Nindi, y pusieron rumbo al supuesto mercado más cercano. Por separado, iniciaron de nuevo la búsqueda. Nindi aparcó el taxi y se implicó con esmero en la tarea de conseguir alguna pista. Peinaron toda la zona de extremo a extremo, pero, después de casi una hora, el esfuerzo resultó de nuevo en balde: nadie recordaba haber visto a Vishnu. El señor Harminder se sentó en la puerta de una vieja peluquería, agotado y con un fuerte dolor en su pierna. "Ya no estoy para estos trotes" pensaba, cuando vio pasar a Yamir.

—¡Yamir! —exclamó agitando el pañuelo con el que se acababa de secar el sudor— ¿Has conseguido algo?

—Negativo, señor. Esto es más difícil de lo que pensaba —respondió Yamir.

—Nadie dijo que resultaría fácil. Ayúdame a levantarme, necesito apoyarme en ti para caminar, me duele mucho la pierna, regresemos. A ver si encontramos al taxista.

—Señor, no se preocupe. Mañana quédese descansando en el hotel, organice la entrevista en televisión. Yo me encargaré de seguir buscando.

—Ya veremos, según cómo me encuentre…

Al incorporarse, el señor Harminder reparó en unos chicos sentados en los escalones de la vieja peluquería, y no quiso dejar pasar la oportunidad de preguntarles.

—Perdonad, chicos, estamos buscando a este niño, ¿lo habéis visto? —les interrogó, mostrándoles la foto.

Uno de los jóvenes la cogió entre sus manos y, encogiéndose de hombros, respondió negativamente. El resto se arremolinaron en torno a su compañero, encontrando el señor Harminder igual respuesta.

—Un momento...

El chico que sostenía la fotografía la volvió a mirar detenidamente.

—¡Ahora recuerdo! —exclamó mientras se rascaba la cabeza— Es que en la foto parece más pequeño. El niño que yo vi podría tener doce o trece años, pero se parece mucho.

—¡Sí! Correcto, es la edad de Vishnu —respondió con renovada energía el señor Harminder

—¿Estás seguro? ¿Hablaste con él?

—Sí, se acercó a nosotros. Fue sólo un momento, me pidió unas cerillas a cambio de unos dulces.

—¿Cuánto tiempo hace de eso? —preguntó el señor Harminder, visiblemente emocionado.

—Dos semanas como mucho.

—¿No hablaste más con él? ¿Sabes dónde puedo encontrarlo?

—A eso no puedo responderle, señor, se marchó corriendo, parecía contento. Luego supe, por comentarios que oí entre los comerciantes, que rondaba por el mercado con otro chico, y que estaban hartos de los robos.

—¿Robos?

—Sí, comida. Algunos dicen que los veían acarrear bidones de agua hacia una loma cercana, pero hace tiempo que no se les ha vuelto a ver por aquí —respondió el chico señalando hacia la espalda de donde se encontraban.

—¿Podrías llevarnos? Te recompensaré.

—¡De acuerdo! Síganme, yo en verdad nunca he subido, pero imagino que no será difícil.

El señor Harminder y Yamir siguieron a los chicos y se encaminaron hacia lo alto del montículo rodeado de vegetación que coronaba el mercado. Después de varios minutos de trabajosa subida para la sufrida pierna del señor Harminder, llegaron a lo que parecía ser un campamento. Sin duda, había signos evidentes de haber sido refugio para alguien durante varios días, quizás semanas. Yamir ayudó a su jefe a sentarse en una gran piedra, y este le ordenó que echase un vistazo al interior de la tienda. Sus fuerzas no daban para más, solo para intentar recuperar un poco el aliento.

—Aquí no hay nada señor, solo algo de ropa, dos mantas y botellas vacías —comentó Yamir .

El señor Harminder, un poco más repuesto, se incorporó ayudado por uno de los chicos, y entró al refugio. No vio nada que pudiera probar que Vishnu hubiese ocupado la rudimentaria tienda. Pero hubo algo que le llamó especialmente la atención: era una camisa blanca, renegrida por la suciedad, que parecía ser la talla de un chico de su edad. Le pidió a Yamir que la guardara, ya que, si pertenecía a Vishnu, nadie mejor que su madre para identificarla. Salió del refugio con una sensación agridulce porque, aunque todo parecía indicar que se encontraban frente al que habría podido ser el refugio de los chicos, seguían sin tener nada. El paradero del joven Vishnu y de su compañero, seguía siendo un verdadero misterio.

Mientras tanto, Carol y Peter, al otro lado de la ciudad, se disponían a infiltrarse haciéndose pasar por clientes en la primera fábrica textil, esperanzados por encontrar alguna evidencia de descubrir niños explotados. Peter llevaba camuflada en su bolso una cámara oculta.

La fábrica estaba situada en las afueras de la ciudad. A pesar de que llevaba algún tiempo colaborando con la ONG, para Carol era la primera vez que utilizaba esta forma de investigación, y se encontraba un poco nerviosa. Para Peter no era la primera vez, era un hombre tranquilo, discreto y callado; llevaba años viajando por todo el mundo. Había utilizado esta táctica en varias ocasiones, siempre colaborando con organizaciones comprometidas en destapar delitos. Con palabras pausadas y con una sonrisa intentó tranquilizarla.

–Vamos, Carol, no dramatices. Respira hondo y métete en tu papel, no debes temer nada, a esta gente le gusta tanto el dinero, que no se fijan en nada más que en tu billetera.

–Claro, para ti es fácil decirlo, pero yo nunca me vi en otra igual. ¿Y si nos descubren?

–Eso no va a pasar, lo máximo que puede ocurrir es que nos echen. Recuerda bien lo que hemos hablado, lo más importante es que tengamos acceso a los talleres.

Los dos periodistas llegaron al lugar en un taxi. Se trataba de una gran tienda de dos plantas, donde vendían tanto directamente a los clientes como al por mayor. Al principio, Carol se dedicó a observar los diferentes tipos de artículos que se trabajaban en la empresa, desde tapices bordados de todos los tamaños, pasando por bisutería, *pashminas*, *kurtas* de caballero y de señora, ropa de hogar, manteles de algodón estampados a mano, colchas de seda bordada, calzado, hasta pasamanería bordada y por supuesto, *saris* de seda y satén. Después de unos minutos, uno de los trabajadores se dirigió a ellos.

—Buenos días, señorita, ¿puedo ayudarla en algo?

—Sí, por supuesto. Represento a una nueva firma de España, y estábamos muy interesados en sus artículos. Estamos preparando la apertura de nuestras dos primeras tiendas, en Madrid y Barcelona. ¿Podríamos hablar con el jefe?

—Sí, un momento, por favor, llamaré primero al encargado —contestó amablemente el joven inclinando la cabeza.

Después de unos segundos, llegó el encargado y se presentó.

—Buenos días, bienvenidos a *Mumbai Textile*. Me llamo Anan, ya me han informado. Si me lo permiten me gustaría mostrarles lo que pueden encontrar aquí. Debo decirles que han venido al sitio indicado, tenemos clientes en toda Europa, pero aún no en España, será un placer trabajar para ustedes. Por favor, acompáñenme.

El encargado se deshizo en atenciones, y les comenzó a mostrar todas las instalaciones. Después de casi una hora en la planta baja, subieron por una estrecha escalera al piso superior. Al llegar, pudieron ver un amplio salón central enmoquetado, lleno de dependencias donde había que descalzarse al entrar. El gran salón estaba dividido por cuatro sofás de tres plazas donde fueron invitados a tomar té. Carol, soportó estoicamente las explicaciones del encargado, mientras desplegaban a sus pies una gran colección de coloridas colchas de cama. Peter, viendo que la situación se estaba alargando demasiado, tomó la palabra.

–Señor Anan, suficiente: nos ha convencido. Perdone, pero estamos citados en otra fábrica, nos gustaría hablar con su jefe.

–Por supuesto, señor, se encontraba reunido, pero preguntaré ahora mismo si ha llegado.

El encargado realizó una llamada, e inmediatamente acompañó a los visitantes a la planta baja donde al fin fueron recibidos por el jefe. El señor les dio la bienvenida de nuevo, e intentó vender las excelencias de sus productos.

–Señor, es justamente lo que estábamos buscando –le dijo Carol–: gran variedad de artículos en la misma empresa, eso nos puede ahorrar mucho tiempo y espero que también dinero. ¿Pero dígame? ¿Podríamos visitar su fábrica? Nos gustaría ver el proceso de fabricación de los artículos.

–Por supuesto, señorita, me gustaría acompañarlos, pero hoy tengo un compromiso. Si les parece bien, mañana a primera hora les recojo en el hotel y visitamos nuestra fábrica.

–Nos parece bien, nos alojamos en el hotel Aksa Mumbai.

–Perfecto, señorita, mañana a las ocho de la mañana les esperaré en la puerta.

Carol y Peter pidieron un taxi, y se dirigieron de regreso al hotel.

–No creo que encontremos nada, todo parece demasiado legal –comentó Peter a Carol–. Me da la impresión de que estamos perdiendo el tiempo.

—Nunca se sabe, Peter. No podemos descartar nada, ¿quién sabe?

—Créeme, vamos a visitar esta fábrica, pero mi intuición casi nunca me falla.

Una vez en el hotel, el señor Harminder puso al corriente a Carol y a Peter de que los niños fueron vistos en el mercado más próximo a la playa. Decidieron descansar esa tarde, y por la noche en la cena planearían los siguientes pasos a seguir para la nueva jornada. Anjali esperaba con ansiedad noticias de Bombay. Después de cenar, el señor Harminder llamó a casa, y le informó de los avances.

Al día siguiente, tal y como había pronosticado Peter, no encontraron nada sospechoso en la fábrica textil, todo parecía legal: señoras en la planta de producción de bolsos, hombres estampando a golpe de muñeca las colchas de algodón, ni rastro de ningún niño, excepto por los pequeños aprendices encargados de ofrecer té a los clientes o de hacer recados.

Segundo día de búsqueda, y de nuevo de regreso al hotel con las manos vacías. Pero, al menos, mantenían la esperanza de que quizás, no demasiado lejos, se encontraba el joven Vishnu, ajeno a que su llamada de socorro fue increíblemente atendida.

X
EL KARMA

Los días en el taller transcurrían lentamente; el cansancio, la mugre, el hambre y la desesperanza se habían adueñado de mi vida. No dejaba de pensar en mi madre y en mi hermana, ¿qué habría sido de ella? A veces me quedaba abstraído en mis recuerdos, y el varazo del encargado me hacía volver dolorosamente a mi triste realidad. Por las noches, la oscuridad de la estancia se apoderaba también de todo mi ser, y me sumía en la más profunda desesperación. No podía hacer otra cosa que llorar con la cabeza tapada: "*Maan*, ¿podré volver a abrazarte algún día? Cómo echo de menos tu protección, tu calor, tu olor, las risas con mi hermanita... No teníamos nada, pero al menos estábamos juntos". Cuando crees que no posees nada, la vida te muestra lo verdaderamente importante, el amor que no se ve es alimento para la mente y el alma. Descubrí mi fortaleza, y decidí que era mejor tener la incertidumbre de lo que el destino me deparaba, a resignarme a hacer de mi vida un camino de sufrimiento. Tenía tantos sueños por cumplir... Pero nunca olvidé la promesa que les hice a mi madre y a mi hermana. Ese espíritu de supervivencia fue lo que me dio fuerzas cada día para levantarme del duro pavimento que atrofiaba mi cuerpo.

Por aquellos días, ocurrió algo que vendría a aportar un poco de luz a nuestros oscuros días. Si existe el *karma*, se manifestó drásticamente sobre uno de los guardias que nos fustigaban continuamente, el tipo con menos corazón que se cruzó en mi vida. Disfrutaba con cada varazo, sus ojos le delataban: contenían en ellos tanta ira, que no tenía ningún problema en descargar todo su odio sobre nuestros frágiles cuerpos, incluso cuando cumplíamos con nuestro trabajo. Se llamaba Hasan, pero entre los chicos le llamábamos el "caníbal" porque, según Roshni, se alimentaba de nuestra desgracia. Una tarde, mirábamos atemorizados al techo, temiendo que alguna viga de hierro se desprendiese en cualquier momento. Por muchas ganas que tuviésemos algunos de morir, era una gran mentira: nadie quiere morir, y mucho menos sentir dolor, el instinto es mucho más fuerte. Nunca vi caer ninguna, pero ese día el destino quiso que, en un momento de distracción del guardia, mientras azotaba a uno de los niños, una plancha de hierro cayó sobre el hombro del despiadado "caníbal" dejándolo malherido en el suelo. Los chicos nos mirábamos sorprendidos y a más de uno se le escapó una cómplice sonrisa. Fue rápidamente trasladado y nunca más volvimos a saber de él. Al día siguiente lo sustituyó uno de los trabajadores de la primera nave, que fue rápidamente ascendido.

El nuevo guardia era diferente a cualquier otro; un atisbo de humanidad se comenzaba a desprender de sus actos, raramente nos fustigaba, y si alguna vez lo hacía, era porque era observado en ese momento por los compañeros o por el encargado. La mayoría de las veces nos daba un leve toque en la cabeza con la punta de la vara, advirtiéndonos. Nosotros se lo agradecíamos infinitamente con la mirada, a él le entraba una repentina tos y nos guiñaba un ojo. Se llamaba Ahmed y era musulmán; este buen hombre se convertiría en nuestro "ángel protector". Hizo que nuestra penosa vida de cautiverio y esclavitud fuese un poco más llevadera, pero sobre todo consiguió que recobrásemos la esperanza en que la bondad se podía abrir paso entre tanta maldad. Poco a poco se fue relacionando más con los chicos, y llegó un momento en que todos lo veíamos como un amigo. Hacía lo posible por quedarse con nosotros al final de cada jornada y, mientras esperábamos turno para lavarnos, repartía la comida que podía traer de casa a alguno de los niños. Uno de esos días, me escogió a mí.

–Hola, soy Ahmed, vengo observándote desde hace unos días, trabajas bien y rápido, creo que mereces una recompensa. Guarda esto deprisa, es todo lo que he podido conseguir: varios *naam* y un poco de pollo.

–Gracias, señor, es agradable volver a sentir que le importas a alguien. Me llamo Vishnu.

–No quiero saberlo, chico, para mí eres uno más de los que se encuentran aquí. Solo hago lo que puedo, no me gusta veros así.

–¿Está seguro de que hace todo lo que puede?

–¿Prefieres que se lo dé a otro? Hay donde escoger – me preguntó Ahmed, enfadado, haciendo ademán de retirar la comida.

Pero yo sabía que era una coraza que se auto imponía.

–¡No! Perdón, no quería ofenderle –le contesté extendiendo los brazos.

Ahmed me miró fijamente y me entregó el paquete.

–Mira, chico, no puedo permitirme perder el trabajo. Mi familia necesita mi sueldo, aunque no me guste lo que veo aquí, ¿lo entiendes?

–Sí –le contesté sin dejar de mirarlo.

Permanecí en silencio durante algunos segundos.

–Tiene hijos por lo que dice. Nada más que por eso, se podría plantear si puede alimentar a su familia a costa del sufrimiento de otros niños –le dije–. Yo preferiría morirme de hambre. Sé que hace mucho y se lo agradezco, pero si supiera que está en su mano acabar con nuestra tortura... Todos tenemos familia y queremos regresar con ellas.

El guardia agachó la cabeza y, sin decir nada, se dio media vuelta y comenzó a apresurar a los niños para que acabasen de lavarse. Esa noche repartí la comida con mis amigos. Kiran se mostraba, desde que llegó, de una forma desconocida para mí hasta el momento: casi no hablaba, había perdido su pícara sonrisa, ya no me llamaba "pringao" y ni siquiera un poco de pollo varió su comportamiento. Lo veía cada vez más débil y casi no comía, pero sería por poco tiempo; pasados unos días, ocurriría algo que le haría reaccionar y volver a sentir la necesidad por recuperar lo que más valoraba, de lo que más presumía y daba sentido a su vida.

Los atardeceres en la playa eran tan espectaculares que, a veces, creía que el cielo se incendiaba; en las noches sin luna podíamos ver todas las estrellas, nos tendíamos boca arriba en la arena, y dábamos rienda suelta a nuestra imaginación. Nos sentíamos libres, por unos instantes no nos preocupaba otra cosa que no fuese, soñar con que el universo nos regalase una vida al menos normal. No pedía mucho más, ni siquiera ansiaba ya estudiar, quería volver a sentirme así el mayor tiempo posible. Dicen que la felicidad es acostarte sin miedo y levantarte sin angustia, ahora, se habían convertido en mis inseparables compañeras. Pero a pesar de este inevitable sentimiento, la aparición de Ahmed había removido de nuevo en mí las ganas de seguir luchando. Aunque se había mostrado conmigo muy esquivo, sé que mis palabras calaron hondo en su conciencia, y quizás con el tiempo pudiera ayudarnos a escapar. Con ese nuevo propósito afrontaba cada jornada, y me convencía a mí mismo de que era un día menos en nuestra cárcel. No me resignaba a mi suerte, se despertó en mí una fortaleza mental que solo es posible aprender del dolor, e intentaba transmitírsela a mis amigos, sobre todo a Kiran que se encontraba muy deprimido.

Una noche, después de cenar, reuní a mis amigos e intenté animarlos.

–Kiran, ¿no tienes nada que decirme? Me tienes ya un poco preocupado.

–¿De qué me serviría hablar? No tengo ganas, solo quiero dormir.

–Pues a mí me está sirviendo de mucho, me he hecho amigo de Ahmed. ¿No me dirás que no comemos un poco mejor ahora?

–¡Eso es verdad Vishnu! Sigue haciéndolo, jajajaja… Aunque sigo teniendo hambre –intervino Roshni.

Kiran se recostó sobre el cartón y cerró los ojos, yo continué con mi propósito.

−¿No quieres volver a ser libre? −le pregunté dándole un pellizco en su pierna. Mi amigo no dijo nada, pero yo insistí.

−¿Y si te dijese que tengo un plan para salir de aquí? En ese instante, Kiran se incorporó.

−¿Estás hablando en serio? −me preguntó−. No servirá de nada, nadie lo ha conseguido antes.

−Eso fue así porque no contaban con ayuda, yo puedo tenerla desde dentro. Si lo piensas bien, no es tan difícil, pero tengo que convencer a mi amigo.

−¿Ahmed? −preguntó Sundar, emocionado.

−¿Quién si no? Es una buena persona, seguro que encontramos la forma de hacerlo sin perjudicarlo. De eso me encargo yo Sundar. ¿Cómo sabes que no lo consiguieron, Kiran? ¿Crees que, si lo hicieron, estos mafiosos iban a dejar que lo supiéramos? Sería como abrirnos la puerta a todos los que estamos aquí, ellos prefieren que creamos que son trasladados a otro infierno mucho más duro.

−¿Tú qué harías si pudieras escapar de aquí? ¿Volver a la calle? −me preguntó Kiran.

−Denunciarlo a la policía. A mi pesar, tuvimos tiempo para hacerlo y no lo hicimos −respondí.

Kiran se levantó y se dirigió a todos.

−¡No seas ingenuo, Vishnu! Me han contado como han apalizado a los que lo han intentado, y el mismo día estaban de vuelta. ¿Crees que hubieran escuchado a un miserable niño de la calle? ¿A uno más de los millares que hay en la ciudad? ¿Apareció por aquí la policía alguna vez después de que algún niño escapara? Si hubiesen creído a alguno, este sitio hoy no existiría.

–¡Por todos los dioses! Vishnu, lo que dice Kiran, visto así, creo que tiene razón –exclamó Sundar.

La reflexión de Kiran me dejó sin palabras, pero no me extrañó lo más mínimo: a su corta edad, poseía una claridad mental fuera de nuestro alcance. Aun así, me había propuesto escapar de nuevo. Y ahora que Kiran me había abierto la mente, tendría que encontrar la forma más inteligente de acabar, no solo con nuestro cautiverio, si no con el de todos los niños del taller. Había llegado el momento de dejar de pensar solo en mí.

Me quedé dormido pensando en cómo conseguir convencer a Ahmed, era una idea descabellada, pero tenía que intentarlo. Al acabar la jornada de trabajo, como siempre hacíamos, nos acercamos a las pilas para lavarnos; busqué con la mirada a Ahmed, pero ese día le tocaba a otro guardia custodiarnos. Tuvo que ser al día siguiente cuando, conseguí hablar con él.

–¿Qué tal, chico? ¿Cómo te fue el día? ¿Has conseguido el objetivo?

–Sí, qué remedio... Tengo hambre.

–Pues hoy no tengo nada para ti. Te pediré para mañana la doble ración que has ganado.

–Señor Ahmed, quisiera pedirle algo.

–No abuses, Vishnu.

–No, no es lo que usted piensa, le quería pedir si pudiera enviar un mensaje a mi madre.

–Sabes que no puedo hacerlo, eso significaría quedarme sin trabajo, y quizás la cárcel. ¿Qué sería de mi familia? ¿Qué harías tú en mi lugar?

–Señor, ojalá estuviese en su lugar, tendría muy claro lo que haría. Yo solo sé lo que está bien y está mal, y esto que hacen con nosotros es un delito.

–¡Ya basta! ¡Cómo te atreves a hablarme así! –exclamó Ahmed, amenazando con pegarme con la vara.

Yo, al verlo, hundí mi cabeza en los hombros esperando el varazo, pero se contuvo en el último momento. No parecía ser el hombre que se había mostrado tan bueno con todos, pero me atreví a continuar hablándole.

–Usted no es como ellos, Ahmed, está en su mano aliviar el sufrimiento de mi madre. A mi pequeña hermana también se la llevaron, y desde entonces no sé si está viva o muerta. ¿Hay algo más importante que eso? Si teme por su futuro, yo puedo declarar a favor de usted, y pedirle a mi jefe que le dé trabajo, aunque sea en Benarés.

–¿Benarés? ¿Desde allí has llegado? –me preguntó más calmado.

Yo vi que podía conseguir ablandarle el corazón y continué.

–Sí, seguro que el señor Harminder le agradece de esa forma lo que puede hacer por mí, y por todos estos niños. Es un hombre muy bueno.

–¿Por todos los niños? Pero ¿qué pretendes?

–Acabar con esto, y que paguen los responsables. Piense que sus hijos pueden acabar algún día como yo y, aunque usted no esté de acuerdo con lo que pasa aquí, no deja de ser un cómplice de esta barbaridad que cometen con nosotros.

Al oír esto, Ahmed, se quedó pensativo.

—Es una locura —me dijo.

—Usted es diferente, señor, lo sabe bien. Ayúdenos al menos a escapar a mi amigo Kiran y a mí; solo tiene que hacerse con un juego de llaves y abrirnos la puerta. Yo me buscaré la forma de pedir ayuda y de protegerle.

El guardia se alejó con la cabeza agachada y yo me quedé satisfecho, esperanzado, en haberle ganado para nuestra causa. No se me ocurría otra forma mejor de escapar, aunque, sinceramente, no estaba seguro de que al bueno de Ahmed no le fuera a ocurrir nada malo. Una vez en los dormitorios, reuní a mis amigos, excepto a Kiran, que seguía sin querer participar, y les conté todo lo que hablé esa noche con el guardia.

A la mañana siguiente, desperté más esperanzado que nunca. Como cada día, el trabajo no nos permitía ni un minuto de respiro. Kiran seguía metido en su mundo, y trabajaba con desgana, ni siquiera le importaba que lo azotasen y le rebajasen la ración de comida. Todo transcurría con monótona normalidad cuando, de repente, se oyó un estruendo seguido de un grito. Todos quedamos paralizados, y escuché la voz de Roshni gritando el nombre de su hermano:

—¡Sundar! ¡Ayuda por favor, ayuda!

De inmediato, Kiran y yo salimos corriendo hasta donde se encontraba nuestro amigo tendido en el suelo retorciéndose de dolor: le había golpeado un hierro, por suerte no demasiado grande, y le había roto el brazo. Ahmed fue el primero en llegar y lo atendió. El encargado ordenó llevarlo a su despacho mientras le gritaba:

—¡Eres un inútil! ¡Eso no es nada! Te pondremos una escayola y continuarás trabajando.

Los demás guardias nos apartaron a base de latigazos con la vara. Roshni lloraba desconsoladamente y no nos dejaron siquiera acercarnos a él. El desgraciado Sundar salió en menos de media hora del despacho con el brazo escayolado, y le obligaron a continuar con el trabajo. Cualquiera con un poco de corazón hubiera visto que no estaba en condiciones, cualquiera menos los demonios que nos custodiaban. Miré a Kiran, y negué con la cabeza. Sentí en su mirada que había comprendido lo que le había querido decir. Ahmed se acercó a mí.

—Continúa con el trabajo, por tu bien —me dijo.

—¿Mi bien? ¿Es este mi bien? ¿Qué más tiene que pasar para que se dé cuenta de que esto que nos hacen es inhumano?

—No te preocupes, luego hablamos —me dijo Ahmed, poniendo su mano en mi hombro.

Yo me quedé un poco reconfortado, pensando en que nuestro momento había llegado.

Al final de la jornada, me encaminé a las pilas, pero esta vez noté como alguien me sujetaba el brazo. Era Kiran.

—Espera Vishnu, he estado pensando: estoy harto, prefiero que me apaliquen o morir de cualquier forma, que aguantar aquí ni un día más. Estoy contigo.

Nos abrazamos y nos fuimos en busca de Ahmed.

–Señor, él es mi amigo Kiran, del que le hablé.

–Toma, dale esta noche este calmante a vuestro amigo, lo he cogido del botiquín del encargado.

–Gracias, señor. ¿Ha pensado algo sobre lo que hablamos ayer?

Ahmed, nos miró y se dirigió a Kiran.

–¿Sabes que tu amigo tiene un gran poder de convicción?

Al oírlo, Kiran y yo nos volvimos a abrazar, sin poder disimular nuestra emoción.

–No os emocionéis tanto, no hay nada que celebrar, así que tranquilos. He estado pensando toda la noche, y ¡qué demonios! No puedo soportar por más tiempo lo que hacen con vosotros. Escuchad con atención, este es mi plan: me haré con un juego de llaves de la puerta, después de salir cerraré, y luego desde el tejado volveré a dejar las llaves donde estaban, así no levantaré sospechas. Os llevaré a casa de unos amigos, son de confianza. Desde allí pensaremos en la forma más segura de alertar a la policía o a alguna organización que nos digan lo que tenemos que hacer, lo haremos mañana, todo está preparado.

Nos miramos, sin poder creer lo que estábamos oyendo. El plan parecía genial y, con un poco de suerte, volveríamos pronto a casa. Sin poder evitar nuestra alegría, subimos hasta el dormitorio y les contamos al pobre Sundar y a su hermano la gran noticia. Pronto acabarían nuestras desgracias.

No veía la hora en que llegase la medianoche. Imaginaba cómo sería el encuentro con mi madre; quizás supieran noticias de mi hermanita. Estaba tan excitado que ni tan siquiera tenía hambre. Esa jornada nos resultó eterna, pero al fin llegó el gran momento. En las piletas, Ahmed, nos dijo que nos abriría la puerta del dormitorio. Nos despedimos de nuestros amigos. Sundar se encontraba adormilado: había pasado un día horrible, soportando fuertes dolores. Estaba demostrando ser un niño muy fuerte, en verdad, todos los éramos. Me dirigí al pequeño Roshni.

–Pequeño, cuida bien de tu hermano, pronto nos volveremos a ver y será en la calle.

Roshni me abrazó llorando, y me pidió que tuviéramos cuidado. Pasados uno minutos, oímos unos discretos golpes en la puerta, nos volvimos y vimos como se abría. Entre la oscuridad surgió el rostro de Ahmed, que nos hacía gestos para que le siguiéramos. Nos fuimos con lo puesto, descalzos, no teníamos nada, pero estábamos a punto de conseguir algo para nosotros mucho más importante.

–Vamos Kiran.

–¡Silencio! –nos advirtió susurrando Ahmed, llevándose su dedo índice a la boca.

Llegamos al fin a la puerta metálica, el guardia giró la llave, la noche parecía tranquila, la calle se encontraba desierta. Ahmed caminaba delante.

–Quedaros aquí –nos dijo–. Me acercaré a la esquina, hay una furgoneta esperando.

Kiran y yo obedecimos, estábamos muy nerviosos. Después de diez minutos oímos unos pasos; esperábamos ver a nuestro amigo, el buen guardián, pero, en cambio, vimos con estupor al encargado acompañado de un señor que nunca habíamos visto antes, y de dos guardias. Estos sujetaban cada uno de un brazo a Ahmed, que sangraba abundantemente por la cabeza.

–¿Qué tenemos aquí? ¿A dónde creéis que vais? Os dije que no resultaría fácil escapar de aquí.

Vi como Kiran se orinaba encima y le di la mano. No podía decir nada, no sé qué podría haber pasado. ¿Cómo sabían nuestros planes? Fue el propio Ahmed quien nos sacaría de dudas.

–¡Lo siento chicos! Alguien me vio coger las llaves y sospechó. Estaba vigilado, estaban esperándonos... ¡Lo siento! Lo siento.

–¿Qué hacemos con él, señor? –preguntó uno de los guardias.

–Llevadlos a todos dentro –ordenó el hombre desconocido.

Al señor Ahmed lo metieron en un cuarto, y nunca más supimos de él. A nosotros nos llevaron al despacho del encargado. El que parecía ser el jefe, sin mediar palabra, nos abofeteó tan fuerte que nos hizo tambalear.

–¡Estabais advertidos! Sois peor que un cáncer, no podéis seguir aquí ni un día más. Os gusta la libertad, ¿verdad? Pues a donde os voy a enviar, os hartareis de ver paisajes. Llama a la cantera y dile que les enviamos a dos más –ordenó al encargado para después marcharse.

Nos quedamos solos, aterrorizados, con el encargado y uno de los guardianes.

—¿Habéis oído? Dais demasiados problemas para estar aquí, os aseguro que echareis de menos este sitio.

El encargado le hizo un gesto al guardián y este se acercó a nosotros con gesto amenazante.

—¿Qué piensa hacer? —acerté a decir, temblando de miedo.

Kiran se abrazó a mí sin decir nada.

—No podéis marcharos de aquí sin un recuerdo de vuestra visita. Se os van a quitar las ganas de volver a escapar.

Inmediatamente, la emprendió a bofetadas con nosotros. Una vez en el suelo nos pateó despiadadamente, la brutalidad que empleó parecía no tener fin. Yo intenté proteger a Kiran con mi cuerpo de los golpes, pero no había forma de evitarlos. Después de unos interminables segundos, el encargado ordenó al guardián que parase.

—¡Ya vale! ¡Para! Si llegan demasiado mal, no recuperaremos el dinero que pagamos por ellos.

No sé bien si por miedo o por las patadas, pero el caso es que Kiran perdió el conocimiento. Nos subieron a rastras de vuelta al dormitorio. Los niños nos miraban boquiabiertos, Roshni nos ayudó a acostarnos y nos dio un poco de agua. Sundar lloraba al ver el estado en que llegamos.

—¿Qué pasó, Vishnu? —preguntó Roshni.

—Lo siento, amiguito... Estuvimos cerca, lo siento.

No podía creer lo que había pasado. ¿Por qué? Me preguntaba una y otra vez. De vuelta de nuevo a nuestro infierno, no se podía encadenar ya tanta desgracia. ¿Hasta cuándo? ¿Por qué penalidad tendríamos que pasar ahora? Esa noche deseé con todas mis fuerzas no volver a despertar. Y llamaba a mi madre, *mommy,* ayúdame.

XI
KARNATAKA

Desperté esa mañana con el cuerpo dolorido y con la cara hinchada por los golpes recibidos. Kiran no se encontraba mucho mejor, tenía un ojo totalmente cerrado por la hinchazón y el labio roto. Nuestros compañeros comenzaron a bajar para incorporarse al trabajo. Haciendo un esfuerzo, logré incorporarme y me acerqué a Kiran para ayudarle a levantarse, pero al instante fui interrumpido por un guardián.

–No, vosotros hoy no bajáis, os trasladan. En un rato vendrán a recogeros –nos ordenó el guardia poniendo la punta de la vara sobre mi espalda.

No esperaba que fuese tan pronto, ni siquiera nos dio tiempo de despedirnos de nuestros amigos. Sundar era ayudado por su hermano, se encaminaron hacia la puerta arrastrando sus renegridos pies. Antes de desaparecer de nuestra vista, Roshni volvió su mirada hacia Kiran y hacia a mí, y con una triste sonrisa juntando sus manos, adiviné como sus labios pronunciaban "*Namasté*" para, seguidamente, llevarlas hacia su corazón. En ese momento creí que nunca más volvería a verlos. Me senté en el suelo, y vi como Kiran se acurrucaba hundiendo su desfigurada cara entre sus rodillas. Me acerqué.

–¿Estás bien, Kiran? –le pregunté.

–No, no estoy bien, Vishnu, estoy muy cansado.

–¿Estás enfadado conmigo?

Kiran me miró, y me ofreció la mano.

—¿Cómo iba a estarlo, amigo? —me dijo—. Eres lo único que tengo, todo lo que hiciste fue luchar por escapar. No me obligaste a nada, fui yo quien decidió seguirte. Tuvimos mala suerte.

Yo, al oír sus palabras, agaché la cabeza y un par de lágrimas recorrieron mis mejillas. Kiran se incorporó y me dio un tierno abrazo. Cómo echaba de menos que alguien me abrazara...

Esperábamos a que nos llevaran, igual que espera el sentenciado a muerte en lenta agonía que le llegue su hora. Me decía a mí mismo que no podía venirme abajo; Kiran me necesitaba, ahora me tocaba a mi cuidar de él. ¿Qué podía haber peor que lo que ya estábamos sufriendo? Pero, tristemente, nuestras penurias no habían hecho más que comenzar. Transcurrió una hora cuando la puerta se abrió y el guardián nos ordenó levantarnos.

—¡Arriba! El coche ha llegado.

Ayudé a Kiran a levantarse.

—¿Estás bien? —le volví a preguntar —¿puedes caminar?

—Sí, pero tengo la rodilla hinchada, me duele.

—No te preocupes, apóyate en mí.

Lo agarré por la cintura y pasé su pequeño brazo alrededor de mi cuello. Nos condujeron hasta la misma puerta metálica que horas antes significó, durante unos pocos minutos, nuestra soñada libertad. Era un día luminoso, estaba cegado por el sol, pero intenté memorizar con detalle todo lo que me dio tiempo a ver. Era una calle polvorienta sin asfaltar, plagada de talleres de repuestos mecánicos. Parecía una especie de polígono empresarial. Frente a nuestro taller, se encontraba una pequeña tienda de telefonía móvil, empotrada en un mugriento y destartalado edificio de ladrillos rojizos. Sentía que, algún día, podría volver para liberar a mis compañeros. Intenté ganar un poco de tiempo deteniéndome, pero fuimos empujados bruscamente a continuar caminando.

Nos obligaron a subir a la parte trasera de una furgoneta de transporte. Tenía dos ventanas a cada lado y otras dos en la puerta trasera, pero estaban tapadas por unas pegatinas que hacían imposible que pudiera ver nada del exterior. El pequeño habitáculo estaba solo iluminado por la poca luz que entraba por la pequeña ventana delantera. No había asientos, solo una chapa de madera renegrida por la grasa. Acomodé a Kiran sobre unos cartones. El calor había comenzado a despegar la pegatina de una de las ventanas, así que me dispuse a terminar el trabajo que el sol había iniciado. Acerqué mis ojos al cristal y pude ver como el encargado le daba unos papeles al conductor y unos cuantos billetes. Vi también, a través de la ventana de la cabina, como el chófer ocupó su asiento, seguido por un guardián que se sentó a su lado. El furgón arrancó el motor y se puso en marcha; yo seguía con mi cara pegada al cristal.

Cuando aún no habíamos recorrido ni cincuenta metros, vi pasar por delante de mi ventana a quien menos podía haber imaginado ver en esos momentos. ¡No puede ser! Fue solo un instante. ¡No me lo podía creer! Mi corazón se aceleró bruscamente, no tuve duda, no me hubiese impactado tanto de no ser porque el hombre que pasó fugazmente frente a mí era…. ¡El señor Harminder!

¿Qué hacía allí? ¡Venía en mi busca! ¡Seguro que la señora de la playa le dio mi mensaje! Muy nervioso, intenté despegar la pegatina del cristal trasero, pero para cuando lo conseguí, se encontraba ya demasiado lejos. Solo alcancé a ver su vistoso turbante color azul; le acompañaba una mujer rubia. Estaba tan excitado que no podía dejar de repetir su nombre: "Señor Harminder, señor Harminder".

—¡Kiran! ¡He visto a mi jefe, era él!

—¿Estás seguro?

—¡Sí, estoy seguro, era él!

—Pues, Vishnu, ¿Qué quieres que te diga? Ya no se puede tener más mala suerte, de haber aparecido un minuto antes, no estaríamos tirados aquí como perros.

Las palabras de Kiran cayeron sobre mí como un jarro de agua fría; la mezcla de alegría y excitación que sentía, dio paso al más completo abatimiento. Me desplomé en el suelo del mugriento furgón, y apoyé mi espalda en la recalentada chapa. Me llevé las manos a la cabeza mientras me decía a mí mismo; "No puede ser, no puede ser... ¿Es este mi destino? ¿Por qué mi vida se empeña en ponérmelo todo tan difícil?".

Transcurrieron casi dos horas, y no podía moverme, mis piernas estaban entumecidas. Kiran, viendo mi decaimiento intentó animarme.

—Vamos, Vishnu, seguro que, si tu jefe ha llegado hasta aquí, no se dará por vencido. Es tu madre quien lo ha enviado. ¡Vamos, pringao!

Estas palabras de mi querido amigo me hicieron reaccionar. Aunque fue muy decepcionante, resultó muy esperanzador a la vez, comprobar que me estaban buscando. Era imposible que hubiera sido una alucinación mía, lo vi desde muy cerca.

Me conmovía ver como Kiran era capaz de sobreponerse a su dolor para intentar animarme. No pude más que acercarme a él y sentarme a su lado.

–Ven aquí, que la chapa está muy dura, apoya tu cabeza en mi hombro. ¿Tienes sed?

–Tengo sed, tengo hambre, tengo de todo, Vishnu, y quiero hacer pis –me contestó Kiran sonriendo, mientras doblaba su dedo meñique.

–Espera, voy a ver si estos dos se apiadan de nosotros.

Me acerqué a la pequeña ventana y la golpeé con fuerza.

–¿Qué quieres? –preguntó airadamente nuestro guardián.

–Señor, tenemos hambre y sed, no hemos comido nada desde hace dos días.

El esbirro miró al conductor, y este inclinó la cabeza.

–Está bien, ahora pararemos y os daremos algo.

–Señor, perdone, pero... es que necesitamos hacer pis, y estirar las piernas. Estamos entumecidos.

El guardia miró al chófer y nos dijo riendo sarcásticamente.

–¿Necesitáis algo más? ¿Os habéis creído que estáis en un hotel? Jajajaja…

Pasados unos minutos, el coche se detuvo, abrieron la puerta y nos arrojaron una botella de agua y un paquete de patatas fritas.

—Espere, por favor, no cierre. Hace mucho calor y necesitamos respirar. ¿Podemos bajar un momento? Le prometo que no intentaré nada.

—Ya me han advertido de lo escurridizos que sois, os estaré vigilando. Tenéis cinco minutos.

Nos encontrábamos en una gran estación de servicio. El chófer había aparcado el furgón lejos de las miradas de los clientes. Camioneros, familias comiendo en los merenderos, niños corriendo despreocupados de un sitio a otro. Y yo, mientras orinaba, no pude evitar pensar si podría disfrutar algún día de algo aparentemente tan normal. A la entrada de la estación se encontraba un gran cartel donde se indicaba las distancias que existían a distintas ciudades: "AH47", "Pune 47 km", "Kolhapur 280 km", "Karnataka 553 km".

Volvimos al furgón y devoramos las patatas; estábamos agotados y la dureza del suelo no fue inconveniente para que nos quedáramos dormidos, recostados sobre los cartones que nos aislaban de la dura chapa de la furgoneta. Cuando desperté había anochecido. Por el tiempo transcurrido, deduje que nos dirigíamos a la ciudad más lejana que indicaba el cartel de la carretera: Karnataka. Sin duda, nos dirigíamos hacia el sur; no teníamos idea hacia dónde exactamente, pero sí en qué seríamos explotados: nuestro cruel destino sería picar piedra.

****

La cantera

Después de más de once horas de sufrido viaje, la furgoneta al fin se detuvo, pero aún permaneceríamos dentro durante un buen rato. El conductor se bajó del coche y entró en una caseta de madera.

–Parece que hemos llegado, Kiran –comenté a mi amigo mientras intentaba ver algo a través del cristal.

La noche era muy oscura, no alcancé a ver más allá de unos metros. Kiran no dijo nada, permanecía aún recostado, pero al sentir como el chófer ponía de nuevo el furgón en marcha, se incorporó sobresaltado.

–¿Hemos llegado, Vishnu?

–Parece que sí, a ver que nos encontramos –respondí un poco nervioso.

Pasados solo un par de minutos, el portón trasero del coche se abrió y nos hicieron bajar. Nos encontramos ante una gran explanada frente a una pequeña casa de madera. Las ventanas estaban cerradas y la puerta estaba iluminada solo con la tenue luz de una pequeña bombilla. Permanecí durante unos instantes parado al lado de la furgoneta; reconocí un poco el terreno y, a la derecha, pude ver lo que parecía ser un gran depósito de agua y, junto a la casa, dos grandes casetas de obra prefabricadas. El guardián nos apresuró a que nos pusiéramos en marcha. Subimos los tres escalones de madera que daban entrada a la casa. El guardia abrió la puerta y, sin decir una palabra, nos hizo pasar adentro, nos quedamos parados. Sentí el cuerpo de Kiran pegado al mío, estaba muy oscuro, no sabíamos dónde dirigirnos, hasta que alguien encendió una vela. Observé como la luz se acercaba lentamente. De repente, apareció ante nosotros la cara iluminada de un niño que parecía tener mi edad.

–Hola, acompañadme, os llevaré a donde podréis descansar.

Seguimos al chico hasta llegar a un rincón. Adiviné los cuerpos de algunas personas que dormían pegadas a la pared. En la pequeña habitación reinaba el silencio, tan solo roto por frecuentes ataques de tos de los que parecían ser niños. El chico nos ofreció un par de roídas y mugrosas esterillas, y nos dijo:

–Aquí tenéis, es lo único que puedo ofreceros.

–¿Tienes algo de comer? –preguntó Kiran.

–Lo siento, con lo poco que nos dan, rebañamos los cuencos.

–¿Tienes agua, al menos?

–Eso sí –respondió acercándole a Kiran una botella de agua.

–¿Dónde estamos? –pregunté.

–Te encuentras en una de las canteras de Karnataka.

–¿Hay más niños como tú aquí?

–Demasiados, mañana los veréis. Me llamo Jaidev, ¿cómo os llamáis?

–Soy Vishnu y él es Kiran. ¿Cuánto tiempo llevas aquí?

–No lo sé, al menos un año –respondió Jaidev mientras se recostaba en su esterilla.

–¿Hay alguna forma de escapar?

–¿Escapar? ¿Bromeas?

El chico no dijo nada más y nos recostamos. Hacía frío, pero no teníamos nada con que taparnos, así que pegué mi cuerpo al de Kiran. Pensaba en lo que nos esperaba al amanecer, maldita incertidumbre, maldito miedo. ¿Qué era este sitio?

Después de algún tiempo, supe que donde nos habían llevado era uno de los centros de negocio de la mayoría de los importadores de granito y mármol de la India y también de Europa. Un tétrico lugar, donde se violaban gravemente los mínimos derechos humanos de familias enteras que trabajaban bajo condiciones inimaginables. Donde se daban los casos de explotación infantil más flagrantes con increíble impunidad. Colinas enteras desaparecían para convertirlas en canteras. Una forma de esclavitud moderna en pleno siglo XXI. Me encontraba a solo unas horas de comprobarlo por mí mismo.

Nada más amanecer, fuimos despertados por un hombre; abrió las ventanas y aparecieron ante mí al menos diez niños, entre ellos, dos que no contaban con más de cinco o seis años. Algunos conservaban en sus rostros restos de polvo blanco. Nadie hablaba, sus ojos lo decían todo. Pude sentir en todos ellos agotamiento, resignación y miedo, siempre el miedo. Algo común entre todos los niños que me encontré desde que me sacaron a empujones de mi casa.

–¿Por qué estos niños tan pequeños están aquí? – pregunté a Jaidev.

–Ya los verás, no son los únicos, aquí cualquiera que tenga dos manos, por pequeñas que sean, sirven para trabajar. Estos son huérfanos de una familia que murieron en la cantera. No saben hacer otra cosa que picar piedra, casi nacieron aquí, no han visto otra cosa en su vida.

–Y, ¿los otros? Los más mayores –pregunté.

–Igual que tú –me respondió.

–¿Cómo? No entiendo.

–Habéis intentado escapar también, ¿verdad? A quienes dan problemas, y ponen en riesgo sus negocios, los traen aquí –me respondió el chico.

En ese momento, nos dejaron en el suelo unos cuencos de leche y unas tortas de pan. Todos los niños corrieron hacia ellas como si no hubiese un mañana.

–Daros prisa, ya no nos darán nada hasta la noche – nos apresuró Jaidev mientras hundía su nariz en el cuenco.

Al salir de la casa pude contemplar como todo el terreno estaba alambrado. El hombre que nos custodiaba hizo el recuento y dijo: "En marcha".

Comenzamos a caminar tras él; la vigilancia no era tan estrecha como me imaginé, pero al echar un vistazo, comprendí que no había muchos sitios a donde ir. Estábamos en medio de la nada, el paisaje parecía casi lunar, a no ser por un poco de vegetación que brotaba de un riachuelo. Allá donde miraba, solo había rocas. Después de unos minutos caminando, fuimos adelantados por un camión cargado de adultos y niños de todas las edades. Pregunté a Jaidev por ellos.

–¿Van también a trabajar? ¿De dónde vienen?

–Sí, como todos, vienen cada día de las aldeas de la zona. Ni trabajando toda la vida, podrían pagar sus deudas. La empresa les prestó dinero, y ahora son explotados miserablemente. Con lo poco que les queda, apenas les alcanza para malcomer diariamente, por eso ves a tantos niños, familias enteras trabajan desde el amanecer hasta que se pone el sol.

–Y, a nosotros, ¿nos pagarán? –intervino Kiran.

–¿Pagarnos? Ya pagaron por nosotros, somos sus esclavos. Nos dan dos comidas diarias, ropa y sandalias, cuando las que llevamos se nos caen a pedazos. Nadie repara en nosotros.

–¡Es increíble! –exclamé.

Si no lo hubiese visto con mis propios ojos, nunca lo hubiera creído. El trasiego de camiones repletos de trabajadores era continuo mientras nos íbamos acercando a la zona de trabajo. Por el camino, pude ver lo que antes debió de ser una gran colina que, ahora, se encontraba descarnada, convertida en una gran pared de piedra. Trabajaban equipos de demolición que dinamitaban la montaña, grandes camiones se llevaban la tierra acumulada. Hombres, colgados de la gran pared, se encargaban de desprender grandes piezas de mármol. Otros se encargaban de transportarla para cortarla y convertirla en planchas rectangulares. Había un incesante tráfico de camiones, *bulldozers* y *jeeps* de un lado a otro.

Supe, más adelante, que la industria funeraria y de construcción de Europa, mayoritariamente, eran los principales clientes. Daijev me comentó que trabajaríamos en el exterior de una mina de granito cerca del río. Nuestro trabajo consistiría en picar grandes piedras, hasta convertirlas en trozos pequeños destinados para el ferrocarril. Todo parecía estar organizado, los capataces comenzaron a distribuir a los trabajadores conforme iban bajando de los camiones: a los adultos y a los niños más mayores los ponían a cincelar adoquines de granito, destinados a pavimentar el suelo de cualquier capital europea. Otros los transportaban de un lado a otro en grandes cestas. El trabajo en la cantera era incesante. Desde el primer minuto, estaba plagada de mujeres y niños, algunas trabajaban con sus bebés a la espalda. Los pequeños iban de un lado a otro, descalzos, acercando a sus madres pequeños trozos de piedra; parecía ser un juego para ellos.

Kiran observaba entre sorprendido y asustado la magnitud de la cantera. Cuando llegamos al fin al lugar de trabajo, uno de los capataces nos entregó un par de cinceles y dos grandes martillos.

–Esto no tiene mayor dificultad –nos dijo el capataz.

Después cogió las herramientas y cortó una piedra para mostrarnos el tamaño que deberían de tener.

–¿Habéis visto? Pues hala, ya sabéis, tenéis que picar y llenar esos vagones hasta la hora de la comida, que será a las doce. Aquí la poca productividad la pagará vuestro estómago. ¿Habéis entendido?

Kiran, que permanecía atento a las explicaciones del capataz con los brazos en jarra, me miró y, cogiendo el gran martillo, me dijo:

–Bueno, al menos parece fácil, creo que se me dará mejor que soldar hierros.

El día transcurría lentamente mientras picaba piedra sin descanso bajo un sol abrasador. Lo que más me cansaba era permanecer en cuclillas todo el tiempo: se me dormían las piernas, sufría calambres y tenía que estar cambiando de posición continuamente. Muy cerca de donde nos encontrábamos, funcionaba una gran trituradora que convertía los grandes bloques de piedras en trozos más pequeños. La nube de polvo en la que nos movíamos hacía que continuamente tuviera que limpiarme la nariz, respirábamos todo ese polvo. "Esto no puede ser sano", me decía a mí mismo, y no me equivocaba.

Me dijeron que todo ese polvo contaminaba, no solo el aire, sino también el agua del río, hasta el punto de que dejó de ser apta para el consumo humano y de los animales. Las grandes empresas acapararon a su llegada toda el agua que abastecía a las zonas vecinas, secando pozos y estanques. Supe también que la principal causa de muerte entre los trabajadores era la silicosis, provocada por la inhalación de polvo con partículas de cristal de silicio. La edad media de vida entre ellos no pasaba de los cuarenta años, difícilmente alguno llegaba a los sesenta.

"Si la gente supiera la explotación que hay detrás de su encimera de cocina, del suelo de sus preciosas casas, o de el adoquinado de sus ciudades quizás no estaríamos aquí", pensaba.

No encontraba explicación a que esto pudiera estar ocurriendo ante la indiferencia de todo el mundo. Me resultaba imposible no preguntarme si se podría acabar algún día con esta verdadera lacra.

Esto era lo que la vida nos depararía de ahora en adelante, si nadie lo remediaba. Miraba a mi alrededor y solo veía miseria y suciedad; observaba como Kiran martilleaba la roca sin apenas descanso. Sentía una inmensa compasión por él, y por todos los pobres niños que cargaban sobre sus pequeñas cabezas pesadas cestas de piedras. Y te preguntas: "¿Qué podemos hacer?". Es muy triste pensar que, probablemente, estos niños nunca conocerán el juego, el descanso o el estudio. No conocen más que la sucia opresión de una vida sin ningún resquicio a la alegría.

XII
ÚLTIMA OPORTUNIDAD

Unos días antes de la llegada de Vishnu a Karnataka, el señor Harminder estaba firmemente decidido a no regresar a Benarés sin el joven. Había transcurrido más de una semana y no habían conseguido nada. Todo parecía indicar que su protegido se encontraba en la ciudad, pero ¿dónde? Carol, después de visitar la primera fábrica, había investigado otras con idéntico resultado. Aconsejada por la policía, puso todo su esfuerzo en investigar a los talleres de soldadura de hierros. Mientras tanto, el señor Harminder decidió aceptar la invitación del señor Kumar, para dar a conocer el caso en la televisión. Había llamado a casa para que, esperanzada, Anjali fuera a Bombay en dos días acompañada de la señora Asha.

La periodista volvió a entrevistarse con el jefe de policía; quería recabar información acerca de dónde poder dirigirse. La ciudad era demasiado grande y quería evitar dar palos de ciego. El alto mando le transmitió que, aunque era evidente que en muchos de los talleres escondían a niños, no era fácil sorprenderlos. En muchas ocasiones, cuando la información parecía totalmente fiable, aparecían por sorpresa y no encontraban nada. Desgraciadamente, dentro de la misma policía existían agentes corruptos que se encargaban de desbaratar la operación en el último momento. Aun así, le aconsejó que se dirigiera a las afueras de la ciudad, allí abundaban talleres y habían completado con éxito más de una redada.

Esa tarde Carol, después de comer, informó al señor Harminder, y este, decidió acompañarlos, ella se negó en un principio.

—Señor, usted levantaría sospechas. Nos haremos pasar por representantes de una importante empresa extranjera, con intención de edificar un gran hotel en Bombay.

—Ya, pero no veo por qué no puedo hacerme pasar por vuestro guía en la ciudad —contestó un poco molesto el señor Harminder.

—Por favor, señor, déjenos trabajar. Tenemos más experiencia, y cualquier detalle puede dar al traste con todo —interrumpió Carol.

El señor Harminder la miró fijamente.

—Entiendo lo que me dice, señorita, pero póngase en mi lugar también —le pidió mientras le cogía la mano—. No puedo estar de brazos cruzados, le prometo que no abriré la boca.

La periodista, después de un corto silencio, no pudo evitar sonreír y, dando una pequeña palmada en la mesa, asintió con la cabeza.

—Está bien, pero recuerde: limítese a acompañarnos. Saldremos en media hora.

El señor Harminder conservaba el número de Nindi, y le pidió que los recogiera en treinta minutos. Puntual a la cita, el joven *Sij* los recibió amablemente y les abrió la puerta del coche.

—Buenas tardes, señor, ¿dónde los llevo?

–Hola Nindi, necesitamos que nos lleve a las afueras de la ciudad, buscamos talleres.

–¿Hay alguna novedad, señor? –preguntó el taxista.

–Desgraciadamente no, Nindi, vamos a ver si averiguamos algo ahora.

–Talleres hay muchos, señor, pero por algún sitio hay que comenzar. Los llevaré a la zona norte.

El taxista sorteó con habilidad el caótico tráfico de la ciudad, pero sin poder evitar algún interminable atasco. Tras una hora, llegaron al primer polígono; el señor Harminder bajó con dificultad del taxi con las piernas entumecidas.

–¿Por dónde comenzamos, señorita?

–Vamos a caminar a ver qué encontramos. Buscamos talleres dedicados a la soldadura de material para la construcción, es uno de los trabajos en los que emplean frecuentemente a niños.

La señorita Carol estaba acompañada, como siempre, por Peter. Lentamente el trío comenzó a caminar por el borde de la carretera. No había aceras, el suelo se encontraba sin asfaltar y la calle estaba sumergida en una auténtica nube de polvo, provocada por el continuo tráfico de camiones y de todo tipo de vehículos.

Tras más de tres horas, no encontraron nada sospechoso en los más de diez talleres visitados. La táctica utilizada era siempre la misma: hacían saber que el proyecto obligaba a trabajar contra reloj, preguntaban si podían garantizar las entregas y si contaban con mano de obra suficiente. Carol y Peter pedían visitar el taller al completo, no encontraron nunca ninguna objeción. Ni rastro de que existiese mano de obra infantil empleada en ninguno de ellos. Pero estaban seguros, era una realidad evidente que cientos de niños eran explotados en algunos talleres de la gran ciudad. Solo debían de seguir buscando, sin perder el ánimo.

Dieron por concluida la dura jornada hasta la mañana siguiente, no les quedó más remedio que regresar al hotel. El señor Harminder continuaría acompañando a Carol en espera de la llegada de las dos mujeres.

Una vez encargados los billetes y hecho el equipaje, la señora Asha y Anjali tomarían el primer tren de la mañana hacia Bombay. La señora Asha estaba tan nerviosa como Anjali, pero intentaba transmitirle una fingida serenidad. La pobre madre vivía en continua angustia, y la señora intentaba tranquilizarla paseando por el jardín.

—Tranquila, querida, debes intentar comer algo: no puedes tomar tantos calmantes sin nada en el estómago.

—Lo sé, señora, es que no me entra nada, tengo el estómago cerrado.

—Tómate al menos esta sopa, te sentará bien.

Mommy Anjali tomó el tazón entre sus manos y se lo llevó a la boca, pero antes de probarla, preguntó.

—Señora, ¿cree usted que servirá de algo realmente acudir a la televisión? –preguntó a Asha.

—Por supuesto, querida amiga, lo más importante es recuperar a tus hijos, y cualquier medio es bueno. Debes ser fuerte y pensar en que puedes ayudar, no sólo a tus hijos, si no para que esto no vuelva a ocurrir.

–¿De verdad cree que llegará ese día? –respondió Anjali que, tras beber un poco de caldo, prosiguió hablando.

–Perdóneme, señora, no hay nada que desee más que volver a abrazar a mis hijos. Pero pienso que es una utopía pensar así mientras las autoridades, el gobierno, y la policía, no pongan remedio. La pobreza solo trae más pobreza y, como siempre, pagamos los más débiles. La mentalidad nuestra es así, muchos están tan acostumbrados a ver cada día a tantas personas sufriendo en las calles, que terminan viéndolo como algo normal. La India es un gran país, pero no en esto. ¿Qué podemos hacer nosotros?

–Puedes hacer más de lo que crees, querida. Es lógico que pienses que es imposible, pero te contaré algo: de pequeña leí un libro budista donde se contaba que hace mucho, mucho tiempo, un joven monje recibió un encargo de su anciano maestro: llevar un mensaje a otro monasterio, situado a más de mil kilómetros, pero lo tenía que hacer caminando. Saldría al amanecer. El chico, al principio, recibió el encargo con agrado, ya que para él suponía todo un honor que, entre tantos alumnos, lo hubiese elegido a él. Pero, pasados unos minutos, comprendió que sería un viaje muy duro y no se veía con fuerzas para conseguirlo. Contemplaba sentado en una piedra todas las montañas que debería cruzar a pie; consideraba la misión como algo imposible. El maestro lo observó y se acercó a él: "¿Qué te ocurre?", le preguntó. El discípulo se levantó y se dirigió a su señor: "Maestro, me honra que me eligiese, pero no creo que pueda lograrlo". El anciano sonrió y preguntó al joven monje: "¿Quieres saber cómo lo puedes conseguir?". "Por favor, señor", contestó el joven inclinando su cabeza. El maestro contestó: "Solo tienes que dar el primer paso". ¿Comprendes, querida? No pongas límites a tu voluntad. Está en tu mano crear conciencia para que, verdaderamente, podamos cambiar lo que ahora parece normal.

Anjali, se quedó pensativa y respondió a la señora Asha.

—Tiene usted razón, señora. Perdóneme por haber dudado, así lo haré.

Un nuevo día comenzaba para Carol y su equipo de investigación. Bombay despertó con un día caluroso y húmedo. Apuraron el desayuno y se pusieron en marcha. El señor Harminder volvió a contar con Nindi, que ya los esperaba en la puerta del hotel. Esta vez, el objetivo lo habían fijado en la zona sur de la ciudad. El señor Harminder, acomodado en el asiento del copiloto del taxi, comentó a Carol y a Peter:

—Hoy tengo un presentimiento: tengo la sensación de que Vishnu puede encontrarse muy cerca.

—Dios le oiga, señor, yo creo mucho en los presentimientos; no suelo equivocarme, ¿verdad, Carol? —intervino Peter.

—Sí, es cierto, pero, no es por desanimaros, yo creo que es más bien experiencia —contestó Carol.

—Pronto saldremos de dudas —apostilló el señor Harminder.

El hotel se encontraba en pleno centro geográfico de la ciudad, así que les llevó de nuevo casi una hora llegar al sur. La zona de talleres a la que llegaron parecía más poblada que la del norte, aunque seguía teniendo en común sus polvorientas calles. Se intercalaban viviendas con negocios de todo tipo y puestos ambulantes de bebida y comida, donde los empleados de las empresas podían reponer fuerzas. A ambos lados de la calle proliferaban talleres, pero no era lo que venían buscando; tendrían que caminar unos metros más hasta llegar al primer taller de soldadura metálica. La señorita Carol se dirigió al señor Harminder y a Peter.

—Bueno, vamos a ver si tenemos suerte. Peter, pon en marcha la cámara. Señor Harminder, déjeme hablar a mí, por favor.

—Descuide, señorita.

El taller en cuestión constaba de una gran dependencia donde se encontraban trabajando al menos siete operarios, encargados de cortar con grandes máquinas planchas y alambres de hierro. Al fondo, había una gran puerta metálica, pero permanecía cerrada. Este detalle despertó sospechas en la periodista. El ruido era ensordecedor, Peter se dirigió a uno de los hombres que trabajaba en una gran máquina de corte.

—Buenos días, perdone.

El operario pareció no oírle, y Peter levantó la voz.

—¡Holaaa! Perdone…

El hombre, que vestía un mono azul, reparó al fin en la visita, paró la máquina y se dirigió hacia ellos.

—¿Sí?

—Hola, ¿Podríamos hablar con su jefe?

—Un momento —respondió mientras se dirigía a lo que parecía ser una oficina.

Después de dos o tres minutos, el operario regresó y les señaló el camino, indicándoles que podían pasar. Pese a ser un taller, la amplía oficina se encontraba bastante adecentada. El despacho del jefe estaba independizado de la habitación por medio de un armazón metálico acristalado. Frente a él, trabajaba sin pestañear una señorita sobre una pequeña mesa atestada de papeles. Fueron recibidos por un sudoroso señor de mediana edad, con bastante sobrepeso que, con un amable gesto, les invitó a pasar.

—Adelante, por favor, buenos días. Me llamo Chandra Agarwal. Lo siento, solo tengo dos sillas; esperen que pida una.

El señor se acercó a la secretaria y le ordenó llevar otra silla. Momento que fue aprovechado por Peter para decirle al oído a Carol.

—Muy educado, no creo que encontremos nada.

—No te precipites, espera a ver si quiere mostrarnos todo el taller —respondió susurrando Carol.

Una vez todos sentados, el señor Agarwal, les preguntó:

—¿En qué puedo ayudarles?

—Verá, mi nombre es Julia —tomó Carol la palabra—. Él es mi ayudante Thomas, y nuestro guía John. Representamos a una cadena de hoteles con un proyecto muy avanzado para construir un hotel en Mumbai.

Tenemos ya todas las licencias, y estamos interesados en contar con sus servicios.

–Me parece bien, señorita, pero ¿por qué no acudieron directamente a un contratista? Es lo que se suele hacer.

Carol no esperaba esta respuesta del jefe y dudó durante un instante sin saber qué decir. Rápidamente Peter intervino.

–Lo sabemos, señor, pero para nosotros es muy importante conocer de antemano el funcionamiento de las empresas. Hemos tenido alguna experiencia negativa, y por eso estamos aquí. Nos encargamos de elaborar un detallado informe, y depende de nuestra valoración que sea una u otra la elegida. Le aseguro que la ganadora tendrá trabajo asegurado por mucho tiempo.

Al señor Agarwal se le iluminaron los ojos y pareció haberle convencido plenamente la explicación de Thomas.

–Por supuesto, por supuesto. ¿Les apetece un té? Perdonen un momento...

–No, gracias, no tenemos mucho tiempo –prosiguió Peter.

–Preferiríamos que nos enseñara las instalaciones. En caso de ser los elegidos, ¿contarían con personal suficiente? Hemos visto solo seis o siete operarios, y es un proyecto muy grande. Vamos contra reloj, señor Agarwal, nuestra idea es fijar la inauguración dentro de dos años como máximo.

El jefe respondió, con media sonrisa.

–Por supuesto, señor, no hay problema. Han visto solo una parte del taller y, si es necesario, estaríamos dispuestos a contratar personal adicional.

–¿Adicional? –preguntó Carol.

–Sí, ya sabe señorita, esto es la India...

–Comprendo, ¿está seguro?

–*No problem* –contestó el jefe sin poder borrar su sarcástica sonrisa de la cara.

–Ok, pues si no le importa, nos gustaría pasar a conocer el taller.

–Perdonen un segundo, voy a avisar al encargado para que nos acompañe.

El jefe salió del despacho.

–Este hombre está claro que es un pájaro de cuidado –comentó el señor Harminder–, pero si nos va a enseñar el taller, será porque en estos momentos no tiene nada que esconder.

–Me temo que tiene usted razón señor Harminder –dijo Carol con la decepción marcada en su rostro.

–Siento decirlo, pero lo sabía, mi intuición ya os dije que nunca me falla –intervino Peter.

Desgraciadamente, el fotógrafo no se equivocó tampoco en esta ocasión. Recorrieron el taller, abrieron la gran puerta y allí solo pudieron ver una gran dependencia destinada a almacenar las planchas y varillas de hierro. Muy decepcionados, abandonaron el lugar en busca del siguiente taller, pero fue de nuevo en balde. Cuando pensaban que sería difícil, no podían imaginar hasta qué punto. Por primera vez, el señor Harminder sintió miedo de haber perdido al joven Vishnu para siempre. Temía que llegase el momento de compartir ese sentimiento con su querida Anjali.

"Pero aún queda la entrevista en televisión", pensaba. "Quizás el testimonio de algún testigo, alguien que lo hubiese visto por algún sitio. Lo mismo no habían sido capturados, y estuviese en algún sitio de la ciudad".

Ese día la cena fue más silenciosa que nunca, casi no probó bocado. En solo unas horas tendría que levantarse para recoger a su esposa y a Anjali, pues llegaban a primera hora de la mañana. Carol intentó consolar al señor Harminder.

–Señor, no desespere. Le puedo asegurar que, aunque no es fácil, no es imposible. Que se lo digan a los cientos de madres que vieron aparecer de nuevo a sus hijos. Vishnu y Savitri pueden ser de los niños que regresan a sus casas.

–No sé, Carol, lo de hoy ha sido muy decepcionante. Me retiro a descansar, buenas noches.

El señor Harminder permitió esa noche que la tristeza le acompañara, hasta ver de nuevo el rostro de Anjali. Tenía claro que cuando llegase ese momento, no podía permitirse transmitir la desesperanza que le inundaba a su querida protegida. El destino, de nuevo, les había regateado la posibilidad de mitigar a la familia, un poco, el dolor que sentían. El bueno de Harminder se encontraba muy lejos de imaginar que, esa misma mañana, había pasado muy cerca del joven Vishnu, que se volvía a alejar para adentrarse en un mundo de miseria y de angustiosa espera.

Mommy está aquí

La bulliciosa estación de *Chhatrapati Shivaji* es un imponente monumento de estilo Indo-sarraceno, declarado como patrimonio de la humanidad por la Unesco en el año 2004. Fue la misma a la que llegaron Vishnu y sus compañeros hacía más de un mes. El día se presentaba lleno de emociones. Yamir y el señor Harminder esperaban impacientes a la señora Asha y a *mommy* Anjali. El tren, procedente de Benarés, llegaba con casi una hora de retraso, pero era algo normal: la puntualidad no es precisamente el fuerte de la red ferroviaria de la India.

–Ya llega, señor –exclamó Yamir al señor Harminder, que esperaba sentado en uno de los bancos del andén.

–No se levante, espere si quiere aquí, yo iré en busca de la señora.

–Te lo agradezco, Yamir, la pierna me está dando la lata desde bien temprano hoy.

El tren se detuvo, pero la puerta del vagón en la que viajaron las mujeres quedó unos metros por delante de donde se encontraban; así que Yamir tuvo que caminar apresuradamente buscando con la mirada a la señora, después de haberla visto pasar por delante suya a través de la ventanilla. Al fin *mommy* Anjali y la señora Asha bajaron del tren. Esta levantó el brazo, y Yamir acudió de inmediato.

–Buenos días, señora. Me alegro de volver a verla, señora Anjali –saludó respetuosamente Yamir, inclinando la cabeza al mismo tiempo que se prestaba a cargar con el equipaje.

–Síganme, por favor. El señor aguarda sentado un poco más atrás.

–¡Querido! –exclamó al ver al fin a su marido la señora Asha.

Este, se levantó torpemente, y abrazó a su esposa.

–¿Qué tal el viaje?

–Muy pesado, cariño, demasiadas horas. Recuérdame que la próxima vez cojamos un vuelo.

Anjali contemplaba la escena con una sincera sonrisa, sin poder disimular un gesto de cansancio y preocupación en su rostro. El señor Harminder se acercó y le dio otro cariñoso abrazo. Anjali observaba en silencio a través de la ventanilla trasera del taxi, la inmensidad de la ciudad, imaginando que, en cualquier calle, o suburbio se podía encontrar su hijo. Balanceaba nerviosa su cuerpo de delante hacia atrás, al mismo tiempo que frotaba sus manos sudorosas compulsivamente. Su sistema nervioso quedó secuestrado por la angustia desde el momento en que se llevaron a sus hijos. Dicen que el estado físico es un reflejo de la mente, y de los estados anímicos.

En el caso de Anjali, en su ya de por sí frágil cuerpo, se hacía evidente. Había perdido mucho peso y dos grandes ojeras bordeaban permanentemente la caída de sus tristes ojos. El señor Harminder, sentado en el asiento del copiloto, volvió su cabeza hacia atrás. Al ver el estado de su protegida, hizo ademán de dirigirse a ella, pero una simple mirada de su esposa lo hicieron desistir.

La señora Asha había pedido una habitación doble, pero no para compartirla con su marido: no quería dejar sola a su querida amiga ni un instante.

Después de descansar hasta la hora de comer y deshacer las maletas, las dos amigas tomaron una ducha y bajaron al restaurante. El señor Harminder y Yamir les esperaban tomando un aperitivo. Anjali pidió sentarse frente a la ventana. Desde su llegada a Bombay, permanecía abstraída de cualquier otra circunstancia que no fuese mirar atentamente cualquier cosa que ocurriese en la calle. Buscaba a su hijo con el alma, soñaba despierta, e imaginaba que en cualquier momento aparecería la cara de Vishnu pegada al cristal, al igual que le ocurriese a la señora Preeti en el paseo marítimo. La señora Asha, con un ligero toque en su mano, la hizo volver de nuevo a la realidad.

–Perdona querida, ¿qué te apetece comer?

–Ya sabe que no tengo hambre, señora, no puedo comer. ¿Cómo voy a comer sin saber si mis hijos tienen algo que llevarse a la boca?

–De eso nada, querida. Debes de hacer un esfuerzo, tu salud está en juego. Tienes que hacerlo por tus hijos, ellos no querrían verte así. ¿Quieres que cuando te vean no reconozcan a su madre?

Anjali miró amorosamente a la señora, y asintió con la cabeza esbozando una media sonrisa.

–¿Te apetece pollo con verduras? Tienen muchas vitaminas.

—Está bien, señora, haré un esfuerzo; lo que usted me pida estará bien.

El señor Harminder presenciaba la escena con un nudo en el estómago. No se atrevía a contarle a Anjali que todos sus esfuerzos por encontrar alguna pista no habían dado fruto alguno. El bueno de Yamir era tratado como uno más, pero tampoco se atrevía a pronunciar palabra. El tenso silencio era solamente roto por la señora, que ejercía con sabiduría de psicóloga.

—¿Qué te apetece hacer esta tarde, querida?

—Quiero salir. Estar donde él estuvo, quiero ir a la playa, al lugar donde la señora Preeti vio a mi niño — respondió tímidamente Anjali.

—Está bien, pero intenta comer. Tendremos que gastar muchas energías, y mañana tienes que estar bien para la entrevista.

—¿Dónde está la señorita Carol? Me gustaría hablar con ella, y que me contase si ha averiguado algo — respondió Anjali.

En ese momento, al señor Harminder le entró un repentino ataque de tos, y tuvo que ser socorrido por Yamir, que no tuvo más remedio que darle varias palmadas en la espalda.

—Perdone, señor, ¿está bien?

—Sí, sí... Gracias, Yamir, ya pasó; se me ha ido por otro lado la comida.

Después de comer, subieron a las habitaciones a descansar. Quedaron citados en una hora en la puerta del hotel. Nindi había sido avisado para que estuviese esperando en la puerta. Anjali no quiso ni siquiera recostarse, se sentó junto a la ventana, apoyando la barbilla sobre sus brazos cruzados. La señora Asha se quedó dormida intentando convencerla para que descansara, pero comprendió que debía de respetarla, sabía ponerse en sus "zapatos".

—Señora, es la hora, nos espera el taxi. No tiene que venir si no le apetece.

—Ok, ok...Voy —exclamó, aún medio traspuesta, la señora Asha–. ¿Qué dices? ¿Qué voy a hacer sola en el hotel? De mí no te libras tan fácilmente.

La señora, junto con su hija Naisha, eran las únicas capaces de sacarle una sonrisa a la buena de Anjali. Ella agradecía de esta bonita forma tanto cariño como recibía.

Montaron en el taxi. A Yamir le dieron la tarde libre, más que nada porque el coche de época era muy pequeño, y ya en el viaje desde la estación al hotel, iban un poco apretados. Nindi, tan amable como siempre, saludó a las señoras cortésmente y, tras acomodarlas en el asiento trasero, pusieron rumbo hacia la playa.

—Vaya despacio, por favor —pidió Anjali sin dejar de mirar por la ventanilla.

—Por supuesto, señora. ¿Es la primera vez...? —comenzó a preguntar el taxista.

Pero, al igual que ocurriese una hora antes, fue interrumpido por el señor Harminder, dándole un manotazo en la rodilla, mientras se llevaba el dedo a los labios. El hoy menos temerario Nindi, comprendió al instante, y no volvió a abrir la boca en todo el camino.

Después de un tranquilo viaje, llegaron al paseo marítimo. *Mommy* Anjali bajó del coche agarrada de la mano de la señora, se quedó parada frente al mar sin decir nada, y contempló su inmensidad por primera vez en su vida. La playa estaba repleta de las mismas familias, las mismas cometas y calentaba el mismo sol. Se encontraba en el mismo lugar, veía lo mismo que su querido hijito vio, y sintió también su mismo dolor. Anjali estaba muy emocionada, y no pudo evitar que sus lágrimas corriesen por su demacrado rostro. Caminaron por el paseo, pasaron por los mismos puestos ambulantes, frecuentados no hacía tanto tiempo por su pequeño, hasta llegar a la terraza del hotel donde fue visto por última vez.

–¿Dónde lo vieron? –preguntó un poco más repuesta.

–Ahí mismo –respondió el señor Harminder, señalando el lugar.

Anjali se acercó a la cristalera donde su Vishnu pidió comida a la señora Preeti, y pegó su mano al cristal, cerró los ojos, e imaginó que era a su pequeño a quien tocaba. "Pronto estaremos juntos, mi amor, no tengas miedo, resiste", se decía mentalmente. La señora Asha y el señor Harminder observaban la escena con el corazón encogido. La señora se secó las lágrimas, se acercó a Anjali, y la volvió a coger de la mano. Anjali, sintiendo su presencia, se volvió derrumbada hacia su amiga y se abrazó llorando.

–¡Mi niño! ¡Mis niños! –exclamaba.

En ese momento, Anjali sufrió un desfallecimiento y le temblaron las piernas. El señor Harminder, muy atento, acudió al instante, antes de que cayese al suelo; la cogió en brazos, y la sentaron rápidamente en una silla de la terraza.

—¡Azúcar, necesita azúcar! –repetía la señora.

El señor Harminder llamó al camarero y le pidieron un refresco de cola. Después de unos minutos, Anjali había recuperado un poco el color.

—¿Te encuentras mejor, querida? ¿Ves cómo es muy importante que comas?

—No la agobies, mujer. Déjala que le dé la brisa del mar, ¿no ves que no puede ni hablar? –interrumpió el señor Harminder.

—Estoy bien, estoy bien, perdónenme –acertó a decir Anjali, aún un poco mareada.

—No hay nada que perdonar, qué cosas tienes, querida. Vaya susto que nos has dado. En cuanto te repongas un poco volvemos al hotel, creo que no ha sido buena idea venir aquí.

—¡No! –exclamó intentando incorporarse.

—Quiero bajar a la playa, estoy bien, de verdad. Necesito caminar por la orilla del mar.

La señora miró a su marido, y este asintió con la cabeza.

—Está bien, está bien... Tranquila, cariño, será como tú quieras –le dijo la señora cariñosamente sin soltarle las manos.

Más repuesta, bajaron a la playa. Anjali y Asha agarradas de la mano; Harminder caminaba trabajosamente unos metros por detrás de ellas. Comenzaba a ponerse el sol, el cielo adquirió un cálido color rojizo, y Anjali pudo hundir por primera vez sus desnudos pies en la orilla del mar. Caminaron así, contemplando el atardecer, durante al menos un par de kilómetros, hasta que llegaron al extremo menos concurrido de la playa.

–¿Volvemos? –preguntó Asha.

–Sí, un momento.

Anjali se detuvo, y comenzó a girar sobre sí misma, como si buscara algo.

–¿Qué buscas? –preguntó Asha.

En ese justo momento, Anjali, señalando hacia delante, exclamó:

–¡Eso!

Inmediatamente, se soltó de la mano de Asha, e inició una carrera hacia la vegetación. Después de unos segundos llegó hasta los restos de lo que parecía haber sido un campamento; encontró unos troncos tirados en la arena, solo permanecía uno de ellos en pie y, amarrado a él con cuerdas, un plástico que reposaba en la fina arena movido por el viento. Anjali se quedó parada, hasta que llegó la señora.

–Han estado aquí –comentó Anjali, sobrecogida.

Se acercó lentamente y levantó el plástico. Pudo ver un par de toallas de playa, junto a unas cuantas botellas vacías y un par de cartones. Se agachó y, al coger uno de los cartones, encontró un par de zapatos rotos. Su corazón se sobrecogió y un escalofrío recorrió su cuerpo. Anjali se acercó a la señora con ellos en las manos.

–¡Son de él! ¡Son de Vishnu!

–¿Estás segura, Anjali?

–Yo misma fui quien se los compró, ¿cómo iba a olvidarlo?

En ese momento llegó, resoplando, el señor Harminder que presenció la escena sorprendido. Hubiera preferido no provocar más emociones a Anjali, no imaginaba que fueran a vivir momentos tan emotivos, que le afectarían tanto. Pero creyó que no podía dejar de entregarle algo. Se acercó a *mommy* Anjali y, poniendo una mano sobre su hombro, le dio una bolsa.

–Querida, esto lo encontramos en otro campamento, cerca del mercado.

Anjali, sin haberse repuesto aún de la impresión, abrió la bolsa y descubrió la camisa que llevaba Vishnu al salir de casa. Agachó la cabeza, y se dirigió hacia la orilla con las prendas de su niño sobre su pecho. No dijo nada, presentía que su niño había sentido lo mismo, en el mismo lugar. Se adentró en el mar y sintió como a su cuerpo le embargaba una extraordinaria serenidad. En ese momento mágico, tuvo la certeza de que sus hijos regresarían a casa.

Cerró los ojos y se dijo a si misma: "Algún día regresaremos juntos aquí mismo, hijos míos. Estad tranquilos, sed fuertes, porque *mommy* está aquí, aquí está *mommy* Anjali".

A pesar de que el primer día de Anjali en Bombay resultó muy difícil, la sufrida madre experimentó una gran metamorfosis. La experiencia en la playa había supuesto un antes y un después en la forma de transitar por su dolorosa situación. "A lo que te resistes persiste, lo que aceptas se transforma", leyó una de las plácidas tardes en el jardín de la señora Asha. Intentaba llevarlo a la práctica no sin dificultad, pero había entendido que no podía perder el tiempo en lamentarse. No permitiría desde ese momento, que su mente tóxica, le atormentase con pensamientos negativos. Comenzó esa noche a visualizar que se reunía con sus hijos, y lo más sorprendente: transmitía esa seguridad a todos cuantos estuviesen a su lado.

Esa mañana, la señora Shankar despertó con renovadas energías. Bajó a desayunar como siempre, del brazo de su amiga. La señora Asha estaba sorprendida de ver la nueva versión de Anjali, se acabó el tiempo en que se esforzaba en intentar animar a su amiga, ahora era ella quien desprendía fortaleza y serenidad. Se había convertido en una nueva mujer. La presión del pecho desapareció, también la sensación de ahogo e, incluso, recuperó un poco el apetito.

La periodista también los acompañaría al estudio de televisión. Pero detrás de las cámaras. El señor Kumar la invitó para que fuese entrevistada, pero rehusó la invitación. Era necesario mantenerse en el anonimato. Debería de ser el periodista en cuestión quien se documentase para la entrevista y Anjali quien llevaría todo su peso. Se sentía preparada y con una seguridad inimaginable tan solo unas horas antes.

La entrevista sería en directo, en horario nocturno, en unos de los programas con más audiencia en su franja horaria. Así que la señora Asha y Anjali decidieron almorzar fuera y pasear por la ciudad. Casi sin darse cuenta, llegó la hora de trasladarse a los estudios.

El señor Kumar les envió un coche, y fue él mismo quien los recibió en la puerta de los estudios junto a su bella esposa. Preeti fue de las primeras en comprobar la fuerza interior que transmitía esta increíble mujer, y quedó muy impresionada. Se alejaba mucho del perfil de mujer campesina, servil, acorde a su casta, analfabeta e ignorante. Aunque *mommy* Anjali no fue mucho al colegio, encerraba mucha sabiduría dentro de sí. Sin duda, era una mujer especial.

Antes de iniciar la emisión, le presentaron a los periodistas que le harían la entrevista. Un experimentado profesional de la comunicación, acompañado de una joven periodista especializada en las desapariciones y el tráfico infantil. Tras una breve charla donde le hicieron varias preguntas para documentar el caso, la hicieron pasar a una sala donde se reunió con Asha, el señor Harminder, Yamir, Carol y Peter. El señor Kumar y Preeti la acompañaban también en todo momento. La señora Asha le había comprado a Anjali un sencillo sari de gasa verde.

Después de diez minutos, hicieron pasar a Anjali al estudio, y todos los acompañantes fueron invitados a acomodarse entre el público que llenaba las gradas. Pero prefirieron quedarse en la sala discretamente, y seguir la entrevista por televisión.

–Tranquila, querida, ¿estás nerviosa? –preguntó la señora Asha.

–No señora, estoy tranquila. Mi corazón hablará por mí –respondió convencida Anjali.

A la hora programada, la entrevista dio comienzo. El periodista, tras una breve presentación, expuso el caso y presentó a la audiencia a la señora Anjali Shankar. Fue preguntada por cómo ocurrieron los hechos y Anjali, después de guardar un tenso silencio, comenzó a relatar, tranquilamente, como fue maltratada por su marido y como él mismo entregó a la mafia a sus hijos. La fotografía de sus niños era continuamente intercalada en la emisión; mientras, ella contaba que de su hija Savitri no se sabía absolutamente nada, pero que a su hijo Vishnu se le había visto por última vez en un mercado próximo a la playa, seguramente acompañado de otro niño.

La historia atrajo rápidamente la atención del público, y pegó a los asientos a la audiencia. La señora Asha lloraba emocionada, agarrada del brazo de su marido. La trágica historia de esta mujer conmovió a todos los presentes. Veían reflejada en ella a cualquiera de las miles de madres de toda India, que tienen que soportar y ver que sus hijos son separados de sus familias.

Después de más de cuarenta minutos de entrevista, el periodista, antes de despedirla, preguntó a Anjali si quería dirigirse a los telespectadores por si quería decir alguna cosa más.

Mommy Anjali miró fijamente al piloto verde de la cámara y, tras una breve pausa, habló:

–Mis hijos no son diferentes a los miles de niños que desaparecen cada año en nuestro país, pero para mí son especiales: son mis niños. Vishnu soñaba con estudiar, es un niño muy bueno e inteligente, en muchas ocasiones se interpuso para que mi marido no acabase con mi vida, saliendo siempre golpeado por la maldad y la ignorancia de su padre. Ese ser malvado ya no está, no se perdió nada, murió el diablo, pero, sin embargo, seguimos viviendo en un infierno. Mi pequeña Savitri era la alegría de nuestra humilde casa, tiene solo ocho años, y soñaba con ir a la universidad y convertirse en maestra. De ella no sabemos nada, la separaron de su hermano el mismo día que desaparecieron. Pero mi niño Vishnu sé que está muy cerca, sabemos que ha vivido en la playa, y que se dejó ver junto a otro niño por el paseo marítimo y los mercados cercanos. Eran perseguidos por quienes querían explotarlo. Por favor, si han visto a este niño, es mi hijo, ayúdenme a encontrarlo.

Tras una breve pausa en la que Anjali secó sus lágrimas, prosiguió hablando:

—La India es un país sabio y antiguo, que transmite de familia en familia los mayores valores, impulsor de los mejores sentimientos humanos, y todos estamos orgullosos de ella. Pero, sin embargo, no podemos estarlo cuando permitimos que exploten y esclavicen a nuestros niños, que son el futuro de nuestro de país. ¿Qué estamos haciendo? ¿De qué país formamos parte? Yo os lo diré: de un país en que su economía es de las que más crece en el mundo pero, sin embargo, solo para unos pocos privilegiados y, mientras, miran hacia otro lado ante tanto dolor. La India debe liberarse a sí misma de estas prácticas abominables, y restaurar la justicia para todos. Entre todos debemos de ejercer presión sobre el gobierno para que actúe inmediatamente, y que todo el peso de la ley caiga sobre todas estas personas sin escrúpulos. Deben pagar el precio de romper tantas familias y de quebrar las espaldas de tantos niños en la India. Nada más.

El plató permanecía en silencio, nadie reaccionaba, el público secaba las lágrimas de sus mejillas. El realizador ordenó un primer plano de las personas emocionadas, incluso la joven periodista y el experimentado locutor. Hasta que, después de unos segundos, Asha, y Carol, que se habían asomado al plató, comenzaron a aplaudir emocionadas, convirtiéndose inmediatamente en una larga y sentida ovación por parte de todos los presentes.

Anjali se levantó, después de que el presentador diese por concluido el programa. Llegó a la sala donde la recibieron con aplausos, encabezados por el señor Harminder, que la esperaba con los brazos abiertos y hecho un mar de lágrimas.

–¡Bravo Anjali! Has conseguido llegar al corazón de todos, querida. ¡Lo conseguiremos! No te quepa la menor duda.

XIII
UN SER ESPECIAL

La entrevista de Anjali fue un éxito desde el punto de vista mediático, la reclamaron de otras televisiones, incluso a nivel nacional. Tuvo bastante repercusión, pero, desgraciadamente, nadie aportó ninguna pista fiable sobre el paradero de Vishnu. Los primeros días hubo una avalancha de llamadas de personas que creían haberlo visto, pero no vinieron más que a confirmar que el niño había frecuentado las zonas de la playa y de los mercados. No faltó quien ofreció información a cambio de dinero, pero fueron finalmente descartadas. Resultaba evidente que provenían de aprovechados sin conciencia, que querían lucrarse a costa del dolor de una madre. Después de una semana, aconsejados por la señorita Carol, todos decidieron volver a Benarés. La periodista permanecería en la ciudad durante una semana más para seguir investigando. El señor Harminder llevaba demasiado tiempo alejado de su negocio, y fue Anjali quien insistió en que regresaran. Comprendió que, en Bombay, no podían hacer mucho más.

Anjali permanecía aparentemente serena, aunque nunca resignada. Buscaba dentro de sí misma la fuerza necesaria para sobreponerse a tan terrible situación. Tenía que enfrentar su dolor. Pero ¿qué podía hacer? Sentía que no podría hacerlo sola, y buscó ayuda. Sabía dónde encontrarla, necesitaba un guía, alguien que le enseñara el camino desde la consciencia, pero también desde la fe y la espiritualidad. La breve experiencia que tuvo tiempo atrás con el *yogui* en los *Ghats*, la impulsaba a volver a encontrarse de nuevo con él. Algo le decía que podría ayudarla a encontrar consuelo entre tanta amargura. Cada mañana, se encaminaba hacia la orilla del río con la esperanza de encontrarlo de nuevo, pero siempre regresaba a casa decepcionada. No tenía otra cosa mejor que hacer, así que nunca cejó en el empeño, y confiada repetía cada día el mismo recorrido. Hasta que una soleada mañana, su insistencia tuvo justa recompensa.

Encontró al *yogui* en la misma posición en la que lo vio por primera vez. Parecía como si no hubiesen pasado varias semanas desde que se sintió inexplicablemente atraída por ese huesudo personaje, que permanecía impasible, inalterable a todo cuanto acontecía a su alrededor. A todo excepto a ella. Anjali lo observó parada a prudente distancia. El *yogui* meditaba en la posición *padmasana* o más conocida como la "postura de loto", sentado con las piernas cruzadas y cada pie sobre el muslo opuesto. Según sus practicantes, mejora la respiración y la estabilidad física. Tras unos segundos, el anciano abrió los ojos y la invitó a sentarse frente a él.

–Me alegra comprobar que me recuerdas –le dijo pausadamente

–No sé bien por qué estoy aquí, señor –respondió Anjali

–Eso ya carece de importancia, buena mujer.

La señora Shankar guardó silencio y el anciano prosiguió hablando

–Veo miedo y dolor en tus ojos.

–No se equivoca, señor. ¿Cómo lo sabe?

–El dolor y el sufrimiento es peaje inevitable para el crecimiento y el despertar espiritual, y tú has sentido la llamada a través de ellos.

–¿Puede usted ayudarme, señor?

–Estás aquí, eso ya es un hecho. Si tienes sed, tú misma serás quien mejor pueda ayudarte; yo, en todo caso, puedo guiar, dar pequeños sorbos de mi manantial interior entre los sedientos, hasta que ellos mismos descubran el suyo propio. Es muy importante comprender que a los hombres podemos darle agua, pero no podemos darle sed.

–Tengo sed, no quiero sufrir más, pero es un dolor tan profundo...

–El dolor que sientes ahora es un precio que tienes que pagar para encontrar la serenidad, pero el sufrimiento es una construcción mental. Puedes transitar por este periodo desde la resignación o desde la aceptación, que son dos cosas bien diferentes.

–No entiendo, señor –respondió Anjali.

–Todo aquel que quiere dejar de sufrir, debe de identificar primero la causa de su sufrimiento y aceptarlo, por muy duro que pueda llegar a ser el motivo. La aceptación no deja de ser la comprensión de la realidad, y del orden divino que rige el universo. Pero si aceptas algo que no has comprendido, no lo estás aceptando, te estás resignando. Si de verdad aceptas algo, es porque lo has comprendido y, si lo has comprendido, eso siempre, siempre te libera.

–¿Cómo llegar a comprender lo que les ha pasado a mis hijos?

—No te resignes, sigue luchando, pero desde la serenidad interior. Tú sientes que volverás a verlos, ¿cierto? Serena tu mente, relaja tu cuerpo y encontrarás recompensa. No tienes que pedir perdón si un día te sientes mejor. También percibo mucho amor en tus ojos, y el amor mueve montañas. ¿Por qué no habría de traerte de nuevo a tus pequeños? Tú eres un ser de amor, y así debes de transmitirlo a todos cuantos se acerquen a ti. El amor que sientes por tus hijos hará que un día se encuentren para no volver a separarse.

—Dios le oiga, pero ¿qué es el amor? Pienso que debería de ser como un rasgo físico que todo el mundo tiene, un apéndice más de nuestro cuerpo, como la nariz, las manos... ¿Por qué les falta a tantos hombres? —preguntó Anjali, contrariada.

—El amor impregna cada parte de la creación, pero definirlo es muy difícil, por la misma razón que las palabras no pueden describir con exactitud el olor de una flor. Tienes que percibir su aroma para conocer su olor. Al nacer, al comenzar nuestra vida, este amor existe en todos nuestros corazones, pero se termina perdiendo porque el hombre no sabe cómo utilizarlo.

Anjali, pareció comprender, y sonrió al anciano.

—¿Puedo volver a verlo otro día, señor? Me transmite usted mucha paz.

—Cada uno da lo que tiene, querida amiga. Cuando quieras acordarte de mí, me encontrarás.

Mommy Anjali regresó ese día a casa, con la misma sensación que experimentó al bañarse en la playa. Pero ciertamente, hablar con su nuevo amigo significó para ella el despertar a una nueva forma de transitar por la vida. Pero, sobre todo, por sentirse más esperanzada que nunca, en que las palabras del *yogui* se pudieran hacer algún día realidad.

Habían pasado seis largos meses desde que regresaron de Bombay, y ocho desde que los niños desaparecieron. Cada cual intentó adaptarse a la situación de la mejor forma, no quedaba más remedio que seguir viviendo. Eso no significaba que hubiesen perdido la esperanza de que, en cualquier momento, sonara el teléfono aportando cualquier pista que les hiciera retomar la investigación. Anjali había sido empleada por la señora en la casa, y la había puesto al mando de la cocina. Regularmente, seguía visitando al anciano *yogui*, y se pasaba las tardes leyendo en el jardín, o en su habitación, siempre en busca de consuelo. Esperaba pacientemente que la misma vida que le alejó de sus hijos, fuese de nuevo quien se los devolviese.

El señor Harminder mantenía contacto regular con el jefe de policía, al que había puesto en su conocimiento la misteriosa palabra pronunciada por Vishnu: "The Boss"; por si tuviese alguna relación importante con la desaparición. Se comprometió a investigar, aunque no encontró en su base de datos ningún delincuente con ese alias. Quizás esa palabra fuese la clave de todo, y la que desenredase tan complejo nudo. En todo este tiempo, tampoco hubo ninguna noticia sobre Savitri. Carol, aunque había abandonado también Bombay, seguía trabajando desde la distancia. Una tarde sonó el teléfono del señor Harminder en su oficina, era la señorita Carol.

–Señor Harminder, aunque no he descubierto nada nuevo, tenemos indicios de que en las canteras del norte existen niños explotados. Peter y yo hemos decidido viajar, solo quería que lo supiera; quizás Vishnu se encuentre en alguna de ellas.

–Gracias, Carol. ¿Quiere que le acompañe?

–No, no es necesario. No se preocupe, si averiguo algo le llamaré inmediatamente. Estoy en contacto con la policía, pero hemos decidido investigar por libre para aportar pruebas.

La periodista, acompañada por Peter, puso rumbo a las canteras de granito de la región del Rajasthan. Las principales se encontraban en un radio de trescientos kilómetros alrededor de Jalore, al sur de la capital, Jaipur. La mitad de este granito se producía en el desierto, mientras que la otra mitad se extraía de las antiguas montañas Arawali. Carol tenía información mediante la denuncia de un importador extranjero, de que en la cantera a donde se dirigían, había empleada mano de obra infantil. Se harían pasar por empresarios en busca de un buen contrato. Como era de esperar, el dueño de la empresa mordió el anzuelo. El propietario, al ser preguntado si trabajaban en la cantera niños, respondió que, en ningún caso, y les mostró un certificado expedido por la UNESCO, que aseguraba que en su cantera no existían niños trabajando. Carol pidió una copia del mismo, pero después de unos días pudo comprobar que era un documento de una organización llamada "Amigos de la UNESCO", que se podía comprar fácilmente. El falso documento nadie se encargaba de investigarlo, y suponía suficiente garantía para los empresarios extranjeros de que las piedras provenían de una empresa limpia. No encontraron a ningún niño, pero les pareció muy sospechoso ver que salían de la cantera a primera hora de la mañana, infinidad de camiones cargados de piedras. Una mañana decidieron seguirlos. Los llevaron hasta las aldeas cercanas a la cantera, y allí sí pudieron ver al fin, de primera mano, como cientos de niños pasaban sus días tallando adoquines de todos los tamaños. Pudieron hablar con ellos y con sus padres; les preguntaron por qué lo hacían, obteniendo de todos, la misma respuesta: "Para comer, señorita. Con lo que gano no me alcanza para alimentar a mi familia", le comentó un padre. Ninguno de estos niños fue nunca al colegio, sus familias eran extremadamente pobres y no quedaba más remedio que llevar dinero a casa. Carol poco podía hacer ante la complacencia de las autoridades, que consentían que los camiones llevaran el "trabajo a casa" a miles de familias hambrientas. Mientras tanto, a casi mil quinientos kilómetros hacia el sur, Vishnu y sus compañeros seguían picando grava para el ferrocarril.

****

La aceptación

Kiran se mostraba un poco más animado y sereno. Yo deseaba encontrar esa misma tranquilidad, pero me resultaba muy difícil, me dejaba llevar por el odio hacia todos los que nos habían llevado a estar viviendo los peores días de mi corta vida. Ahora era yo el que permanecía en silencio la mayor parte del tiempo. Me sumía en mis pensamientos, y descargaba con furia toda la rabia contenida en cada martillazo. No paraba de pensar en cómo salir de la cárcel de piedra a donde nos habían llevado, pero ¿cómo? Me sentía totalmente desamparado, aunque no me resignaba a acabar mis días picando piedra. Tenía muy presente mi promesa, pero cada vez que miraba a mi alrededor, se hacía más difícil cumplirla. Ese pensamiento volvía a repetirse en mi mente como una espiral que nunca tuviera fin.

—¿Qué te pasa, amigo? —me preguntó una noche Kiran.

—Y, ¿tú me lo preguntas? Me gustaría estar tan resignado como tú.

—Yo no estoy resignado, Vishnu, pero no consigues nada estando así. Sé que tú saldrás algún día de aquí.

—Y, ¿tú no? Si salimos de aquí, será juntos.

—No sé, amigo, ojalá sea como dices, haré todo lo posible. Pero tengo la sensación de que no será así.

—¡No quiero volverte a oír decir eso! ¡Entiendes! —exclamé alterado a Kiran.

—Deberías de sacar el odio de tu corazón, si permites que te domine te convertirás en alguien igual a los que te hicieron tanto daño. Tú no eres así, Vishnu.

—¿Cómo pretendes que perdone a quienes me apartaron de mi familia y provocan tanto sufrimiento?

—Sé que no es fácil, amigo, pero no es el camino. Recuerdo una historia que un día me contó mi maestro:

Buda tenía un primo perverso llamado Devatta. Siempre estaba celoso de él y se empeñaba en hacerle daño. Un día, mientras Buda paseaba tranquilamente, Devatta arrojó una pesada roca a su paso, con la intención de matarlo. Sin embargo, la roca cayó al lado de Buda y no le hizo ningún daño. Buda permaneció impasible, sin perder la sonrisa. Días después volvió a cruzarse con Devatta, y lo saludó alegremente. Este, muy sorprendido le preguntó: "¿No estás enfadado?"; a lo que Buda contestó: "No, claro que no". Devatta, sin salir de su asombro, le preguntó el por qué; contestando: "Porque tú no eres ya el que arrojó la piedra, ni yo soy ya el mismo que estaba allí cuando fue arrojada". ¿Comprendes, Vishnu? Esto nos enseña que de nada sirve guardar rencor, porque la vida está en constante cambio y nosotros también. Hoy no eres la misma persona que fuiste ayer, pero tampoco lo es quien te hizo daño. Mereces salir de aquí, tranquilo y en paz contigo mismo y con los demás.

Kiran no dejaba de sorprenderme, sus reflexiones no eran normales en un niño de solo once años, estaba convencido de que había vivido otras vidas anteriormente. Pasaría mucho tiempo hasta que comprendiese la importancia del mensaje que quiso transmitirme. Con el paso de los años, tuve muy presente sus profundas palabras; representaron la cuerda que alguien te arroja cuando te encuentras en el fondo del más profundo pozo.

Los mayores actos de maldad provienen de la ignorancia, y yo no podía convertirme en uno de "ellos".

Alguien debía cerrar ese círculo autodestructivo de maldad que dominó a los hombres de toda mi familia. Él, mi pequeño amigo, me enseñó también a alejarme del odio y del resentimiento al que estaba avocada mi vida

XIV
LA ESPERANZA

Anjali, de vuelta a casa, contemplaba abstraída las pequeñas barcas navegando por el río. El sol comenzaba a ponerse, y las escaleras de los *Ghats* empezaron a iluminarse por velas traídas por peregrinos, que tomaban posiciones para asistir a las ofrendas. Decidió sentarse junto a ellos y, embelesada, recordó el camino recorrido desde que desaparecieron sus pequeños. A raíz de que su caso se hiciera público en televisión, había acudido a otros programas similares, y se sentía reconfortada por las miles de cartas que no cesaban de llegar, provenientes de todo el país, dándole ánimos para seguir luchando. Pasaron ya dos amargos años, y continuaba abrigando la esperanza de que su pesadilla tuviese fin algún día. La decisión de consagrarse a la búsqueda de sus hijos dio un nuevo rumbo a su vida. Sentía como si hubiera vuelto a nacer, ya no era la mujer frágil que soportara golpes y humillaciones en silencio. El dolor le había hecho mucho más fuerte. "La herida es el sitio por donde entra la luz", recordaba siempre. La suya aún no había cicatrizado, seguía doliendo, pero vivía aliviada por el convencimiento de que pronto su suerte daría un radical cambio. Visualizaba cada día cómo sería el reencuentro. Esa noche y en días sucesivos, sus sueños comenzarían a tomar cuerpo de la forma más inesperada y por partida doble.

Todo estaba dispuesto para la cena, Anjali había preparado la mesa en el jardín. Cocinó unos deliciosos *naan* de mantequilla y de ajo, acompañados de unos entrantes de *samosa*; unas empanadillas rellenas de patata y de verduras. El *daulat ki chaat*, una especie de *souflé*, hecho con leche, nata, azúcar, pistachos y especias. Y como plato principal, pollo al *tikka masala*, cocido al horno y marinado con yogurt y azafrán. Como postre preparó unos crujientes *yalebi* bañados en almíbar. El señor Harminder, al ver la mesa exclamó:

—¡Anjali! Desde que te encargas de la cocina, he engordado seguro dos o tres kilos.

—En casa siempre se comió muy bien, pero no como ahora —intervino la joven Naisha.

—¡Un aplauso para la cocinera! —exclamó Gobind.

Todos comenzaron a aplaudir alegremente, mientras Anjali agachaba la cabeza ruborizada.

—Por favor, no es nada. Habéis conseguido que me ponga colorada, las cosas que se hacen con amor salen mucho mejor. Gracias —respondió Anjali.

Todos se sentaron a la mesa y degustaron con apetito sus platos. En la sobremesa, preguntó al señor Harminder cuándo pensaba entrevistarse de nuevo con el jefe de policía. Hacía mucho tiempo que no recibían noticias.

—Es cierto, Anjali. Mañana llamaré por teléfono, o no, quizás sea mejor pedirle una entrevista —contestó el señor Harminder.

Cuando estaban recogiendo la mesa, por las casualidades de la vida, sonó el teléfono.

—¡Yo lo cojo! —exclamó Gobind.

—¿Sí, dígame?

–Buenas noches, soy el jefe de policía. ¿Está el señor Harminder?

–Sí, un momento.

Gobind llamó a su padre.

Al oír esto, la señora Asha y Anjali se miraron automáticamente, y aguardaron nerviosas a lo que el jefe pudiera decirle al señor Harminder.

–Buenas noches, perdone las horas, pero creo que puede ser muy importante. Llevamos varios meses investigando un caso por amaños de partidos de *cricket*. Después de interrogar a varios sospechosos, todos coincidieron al ser preguntados por quién les mandaba, en un nombre: "The Boss". Inmediatamente me acordé de usted, y para mañana tenemos preparado un operativo para detenerlo, está en busca y captura.

–¡No me diga! Eso es fantástico –respondió sorprendido el señor Harminder.

–Hay que ser prudentes, señor. De momento no hay nada que lo relacione con vuestro caso, pero no podemos dejar ningún cabo suelto.

–Está bien, pero, por favor, manténgame informado. Me gustaría estar presente en la interrogación y verle la cara a ese mal nacido.

–Como comprenderá, eso no es posible. Déjelo de nuestra mano, le informaré de cualquier novedad.

El señor Harminder colgó el teléfono, y dirigió su mirada a Anjali.

–Querida, han averiguado quién puede ser "The Boss" –le dijo–. No quiero que te hagas ilusiones, pero puede ser que tenga relación con el secuestro de tus hijos.

La noticia fue recibida con contenida algarabía por las tres mujeres y Gobind, que se abrazaron formando una piña.

–Al menos tenemos algo, ya era hora, querida – comentó la señora Asha.

–No sé si será importante, señora, pero siento que ese hombre tiene mucho que ver con la desaparición de mis niños, me lo dice el corazón.

Todos aguardaban con ansiedad noticias de la policía. La llamada no se produjo hasta pasado dos días. Al fin pudieron detener al sospechoso "The Boss" en un control de carretera: lo sorprendieron con el maletero cargado de equipaje, sin duda intentaba huir. Comunicaron al señor Harminder que lo trasladaban a comisaría para ser interrogado. Esta vez hallaron pruebas suficientes para encarcelarlo por sus turbios negocios de apuestas ilegales. Consiguieron desmantelar la organización mediante una gran redada; fue un escándalo a nivel nacional, fueron detenidos desde jugadores de *cricket*, pasando por intermediarios, hasta llegar al cerebro de la operación. Todas las declaraciones de los detenidos señalaban al referido por todos como "The Boss", como el cabecilla de la banda. Pero aún tenían que averiguar si tenía relación alguna con el secuestro de los niños. La tanda de interrogaciones comenzó con los ayudantes del jefe. Para ello solicitaron la colaboración de *mommy* Anjali, para que identificase en una rueda de reconocimiento a alguno de ellos. Quizás pudiera reconocer a los hombres que se llevaron a sus hijos esa fatídica noche.

La señora Shankar acudió a comisaría acompañado por el señor Harminder; la sentaron detrás de un cristal e hicieron pasar a ocho hombres. Anjali los miró a todos detenidamente y no dudó un instante.

–El segundo por la derecha, y el primero de la izquierda –afirmó serenamente Anjali.

–¿Está usted segura, señora? –preguntó el jefe de policía.

–Sí, estoy segura, nunca podría olvidar esas caras.

El policía hizo un gesto de aprobación con su cabeza, y con una leve sonrisa, le dijo:

–Los tenemos.

Anjali había identificado a los dos únicos detenidos, miembros de la banda que participaron en la prueba de reconocimiento. Le agradecieron su ayuda, y la despidieron en espera de que los sospechosos fuesen interrogados en relación con el caso de los niños. Los detenidos no tardaron en reconocer los hechos, y no dudaron en inculpar a "The Boss" como el cerebro del secuestro. Contaron, con todo lujo de detalles, que todo se inició con la deuda del padre de los niños, la tortura y al chantaje al que fue sometido, para saldar la deuda con la entrega de los pequeños. Ahora solo faltaba interrogar al gran jefe, para que confesara el nombre del comprador de Vishnu, y dónde fue enviada Savitri. Como era de esperar, el delincuente negó hipócritamente todos los hechos, pero sería solo cuestión de tiempo que comenzara a confesar, con la amenaza de enfrentarse a una gran condena. Si cooperaba, podía ver en mucho reducido los años de cárcel que, sin duda, aguardaban a este despiadado ser.

Las piezas comenzaban a encajar, el jefe confesó que Vishnu fue vendido a un intermediario de Bombay, dio solo un nombre y un número de teléfono. Al ser preguntado por la niña, se mostró muy ambiguo, y dijo que cedió su venta a un intermediario, y no sabía más sobre su destino. Dio el nombre del sujeto, pero después de investigar, la policía comprobó que el hombre a quien había sido confiada Savitri, había muerto un año antes en un accidente de tráfico. Posteriormente, investigaron también a su círculo, pero sin ningún resultado. Todos lo recordaban como una buena persona, y se extrañaban mucho de que pudiese haber hecho algo así.

Con la confesión de "The Boss", la posibilidad para encontrar al menos a Vishnu, se veía cada vez más cerca.

El operativo se puso en marcha inmediatamente, el jefe de policía de Benarés coordinó la operación con la policía de Bombay. Lo primero que debían hacer era localizar al contacto que "The Boss" facilitó. Tendrían que esperar a que el sospechoso fuese detenido e interrogado.

Al mismo tiempo, en una pequeña habitación de un hospital de Bombay, un hombre permanecía conectado a un respirador artificial desde hacía casi dos años. Lo encontraron tirado en un callejón, después de haber recibido una tremenda paliza. Le habían pateado la cabeza dejándolo en coma desde entonces. Su esposa le visitaba todas las tardes, y le agarraba la mano con la esperanza de que pudiese despertar en cualquier momento. Ese esperado día llegó cuando una mañana una enfermera, al cambiarle la vía, observó que movía los dedos de una mano. Los médicos, sorprendidos, después de reconocerlo, estimaron suficiente mejoría en su estado, y comunicaron a la familia que el momento en que despertara podría encontrarse muy cerca. Pasados unos días, su esposa Fátima, una humilde mujer musulmana, le hablaba siguiendo los consejos de los doctores.

–Ahmed, sé que me oyes, ha pasado mucho tiempo, pero, ya creo que es hora de que despiertes, ¿no crees? Tus hijos y yo te necesitamos en casa.

Ningún movimiento, habría que seguir insistiendo. La mujer se dio la vuelta decepcionada y salió de la habitación. Pasados unos minutos, Fátima entró de nuevo con una bandeja de comida, miró de nuevo a Ahmed, y se quedó petrificada al ver como su marido ¡la miraba fijamente! La bandeja cayó de sus manos y gritó su nombre:

–¡Ahmed!

La señora llamó rápidamente a los médicos, comenzaron a hablarle, encontrando respuesta en el enfermo; parecía responder a los estímulos de tacto, oído y visión. Se había producido el milagro y, después de solo un día, le retiraron el respirador y podía comer por sí mismo. Intentaba hablar con dificultad, al principio solo emitía sonidos, pero, una tarde, se le pudo entender como decía a su mujer:

–Los niños, Vishnu, policía.

–¿Quién es Vishnu? –preguntó Fátima.

–Llama a la policía –respondió trabajosamente Ahmed.

Al día siguiente, la policía se presentó en el hospital y prestó declaración a Ahmed. Este denunció que en el taller donde trabajó explotaban a niños, y se refirió en concreto a Vishnu y cómo fueron descubiertos al intentar ayudarlo a escapar. La información, fue rápidamente trasladada al jefe de policía, y este, al cotejar los datos con el caso de Vishnu, puso en alerta al jefe de Benarés, siendo también informado el señor Harminder.

Anjali recibió la noticia con emoción y convencida de que pronto podría recuperar a su niño. Los acontecimientos se precipitaban insospechadamente, y todas las informaciones parecían aclarar este oscuro y complejo caso. Como bien sospechaban, Vishnu podría encontrarse en un taller de la zona sur de la ciudad. El señor Harminder se lamentaba al darse cuenta de lo cerca que pudieron encontrarse de Vishnu. Tras recibir luz verde de la policía, decidieron viajar a Bombay.

No había más tiempo que perder, así que el señor Harminder reservó tres billetes de avión para su esposa, Anjali y él mismo. La señorita Carol y Peter, casualmente, se encontraban a solo cuatro horas de camino por carretera, y quedaron citados en el hotel. Todo estaba dispuesto para que *mommy* Anjali se embarcarse rumbo a Bombay, con la ilusión de que la mitad de sus sueños se hicieran al fin realidad, ya que estos no se cumplirían del todo hasta no recuperar también a Savitri. Era la primera vez que Anjali volaba, pero ni siquiera se paró a pensarlo, solo sentía que, si todo iba bien, se encontraba a solo unas horas de reencontrarse con su hijo después de dos largos años. Acomodada en su asiento, no pudo disimular su nerviosismo durante las dos horas que duró el vuelo. La señora Asha, como siempre, intentaba tranquilizarla, pero en verdad estaba tanto o más nerviosa que ella. Quería a Anjali como la hermana que nunca tuvo.

–¡Qué nervios, querida! Hoy no puedo tranquilizarte, estoy que me va a dar algo.

Anjali sonrió al escuchar a Asha.

–Todo saldrá bien, señora. Estoy segura –le dijo.

****

La redada

Llegados al hotel pudieron reencontrarse con Carol y Peter. Para esa misma tarde, estaba previsto iniciar la operación de rescate. Anjali fue autorizada a estar presente junto a Harminder y a Asha. Carol y Peter estarían en primera fila también para grabar la liberación. Movilizaron a gran cantidad de agentes, que rodearon el edificio donde supuestamente se encontraban los niños. Todas las salidas de la calle habían sido cortadas para evitar una posible huida de los delincuentes. Había llegado el momento. Los coches llegaron sin hacer sonar las sirenas para no ser descubiertos, resultaba muy importante actuar con discreción para evitar que los niños pudiesen ser trasladados. Al menos veinte policías, fuertemente armados, irrumpieron por sorpresa en el taller. "¡Policía! ¡policía", se escuchó.

Todos los trabajadores fueron obligados a tirarse al suelo, entraron en el despacho del encargado y lo sacaron en volandas, preguntándole dónde estaban los niños. Los agentes se desplegaron rápidamente por todo el taller, hasta que llegaron a la segunda nave donde se encontraron con al menos veinte niños de diversas edades. Los críos presenciaban la escena, asustados, sin saber bien qué estaba ocurriendo. Los más pequeños lloraban, creyendo que quienes llegaban lo hacían para extraerles los órganos. Era lo que ruinmente los secuestradores siempre hicieron creer a los niños, hasta que pronto comprendieron que, en verdad, estaban siendo liberados. Todos intentaban tranquilizar a los chicos con palabras de cariño. Carol abrazaba a los pequeños diciéndoles: "Ya acabó todo, tranquilos".

Anjali, permanecía horrorizada en segunda fila, sin soltar la mano de la señora Asha. Pudieron ver la expresión de miedo en los rostros de todos los niños, sin dejar de buscar a Vishnu con la mirada. Una vez controlado el taller, reunieron a los chicos en el patio trasero, pero para desesperación de Anjali, su hijo no estaba entre ellos.

–¿Vishnu? ¿Alguien conoce a un niño llamado Vishnu? –preguntó angustiada Anjali.

Después de unos segundos, un niño dio un paso al frente.

—Señora, ¡yo conozco a Vishnu! —exclamó enérgicamente un pequeño.

Era su querido amigo Sundar que, sin soltar la mano de su hermano Roshni, se acercó a Anjali. Esta, llorando, le preguntó si sabía dónde se encontraba su hijo.

—¿Es usted su mamá? —le preguntó Sundar—. Siempre hablaba de usted y de su hermana Savitri. A Vishnu se lo llevaron junto a Kiran hace casi dos años, al intentar escapar. No sé dónde se encuentra, señora.

Anjali, fuera de sí, se dirigió al encargado que permanecía custodiado por dos policías, y comenzó a pegarle manotazos en la cara.

—¿Dónde está mi hijo, criminal? ¿Dónde lo habéis llevado?

El señor Harminder acudió rápidamente a sujetarla, y la llevó junto a su esposa. El jefe de policía le pidió que se alejara, y le prometió que muy pronto lo averiguarían. Carol y Peter acompañaron a los agentes a los dormitorios, y comprobaron horrorizados las condiciones miserables en que estos pobres niños tuvieron que vivir. Después de unos minutos, dos furgones de la policía esperaban en la puerta para trasladar a los niños.

—¿A dónde los llevaran ahora? —preguntó Asha a Carol.

—Me ha dicho el jefe que primero los llevarán a la comisaría para identificarlos y prestarles declaración. Después serán llevados al hospital para desinfectarlos: todos están llenos de piojos y desnutridos.

—¿Qué pasará ahora con ellos? —volvió a preguntar la señora.

—Pasarán algunos días hasta que averigüemos la procedencia de cada niño y podamos localizar a sus familias. Mientras tanto, estarán bien atendidos, para ellos los días de sufrimiento han terminado.

Anjali estaba desconsolada, no podía creer que sus desgracias aún no tuvieran fin. Fue llevada por la señora Asha a la pileta para refrescarla un poco, el señor Harminder le trajo una silla del despacho, e intentaron consolarla. El jefe de policía de Benarés se acercó a ella, e intentó tranquilizarla también.

—Señora Anjali, esto aún no ha terminado. Le prometo que no pararé hasta hacerles confesar a dónde llevaron a Vishnu y, créame, que no nos llevará mucho tiempo, son unos miserables cobardes, y confesarán fácilmente.

Anjali agradeció sinceramente las palabras del policía, y pareció reponerse un poco del disgusto. Los niños fueron requeridos para montar en los furgones, pero antes, el pequeño Sundar se acercó a *mommy* Anjali de la mano de Roshni.

—No llore, señora. Vishnu es muy fuerte, no se separa de Kiran. Seguro que está bien, cuidan el uno del otro.

Anjali, conmovida, abrazó a los pequeños y les preguntó:

—¿De dónde sois?

—Del mismo lugar que Vishnu, de Benarés. Lo conocimos el mismo día que salimos de casa. Nos metieron en el mismo cuarto, hasta que nos montaron en el tren. Llegamos juntos a Bombay. Al llegar a la estación, les ayudamos a escapar; mi hermano simuló un ataque, ¿sabe? –el pequeño Roshni asintió con la cabeza, sonriendo.

–Entonces, ¿podrías identificar a vuestro secuestrador? –preguntó el señor Harminder.

–Claro que sí, como para olvidarnos de ese animal... –contestó Sundar.

Pidió una foto del delincuente a Carol, y se la mostró al niño. Sundar lo reconoció rápidamente, sin dudar.

–Sí, es él. Todos le llamaban "The Boss". Él fue quien nos vendió.

–Sí, sí, señor, él fue. Nunca olvidaré esa cicatriz que le cruza la cara, es un hombre muy malo –intervino Roshni.

Carol intentó infundir a todos nuevas esperanzas.

–Bien, ahora tenemos la seguridad de que estamos en el camino correcto para encontrarlos. Tranquila, Anjali, estamos muy cerca. Dios va a querer que Vishnu y su compañero se encuentren bien.

Aunque para todos supuso una nueva y dolorosa decepción, mantenían con más fuerza que nunca la esperanza en que pronto finalizaría esta terrible pesadilla. Confiaban en que los responsables confesaran el destino de los niños. En espera de que llegase ese momento, Anjali le pidió a la señora Asha que la acompañara al hospital. Quería visitar a los niños, y hablar especialmente con Sundar y Roshni. Quería saber cómo fueron los días que Vishnu vivió junto a ellos.

Anjali vio aún el miedo y la tristeza reflejado en las caras de los niños, difícilmente sonreían, y miraban con desconfianza a quien se acercaba a ellos. Algunos niños tuertos, manos encallecidas, brazos y caras salpicadas de quemaduras, cuerpos atrofiados por dormir en el suelo tanto tiempo… La desnutrición se hacía evidente al ver sus famélicos cuerpos. Todos estos daños físicos eran los que principalmente presentaban los niños a primera vista. Pero, sin duda, los más graves serían las secuelas psicológicas, que les afectarían durante el resto de sus vidas.

Anjali y la señora Asha habían comprado juguetes y chucherías para todos, e intentaron sacarles una sonrisa, pero sobre todo repartieron mucho cariño y abrazos entre los pequeños.

Llegaron a la habitación que Sundar compartía con su hermano. Roshni, aunque había sufrido como todos, era un niño jovial y se alegró mucho por ver de nuevo a la mamá de Vishnu. Recibió con jolgorio los regalos y, mientras Asha jugaba con él, Anjali conversó con Sundar.

–¿Qué te ha pasado en el brazo? –le preguntó mientras le acariciaba la cabeza.

–Una viga cayó sobre mí, y me rompió el brazo por dos sitios, está deformado. Pero el doctor me ha dicho que me van a operar, para que al menos pueda moverlo mejor, ahora no puedo doblarlo –respondió Sundar.

–Muy bien, pequeño. Verás como todo sale fenomenal. Pronto regresaréis a casa. ¿Pasaste mucho tiempo con Vishnu?

–No demasiado. Nada más llegar a la ciudad escapó con Kiran y, cuando llegó al taller, no tardaron mucho tiempo en intentarlo de nuevo.

–¿Lo consiguieron?

–No, un guardia llamado Ahmed les ayudó, pero no llegaron a cruzar la puerta. No sé bien lo que pasó. A la mañana siguiente se los llevaron, y no he vuelto a saber nada más de ellos.

–¿Le hicieron algo a mi hijo y a su amigo Kiran?

Sundar no respondió, pero, al agachar la cabeza, Anjali comprendió con angustia que nada bueno les había ocurrido.

–¿Sabes una cosa? Pronto encontraremos a tus amigos y nos reuniremos todos en Benarés. Vivo en una gran casa con piscina, ¿Qué te parece? –preguntó Anjali mientras lo abrazaba emocionada.

–Eso estaría genial, señora Anjali. Pero, no sé nadar –respondió Sundar bastante contrariado, ante lo cual Anjali no pudo más que dejar escapar una sonora carcajada. Llegó el momento de la despedida, prometieron visitarlos cada día mientras se encontrarán en la ciudad.

De regreso al hotel, aún conmovidas por los momentos vividos, las dos mujeres comentaron cómo podía haber en el mundo personas capaces de causar tanto daño a seres tan inocentes. Esa misma noche, después de la cena, el señor Harminder, recibió una llamada del jefe de policía de Benarés. Tal y como habían previsto, el interrogatorio al encargado dio rápidamente resultado, no tardó en facilitar el nombre del dueño de la empresa. El malvado personaje se escudó diciendo que solo obedecía órdenes. Tras ordenarse su detención, y tras un largo interrogatorio, al fin confesó el destino de Kiran y de Vishnu. Sin perder tiempo, organizaron para la mañana siguiente a primera hora el viaje. Harminder, entusiasmado, corrió rápidamente hasta el comedor.

−¡Anjali, por fin! Buenas noticias: han averiguado dónde se encuentra Vishnu. Mañana salimos hacia el sur, hacia las canteras de Karnataka, allí se encuentran tu hijo y su compañero.

Anjali se derrumbó llorando entre los brazos de la señora Asha, mientras pedía a Dios que su pequeño estuviese aún vivo.

XV
ADIÓS "PRINGAO"

Los días de durísimo trabajo en la cantera transcurrían para nosotros sin más aliciente que esperar a que llegara la noche para descansar, extenuados, en nuestro sucio rincón, y devorar hambrientos la bazofia que nos daban. Nuestros desnutridos cuerpos, resecados por el sol y la mugre desde hacía ya dos años, nos hacían parecer verdaderos pequeños ancianos.

Kiran no se encontraba bien: desde hacía algunos días se venía quejando de un fuerte dolor en el costado derecho. Avisé en varias ocasiones al capataz, pero no me hizo ningún caso; era obligado a trabajar como cualquier otro niño, y arrastraba esos días sus pies hasta la cantera. Yo le ayudaba a incorporarse cada vez que vomitaba, y con muchísimo esfuerzo completaba la jornada de trabajo. Esa noche, su estado empeoró, tenía fiebre y se retorcía de dolor. Sus gritos se clavaban en mi alma como si fuesen puñales, golpeaba con furia la puerta cerrada y desesperado pedía ayuda, pero nadie nos oyó, no hubo nadie que nos ayudara. No era médico, pero pensé que podía ser un ataque de apendicitis. Un empleado de la tienda del señor Harminder fue operado de urgencia y estuvo a punto de morir al complicársele con una peritonitis. Como suele pasar en estos casos, al incorporarse al trabajo, nos ofreció el parte médico, y contó con todo detalle en qué consistió la operación a todo el que se encontraba, y presumía de la cicatriz que le había quedado en el costado.

Estaba muy preocupado, no pude hacer otra cosa que recostarme a su lado y cogerle la mano. ¿Cómo era posible que lo dejasen morir como a un perro? Luchaba con mi mente para dejar de tener ese pensamiento. Los niños se arremolinaban alrededor de él, y tuve que pedirles que volvieran a sus sitios, parecía que lo peor había pasado y necesitaba descansar. En la oscuridad de la madrugada, cuando todo parecía tranquilo, sentí como apretaba mi mano.

—Vishnu, ¿estás dormido?

—No Kiran, ¿cómo te encuentras?

—Mejor, ya casi no duele. Puedo soportarlo.

—Kiran, he intentado pedir ayuda, pero nadie me oye.

—No te preocupes, amigo, ya no hará falta. Te dije en una ocasión que sabía que no saldría de aquí.

—¡No digas eso, Kiran! Saldremos juntos y volveremos a sentirnos libres en la playa.

—No sabes cómo me gustaría, yo no quiero irme, pero sé que no será así. Ahora siento que me puedo ir tranquilo. Yo vine para acompañarte en tu dolor y en tu sufrimiento, todos venimos al mundo con una misión, y esa era la mía.

—No, no puede ser... Por favor, Kiran, resiste un poco más. Dentro de unas horas habrá amanecido y podrá verte un médico.

—No estés triste, Vishnu. Sé que a donde voy, ya no sufriré más. ¿Recuerdas cuando mirábamos las estrellas? Cuando vuelvas a contemplarlas ahí me encontrarás.

Yo, al escuchar todo lo que me estaba diciendo, rompí a llorar

–Por favor, Kiran, no sigas. ¡Me estás asustando!

–No llores, amigo. Debes gritar al mundo lo que pasa aquí, y elevar tu voz para que no vuelva a ocurrir. No permitas nunca más que nadie te obligue a vivir como un esclavo, no sigas a nadie como un mendigo, y síguete a ti mismo como a un hombre. Haz caso siempre al gran corazón que tienes. Prométeme que vivirás tu vida sin rencor y perdonarás a los que te hicieron tanto daño.

–Te lo prometo, Kiran. Pero, por favor, aguanta un poco más.

–Ya pronto acabará también tu sufrimiento, Vishnu, vendrán a por ti. Ni te imaginas lo bien que te van a ir las cosas a partir de ahora. Estoy muy cansado, quiero descansar. Adiós, "pringao".

Fueron sus últimas palabras. Creí que se había dormido, me quedé recostado junto a él y caí rendido. Al poco tiempo desperté, y sentí su cuerpo muy frio. Le zarandeé por los hombros gritando su nombre:

–¡Kiran, Kiran, despierta!

Su cabeza se movía de un lado a otro, parecía estar descolgada de su cuello, le abofeteé desesperadamente con la esperanza de que reaccionara, pero hacía rato que mi amigo, mi fiel amigo Kiran, se había marchado.

–¡No, noooo, Kiran! Por favor no me dejes, ¿qué voy a hacer ahora sin ti? Descansa, amigo mío, ya nadie te hará más daño.

Lloré amargamente con mi cabeza sobre su pecho, hasta que algunos chicos se acercaron a acompañarme. Entrecrucé sus pequeñas manos y encendimos unas velas alrededor de su cadáver.

Al amanecer, la puerta de la cabaña se abrió y apareció el capataz, apresurándonos para que saliéramos a formar. Salieron todos menos yo, que permanecía junto a mi amigo. El capataz se acercó a él, e hizo ademán de patear el cuerpo inerte de Kiran, pero antes de que lo hiciera, lo agarré de la pierna haciéndole caer.

–¡Ni te atrevas! ¿Es que no respetas nada? Mi amigo ha muerto por tu falta de humanidad. ¡Te avisé varias veces de que estaba enfermo! Lo habéis dejado morir como si fuera un perro. Quiero enterrarlo, ¿O ni eso me vais a permitir? Que Dios te perdone.

El capataz, desde el suelo, no pudo hacer otra cosa que agachar la cabeza y salir de la cabaña. Después de una hora llegó con el encargado y con un médico que certificó su muerte. Le llevamos en una carretilla de madera, envuelto en una sábana blanca, hacía la zona más verde que encontré entre tan árido paisaje. Lo enterramos junto al río a la sombra de un árbol, recogí unas florecillas y las deposité sobre su tumba. Me prometí a mí mismo que algún día volvería a por sus restos para incinerarlos y esparcirlos en el mar que tanto le gustaba y que tan libres nos hacía sentir. Descansa en paz, amigo mío, siempre te llevaré en mi corazón.

$$****$$

La huída

Esa misma tarde tuve que incorporarme al trabajo, picaba piedra como un autómata, ya no me quedaban lágrimas. Solo pensaba en que no aguantaba ni un día más esta situación, no quería acabar mis días como mi pobre amigo; en ese momento no presté la debida atención a sus últimas palabras. Pero me daba igual lo que me pudiera ocurrir si era de nuevo capturado, torturado o perseguido. No creía que pudiera pasar más hambre de la que estaba ya soportando mi escuálido y sufrido cuerpo. Al final de la jornada, observé como los trabajadores de las aldeas vecinas montaban en los camiones para regresar a casa. No me lo pensé ni un segundo y me mezclé con ellos. El recuento lo hacían siempre por la mañana y, para cuando me echasen en falta, esperaba estar lo suficientemente lejos.

Una vez en el camión, una señora me miró sorprendida. Debió ver tanta amargura en mis ojos, que no hizo falta decir nada, me ocultó con una manta con la complicidad del resto de trabajadores. No sabía dónde llegaría, quién podría ayudarme, pero lo más importante era salir de la jaula de piedra donde había dejado mi aliento durante dos años y a parte de mi alma: mi amigo.

Anjali no había pegado ojo en toda la noche; se encontraba muy angustiada, había sufrido ya demasiadas decepciones, y no quería crearse falsas ilusiones. "Créate una expectativa y obtendrás una desilusión", leyó en una ocasión. Aunque resultaba inevitable, ella esperaba volver a verlos con el mismo amor e ilusión que una madre espera dar de su vientre vida. ¿Cómo no esperar una y otra vez encontrar al fin a tus hijos? Desvelada, se levantó y preparó una infusión. La señora Asha dormía, ella la observó, y con mucha ternura le acarició la cabeza. Asomada a la ventana de la habitación, pensaba que a pesar de su desgracia se sentía afortunada porque la vida hubiese puesto en su camino a esta gran familia. Se preguntaba qué hubiera sido de ella, si ese día el señor Harminder no hubiera aparecido para rescatarla del negro pozo donde se encontraba. Todo ocurre en esta vida por algo, todo lo que nos pasa es para crecer y evolucionar, y con eso se quedaba. Aunque, desde luego, hubiera preferido no haber aprendido tanto, y tener a sus hijos junto a ella. Miró a las estrellas, y pidió a Dios, al universo, que le diera una tregua, que le concediese la gracia de poder abrazar de nuevo a su Vishnu, y que protegiese a su Savitri, allá donde pudiera encontrarse.

La policía de Bombay había puesto a disposición de la familia un todoterreno para viajar hacia Karnataka. En otro vehículo similar, los acompañaría el jefe de Benarés con otros dos agentes. La operación sería coordinada por la jefatura de Bangalore. Tenían toda la información necesaria para dirigirse a la cantera donde supuestamente se encontraban los niños.

Tensos, pero confiados, tomaron rumbo hacia Karnataka, sería un largo viaje, que estuvieron a punto de hacer en un helicóptero de la policía, pero una avería de última hora, no lo hizo posible. Salieron después de cenar para llegar a Karnataka, a primera hora de la mañana, el coche era de siete plazas, el señor Harminder ocupó el sitio del copiloto, Anjali, Asha, Carol y Peter se acomodaron en las dos filas de asientos traseros. Todo lo que había que hablar, ya se había hablado. Nadie quería infundir nuevos ánimos después de tantas decepciones, así que la mayor parte del viaje lo pasaron durmiendo, o hablando de cosas triviales. Después de más de doce horas de viaje, la expedición llegó hasta las proximidades de la cantera. Tras una breve reunión con la policía del estado, reemprendieron la marcha hasta llegar a la misma puerta que daba entrada a la cantera de granito.

Eran las diez de la mañana cuando los policías irrumpieron en la puerta, cerraron el puesto de control, y dejaron apostados a dos agentes, con la orden de que nadie saliera o entrara. Llegaron hasta la casa prefabricada junto a la casa de madera, y detuvieron a todos lo que se encontraban allí en ese momento. Registraron la cabaña donde los niños dormían: no había más que cartones en el suelo y miseria. Anjali comprobó, descompuesta, las condiciones en la que los pequeños tenían que dormir, y salió despavorida hacia fuera. Sentada en los escalones que daban entrada a la sucia cabaña, se echó las manos a la cara llorando mientras decía:

–No puedo más... No puedo creer cómo pueden tratar así a estos pobres pequeños.

Asha, como siempre hacía, la envolvió con sus brazos y la acompañó hasta el coche sin decir nada.

La policía interrogó a los detenidos y, después de unos minutos, metieron al encargado en el vehículo y le ordenaron que los llevaran hasta donde se encontraban los niños. No existen palabras para describir lo que todos sintieron al ver a cientos de chicos, algunos muy pequeños, sometidos a picar piedra, cubiertos de polvo y de mugre. Peter grababa todo lo que estaban viendo. Llegaron hasta donde supuestamente se podría encontrar Vishnu, la policía paralizó el trabajo, y reunieron a todos los niños. Carol informó al jefe de policía de que buscaban en concreto a un niño de quince años; preguntaron por él al encargado, pero no supo qué responder. Le preguntaron si estos eran los mismos chicos que dormían en la cabaña, a lo que respondió afirmativamente. Decidieron entonces formar a los más de veinte niños en fila para que Anjali pudiera identificarlo. Desconsolada, comprobó que su hijo tampoco se encontraba entre ellos.

—¡No puede ser! —exclamó. —¿Dónde está Vishnu? ¿Dónde puede estar mi hijo? ¿Quién puede decirme si vivió entre vosotros? —preguntó, angustiada, Anjali.

—Señora, desde anoche no lo hemos vuelto a ver. Estaba muy afectado por la muerte de su amigo. Uno de los niños nos dijo que lo vieron montar en un camión —respondió un pequeño.

—¿Su amigo, muerto? —preguntó, sobrecogida, Anjali.

—Sí, señora. Los capataces no hicieron nada por ayudarle, y murió hace dos días.

—¿A dónde se dirigen esos camiones? —preguntó el jefe de policía al encargado.

—Se encargan de llevar a sus casas a los trabajadores de las aldeas cercanas —respondió sumisamente el detenido.

—Señora, no debe encontrase muy lejos —le dijo el jefe de policía después de que le indicaran cuales eran estas aldeas—, seguramente permanecerá escondido en alguna casa de algún trabajador. Son muchas, pero no se preocupe, que nos dividiremos para buscarlo por varias zonas al mismo tiempo.

El señor Harminder se dirigió a Anjali, que seguía llorando abrazada por Asha.

—¿Lo has oído, Anjali? No pierdas la fe, no debe de encontrarse muy lejos.

—¿Qué estamos esperando? No podemos perder más tiempo, en algún sitio de esta miserable tierra me espera mi hijo.

Mommy Anjali tiró del brazo a Asha, mientras mentalmente le mandaba un mensaje a su querido Vishnu: "Voy a por ti, hijo mío. No te muevas de donde estás, ya pronto acabará todo. Mamá va a por ti."

El jefe de Policía de la región ordenó pedir refuerzos para iniciar la búsqueda, y ordenó la detención de los implicados. La cantera quedaría precintada, y paralizados todos los trabajos; reclamaron la presencia del juez de instrucción para ello. Carol y Peter se quedarían para hacerse cargo de los niños liberados y organizar su traslado. Con el cierre de la cantera, desgraciadamente, quedarían sin trabajo, sin el único sustento de miles de familias de la zona. Pero para Anjali, lo más importante era que estaba muy cerca de encontrar al fin a su hijo. Pedía a Dios que, por favor, no alargase más el sufrimiento de ese niño que tanto necesitaba a su madre.

El cerco se estrechaba cada vez más, y el momento de dar con el paradero del joven Vishnu se encontraba más cerca de lo que podían imaginar. Visitaron las dos aldeas más cercanas a la cantera sin ningún resultado, pero no tenían ninguna intención de abandonar la búsqueda. El jefe de policía había sido informado de que, tampoco en los pueblos registrados, sus hombres hubiesen encontrado algún rastro del niño. El agente desplegó un mapa sobre el capó del coche, y comenzó a tachar los pueblos visitados. Más hacia el sur, en dirección a Bangalore, aún quedaban dos aldeas por registrar entre las que nutrían diariamente de trabajadores a la cantera. Y hacía allí se dirigieron con Anjali cada vez más angustiada. La pobre mujer permanecía en silencio y, como siempre hacía cuando estaba muy nerviosa, frotaba compulsivamente sus manos.

****

El encuentro

Mientras tanto, en una humilde y desvencijada casa, sin sospechar que su madre estaba a solo unos kilómetros de él, Vishnu permanecía oculto por la misma señora que le ayudó en el camión. Se encontraba con la única compañía de una niña pequeña, a la que habían confiado su cuidado. El resto de la familia, como cada mañana, había montado en el camión para ser llevados a la cantera. La aldea no era demasiado grande, estaba situada al borde de la carretera. La componían no más de diez o doce chabolas, hechas de ladrillos y adobe por los mismos aldeanos. Vishnu había sido acogido con suma hospitalidad por la humilde familia; no tenían mucho que compartir, pero al menos pudo lavarse con agua del pozo comunitario, y quitarse la capa de mugre que cubría su cuerpo. Después de sentir ropa limpia sobre su piel, comió un poco, no había mucho, solo un poco de arroz y sopa de verduras, pero le supo a gloria comparado con lo que estaba acostumbrado a comer desde hacía más de dos años. Durmió como siempre, en el suelo, pero esta vez sobre una esterilla mullida sobre paja. Le habían aconsejado que no saliera de la casa; lo mejor es que dejaran pasar unos días, hasta que todo se tranquilizase y se asegurasen de que no era buscado.

Pasaban las cinco de la tarde cuando llegaron a la aldea. Los coches se detuvieron detrás de una choza donde vendían bebidas y comida a un lado de la carretera. El jefe de policía congregó a los aldeanos, y una vez reunidos se dirigió a ellos.

–Buscamos a un niño de quince años, fue secuestrado y sabemos que puede encontrarse en esta aldea. Rogamos su colaboración, su madre está aquí, desesperada por encontrarse de nuevo con él.

No encontró respuesta alguna, ninguno de los presentes había visto a un niño forastero en la aldea, eran pocos y se conocían todos. Así que el jefe ordenó que fuesen registradas todas las casas. Anjali permanecía dentro del coche con Asha. Los agentes se desplegaron y comenzaron a buscar por las chozas. El señor Harminder pidió permiso para ayudar en la búsqueda; Anjali quiso acompañarle, pero este, le aconsejó que aguardara en el coche. Se dirigió a la casa más alejada de donde se encontraban; estaba situada junto a un pozo, encontró la puerta solo encajada, bastó un leve empujón para entrar a la habitación, parecía no haber nadie. Frustrado, se sentó en un taburete y resopló. Su dolorida pierna, como siempre, le obligaba a sentarse para descansar a la menor oportunidad. "Quizás esté asustado, y se haya escondido en algún sitio temiendo ser capturado", pensó. Decidió probar suerte en la siguiente casa, pero, cuando estaba a punto de salir, escuchó un ruido. Se aproximó hacia donde creía que provenía el sonido, entrando en una pequeña habitación. Se dirigió hacia un montón de paja acumulada en un rincón tras unos tablones de madera. Se acercó lentamente hacia ellos y, al apartar las tablas, vio a una pequeña niña con su boca tapada por una mano, mirándolo con ojos llorosos. El señor Harminder, sorprendido, liberó su boca y tiró de la mano hacia él, descubriendo a un niño muy delgado y de pelo muy largo que lo miraba asustado.

–¿Vishnu? ¿Eres tú? ¡Dios mío! ¿No me reconoces? ¡Soy yo, el señor Harminder!

–¿Es usted? –preguntó Vishnu conteniendo las lágrimas.

No podía creer que estuviese frente a él, estaba completamente bloqueado.

–¡El mismo! ¡Sí, soy yo, tu jefe!

Inmediatamente, el pequeño se abrazó a él con fuerza, rompiendo a llorar desconsoladamente. El pobre niño no pudo decir nada más. Con el corazón encogido por la emoción, hundió su cara en el pecho del señor Harminder,

—¡Ya pasó todo, pequeño! No sabes cuánto te hemos buscado —le decía, sin poder contener las lágrimas, mientras acariciaba tiernamente su cabeza—. Llora, ¡desahógate! Ven aquí que te mire. ¡No pareces el mismo! Has crecido mucho.

—¿De verdad está aquí mi madre? —respondió Vishnu secándose las lágrimas.

—¡Claro! ¿Por qué habría de mentirte? ¡Salgamos! Corre hacia ella, que ya es hora, ¿No crees?

Salieron juntos de la casa, el señor Harminder llevaba en brazos a la pequeña. El sol se estaba poniendo y el joven Vishnu, deslumbrado por la luz, intentaba ver con dificultad la frágil figura de su madre. Anjali había salido del coche y se movía de un lado a otro, decepcionada de nuevo por las informaciones de los agentes. Vishnu caminaba lentamente hacia ella, no terminaba de creerse que el momento que tanto había soñado estuviese a punto de hacerse realidad. La señora Asha advirtió a Anjali que alguien se acercaba agarrándola del brazo. Asha sintió al momento que era Vishnu.

—¡Querida! ¡Ahí lo tienes! —exclamó emocionada.

Anjali giró su cabeza.

—¿Es él de verdad? ¿Es mi Vishnu?

Anjali, con las manos tapándose sus ojos, dobló las rodillas sobre la tierra, para inmediatamente volver a observar que su hijo se acercaba cada vez más. Ya podía ver su delgada silueta y, cuando se encontraba lo suficientemente cerca como para ver con claridad su renegrida cara, Vishnu se detuvo unos instantes, miró a su madre, sonrió y corrió hacia ella. Anjali se levantó y fue a su encuentro. Asha, los policías y las gentes del lugar fueron testigos de cómo, madre e hijo, se fundieron en un largo y emocionantísimo abrazo.

–¡Vishnu! ¡*Lalloo*!

–¡*Mommy*! ¡Mamá, mamá! Has venido a por mí...

–¡Mi niño! ¡Cuánto te quiero! ¡Cuánto he rezado para que llegase este momento!

Anjali llenaba de besos a su hijo mientras eran rodeados por los aldeanos, que espontáneamente comenzaron a aplaudir emocionados.

–*Mommy*, ¿dónde está Savitri? ¿Dónde está mi hermana? –preguntó Vishnu a su madre, ya un poco más recuperados, y sin dejar de mirarse.

Anjali acarició amorosamente el rostro de su niño.

–Hijo mío, no sabemos nada de ella –le contestó.

–¡Es culpa mía! Te prometí que cuidaría de ella – respondió Vishnu agachando la cabeza.

Anjali levantó la barbilla de su hijo.

–¡No quiero oírte decir eso nunca más! ¿Me has oído? –le dijo–. No tienes ninguna culpa, pero quiero que sepas algo: la encontraremos, igual que te hemos encontrado a ti, ¿entiendes?

Anjali agarró a su hijo por la cintura y lo llevó frente a la señora Asha.

–¿Sabes quién es?

–Sí, *maan*, es la esposa del señor Harminder, la vi varias veces en la tienda.

–Debes de saber que es la persona más buena del mundo, ella me ha cuidado todo este tiempo y, si no fuese por ellos, no estaríamos juntos de nuevo.

Vishnu se acercó a Asha, se inclinó ante ella, y tocó sus pies en señal de respeto. La señora que no había parado de llorar en todo este tiempo levantó al chico.

–Gracias, señora, por ser tan buena con mi madre –le dijo Vishnu inclinando la cabeza.

–Al fin te conozco, no tienes que darme las gracias, pequeño, soy yo quien debe de estar agradecida. ¡Ven aquí, dame un abrazo! Tu madre no exageraba cuando me decía lo guapo que eras...

Anjali se dirigió al señor Harminder, y le besó las manos.

–¡Gracias, señor, gracias! No tengo palabras…

El señor Harminder la abrazó.

–Querida Anjali, te prometí que lo encontraríamos, y aquí lo tienes –le dijo, emocionado, mientras apoyaba sus grandes manos en sus hombros–. Es hora de regresar, viviréis en casa.

Rodeando el cuello de Vishnu y pellizcándole la nariz, prosiguió hablando.

–Ahora lo más importante es que recupere fuerzas, haremos una gran fiesta para celebrarlo ¿Qué te parece, mamá?

La señora Asha sonrió complacida.

–Por supuesto, querido, todos nos lo merecemos –respondió–. Ahora tenemos que cuidar mucho de Vishnu para que se recupere, que está muy flaco.

El señor Harminder llamó a Carol y le transmitió la feliz noticia. Ella permanecería varios días más en Karnataka, y quedaron en verse en unos días en Benarés. Todos estaban agotados, y la señora Asha pidió a su marido que se dirigiesen a Bangalore para volar directamente hacia Benarés, después de formalizar los debidos trámites con la policía.

Mommy Anjali, había recuperado la luz perdida en sus ojos. No soltó la mano de su pequeño en todo el viaje, sin poder dejar de acariciarlo, y lo observaba embelesada, dormido con su cabeza apoyada sobre su hombro. Agradecía a Dios que le hubiese regalado este momento tan soñado. Le pedía con todo su corazón que pronto pudiera reencontrarse de nuevo con su pequeña Savitri. Estaba convencida de que así sería, su corazón así se lo hacía sentir, aunque aún no imaginaba que el caprichoso destino les pondría tantas dificultades en el camino.

XVI
UNA NUEVA VIDA

En las primeras noches en casa del señor Harminder compartía habitación con mi madre; me habían dispuesto una cama a su lado. Ella no quería despegarse de mí ni un instante después de tanto tiempo separados, y a mí me parecía bien. En nuestra pequeña casa de la aldea, con solo una habitación, no había posibilidad de elegir. Aún no me creía poder tenerla tan cerca, en ese cuarto que olía a limpio. Poder utilizar el baño que nunca tuvimos, suponía todo un lujo para mí. Sustituí el polvo y la mugre, por la cristalina agua, y recibí la hospitalidad de esta admirable familia. Me hicieron sentir como en mi propia casa desde el primer momento. Comencé a tener problemas para dormir, y me pasaba las largas horas de la madrugada contemplando a *maan* mientras dormía. Me recostaba a su lado, ella sentía mi calor y cubría feliz su vientre con mi brazo. Pero estaba tan acostumbrado a dormir en el suelo, que muchas noches, desvelado, desplegaba la manta sobre el piso. Al amanecer, mi madre al verme enroscado en el suelo me decía:

—Hijo, si te acostumbraste a dormir así, también lo harías si quisieras en la cama.

Pero a pesar de encontrarme de nuevo junto a ella, rodeado de tanto cariño, sentía tanta intranquilidad…. Me angustiaba pensar que mi hermana aún podía estar sufriendo lo mismo que yo. Este pensamiento me sumía en un casi permanente estado de tristeza y melancolía. Recordaba a Kiran cada noche al mirar las estrellas, sus últimas palabras, y la promesa que le hice. No quería faltar a mi palabra, pero me resultaba muy difícil perdonar. Era consciente de que las heridas más difíciles de superar no serían precisamente las físicas. Necesitaba ocupar mi tiempo, así que le pedí al señor Harminder incorporarme al trabajo, a lo que se negó tajantemente. Siempre con la conformidad de mi madre, tenían otros planes para mí. Habían decidido dar un nuevo rumbo a mi vida. El día en que nos sacaron a la fuerza de nuestra casa, murió el Vishnu que todos conocieron, estaban decididos a compensar tanto sufrimiento, y querían que retomase mis estudios. Sería como un nuevo renacer, podría cumplir mi sueño de estudiar, y alejarme de la miseria que marcó mi vida hasta entonces.

En esos días, reponía fuerzas y comía a todas horas. Mi reencuentro con mi querido Bobby fue entrañable: al verme me reconoció al instante, y se abalanzó sobre mí llenando mi cara de lametones. Dábamos largos paseos, donde no hacía otra cosa que pensar en lo que nos había ocurrido, y en lo diferente que me parecía todo. Siempre estuve muy unido a mi madre, pero nuestro vínculo se estrecharía aún mucho más, teníamos tantas cosas que decirnos… Por las tardes nos sentábamos en el merendero del jardín y reflexionábamos sobre cómo nos cambió la vida, no tenía aún claro si para bien o para mal. Lamentaba que hubiese sido después de haber sufrido tanto. Y así se lo expresé a mi madre.

—*Maan*, ¿por qué me siento así?

—¿Así cómo, hijo?

–Fíjate donde estamos, nunca imaginé estar contigo en un sitio así; todos en esta casa son muy buenos conmigo, y no hice nada para merecerlo. Podré estudiar, pero ¿A costa de qué? ¿De haber perdido a Savitri? Si me hubiesen dado a elegir, hubiese preferido mil veces seguir teniendo nuestra miserable vida y tenerla aún con nosotros, aunque tuviésemos que sufrir a nuestro padre.

–Nadie podía imaginar lo que nos pasó Vishnu, pero no debemos de sentirnos culpables por ello. Los responsables ya están pagando todo el daño que nos hicieron, incluido tu padre, hijo mío. Él fue el primero en hacerlo, y de la forma más horrible.

–No entiendo, *maan*, ¿a qué te refieres?

Fue entonces cuando mi madre me contó el terrible final que tuvo mi padre. Quedé muy impresionado, no hubiese querido que sufriera tanto, pero sinceramente, me sentí liberado. Al menos me quedó el consuelo de que murió arrepentido por todo el daño que causó.

–No elegimos estar acogidos en esta maravillosa casa. La señora Asha y el señor Harminder son parte de la recompensa que el destino nos tiene guardada, lalloo. Ahora tienes que pensar en aprovechar lo que la vida te está ofreciendo, debes formarte para cumplir tus propios sueños.

–Mi sueño es encontrar a mi hermana, mamá. Le prometí que trabajaría para ofrecerle el mejor futuro.

Mi madre me cogió de las manos y prosiguió hablando.

–Siempre supe que te encontraría, Vishnu, lo sentía como siento ahora que algún día encontraremos también a nuestra pequeña Savitri. Quiero que sepas que es lo más importante para mí, pero hasta que llegue ese día, no permitiré que sigas cargando con una culpa que no te corresponde, ¿lo entiendes?

—Sí, *maan* —contesté a mi madre.

—Si hemos aceptado lo que la vida, el destino, nos ha traído, no es justo ahora que te resistas a aceptar las oportunidades que ahora te ofrece. Solo tienes que aprovecharla. Mientras, seguiremos trabajando, visualizando, que tu hermana regresa con nosotros.

—*Maan*, te noto diferente…

—Hijo mío, en todo este tiempo, cuando más perdida y desesperada me sentía, encontré consuelo en alguien muy especial, que me ayudó a aceptar y entender mi dolor. Aprendí mucho de él.

Mi madre me contó su experiencia con el anciano *yogui*, y cómo, gracias a él, descubrió su fortaleza interior, cómo aprendió a dejar de lamentarse por el pasado y pensar solo en el presente.

—Yo conocí a alguien muy especial también, *maan*, mi amigo Kiran. No te imaginas la sabiduría que encerraba siendo tan pequeño. Fue quien me sostuvo en los momentos más difíciles y a quien le debo en gran parte encontrarme frente a ti. Él me dijo antes de morir que vendrían a buscarme, no se equivocó; y que había venido al mundo para ayudarme en esos momentos. Me hice a mismo una promesa que tengo que cumplir.

—¿Te das cuenta, Vishnu? Todo tiene un sentido, nada de esto hubiese ocurrido si no fuese para que comprendieras que tienes un gran futuro por delante. Conseguirás grandes cosas en tu vida, hijo mío.

Mi madre, sin saberlo, me estaba indicando el camino correcto. Sus palabras me ayudaron de tal forma, que me liberaron de la angustia que sentía. Nos conjuramos para seguir trabajando para vivir nuestros días de la mejor forma posible hasta volver a ver a nuestra querida Savitri. Pero ¿Cuándo? Solo el tiempo lo diría.

***

Sueño cumplido

Dispuesto a seguir los sabios consejos de mi madre, experimenté un gran cambio en mi actitud: dejé de victimizarme, me desprendí del sentimiento de culpa, y me dispuse a sacar provecho de la oportunidad que me ofrecía el señor Harminder, al que ya veía como al padre que nunca tuve. Me matriculó en el mismo prestigioso colegio privado, donde cursó sus estudios su hijo menor Gobind, que era dos años mayor que yo. Sus padres tenían pensado enviarlo a estudiar al final del verano a Inglaterra, bajo la protección de su hermano mayor Kalú. Este cursaba el tercer año de la carrera de derecho, y lo compaginaba trabajando por las noches en un restaurante. El señor Harminder insistió en costear mi educación. Unos estudios, que ni en mis mejores sueños podría haber imaginado. A esto era lo que se refería *maan*, era muy consciente, y desde luego no estaba dispuesto a desaprovechar esta gran oportunidad. Mi madre me acompañó ilusionada el primer día de clase, me vistió a primera hora con el uniforme. Camisa blanca impoluta, corbata a rayas con los colores del colegio, rojo y blanco, pantalón largo gris marengo, todo ello combinado con una elegante chaqueta azul marino, con el escudo bordado de la institución, sobre el bolsillo del lado izquierdo del pecho.

—¡Que guapo estás hijo mío, pareces un príncipe! —Me decía mi madre emocionada mientras me peinaba amorosamente el flequillo.

Yo, veía tanto amor en sus ojos, que, aunque me tratase como a un niño pequeño, la dejaba hacer. ¡Y qué demonios! Era mi madre, la que eché tanto en falta y a la que apartaron de mí tanto tiempo.

Ese día nos llevó Yamir en el coche, pero dejé claro a mi madre que sería solo el primer día, y accedía sobre todo para que la llevase de nuevo a casa. Al día siguiente iría como todos los chicos en el bus. El colegio tenía una artística fachada ornamentada, parecía más bien un monumento. Fuimos recibidos por la señora Navani, directora del centro, en su amplio despacho. Había sido informada de todo lo que me había pasado por el señor Harminder, quedando muy impresionada al saber mi historia, según me dijo mi madre. La directora se comprometió a reunirse con todos los profesores para hacerme un seguimiento especial, y decidió que recibiría clases de apoyo, para poder recuperar todo el tiempo perdido.

Debo reconocer que me encontraba algo nervioso, pero muy ilusionado al mismo tiempo, dejé la escuela con solo once años. La señora Navani hizo llamar al señor Narendra Sircar, jefe de estudios, que resultó ser un hombre muy agradable y educado de mediana edad, que me inspiró confianza desde el primer momento. Tras hablar unos minutos con la directora, convinieron que lo mejor sería incluirme en dos cursos por debajo de lo que me correspondía por mi edad. Mis nuevos compañeros serían más pequeños que yo, la gran mayoría pertenecían a familias de clase alta. Solo ellos podían costearse un colegio así, pero esperaba ser bien aceptado a pesar de pertenecer a una casta muy inferior. Sería solo cuestión de tiempo comprobar que, como siempre, mi ingenuidad no tenía fin. Venía curtido de la calle, ahora faltaba comprobar por mí mismo que, la diferencia de castas, seguía marcando desgraciadamente la sociedad india. Pero yo era un superviviente, valoraba tanto esta oportunidad, que no me dejaría pisotear por ningún niño rico.

El señor Sircar me acompañó a mi clase. Caminaba erguido detrás de él, con mi mochila a la espalda, y encaramos el largo pasillo que nos llevaría al aula. Mis nervios habían desaparecido y estaba ansioso por sentarme en mi pupitre dispuesto a aprovechar hasta el último minuto, me sentía un privilegiado. El jefe de estudios interrumpió la clase y me presentó al profesor.

—Vishnu, te presento al que será tu tutor durante el resto de curso, el señor Kiran Khatri.

Al escuchar su nombre, me quedé boquiabierto, paralizado, e imaginé inmediatamente el rostro sonriente de mi amigo guiñándome un ojo. ¿Sería una simple casualidad? En cualquier caso, lo interpreté como una buena señal, un mensaje del alma de mi querido Kiran, al que seguía sintiendo siempre conmigo, protegiéndome.

—¿Vishnu, te encuentras bien? —me preguntó el señor Khatri, apoyando su mano sobre mi hombro.

Reaccioné al fin y le contesté.

—Sí, perdone, señor. Solo es que conocí a alguien que se llamaba como usted y no pude evitar recordarlo.

—¿Se llamaba? ¿Qué le pasó? —preguntó el profesor.

—Murió.

—Vaya, lo siento mucho. Ya seguiremos hablando, ahora te presentaré al resto de la clase. Chicos, os presento a Vishnu Shankar, será vuestro nuevo compañero, quiero que le deis la bienvenida acostumbrada y que le ayudéis en todo lo que necesite.

En ese momento, todos los chicos se pusieron en pie para exclamar juntos: "¡Bienvenido, Vishnu!", y comenzaron a aplaudir. Yo agradecí el gesto inclinando la cabeza, y fui invitado por el señor Khatri a sentarme. En mi recorrido hacia el pupitre, fui objetivo de las miradas de los chicos, oía sus cuchicheos, seguramente por verme más mayor que ellos. Esa circunstancia, junto a la seguridad que transmitía, creo que me ayudaron un poco a ser bien aceptado, al menos en mi clase. Me senté en el único asiento libre que quedaba, al lado de un chico regordete y con gruesas gafas. Me dio la bienvenida con una temerosa sonrisa, pero no abrió la boca. No me llevó mucho tiempo averiguar que era objeto de las burlas de los cabecillas de la clase, seguidos borreguilmente por el resto de los niños. Se llamaba Hari, pero todos se referían a él como "*Laddú*", por ser tan redondo como los dulces.

Me sentía bien, desplegué mis cuadernos y mis lápices, y me dispuse a disfrutar de mi primera clase desde hacía años. Se me hizo muy amena; el señor Khatri, aparte de ser nuestro tutor, era el encargado también de impartir las clases de Historia y Literatura, mis preferidas de siempre. Al acabar la jornada, mi tutor se acercó a mí.

−Vishnu −me dijo−, cuando necesites hablar conmigo no dudes en pedírmelo. Todos los profesores estamos para ayudarte.

Su gesto para mí tuvo doble valor porque aún no sabía nada de mi duro pasado.

−Gracias, señor, se lo agradezco. ¿Puedo pedirle algo?

−Por supuesto, ¿de qué se trata? −me respondió, sonriendo.

−¿Puedo llamarlo señor Kiran? Para mí es importante. Será como si me siguiera dirigiendo a él.

−Pues claro, hijo, puedes llamarme como prefieras. Cuando quieras hablarme de él, sabré porqué ese nombre significa tanto para ti.

−De acuerdo, me gustó mucho su clase. ¿Sabe que me encantaba leer?

−Vishnu, ¿por qué siempre hablas en pasado? −me preguntó el señor Kiran, extrañado.

—Bueno, señor, es una larga historia, y ahora tengo que coger el autobús. Si le parece, hablamos mañana. Para mí sería una buena terapia.

Me despedí del profesor con una gran sonrisa. Kiran, al igual que su significado, representó para mí un rayo de luz entre tantas sombras. Él fue el responsable del despertar de mí vocación dormida, siendo esta, pieza indispensable en lo que habría de suceder.

****

Vocación dormida

Llegué a casa exultante, mi madre me recibió en la puerta cubriéndome de besos. La veía feliz, quizás tanto como yo; nos lo habíamos permitido, aceptábamos la situación de una forma consciente huyendo del sufrimiento que te limita, te atormenta y te impide crecer, pero sin olvidarnos jamás de ella, de nuestra Savitri. Mi madre me transmitió su convencimiento de encontrarla más pronto que tarde.

—¿Cómo fue tu primer día, hijo?

—Genial, *maan*. Estoy muy contento y deseando de volver mañana.

—Que bien, Vishnu. Anda, sube a quitarte el uniforme y baja luego al jardín, tengo una sorpresa para ti.

—¿Una sorpresa? —respondí corriendo hacia la puerta acristalada, pero mi madre me lo impidió cortándome el paso abriendo sus brazos.

–Te he dicho que subas antes a cambiarte, jovencito. Ponte el bañador, tenemos invitados, no te diré más –me advirtió mi madre, levantando su dedo índice.

No me quedó más remedio que obedecerla. Me desvestí rápidamente, no sin antes, doblar cuidadosamente mi ropa tal y como *maan* me enseñó, y en menos de tres minutos, bajé la escalera saltando de tres en tres sus escalones en busca de mi sorpresa. ¿Quién podría ser? Mi madre se puso detrás de mí en la puerta del jardín. Observé de reojo a tres personas sentadas en el porche, pero no me dio tiempo a fijarme bien en quienes eran, solo tenía ojos para descubrir a dos chicos bañándose en la piscina.

–¡Vishnu! –se escuchó entre el chapoteo del agua y los ladridos de Bobby que corría hacia mí para darme la bienvenida.

–¡No puede ser! ¡Qué alegría!

Eran mis amigos, Sundar y Roshni que, tal y como les prometieron, habían sido invitados por la señora a pasar el día con nosotros. Corrí hacia ellos lleno de alegría y me tiré al agua, ninguno de los tres sabíamos nadar, pero por suerte estaban en la parte que no cubría. Nuestras risas y abrazos hicieron sonreír a la señora Asha y a los invitados. Se trataba de una señorita rubia y delgada, acompañada por un desgarbado señor pelirrojo, sin duda eran extranjeros. Mi madre, que contemplaba el encuentro, emocionada, me pidió salir del agua un momento: quería presentarme a los invitados. Me acerqué al porche aún empapado, mientras *maan* me envolvía en una toalla.

–Buenas tardes, señora Asha.

La señora no paraba de sonreír, era tan cercana y humilde, que me trataba como a cualquiera de sus hijos. Se acercó a mí y, dándome un beso, me presentó a la pareja que me miraban sonrientes.

–Mira, Vishnu, no te voy a decir nada. ¿Recuerdas a esta señorita?

Yo me quedé observándola durante un instante, y respondí rápidamente.

–¡Sí! Me acuerdo de usted, la conocí en el tren, pero no recuerdo su nombre.

–¡Muy bien, Vishnu! Veo que me no se te olvidó al menos mi cara. Me llamo Carol, y él es Peter, ¿lo recuerdas? ¿Puedo darte un abrazo?

Carol y Peter me abrazaron. Mi madre me había hablado de ellos, y me contó de la increíble casualidad. Les di las gracias por todo lo que hicieron por mí y por tantos niños. Al momento llegaron Sundar y Roshni, y esperamos a que llegaran el señor Harminder y sus hijos, Naisha y Gobind para comer. Nos dio tiempo a hablar de muchas cosas, pregunté qué había sido de los niños liberados del taller y de la cantera. Me contestó que, aunque fue difícil y llevó su tiempo, todos los niños volvieron con sus familias. El gobierno se comprometió a indemnizarles con casi 27.000 rupias, el equivalente a trescientos euros, pero confesó que la mayoría de las veces, la intención se queda solo en palabras y estas familias no ven una rupia o tardan mucho tiempo en recibir el pago. Desgraciadamente, vuelven a la miseria de donde salieron. Sundar fue afortunado, porque la operación de su brazo le salió gratis, si no llega a ser así, hubiese supuesto que su familia quedase endeudada por muchos años.

–Y, las familias de la cantera, ¿qué ocurrirá con ellas? –pregunté.

–Vishnu, aunque también son explotados, hay que diferenciar mucho entre su situación y el caso de los niños que son llevados a la fuerza o mediante engaño. Nosotros trabajamos para denunciar y liberar a niños como tú.

–Y, ¿no se puede hacer nada? –volví a preguntar, contrariado.

–No podemos hacer mucho. Estamos hartos de denunciar las condiciones en que trabajan, se vulneran muchos derechos humanos, pero es el gobierno quién debería acabar con esto.

–Y de mi hermana, ¿saben algo?

–Siento decirte, pequeño, que todas las pistas se borraron desde que murió el principal sospechoso. Pero no debes desanimarte, ahora debes estudiar y, cuando menos lo esperemos, todo se puede aclarar. En estos momentos, es más fácil que sea ella quién nos encuentre. No pierdas la esperanza.

Mi madre permanecía atenta a las explicaciones de la señorita Carol en silencio, cuando nos vimos interrumpidos por el señor Harminder. Al poco tiempo, llegaron juntos Gobind y la señorita Naisha, que se había convertido en una bellísima mujer. Había comenzado a estudiar periodismo para disgusto de su padre, que hubiese preferido que fuese abogada como su hermano, pero aparte de ser guapísima, se mostraba tan segura, que no hubo nadie que le pudiera hacer cambiar de opinión. Respecto a Gobind, había hecho buenas migas conmigo, y me había prometido llevarme a jugar al *cricket* alguna tarde al campo del colegio.

Fue un día feliz, había vuelto a ver a mis amigos y me había comprometido con ellos a visitarlos para no perder el contacto. Carol, después de comer, me habló de España y de sus costumbres, del flamenco y de cómo existía en su país una raza, descendientes de un pueblo nómada salido del norte de la India hacía 1500 años: los gitanos. Desde ese momento, me sentí extraordinariamente atraído por conocer más de su cultura, más de esas personas de las que no había oído hablar nunca y que, según ella, se parecían tanto a nosotros. Sin sospecharlo, los hilos de mi futuro comenzaban irremediablemente a conectarse. Esa noche dormí en mi cama, dispuesto a cerrar la más dura etapa que, sin duda, marcaría mi vida para siempre. Ansiaba volver al colegio al día siguiente. Suponía toda una aventura, podría experimentar nuevas sensaciones desconocidas para mí hasta entonces; bueno, para mí y para mi corazón.

Era el más elegante del autobús. Parecía un pequeño ejecutivo, aunque había pegado el clásico estirón, y era ya casi tan alto como el señor Harminder. Todos me miraban extrañados, seguro que preguntándose cómo un chico que pudiese llevar ese uniforme podía acudir al colegio en bus y no en auto con chófer. Yo, avergonzado, no era capaz de levantar la cabeza hasta no bajarme, sabiendo que era el centro de todas las miradas.

Mi madre salía orgullosa cada mañana a la puerta para despedirme, y me hacía pasar otro mal rato. Me llenaba de besos a la vista de todo el que pasaba, mientras me ajustaba el nudo de la corbata.

–Un ministro, Vishnu, hoy pareces un ministro.

La verdad es que me hacía pasar un poco de vergüenza, pero la veía tan contenta.... Yo le preguntaba que por qué no se despedía antes de abrir la puerta, pero no había forma.

Disfrutaba día tras día de lo que estaba viviendo. El señor Kiran nos había puesto un trabajo que conllevaba nota para la asignatura de Literatura; se trataba de una redacción libre de cuatro folios, donde había que contar una historia. El alumno que consiguiese más nota tendría que leerla a todos los compañeros. A mí no se me ocurrió nada más que relatar brevemente mi dura experiencia. Nunca pensé que podía ocurrir, si lo llego a saber... Para mi sorpresa, el profesor me puso un diez, nota que ningún otro alumno pudo alcanzar. El señor Kiran me felicitó delante de todos diciéndome que le había impresionado mi narrativa, y el poder de transmisión de la historia, reconociendo haberse llegado a emocionar. Me animó a seguir escribiendo, y me recomendó unirme al grupo de teatro.

–Si eres capaz de escribir así con tu edad, si te lo propones, puedes tener un gran futuro como escritor, Vishnu. Tienes un don, y debes compartirlo con los demás –me dijo delante de todos.

Llevado por la emoción, en ese momento no me importó mucho descubrir mi historia a mis compañeros. No estaba acostumbrado a tanto elogio, pero el caso es que me sentía bien, aunque mi ego se hubiera desbocado un poco. Leí mi relato para toda la clase, a veces con la voz entrecortada por la emoción. Relaté mi dolor, el de mi madre, mi vida en la calle, nuestras huidas, la vida en el taller y en la cantera, la muerte de mi amigo y hablé de mi hermana desaparecida. Cuando terminé, levanté la cabeza y vi a mis compañeros mirándome fijamente, en silencio; algunos disimulaban haber llorado delante de las niñas de la clase, que sin ninguna vergüenza secaban sus lágrimas, entre suspiro y suspiro.

El señor Kiran, emocionado, inició la ovación, que fue seguida inmediatamente por el resto de la clase. Yo volví a agachar la cabeza, y deseaba con todas mis fuerzas que sonara la alarma antiincendios, o el timbre del recreo. Pero ese fue el momento en que lo decidí: descubrí, sorprendido, que era capaz de provocar emociones con mi escritura. Sería escritor, contaría historias, era lo que más me gustaba.

Pero no calculé bien las consecuencias. Al día siguiente todo el colegio sabría que no era uno de ellos. ¿Cómo un *Sudra*, podía estudiar en el mismo sitio que ellos? Sus egos y sus creencias no lo iban a permitir, pero "a lo hecho, pecho", me decía a mí mismo una y otra vez, manteniéndome firme en mi decisión de no dejarme amedrantar por nadie.

Mi historia corrió como la pólvora, y no pasó mucho tiempo para ser el objetivo de miradas y gestos desafiantes. Yo intentaba no caer en las provocaciones, hasta que pasó lo que tenía que pasar.

Ocurrió dos días más tarde, cuando al acabar las clases, observé que mi compañero Hari era acosado y maltratado por varios niños mayores que él. Uno de ellos le había propinado un empujón y pisoteado sus gafas a la vista de muchos otros niños que miraban sin hacer nada. Yo no pude reprimirme y me acerqué a él, estaba de rodillas intentando encontrar sus lentes y le ayudé a levantarse. "Tranquilo", le dije.

—¿Por qué disfrutas haciendo sufrir a quien no puede defenderse? —Pregunté al cabecilla de turno. Un chico grandullón y altanero de mirada asesina.

–Es para lo que habéis nacido, ¿no es cierto? Para sufrir y para servir, eres solo un sucio *Sudra,* un sirviente. ¡Regresa a la pocilga a la que perteneces! Este no es tu sitio –me respondió soltando una carcajada.

Sus palmeros rieron obedientemente su "gracia". Me acerqué al tipejo, hasta llegar a enfrentar sus siniestros ojos con los míos.

–Sí, soy un *Sudra* –le dije–, y no comprendo por qué esa etiqueta vergonzosa te da derecho a humillar a nadie. Sí, he sufrido en mis pocos años más que todas tus generaciones juntas. Pero no me das ningún miedo, aquí somos iguales. ¿Por qué no te atreves con uno de tu talla?

No creía que hubiese sido capaz de decir esto, en verdad estaba muerto de miedo; nunca tuve que pelear con nadie, pero mis palabras le sorprendieron y le hicieron dudar. Lo había desafiado públicamente, y era demasiada afrenta para su ego. Me respondió como lo hacen los ignorantes que no tienen argumentos. Sin mediar palabra, me propinó un puñetazo en el pómulo que me hizo retroceder unos pasos ante la algarabía de sus seguidores. Se vino de nuevo hacia mí con la intención de volverme a atizar, pero, antes de que lo hiciera, le propiné una patada en la entrepierna, y ya no se levantó. Daba vueltas de dolor por el suelo llevándose las manos a sus "partes nobles", sin querer dejar escapar más que un leve mugido. Cuando todo parecía haber acabado, se abrió paso entre todos los que nos rodeaban, otro de los chicos, que se dirigió hacia mí sin muy buenas intenciones. Yo esperaba el "abordaje" pero no hizo falta. Vi el turbante azul de mi amigo Gobind apareciendo en el justo momento, para interponerse.

—¡Oídme bien! ¡Este que veis aquí es mi hermano, y quién se atreva a molestarlo se las tendrá que ver conmigo! ¿Os ha quedado claro? —exclamó Gobind en voz alta.

Y tras un leve movimiento de cabeza, puso fin a la pelea. El chico retrocedió para marcharse con los suyos, recogiendo a su jefe del suelo, aún mudo por el dolor.

—¿Estás bien, Vishnu? ¿Cómo se te ocurre? —me preguntó

—Sí, no es nada. Gracias, Gobind. Por favor, no le digas nada a mi madre.

—No te preocupes, pero procura no meterte en más líos, no siempre podré estar cerca. Anda, te acompaño a casa.

Las palabras de Gobind llegaron al fondo de mi alma y me hicieron sentir realmente como su hermano. El tumulto se dispersó lentamente, pero no pasó desapercibido para un grupo de chicas que parecían tener mi edad. Mi nuevo "hermano" caminaba junto a mí, con su brazo rodeando mis hombros, cuando la vi por primera vez. Era preciosa, llevaba el pelo recogido y adornado por un gran lazo rojo; me pareció como si todo transcurriese en cámara lenta. Al cruzarme con ella, me dedicó una cómplice sonrisa, que hizo que diese por bien empleado el puñetazo. No era el pómulo lo que me dolía ahora. Tenía que saber su nombre.

XVII
SUEÑOS POR CUMPLIR

Lakshmi, así se llamaba. Diosa de la abundancia, belleza, prosperidad y, además, esposa de Vishnu... ingenuo de mí. Todos la miraban cada vez que sonreía, y yo acudía cada mañana al colegio con la esperanza de que me dedicase una nueva sonrisa. Una semana estuve idiotizado, porque el amor idiotiza. El tiempo que ella tardó en saber de la casta a la que pertenecía. Fue suficiente motivo para que dejara de mirarme, sin que me diera tiempo siquiera a cruzar palabra alguna con ella. Resultó ser una gran desilusión para mí en esos momentos, pero duró poco mi abatimiento. Al menos me sirvió de aprendizaje, descubrí lo enamoradizo que podía llegar a ser; pero aprendí que mi dignidad y amor propio eran más poderosos que mi estupidez, y, sobre todo, que el amor no se mendiga, nunca. Me propuse no permitir que nadie me avasallara, y que tampoco nada me distrajera de lo más importante para mí. No podía perder el tiempo, así que me centré en los estudios. En pocos meses, aconsejado por mi tutor, me propusieron para subir de nivel y, cuando acabó el curso, ya compartía aula con los chicos de mi edad. Me uní al grupo de teatro, e hice buenos amigos; disfrutaba de largas charlas con el señor Kiran durante las clases de apoyo. Hablábamos de todo, pero principalmente de literatura. Me permitía llevarme libros a casa, que devoraba en pocos días, y comencé a escribir pequeños cuentos y relatos. Se los entregaba ilusionado y esperaba ansioso su opinión:

–Muy bien, Vishnu, la técnica se puede perfeccionar, pero tú tienes algo que no se puede aprender, y es talento y la capacidad de transmitir con tan solo dos líneas, eso se tiene o no se tiene. Sigue así.

Estábamos muy agradecidos a la familia, pero decidimos que ya era hora de tener nuestro propio hogar. Con el sueldo de mi madre no nos bastaba para alquilar alguna pequeña casa, así que le pedí al señor Harminder que me permitiera trabajar media jornada en la tienda. Acudiría a clase por las mañanas y estudiaría por las noches después del trabajo. Les comunicamos nuestra decisión durante la cena. La señora Asha se llevó un gran disgusto, pero después de que el señor Harminder le hiciera comprender nuestras razones, puso "sus condiciones". Nos pidió, por favor, que buscáramos en el mismo barrio. Quería tenernos lo más cerca posible. Y nos hizo prometer que seguiríamos comiendo con ellos. A nosotros la idea nos pareció bien. Tras unos días de búsqueda, la señora Asha llegó a la hora de comer muy contenta, diciendo que había encontrado una casita a tan solo cinco minutos caminando. Necesitaba algún arreglo, pero era ideal para mi madre y para mí. Tenía dos habitaciones, un salón comedor y lo más importante: un pequeño cuarto de baño con ducha. El señor Harminder se ofreció a prestarnos dinero para amueblarlo, no teníamos de nada, ni siquiera lo básico para cocinar. Mi madre accedió, pero con la condición de que lo fuese descontando de su sueldo y el mío. Compró dos camas, una mesa para el comedor, dos taburetes, menaje del hogar y poco más. Lo necesario para convertir esas modestas habitaciones en nuestra humilde casa, lo iríamos completando poco a poco. Después de un par de semanas, habíamos pintado y adecentado todo. Nuestro nuevo hogar estaba listo para ser habitado.

Seguíamos sin noticia alguna de Savitri, y mi madre quiso que conociera a quien vino a aportarle la paz espiritual que tanto necesitó. Encontraba en sus palabras esperanza, algo a lo que poder agarrarse para no acabar resignada, a no ver nunca más a mi pequeña hermana. "Tu amor te hará encontrar a tus hijos", le dijo en una ocasión; quizás tuviese dotes adivinatorias. No fue fácil encontrarlo, nos llevó varios días dar con él, cambiaba de sitio frecuentemente. Mi madre y yo nos acercamos, y nos sentamos frente a él.

–*Namasté*, señor —le saludé juntando las palmas de mis manos, e inclinando la cabeza.

–*Namasté*, joven. Anjali, veo que tu amor comienza a dar resultado.

–Sí, maestro, este es mi hijo Vishnu. Queríamos agradecerle todo cuanto hace por nosotros.

–Querida, yo solo intento calmar tus ansias, todo lo demás lo has conseguido tú.

–¿Qué le parece mi pequeño?

El *yogui* me cogió las manos y, mirándome fijamente, me sonrió.

–Veo dolor, pero también fuerza y esperanza en tus ojos –me dijo–. Debes saber que nuestra fuerza deriva de nuestra vulnerabilidad. Tu sufrimiento te ha hecho mucho más fuerte. Tienes que aprender a vivir ahora con la ausencia de tu hermana, y buscarla en lo que te tiene que venir.

—No comprendo, señor —le contesté.

—Debes confiar. Todo lo que te depare la vida será producto de tu esfuerzo, estás en el camino correcto, no debes abandonarlo. Acepta, comparte y aprovecha tu don.

—¿Mi don? —pregunté.

—Sí, Vishnu, ¿qué es lo que has descubierto que más te gusta hacer?

—Escribir —le respondí convencido.

—Tú lo has dicho. El tiempo pondrá cada cosa en su sitio. Tu talento será lo que permitirá cumplir tu propósito de vida, es para lo que has nacido.

Maan y yo nos encaminamos a casa esperanzados por las palabras del *yogui*. Yo no podía dejar de darle vueltas a lo que me había dicho. Mi talento, ¿lo tenía realmente?

—Confía, Vishnu. El maestro no suele equivocarse —me dijo mi madre, sonriendo.

Y el tiempo transcurrió....

****

Cambio de rumbo

El día de mi 18 cumpleaños, por primera vez en mi vida, me sorprendieron con una gran fiesta en casa del señor Harminder. Llegué acompañado por Sundar y Roshni, que hicieron de ganchos. Allí estaban todos mis amigos del colegio y del instituto donde me había graduado con notable alto. Ni que decir tiene lo feliz y orgullosa que se sentía mi madre. Aún no tenía claro lo que quería estudiar, lo que más me atraía era, educación social, veía a tanta gente sufrir a mi alrededor, que quería ayudar a otras personas; pero mi destino ese día comenzó a tomar otro rumbo. Desde hacía dos años había comenzado a estudiar también idiomas, me dieron a elegir entre francés y español. Me decanté por este último. Era uno de los más hablados en el mundo después del inglés, el chino y el hindi. No sabía por qué, pero desde que de pequeño escuchase hablar a mi compañero Surendra en español, me sentí atraído por España. La señorita Carol me habló tanto de su país y de la alegría de sus gentes, que no tardé mucho en decidirme. Aparte del idioma, estudié su historia, su cultura, poetas y escritores. Federico García Lorca, Juan Ramón Jiménez, Antonio Machado, y tantos otros. Había visto por internet sus ciudades y monumentos cientos de veces, me fascinaba sobre todo Andalucía, y soñaba con visitarla algún día. En ese momento estaba muy lejos de imaginar que mi sueño se encontraba muy cerca de hacerse realidad.

"¿Qué vas a hacer ahora?", me preguntaban todos. Yo no sabía qué responder, lo único que tenía claro es que seguiría estudiando. Desde hacía un año, me habían concedido una beca que me permitió dejar el trabajo y dedicarme plenamente a los estudios, y me había permitido ahorrar algo de dinero. Mi puesto en la tienda del señor Harminder lo había ocupado mi amigo Sundar a jornada completa. Ese día, intenté dejar de pensar por un momento en el futuro y me dediqué a disfrutar plenamente de la fiesta, mi familia y amigos. Al anochecer, cuando ya no quedaba nadie en el jardín, mientras mi madre, ayudada por las asistentas, recogía todo, me senté junto al señor Harminder.

—Gracias, señor.

—Querido Vishnu, no me des más las gracias.

—Cómo no dárselas. Usted es el padre que nunca tuve; nos ha cambiado la vida.

—Hijo, no sé qué responderte a eso... Para mí eres uno más de mis hijos, y siempre has respondido a esa confianza. Te has merecido con creces toda la ayuda que te hemos podido ofrecer. Tienes un gran futuro por delante, no olvides nunca que todo lo que logres en la vida, será gracias a ti mismo —sus palabras consiguieron emocionarme, y le di un largo y sentido abrazo.

—¿Qué tal tu español? —me preguntó esbozando una gran sonrisa.

—Bien, señor, ¿me lo dice por algo en especial? —respondí intuyendo que su pregunta guardaba alguna sorpresa, ya que conocía bien ese tono.

El señor Harminder soltó una carcajada.

—¡Qué bien me conoces, Vishnu! Verás, sabes que tengo muchos amigos, ¿cierto?

—No hace falta que me lo diga, señor. Si se presentase algún día a alcalde de la ciudad, resultaría elegido sin duda —contesté aguantando la risa.

—El director de tu instituto es amigo mío desde hace años, y estuvo hace unos días en la tienda. Mientras su señora compraba, lo invité a tomar un té en mi despacho y me habló muy bien de ti. Me dijo que eras un chico brillante, de los mejores del centro. Admiraba tu esfuerzo por superarte después de todo lo que tuviste que pasar, y merecías más que nadie una oportunidad.

Yo escuchaba con atención, intrigado, sin sospechar lo que estaba a punto de decirme. El señor Harminder continuó explicando.

—Pues resulta, querido, que el director me contó extraoficialmente, que están a punto de sacar a la luz un programa de estudios becado por el gobierno en el extranjero. Tus notas son excelentes, y España es uno de los países que se encuentran dentro del programa de colaboración. Será un intercambio de alumnos durante un año, tú podrás vivir con una familia española, mientras que nosotros recibiremos con gusto a algún chico español, ¿Qué te parece? ¿Te gustaría comenzar tu carrera en España? Eres el primero de la lista. Tu madre aún no sabe nada.

No podía creer lo que estaba oyendo.

—¿Me lo dice en serio? ¿No se tratará de una de sus bromas? —pregunté, excitado.

—Vishnu, soy un hombre serio. ¿Cómo iba a bromear con algo así?

—¡Por Dios, señor Harminder! ¡Es mi sueño, viajar a España! Pero ¿Qué pasará después del primer año?

—Tú de eso no te preocupes, aprovecha esta oportunidad. Según me dijo, los alumnos con mejor nota pueden prorrogar un año más la estancia, luego ya se verá. Para lo que te haga falta yo estaré aquí.

Me abracé al señor Harminder sin poder reprimir la emoción.

−¿Esto es un sí? −Me preguntó con gesto de satisfacción, sin parar de reír −¡Hay que dar la noticia! −exclamó el señor Harminder.

Se levantó y comenzó a golpear una bandeja con un cucharón, reclamando la atención de todos. Inmediatamente, acudió mi madre, acompañada de la señora Asha, Naisha y Gobind.

−¿Qué pasa? −preguntaron al mismo tiempo.

Mi madre me miraba extrañada.

−Vishnu tiene que deciros algo muy importante −comentó el señor, dejando escapar un largo suspiro, mientras dejaba caer de golpe todo su peso en la mecedora.

Todos me miraron expectantes, preguntándose qué sería lo que tenía que decirles. Yo guardé silencio durante unos instantes sin saber cómo empezar.

−¡Vishnu, por favor, nos tienes en ascuas! −exclamó dando saltitos la señorita Naisha.

−Está bien, voy, voy… Me han propuesto una beca para viajar a España a estudiar.

Automáticamente, todos se echaron las manos a la cabeza, mientras daban rienda suelta a la alegría y me abrazaban felicitándome. Bueno, todos menos mi madre. Me acerqué a ella.

−¿Qué te pasa *maan*? −le pregunté −¿No te alegras? Si no quieres, no voy.

Mi madre permanecía con la cabeza agachada y, cuando levanté su barbilla, vi como sus ojos se inundaban de lágrimas.

–No hijo mío, no es eso. Solo que estoy siendo un poco egoísta, ahora solo siento que eso significaría volver a separarnos. Pero claro que estoy feliz por ti. ¡Te lo mereces tanto! Estoy muy orgullosa, tienes que aprovechar esta gran oportunidad que la vida te ofrece.

–Y, ¿qué pasará contigo? No quiero dejarte sola, *maan*.

Al oír mis palabras, la señora Asha intervino.

–Ah no, ¿quién te ha dicho que quedará sola? Nos tiene a nosotros, volverá a vivir en casa hasta que regreses. ¿Qué me dices, Anjali?

Mi madre no sabía que responder, y yo le ayudé a decidirse.

–*Maan*, yo me quedaría mucho más tranquilo –le dije mientras le pasaba mi mano por su cabeza.

Ella no dijo nada, pero no hizo falta: la expresión de sus ojos y su tímida sonrisa hablaron por ella.

Fue un día muy feliz para todos, no esperaba que la vida me estuviese recompensando de esta forma. Esa noche, en la soledad de mi habitación, me asomé a la ventana y miré a las estrellas. Recordé a mi amigo Kiran y le pedí que me acompañara también durante mi soñado viaje. Estaba convencido de que comenzaba a escribir mi futuro, mi propia historia, que permanecía unida irremediablemente a la de mi hermana. Hablé con ella: con mi *bahan*, mi Savitri. "No creas que me olvido de ti. Siento que, aunque me aleje aún más, sé que será para que algún día podamos volver a abrazarnos. Espérame estés donde estés".

En los siguientes días, la noticia se hizo oficial, y citaron a todos los aspirantes en el salón de actos del instituto. Nos explicaron los requisitos que debían reunir los interesados en entrar en el programa de estudio en el extranjero, y las materias que se podían estudiar, repartidas en cuatro ciudades de cada país. Yo, lógicamente, solamente tenía oídos para lo referente a España: Madrid, Barcelona, Valencia y Sevilla, serían las ciudades. En Sevilla se impartirían las carreras de Turismo y Periodismo. No tuve ninguna duda: mi destino quería que fuese Sevilla. Rellené la solicitud con todos mis datos, y marqué la casilla de Turismo como primera prioridad. Si no fuese posible, me matricularía en Periodismo, que también me gustaba, era lo mío: "Muchos escritores son también periodistas", pensaba. En pocos días nos darían vacaciones, pero antes, el listado de la selección de alumnos sería publicado en el tablón de anuncios. Ahora solo podía cruzar los dedos y esperar.

–No te preocupes, Vishnu, si es por nota, te seleccionan seguro –me decía el señor Harminder.

Esa mañana al llegar al instituto, vi a un montón de chicos arremolinados en torno al tablón, por fin habían publicado la lista de acceso a las becas. Me abrí paso como pude hasta llegar al listado, serían pocos los elegidos entre miles de chicos de todo el país. Busqué ansiosamente, por orden alfabético, la inicial de mi apellido entre los cientos de aspirantes. "Ya podrían haber publicado sólo a los aceptados", era el comentario general. Qué lío, cuántos chicos decepcionados... otros saltaban de alegría abrazando a todos cuanto encontraban a su paso. ¿Y yo? ¿Por qué no aparecía? Qué agonía, la lista se me acababa y seguía sin ver mi nombre por ningún sitio. Hasta que lo vi claramente: Vishnu Shankar. Destino: España. Ciudad: Sevilla; Universidad Pablo Olavide. Estado: Aceptado.

¡Salté de júbilo! ¡Lo había conseguido! Regresé a casa corriendo a dar la gran noticia a mi madre, no podía esperar. En solo tres meses, me embarcaría en otra aventura excitante, desde luego no tan traumática como la que me había tocado padecer.

El tiempo, siempre el tiempo. ¿En verdad sería mi aliado? Yo que siempre fui tan impaciente, no tenía más remedio que esperar. Esos meses intenté pasar con mi madre todo el tiempo que pude, dábamos largos paseos por los *Ghats*, montábamos en barca por el río, e incluso fuimos al cine en alguna ocasión. Aproveché también para empaparme de todo lo relacionado con España y, por supuesto, de Sevilla.

Hasta que llegó el ansiado día. *Maan* me preparó con cariño el equipaje: una gran maleta y un gran bolso de mano. No quise que me acompañara al aeropuerto, me llevaría el señor Harminder con Yamir. Mi madre se quedó desconsolada pero feliz por ver mi sueño cumplido, sería el primero de tantos que anhelaba cumplir. "Llama cuando llegues, hijo, quiero que lo hagas cada día", me repetía una y otra vez. El señor Harminder, me había regalado un ordenador portátil por mi cumpleaños y tranquilicé a mi madre.

—No te preocupes, *maan*, podremos vernos y hablar por *Skype*.

—¿Qué es eso, hijo? —me respondió mi madre con cara de asombro.

—Que te lo explique la señorita Naisha. Adiós, *mommy*, te quiero mucho.

Me despedí de la señora Asha.

—Cuídela bien, señora, es lo único que tengo.

—Eres el mejor —me dijo al oído mi hermano Gobind.

—Que no te distraigan las españolas, Vishnu, he oído que son guapísimas —comentó la señorita Naisha entre risas.

—Hasta pronto.

Me monté en el coche, y me dispuse a vivir la que sería la experiencia más bonita de mi vida. En Sevilla, después de casi un día de viaje con escala en Dubai y en Madrid, me esperaba la que sería mi nueva familia, ¿cómo serían?

XVIII
ESPAÑA

Me encontraba tan excitado que no pude pegar ojo en todo el viaje. Como pez fuera del agua, observaba todo cuanto me rodeaba; experimenté sensaciones muy diferentes a cualquiera que hubiera sentido hasta entonces. Todo resultaba tremendamente nuevo para mí, pero aún más cuando llegué al aeropuerto de Madrid. No me había visto en otra igual. Después de recoger mi equipaje y pasar por el puesto de control de pasaportes, no sin dificultad, seguí las indicaciones y tomé el metro desde el mismo aeropuerto, que me llevaría hasta la estación de Atocha. Tenía billete para embarcar en el AVE, un tren de alta velocidad que, en poco más de un par de horas me llevaría a Sevilla. Eché mano de mi castellano y comprobé, satisfecho, que no había perdido el tiempo en mis clases de español: el idioma no sería problema. Conforme salía por la boca del metro observé a la derecha de una amplia glorieta, un gran palacio de mármol blanco, coronado por tres gigantescas esculturas de bronce; dos grandes caballos alados que flanqueaban a una imponente figura de un ángel central. Sobre cuatro parejas de columnas, pude leer: "Ministerio de Agricultura" y al pie del balcón central, ondeaba majestuosa una gran bandera de España. Frente al palacio estaba situada la Estación Puerta de Atocha. Y hacia allí me dirigí, sin dejar de mirar a todos lados. Parecía que estaba en otro mundo; a simple vista me pareció una ciudad preciosa. A pesar de ser verano, la temperatura no me pareció demasiado alta, quizás porque estaba acostumbrado al sofocante y húmedo calor de Benarés. Pude respirar un aire limpio y libre de polución, nada parecido al ambiente plomizo de Benarés. Tampoco olía a *curry* ni a carne quemada. Su cielo azul no era sobrevolado por bandadas de cuervos, ni existían montañas de basura donde poder alimentarse. Los coches no hacían sonar sus cláxones insistentemente. Las personas caminaban muy deprisa, algunos elegantemente vestidos, siempre con sus teléfonos móviles pegado a la oreja. Otros vestían de forma deportiva, pero en todos ellos noté algo que me llamó poderosamente la atención: ni rastro de la miseria que mis ojos estaban acostumbrados a ver desde que nací. Todo parecía tan limpio... Ningún niño abandonado en la calle, durmiendo en cartones en las bocas de metro. No conseguí ver ningún mendigo tirado en cualquier esquina, ante la pasividad de los transeúntes; ni a perros callejeros disputándose restos de comida. Quedé verdaderamente impactado, y me preguntaba por qué tuve que recorrer casi ocho mil kilómetros para experimentar que existe una realidad tan opuesta a la de mi país. Me sentía como el ciclista que corona un puerto de montaña de categoría especial, que se deja el hígado en la subida, pero que en la bajada se tira a tumba abierta, tocando el freno lo justo, solo lo imprescindible, sabiendo que lo más difícil ya lo superó.

Acomodado en el impecable asiento del tren, seguía comparando todo cuanto veía. Si en India hay tantos millonarios, ¿por qué no ponen al servicio del pueblo tanta riqueza? ¿Por qué tanta desigualdad? Tantas preguntas, como a las que me enfrentaba a poco tiempo de conocer a mi familia de acogida. Mientras, miraba a los niños con sus padres, jugando felices con sus consolas, y no pude evitar recordar mi último viaje en tren. Cuanta diferencia... Por todo ello me sentía muy afortunado, dueño de mi futuro, libre de las limitaciones de haber nacido dentro de una casta de sirvientes. Di gracias a Dios y, casi sin darme cuenta, me quedé sumido en un largo y profundo sueño, del que no desperté hasta que oí por el altavoz la voz metálica de una señorita anunciando la llegada: "Próxima estación: Sevilla, Santa Justa".

****

Sevilla

Salí de la estación, busqué algún cartel con mi nombre, pero, después de mirar de izquierda a derecha en varias ocasiones, no parecía haber nadie esperándome. Intenté guardar la calma, tal vez les hubiese ocurrido un imprevisto, quizás el tráfico, me decía a mí mismo. Después de quince minutos, la salida se había descongestionado de la marabunta de personas tras la última llegada, y allí seguía yo de pie, preguntándome qué podía hacer. Cuando levanté la mirada, vi aproximarse un coche de caballos con una niña sentada al lado del cochero, agitando un gran cartel con mi nombre.

—¡Allí está, mama! ¡Es él! ¡Vishnu, Vishnu!

No me lo podía creer. ¡Qué forma más original de recibirme! pensé.

—¡Sooo! —exclamó el cochero.

Al momento, la calesa se detuvo ante mí, y bajaron una pareja de mediana edad y un niño. El hombre, no demasiado alto y con el pelo ensortijado. La mujer parecía ser algunos años más joven que el señor, su cabello negro lo llevaba recogido y lucía unos bellísimos ojos color almendra. El niño debía de tener unos diez años, de pelo largo y rizado, y vestía con una camiseta deportiva a rayas verdes y blancas. La niña, que aparentaba tener alrededor de siete años, había heredado los mismos ojos de su madre, pero mucho más expresivos, que, junto con su dentadura mellada, hacían inevitable sonreír al verla. Todos ellos tenían algo en común que me llamó la atención al momento: los cuatro de tez morena. Para mi sorpresa, parecían salidos de cualquier barrio de Benarés.

—Pero ¡qué guapo eres! ¡Si es como nosotros! —exclamó la señora, sonriendo mientras me apretaba contra su pecho, tal y como siempre hacía mi madre.

La señora desbordaba energía.

—¿Hablas nuestro idioma? —me dijo— Porque yo, de inglés, *ná* de *ná*.

Me sorprendió su acento: no pronunciaba las "eses", hablaba de una forma muy diferente a la de nuestra profesora de español.

—Si, señora, espero mejorar aquí. Soy Vishnu, encantado —le respondí.

—Ay, menos mal. ¡Qué preocupación tenía! Yo soy Magdalena, pero todo el mundo me llama "Mare". Este es mi Rafael, pero le llamamos "Falele".

—Hola, ¿de qué equipo eres? —me preguntó el niño, mirándome sin pestañear.

—¡Déjate de fútbol, niño, que no piensas en otra cosa! Espera hijo, que te presento a mi marido y a mi niña. ¡*Manué*, ven aquí chiquillo! —gritó la señora a su marido, que en ese momento bajaba a la niña del coche.

—¡Ya voy, ya voy! ¿No ves que estoy con la niña? Esta mujer... ¡Ay qué día llevo! Bienvenido Vishnu, soy Manuel Montoya. Venga un abrazo —el hombre me abrazó tan fuerte, que casi me deja sin respiración— Perdona el retraso, *"picha"*, pero al venir para acá el coche nos ha dejado tirados, y mira cómo venimos. Bueno, mejor, así conocerás un poco la ciudad.

—Encantado, señor —le dije inclinando la cabeza.

—Mira, esta es la reina de mi casa, te presento a nuestra pequeña Carmelilla.

La simpatiquísima niña, se acercó a mí y me dio un tierno beso. Al mirarla, no pude evitar ver el rostro de mi hermana.

—¿Estamos listos? Venga, pues todos al coche. ¡Cochero! Da una vueltecita para que Vishnu vaya conociendo Sevilla. ¡Carmelilla, dale caña! —la niña obedeció a su padre rápidamente, y puso en marcha un altavoz conectado al teléfono, mientras la calesa se ponía en marcha.

Yo estaba alucinado, ¡qué recibimiento! Un poco surrealista, pero que ni en sueños pude imaginar.

Transmitían tanta alegría, una energía tan positiva, que resultó verdadero alimento para mi alma. El día era espléndido, tanto como el momento que estaba viviendo. Me dejé envolver por la extraña música que sonaba, todos comenzaron a llevar el compás con las palmas, la señora Mare me animó a acompañarlos, pero en vista de mi falta de ritmo, preferí dejarlo. Los niños saludaban a los coches y a los peatones que, contagiados por sus risas, sonreían agitando sus manos. Era realmente fantástico.

Contemplaba extasiado los monumentos que tantas veces había visto en mis visitas virtuales: la Torre del Oro al borde del río Guadalquivir, la Maestranza casi enfrente y, un poco más adelante, pude ver uno de los puentes que separaban Triana de Sevilla. Sus amplias avenidas y edificios rezumaban arte mirara por donde mirara. El señor Manuel, orgulloso de su ciudad, hacía de guía:

–Mira Vishnu, este es el parque de María Luisa, algún día te traeremos. Ahora pasaremos por el Prado de San Sebastian, pegado a la plaza de España.

Yo estaba emocionado, pero nada comparable a lo que sentí cuando pude comprobar la belleza de su majestuosa Catedral, con su mítica Torre de la Giralda. Había tanto que ver, que no sabía a dónde mirar. La señora Mare me miraba feliz.

–Tranquilo Vishnu, no es más que el primer día. Tendrás todo el tiempo del mundo para que Sevilla entre en tu alma –me dijo cogiéndome de la mano.

Yo moví ligeramente la cabeza de izquierda a derecha.

–¿No? ¿Cómo que no, chiquillo? —me respondió, sorprendida.

Yo me quedé desconcertado sin saber qué decir, hasta que comprendí que, lo que para los hindúes supone un gesto de aprobación, para los occidentales significa justo todo lo contrario. Reí tímidamente y, aclarado el malentendido, la señora y yo reímos juntos.

–Bueno, estarás cansado del viaje, ¿no? Ya va siendo hora de regresar a casa. Te hemos preparado una berza gitana, con su *pringá* y todo que se te van a caer dos lagrimones –intervino el señor Manuel dándome una palmada en la espalda.

Yo no entendía bien todo lo que me decía, pero agradecí el gesto. Estaba realmente cansado por el viaje, pero igual de ilusionado por comenzar cuanto antes a adaptarme a esta maravillosa ciudad, y a este radical cambio en mi vida.

Debo de reconocer que, a pesar de que la primera impresión que me causó, mi nueva familia fue inmejorable. Creí, por la forma de expresarse, que se trataban de personas quizás de un nivel cultural no demasiado alto. Nada más lejos de la realidad. Esa percepción desapareció de golpe cuando al entrar en el amplio salón, vi un gran mueble-biblioteca repleto de libros. No puede ser inculto quién dispone de tal colección de literatura, me dije a mí mismo. Me acerqué al mueble, y pude observar que predominaban novelas, pero también libros de historia. Curioseando, llegó a mis manos uno especialmente: *Historia del pueblo gitano en España*.

Mi interés por ese pueblo nómada del que tanto me habló la señorita Carol, se veía mágicamente recompensado. Ahora cobraba sentido el gran parecido en sus rasgos físicos, aunque el color de la piel era ligeramente más claro que el de los hindúes. Había tenido la suerte de que mi nueva familia pertenecía a esa gran raza; eran descendientes de los primeros gitanos que salieron del norte de la India siglos atrás.

El señor Manuel se acercó a mí.

—¿Te interesa? —me preguntó.

—Sí, señor, es muy interesante. Había oído hablar un poco de ellos, pero estoy deseando de saber más. ¿Puedo leerlo?

—Pues claro que sí, Vishnu, no tienes que pedir permiso. Todo lo que hay en esta casa es tuyo ahora también. Qué curioso, ¿verdad? Resulta increíble cómo los genes de los primeros gitanos siguen marcando nuestros rostros después de más de mil quinientos años, aunque debes saber que no siempre es así. En nosotros prevalece más porque tanto en la familia de mi mujer como en la mía, que sepamos, no existió mucha mezcla. Pero desde siglos, siempre existió mucho mestizaje en nuestra raza, y es común encontrarte a gitanos rubios y blanquitos, que nadie diría que lo son.

—Sí, señor, es apasionante —respondí.

—Vishnu, por favor, lo de señor sobra. Con Manuel me vale, aunque también los "primos" me llaman "Manolete". Puedes llamarme como prefieras.

—Está bien, ¿cómo le llaman en casa?

–Mis hijos "*bato*", que es papá en *caló*, el idioma de nuestra raza, y la Mare, siempre *Manué*.

–Pues le llamaré Manuel, ¿le parece? Veo que les gusta la lectura.

–Sí, es una afición que heredé de mi padre; era un gitano muy culto, aunque no pudo estudiar, y yo la intenté transmitir de siempre a mi familia. Aquí la tele la vemos poco. Mi padre siempre decía que el mayor de los males es la ignorancia.

–Totalmente de acuerdo, ¿puedo preguntarle algo? Su hijo mayor, el que ha viajado a India, ¿por qué eligió mi país?

Manuel, sonrió y puso su mano sobre mi hombro.

–Bueno, es una larga historia –me dijo–. Él nació allí, ¿sabes? Ahora tiene tu edad. Es un chico magnífico.

–No entiendo, ¿ustedes vivieron en la India? –pregunté, extrañado.

–No, él llegó con siete años.

–¿Quiere decir que es adoptado? –respondí.

–Sí. Mi mujer no podía quedarse embarazada, parecía que no había ningún problema médico que lo impidiera, los médicos nos decían que todo era psicológico y que cuando menos lo esperásemos, se quedaría *cambrí*, como decimos nosotros. Pero después de dos años, la Mare no quería someterse a ningún tratamiento. Siempre se sintió muy atraída por tu país, pero aún más cuando después de tener un extraño sueño, mi mujer me dijo: "Manué, tenemos que viajar a la India a por nuestro niño, es la voluntad de Dios". Y así fue como Hassan, llegó a nosotros para inundar nuestra vida de felicidad. Tanto que, poco tiempo después, llegaron casi seguidos Falele y Carmelilla. ¿Qué te parece?

—Jo, Manuel, qué historia tan bonita. Y, ¿fue él quien decidió regresar a India?

—Sí. Él quiere ser abogado, pero quiere perfeccionar su inglés. Decidió volver porque dice que quiere cerrar un círculo. El nació en Pune, cerca de Bombay, ¿la conoces?

Yo, al escuchar el nombre de la ciudad en la que viví tantas desgracias, no pude evitar cambiar el gesto y agaché la cabeza.

—¿He dicho algo malo? ¿Qué te pasa, Vishnu? —preguntó, preocupado, Manuel.

—No, señor, solo que me acuerdo de cosas que no hubiese querido vivir nunca. Conozco la ciudad, viví allí un tiempo. Es una larga historia que prometo contarle algún día.

En ese momento nos interrumpió la señora Magdalena, siempre sonriente.

—Vishnu, cómo me recuerdas a mi Hassan... Después de comer haremos una videollamada, tengo ganas de conocer a tu madre y de saber cómo está mi niño. Bueno, venga, basta de charla, que hay que comer. Ahora continuamos. ¡Niños, poned la mesa!

Una vez más me sentía afortunado, la vida estaba ahora de mi parte. Ya era hora, ¿no? Sentía como si Manuel y Mare fuesen una prolongación del señor Harminder y de mi madre. Estaba deseando poder contarles lo bien que me hacían sentir, y también poder conocer a Hassan, ese niño salido del mismo infierno del que yo salí, y al que sin duda mi madre, la señora Asha y el señor Harminder se encargarían de cuidar y de guiar durante el próximo año, estaba en las mejores manos. Sería realmente un intercambio no solo cultural, si no de buenas almas; así lo sentía. Y yo, feliz por ello.

****

Una familia especial

Encontré en toda la familia, desde el primer instante, un apoyo muy grande. En pocos días me sentía tan respaldado y querido como en mi país. Cada tarde nos comunicábamos por *Skype* con Benarés. Todos estaban encantados con Hassan, especialmente mi madre, que se había hecho muy amiga de la Mare, como gustaba que la llamaran. A *mommy* le parecía increíble que hubiese ido a parar a una familia con tantas cosas en común con nosotros, y Mare estaba también feliz de que su hijo hubiese tenido tanta suerte. Después de unas semanas de clases, estaba bastante integrado y había entablado amistad con algunos chicos y chicas de la universidad. Solíamos quedar los sábados, y me llevaban desde el mediodía de ruta gastronómica por los bares típicos de la ciudad. Yo tenía la suerte de vivir muy cerca del centro, en plena calle Sol, junto a la antigua iglesia de San Román, que fue durante mucho tiempo la sede de la Hermandad de los Gitanos, de la que eran hermanos toda mi familia sevillana. Todo el mundo me hablaba de la Semana Santa, pero yo no tenía ni idea de que fuese parte tan importante de la cultura de la ciudad. Tendría tiempo de comprobarlo por mí mismo en pocos meses. Mientras tanto, ya había aprendido el significado del término "capillita".

Nuestra ronda de bares comenzaba siempre en los soportales de la Plaza de El Salvador, repletos de bares y terrazas. De allí marchábamos en cuadrilla a otro bar muy típico de la ciudad, "El Tremendo". Para terminar casi siempre en Triana. Nuestro destino eran un par de bares de ambiente flamenco como "La Antigua Taberna El Carbonero" o "El Mantoncillo". Descubrí que el flamenco era lo que más me gustaba; era increíble el buen ambiente y el arte del que espontáneamente allí se podía disfrutar. En cualquier momento, alguien sacaba una guitarra, comenzaba a cantar, y se formaba una fiesta. Naisha tenía razón: nunca vi tantas mujeres guapas por metro cuadrado, esperaba no distraerme demasiado.

Yo no había probado nunca el alcohol, bebía siempre refrescos, hasta que descubrí lo bien que sienta una cerveza bien fresquita para soportar el calor que pegaba a veces tan fuerte como en la India. Era obligado disfrutar de las costumbres de la ciudad, pero decidí espaciar un poco en el tiempo mis salidas, principalmente porque no había "bolsillo" que soportara ese ritmo. Mis ahorros se agotaban, y la beca, económicamente, tampoco era gran cosa, teniendo en cuenta que incluía cama y comida. Así que decidí buscar trabajo. Puse anuncios por el barrio y me ofrecí a dar clases de inglés para niños. En pocos días tenía a dos hermanos, a los que les podía dar clases por las tardes siempre con el permiso de Mare en el salón de la casa. Pero no era suficiente, necesitaba algo más, aunque tuviese que quitarme horas de sueño para estudiar.

Para ello conté con la inestimable ayuda de mi "papá Manuel". Habló con Desi, una amiga suya de la infancia que era propietaria de "La Antigua Abacería" de la calle Pureza, muy cerca de la Capilla de los Marineros de la Virgen de la Esperanza de Triana. "Tráelo el jueves por la tarde", le dijo. La señora apreciaba mucho a "Manolete" como siempre lo llamaba.

—Qué guapo es, compadre —le dijo a Manuel al verme—. ¿Seguro que es de la India, y no es algún hijo secreto que tenías escondido?

El señor Manuel, soltó una carcajada.

—Seguro, Desi —respondió—. ¿Qué te parece?

—Manolete, si me lo traes tú, sabes que no puedo decirte que no, pero sabes que mi plantilla es muy profesional.

—Ya lo sé, prima, pero al *chavea* le hace falta el dinero, y seguro que con la que se te forma aquí los fines de semana te vendrá bien dos manos más. Puede comenzar recogiendo las mesas y fregando platos; poco a poco puede ir aprendiendo el oficio. Nadie empieza sabiendo, anda, *chocho...*

La señora sonrió.

—¡Cómo sabe camelarme tu padre! —me dijo mientras me guiñaba un ojo —Está bien, empiezas mañana, vendrás de viernes a domingo de siete de la tarde hasta el cierre. Veinte euros al día, ¿qué te parece?

—¡Me parece genial señora Desi!

Satisfecho, le dediqué mi mejor sonrisa.

–Anda el Marajá, qué *espabilao*, este tiene tanto peligro como tú, gitano. Me encanta —respondió la señora mirándome de arriba a abajo.

Esa noche, el señor Manuel nos invitó a cenar a todos en el lugar que sería mi primer trabajo, esta vez sin que nadie me fustigara con una vara de flexible madera. Cada vez me gustaba más la comida española, la andaluza, la sevillana, aunque echaba un poco en falta el picante y el sabor de las especias. La complicidad con la familia crecía día tras día, pero, sobre todo, especialmente con Manuel. Pienso que, al igual que me ocurrió con el señor Harminder, veía en él al padre que, por desgracia, nunca pude tener. Hablábamos mucho, los largos paseos que a veces dábamos después de cenar por el barrio me ayudaron a descubrir la pasta de la que estaba hecho realmente mi "padre" Manuel. Me trasmitía los mismos valores que mi madre siempre me transmitió y que conjugaban tanto con mi forma de ser. Aunque era celoso de mi intimidad, y nadie sabía nada de mi duro pasado, una de esas noches, tomando un refresco en una de las terrazas del barrio, le confié mi historia. Manuel se quedó mudo y, con un nudo en la garganta, solo acertó a decir: "¿Cómo puede haber en el mundo gente tan mala? No te preocupes, *"picha"*, aquí está su "papa Manué". Y, echándome el brazo por los hombros mientras regresábamos a la casa, me sentí tan afortunado por haberlo encontrado... No me quedó más remedio, mirando al cielo estrellado desde la ventana de mi habitación, que volver a dar gracias a la vida. Esto no ha

hecho más que comenzar, pensé, y me dije a mi mismo:
"Yo soy, yo quiero, yo puedo".

XIX

CARMEN

Se aproximaba mi primera navidad fuera de la India. En Sevilla, a pesar de ser una ciudad muy calurosa en verano, la cercanía del río hacía que, en invierno, en cuanto la temperatura bajaba de los 15 grados, la sensación térmica pareciera que fuesen bastantes menos. Es un frío húmedo que se te mete en los huesos; yo no estaba acostumbrado, y me pasaba todo el día con los pies helados. En la universidad todo iba bastante bien, y mis calificaciones del primer trimestre fueron inmejorables. La verdad es que estaba bastante centrado en los estudios. Mientras tanto, seguía con mis clases de inglés, y mi lista de alumnos se había ampliado a seis niños. Cobraba por cada uno de ellos cinco euros la hora, así que me ganaba limpios treinta al día. Eso significaba seiscientos al mes, que unido a lo que ganaba en el bar, sumaba más de ochocientos euros mensuales. Para mí era toda una fortuna, y como no tenía tiempo de gastarlo, me abrí una cuenta en el banco y ahorraba casi todo para poder visitar a mi madre en vacaciones. Todo parecía indicar que mi estancia en Sevilla podría ampliarse otro año más, pero yo comencé a pensar seriamente en quedarme definitivamente, y pagarme los estudios con mi trabajo. Había encajado en la ciudad como un guante. Mi español había adquirido un particular acento sevillano, que para quien no me conociera, podían pensar fácilmente que había nacido en el Tardón o en la Macarena. Tenía muchos amigos, pero, sobre todo, lo que más me impulsaba a pensar así, era que aparte de a mi madre y a la familia del señor Harminder, no echaba de menos para nada a la India. Había sufrido tanto allí, que, para mí, España, era lo más parecido al paraíso. Quizás pudiera traer a mi madre conmigo. "Después de conocer Sevilla, ¿dónde se podría vivir mejor?", me preguntaba. Aún no había hablado con ella de mis intenciones, pero sí con mi padre Sevillano.

—¿Qué pasará si Hassan regresa en verano, *tato*? No quisiera ser molestia —le comenté a Manuel.

Últimamente me había acostumbrado a dirigirme así a él. A veces él me llamaba sobrino.

—¿Estás de broma, sobrino? Por eso no debes preocuparte, hay sitio de sobra. La habitación de Hassan es grande, y podréis compartirla.

—Les puedo pagar un alquiler —le repliqué.

Pero el *tato* no me dejó terminar.

—No digas tonterías, Vishnu; no podría aceptar tu dinero. Sabes que los negocios me van bastante bien, así que no nos hace ninguna falta. Tú ahorra, que nunca se sabe.

Así era Manuel. Heredó de su padre el negocio de las antigüedades, que llevó un tiempo junto con su hermano. Pero él siempre fue joyero; había aprendido el oficio con uno de los mejores maestros de Sevilla. Comenzó con un pequeño taller, que con el paso de los años se convirtió en una reconocida joyería del centro de la ciudad. Siempre estuvo al frente del negocio, con la ayuda de su mujer, dedicándose a la compra de oro, llegando a tener varios locales dedicados a ese próspero negocio por toda la provincia de Sevilla. Tuvo la suficiente visión para poder adelantarse a otros, sobre todo en periodos de crisis, pero mucho más importante fue cómo supo gestionarlo. Para cuando el negocio dejó de ser tan productivo con el paso de los años, ya estaba libre de deudas con los bancos, y había invertido sus ganancias en locales comerciales y pisos que le daban una buena renta. Recibí buenos consejos que me vinieron a la larga muy bien: "Cuando ganes dinero, no creas que es todo tuyo, sobrino. La mayoría de las personas no tienen más que deudas, y viven hipotecados el resto de sus vidas, esclavos del crédito. La educación financiera debe aprenderse desde pequeño. Yo pienso así después de haberme equivocado mucho. Pero mis hijos y tú, aún estáis a tiempo."

La señora Desi, aprovechando la baja de un compañero, comenzó a instruirme en el arte de tirar cañas, manejar la bandeja y servir las mesas. Era el único que hablaba inglés, nos visitaban turistas de todo el mundo, y fue un buen motivo para que la señora se animara a darme la alternativa. En la antigua abacería de la calle Pureza, se podía comer el mejor jamón de la ciudad, tablas de los mejores quesos, y un amplio menú de lo mejor de la gastronomía andaluza, todo ello regado con la mejor cerveza y vinos de la tierra. La barra siempre estaba llena, y había que reservar mesa con antelación o esperar un buen rato tomando algo en la calle. Después de haber sido instruido por el encargado durante días, llegó el momento de mi estreno. "No estés nervioso,

Marajá, lo harás bien", me dijo la señora. El bar, como cada noche, comenzó a llenarse, y yo aguardaba el momento en que me permitieran recibir mi bautismo de fuego. Entraron tres chicas. Desi, al verlas llegar, me dio una palmada y me dijo: "Esas son para ti, ya sabes, no dejes de sonreír". Respiré hondo, y me acerqué a la puerta a recibirlas.

—Buenas noches, ¿tienen reserva?

—Sí, llamé esta mañana. Reservé a nombre de María Peña —me contestó una de ellas.

—Un momento, por favor —respondí aún un poco nervioso.

Me acerqué a la barra, y comprobé la reserva.

—Sí, está aquí. Síganme, por favor.

Las chicas eran todas guapísimas, pero intenté que no me afectase demasiado. Con lo tímido que era no sabía cómo podría reaccionar. Llevaban el pelo recogido con un moño, y el rabillo del ojo pintado de una forma muy pronunciada. Fue algo que me llamó mucho la atención, pero no tardaría en comprender. Tomé nota de las bebidas. Las mesas eran para cuatro, y ellas solo tres.

—¿Retiro un cubierto? —les pregunté.

Me respondió la misma chica de la reserva.

—No, aún tiene que venir un amigo.

Las chicas reían divertidas, y cuchicheaban al oído; yo me di cuenta de que me miraban sin ningún disimulo. Sin duda estaban hablando de mí. "Ay, por Shiva, tranquilo Vishnu", me decía a mí mismo, al tiempo que mi labio comenzaba a temblar. Qué mal rato pasé. La vergüenza me obligó a bajar la cabeza.

–¿Es tu primer día? –me preguntó una de ellas.

Yo, haciendo un esfuerzo levanté la mirada, y vi como unos inmensos ojos negros me miraban fijamente. Era guapísima y muy sensual en cada uno de sus movimientos; su cara redondita parecía la de una virgen bajo palio; su piel morena contrastaba con unos labios perfilados y carnosos pintados de un rojo intenso. Ella no había pronunciado aún palabra alguna, pero su mirada me dejó por unos instantes tan hipnotizado, que la chica tuvo que volver a preguntar.

–¿Estás bien?

–¿Qué? –respondí volviendo de mi "viaje".

–¿Que si te encuentras bien?

Las chicas no paraban de reír, incluida la culpable de mi ausencia. Instintivamente, volví a mover la cabeza tal y como hacemos en la India.

–¿No? Jajajaja…

Mi gesto provocó aún más sus risas, no solo entre las chicas, sino también en la señora Desi, que, divertida, seguía la escena desde la barra.

–¡Ah, perdón! Es la costumbre. Sí, sí, estoy bien.

Me vine arriba y, levantando una ceja, les pregunté dejando que mi blanca dentadura hiciera su trabajo.

–No os estaréis riendo de mí, ¿no?

–¡Nooo! Solo nos hace gracia cómo mueves la cabeza –respondieron todas entre risas.

La chica de ojos negros me preguntó.

–¿Tú vendes cal?

–¿Cal? No entiendo –respondí, extrañado.

–Entre los gitanos, preguntamos si lo somos, así.

–No, pero vivo con una familia gitana, y conozco bien vuestra historia. Todos tienen su origen en mi país, la India.

La chica replicó al instante.

–¡Guau! La India... Sería un sueño conocerla algún día.

Mis nervios desaparecieron de golpe.

–Pues ten cuidado, porque los sueños a veces se cumplen –le respondí–. Me llamo Vishnu.

Sus amigas comenzaron a zarandearla sin dejar de reír, la verdad es que no dejaron de hacerlo desde que entraron. Y ella, muerta de vergüenza, se puso colorada.

–Os dejo la carta, cuando hayáis decidido, me avisáis.

¿Estaba ligando? No me lo podía creer. La señora Desi me advirtió que me dejase de charla y me centrara en servir, pero ¿qué quería que hiciera? ¿No respondo a las preguntas? En ese momento, entró un chico moreno todo vestido de negro que cargaba con la funda de una guitarra. "Ahora me explico lo del rabillo del ojo, tienen que ser artistas", pensé. "Caramba, el flamenco me persigue, tengo que aprender al menos a tocar las palmas". Ya más tranquilo, me limité a servirles, y a atender a otras mesas. Pero yo seguía con mi mente puesta en la mesa de las chicas. Sentía como seguía siendo centro de sus miradas, hasta que llegó el momento en que me pidieron la cuenta.

–¿Todo bien? –me dirigí directamente a ella.

–Sí, gracias. Estaba todo buenísimo, volveremos.

–¿Trabajáis cerca? —pregunté con aire distraído.

–Bueno, trabajamos en el tablao "Los Gallos", cerca de la Catedral. ¿Por qué no te pasas alguna noche?

–No sé si me dará tiempo; termino tarde.

–Hacemos tres pases, quizás puedas llegar al último, al de las doce.

–Me encantaría, lo intentaré.

–Vale –me respondió con una dulce sonrisa mientras se aproximaba a la puerta.

–Adiós –me dijo enseñando la palma de su mano.

–Adiós –le respondí lacónicamente.

¡Un momento! ¡No sabía su nombre! Salí a la puerta tras ella.

–¡Hey! ¿Cómo te llamas? –le grité.

La chica se volvió sin dejar de caminar.

–¡Carmen! Me llamo Carmen –me respondió sonriendo.

Reconocía esa sensación, otra vez resulté idiotizado. Me quedé en la puerta viendo cómo se alejaba moviendo la servilleta de un lado a otro. "Ya era hora Vishnu, alguna vez tenía que ser. Ahora sí que no vuelvo a la India", pensaba con una sonrisa estúpida en mis labios, mientras la vi desaparecer doblando la esquina. Sumido en ese momento tan romántico, la señora Desi me hizo reaccionar con un sonoro pescozón.

–¡Anda, vuelve al trabajo Marajá! Míralo, que se me ha *enamorao*.

–Caramba señora, ¡cómo pica! —exclamé rascándome el cuello.

Desi reía, llevándose la mano a la boca.

–¿Lo he hecho bien, señora?

–Sí, no ha estado mal para ser el primer día; pero de aquí en adelante no quiero que des tanta conversación. A tus compañeros se les acumula el trabajo.

Esa noche terminé demasiado tarde, y no pude acudir a nuestra media cita. La señora me decía que así sería mejor. "A las mujeres, si le demuestras mucho interés, no te echan cuenta. Les atrae más la falsa seguridad de un malote". Gran verdad que el tiempo me hizo descubrir. Pero el reencuentro con Carmen, la gitanilla de cara de virgen sevillana, casualmente, no se haría mucho de esperar.

****

El amor escondido detrás del desastre

Para quien es sensible y romántico, es más fácil poder sentir esas extrañas punzadas en el estómago. Jamás sentí nada parecido, y andaba todo el día abstraído recordando el momento en que la vi por primera vez, con irremediable cara de *lilón*. Para Magdalena no pasaron inadvertidas mis ausencias mentales, y se dio cuenta enseguida:

–Tú estás muy raro últimamente, Vishnu –a lo que yo respondía encogiéndome de hombros.

–Tú has conocido a alguna chica, ¿verdad? Conozco esa sonrisilla boba, es la misma que pone mi Hassan. A ver, cuenta, cuenta...

Magdalena me cogió del brazo, y me obligó a sentarme junto a ella en el sofá.

–No hay nada, Mare, pero bueno, sí: hace unos días conocí a una chica en la abacería

–¿Lo ves tú? ¡Lo sabía! Y, ¿qué tal? ¿Cómo es? –me preguntaba sin parar de dar palmas.

–Es muy guapa, de mi edad. Creo que es bailaora, trabaja en "Los Gallos". En verdad no sé mucho más de ella. Bueno, y que es gitana.

–¡Ay, qué alegría, Vishnu! Mi alma, tú debes haberte reencarnado en un gitano, jajajaja… Pues yo tengo varias primas artistas, y Manué también. A lo mejor es de la familia.

Había pasado casi una semana, y no sabía nada de ella. "Tal vez vuelva por el bar", me decía, confiado. Por casualidad o no, una tarde me asomé a la ventana para descorrer las cortinas después de echarme una siesta, cuando me fijé en dos chicas que pasaban justo en ese momento. El corazón me dio un vuelco al ver que una de ellas era Carmen. No me atreví a llamarla, pero las seguí con la mirada hasta casi sacar medio cuerpo por la ventana. Llevaban dos grandes bolsos de deporte, creí que simplemente iban de paso, pero antes de perderlas de vista, vi que entraban en una casa. No me lo pensé dos veces y salí corriendo a la calle, me acerqué hasta donde habían entrado y vi una placa en la fachada: "Academia de baile Juan Polvillo". Deduje que acudirían a ensayar o a dar clases; sonreí satisfecho, la tenía localizada, aunque en el peor de los casos, siempre podría ir alguna noche al tablao. Pero prefería que fuese el destino o ella misma quien propiciara el reencuentro. No me sentía cómodo

305

yendo detrás de nadie, así que cada tarde me asomaba a la ventana, en espera de volver a verla pasar. Después de varios días, comprobé que pasaban tres veces por semana, siempre a la misma hora. En vista de que había pasado casi dos semanas desde que la conocí, y no volvió por el bar, decidí mover pieza. Era miércoles, las esperé en el portal de casa, me había duchado, perfumado y repeinado, dispuesto a hacerme el encontradizo. Magdalena, al verme salir tan arreglado, se echó a reír.

—¡Ay, mi Vishnu! ¿A dónde irá el tan *maqueao*?

—A un recado, Mare, ahora vuelvo —respondí no muy convencido.

Fiel a la cita con la academia de baile, las vi aparecer puntualmente y no me lo pensé. Con la boca reseca y las manos sudorosas, me dispuse al encuentro, como el que no quiere la cosa. El corazón me palpitaba muy, muy deprisa, pero ya no había vuelta atrás, no podía desaparecer, aunque me hubiese gustado. Cuatro, tres, dos, un metro y…. tal y como había planeado, ella, reparó en mí.

—¿Vishnu? ¿Eres tú? ¡Hola!

—¡Hola, Carmen! ¡Qué casualidad! ¿Dónde vas por aquí? —contesté haciéndome el sorprendido.

Si ella supiera...

—Vamos a ensayar a la academia de baile de aquí al lado, ¿y tú?

—Yo vivo aquí mismo, en esa casa —le respondí señalando la ventana de mi habitación.

—¡No me digas! ¡Ahí vive mi tío Manué!

Yo, esta vez sí que quedé sorprendido de verdad.

–¿Manuel y Mare? Caramba, pues sí que es casualidad, yo vivo con ellos, pero... ¿es tu tío, tío?

–¡Sí! Mi madre y él son hermanos. Mira, ella es María, ¿la recuerdas?

–Sí, cómo no. Hola, María.

Me atreví a saludarlas con dos besos, como todos hacen en España.

–¿Por qué no fuiste al tablao? Me quedé esperándote.

"¡Arrea! Eso era toda una declaración de intenciones", pensé. Y ahora sí, estaba más relajado, después de lo que había acabado de oír.

–No, al final vinieron unos amigos a la abacería y me fui con ellos a tomar unas copitas –le dije–. Pero si este fin de semana trabajas en el tablao, intentaré ir a verte.

–Genial, primo Vishnu; se lo propongo a las niñas, y a lo mejor vamos a cenar el sábado antes del trabajo. ¿Tienes teléfono? Apunta que te doy mi número, si no es posible, quedamos otro día. Llámame.

Yo no cabía en mí de gozo y, contento, pero sin presumir, volví a poner cara de despistado mientras intercambiamos los números de teléfono.

–Ok, te llamo. Adiós Carmen.

–Adiós, Vishnu. Te dejamos, que llegamos tarde –me respondió, casi a la vez que le decía a su amiga–. ¿Has visto que casualidad, María?

Que fuese sobrina de Magdalena, verdaderamente, sí que resultó una gran casualidad. ¿Eso nos convertía en familia? No creo, ¿no? ¡No, claro que no! Qué estupidez más grande se me acababa de ocurrir. Si cuando digo que el amor idiotiza es por algo. Yo no dejaba de ser un

307

invitado, pero ahora más que nunca, un invitado con el firme propósito de quedarse por largo tiempo. Porque como dice la canción: sentía que "hoy duerme el amor escondido detrás del desastre".

****

Su alma la encontré en Triana

Mi única experiencia con las chicas se limitaba a aquella fugaz sonrisa de Lakshmi. Aquello resultó todo un fiasco, pero ahora era diferente; tenía la suerte de encontrarme en un lugar donde no existían las castas que limitan la vida desde la cuna. No se trataba en esta ocasión de esa ingenuidad que me había jugado tantas malas pasadas, tampoco había idealizado ningún gesto ni actitud. Su interés lo sentía como algo muy real. Carmen parecía interesada, y yo esperaba ilusionado que llegara el sábado. Todas estas sensaciones quedaron confirmadas cuando, un día antes, sonó mi teléfono. "Carmen", vi en la pantalla. Lo dejé sonar un poco, siguiendo los consejos de la señora Desi y, tras unos segundos, contesté a su llamada.

–Hola Carmen, ¿qué tal?

–Hola Vishnu. Al final no podremos ir a comer el sábado, pero te espero en el tablao, ¿podrás ir?

–Claro que sí, pero no sé si llegaré a tiempo –respondí.

–Bueno, no pasa nada. Te espero y tomamos algo, ¿te parece?

–Muy bien, Carmen; no te vayas a ir, ¿eh?

–Jajaja… No te preocupes, ¡hasta el sábado!

Después de colgar el teléfono, no pude evitar hacer un gesto igual que hacen los futbolistas después de marcar un gol, me sentía eufórico. Me encontraba a solo unas horas de tener mi primera cita. Habían pasado solo cuatro meses desde mi llegada; me había integrado totalmente en la ciudad, en mi nueva cultura, en el idioma, en la jerga sevillana, pero en lo que se refiere al estilo tenía aún mucho que mejorar. Así que le pedí a la Mare que me acompañara a comprar ropa. Había quedado con Carmen, y necesitaba su consejo, un cambio radical. Ella aceptó entre risas y gritos histéricos. El sábado por la mañana nos fuimos al centro de compras. Tiré de tarjeta y me dejé un buen pico en varios conjuntos: unas botas, un chaquetón y, paradójicamente, en una *pashmina* de la India. Descubrí mi debilidad por las camisas blancas de cuello italiano, todo a la moda, como corresponde a un chico de mi edad.

–Bueno, Vishnu, ya tenemos la ropa. Te voy a comprar también unas pijamitas, que te hacen falta, estos te lo regalo yo. Pero aún falta algo: es muy importante oler bien.

De la sección de perfumería de unos grandes almacenes en la Plaza del Duque, mi *tata* me hizo comprar un costoso perfume.

–Con este triunfas seguro, sobrino –me decía mientras olía mi cuello una y otra vez.

–Mare, ¿es necesario gastar tanto en un perfume? Mire que yo no estoy acostumbrado a todo esto –le dije con aire de resignación.

—¡Claro que sí! Tú hazme caso, tienes que causar buena impresión, y a las mujeres nos gusta que los hombres huelan bien. Vas a dejar a Carmelilla hipnotizada, ya verás. ¡Anda, tira! Que aún falta lo mejor.

—¿El qué? ¿Qué falta ahora *tata*?

—Tu pelo.

—¿Qué le pasa a mi pelo? —pregunté.

—Necesitas un corte más moderno, lo llevas demasiado a lo "afro". Nada, nada, ya te he pedido cita en mi peluquería, está aquí al lado —me respondió tirando de mi brazo.

—Pues yo lo veo bien —contesté ya un poco cansado. —Es demasiado, Mare. Carmen va a pensar que estoy desesperado por ella.

—Y, ¿no es verdad?

—Sí, pero la señora Desi me dijo que a las chicas no hay que echarle tanta cuenta.

—Desi no entiende. Tú hazle caso a tu *tata*, tú tienes que *ronear* igual que hace un pavo real delante de la hembra. ¿Crees que Carmelilla no va a hacer lo mismo? Tú confía en mí.

—¿Usted sabe algo? ¿Y si me hago ilusiones para nada? —pregunté.

—En la familia todo se sabe, eso no va a pasar, así que tranquilo —me respondió Mare, pasando su mano por mi cabeza.

—Por favor, no corte demasiado, no quiero que me dejen sin mis rizos —le dije a la peluquera.

—Tranquilo, ya verás como te gusta —me respondió.

Y la verdad es que llevaba razón, conservé mis rizos, pero el estilo "asalvajado" que lucía hasta entonces, desapareció para convertirse en otro mucho más moderno, tirando de maquinilla por la parte del cuello y por los lados.

–¿Le quito el entrecejo, Magdalena? Ya es hora de que tenga dos cejas y no solo una –preguntó con gracia la peluquera, ante las risas de las clientas, que se tiraban al suelo por la ocurrencia.

–¡Que guapo, Vishnu! –repetía una y otra vez Mare, con la aprobación de las clientas que en ese momento comenzaron a aplaudir.

–¡Anda, que sobrino más guapo, Magdalena, parece un torero! –le dijo una de ellas a mi *tata*.

–¿Has visto? –respondió ella toda orgullosa.

Y, cogiéndome del brazo, regresamos a casa.

Durante la noche, entre paseo y paseo de la barra a las mesas, una sonrisa cargada de ilusión me acompañaba permanentemente sabiendo que mi gran momento estaba por llegar. Casualmente, esa noche la abacería parecía más tranquila de lo habitual, y me atreví a pedirle a la señora Desi un pequeño favor.

–Señora, hoy parece que la cosa está un poco más tranquila, ¿no?

–Sí, eso parece, ¿por qué lo dices?

–No, por nada –respondí poniendo la cara de despistado que tan buen resultado me daba siempre.

–¿Qué te traes entre manos, Marajá? Anda, que ya nos vamos conociendo –me contestó con los brazos en jarras.

–Bueno, verá, Desi. Me preguntaba si podía salir hoy un poco antes. He quedado con una amiga. Con que salga media hora antes me vale. Es que quiero ver bailar a Carmelilla.

–¿La chica del otro día?

–La misma.

–Anda hijo, que no pierdes el tiempo. Bueno, venga, pero no te acostumbres.

–¡Gracias, señora!

Esa noche me fui al trabajo vestido de punta en blanco y, después de quitarme el uniforme en el almacén y repeinarme en el baño, me dirigí a la Judería, a la Plaza de Santa Cruz; tenía el tiempo justo para llegar. Me encontraba tranquilo, seguro de mí mismo. Aprovechaba cada escaparate, cada luna de los coches aparcados para mirarme y comprobar por enésima vez mi extraordinario cambio de estilo. Al llegar a "Los Gallos" aún no había comenzado el último pase. Quedaba alguna mesa libre, pero me dio vergüenza sentarme solo, así que me hice un hueco en la barra; me pedí una copa de vino blanco, y busqué con la mirada a Carmen. Al no verla supuse que estaría en los camerinos. Tras pegar un sorbo a la copa, sonó un mensaje en mi teléfono. "Hola, ¿has llegado?" ¡Guauuu! Mi *tata* estaba en lo cierto: Carmelilla estaba pendiente de mí. Respondí a su mensaje, y me dispuse a ver el espectáculo. ¿Cómo dijo la Mare? ¿*Ronear*? ¿Estaba *roneando*? Sí, así me lo parecía y, desde luego, era una nueva sensación para mí. Yo que solo tenía un par de zapatos en la India que cambiaba solo cuando se rompían las suelas. Me gustaba esta vida, ¿a quién no?

Resultó fácil acostumbrarme, imagino que para todo el que sale de la miseria lo es. "No pierdas nunca la humildad, hijo", me decía siempre mi madre por videollamada. Intentaba seguir sus consejos, pero, con esta pinta me resultaba un poco difícil. Al menos era consciente, ¿qué iba a hacer? Disfrutaba del momento, y no me sentía nada culpable por ello. "Es justo ahora que aceptes lo bueno que la vida te ha de traer." Recordé las palabras de *mommy* Anjali. Y eso fue lo que hice, que bastante mal lo había pasado. El espectáculo estaba a punto de comenzar.

El cuadro flamenco lo conformaban: un guitarrista, un cantaor, dos bailoras, y un bailaor. El local estaba casi lleno; la mayoría eran turistas, pero también vi algunas "caras morenas." Era la primera vez que veía algo parecido. Me dejé llevar por la música, por las letras que hablaban de amor y de sufrimiento, me sentí tan identificado... El momento me transmitió tanto, que comprobé sorprendido que se me ponía la carne de gallina. En un ambiente mágico, con el tablao en penumbra, solo iluminado por los focos del escenario, Carmen levantó los brazos y comenzó a bailar. Si ya había caído rendido desde el momento en que sus ojos y los míos se descubrieron por primera vez, el ver que era capaz de moverse con tanto sentimiento y temperamento a la vez, hizo sentirme orgulloso de que una chica como ella se hubiese fijado en alguien como yo. El pase duró casi una hora. Cuando todos los artistas, cogidos de la mano, saludaron al público, noté que Carmen me buscaba con la mirada. Al verme, con una gran sonrisa, me hizo un gesto con la mano, y yo hice lo mismo con la mía. "Ahora voy", pude leer en sus labios.

Cuando llegó hasta mí parecía otra persona: nunca la vi tan arreglada. Se había soltado el pelo; lucía una gran melena rizada que dejaba caer sobre uno de sus hombros; discretamente maquillada, pero con el mismo rojo intenso en sus labios. Me saludó con un cálido beso en la mejilla, mientras se apartaba el pelo de la cara con un femenino gesto. Su perfume, aparte de volverme loco, me hizo recordar las palabras de Magdalena: "Oler bien es muy importante". Esperaba que el mío causara el mismo efecto en ella.

—Hola, Vishnu, ¡qué bien hueles! Y, ¡que guapo! Te has cortado el pelo, me gusta. Te queda bien.

—Gracias, Carmen. Oye, estoy impresionado, me ha encantado. Tú también hueles muy bien; estás espectacular.

Llevaba un sensual y escotado vestido rojo, donde se adivinaba un poderoso pecho; tanto que se me hacía difícil no mirar disimuladamente a la menor ocasión.

—¿Tomamos algo? —me preguntó, haciéndome aterrizar de nuevo, después de la impresión que me causó el encuentro.

Estaba tremendamente bella, y yo al verla toda vestida de rojo me dije: "Amo a esta mujer". Caí totalmente rendido a sus encantos, pero intenté no mostrarme del todo entregado; necesitaba saber si ella sentía lo mismo que yo.

Estuvimos charlando durante un buen rato. Era dos años mayor que yo, me contó que era de Jerez, pero mientras trabajaba en el tablao, vivía en casa de su hermano. Había estudiado peluquería, y trabajaba por las mañanas peinando a domicilio. Le encantaba leer y las películas románticas. Yo evité hablar mucho de mí, prefería escucharla, pero inevitablemente ella me preguntó cómo había llegado hasta Sevilla. No creí oportuno hablarle de mi pasado, no quería victimizarme ni utilizar mi desgracia para dar lástima, pero cuando me pidió que le hablara de mi familia, dudé. No sabía qué decir.

–¿Estás bien, Vishnu? ¿Qué te pasa? –me preguntó al ver como guardaba silencio.

–Sí, estoy bien, Carmen. No sé cómo decirlo, pero... mi historia, mi infancia, no fue precisamente feliz. Tengo a mi madre, ahora mismo es lo único que tengo, bueno... y a una gran familia de acogida que cuida de ella en Benarés; igual que los *tatos* cuidan de mí aquí. Tengo también a una hermana, se llama Savitri, pero no sé nada de ella desde hace casi seis años.

Después de contarle por encima lo que nos ocurrió, Carmen me cogió de la mano.

–Caramba, Vishnu, es terrible –me dijo conmovida—. Pero ¿sabes? No quiero que nos pongamos tristes, vamos a disfrutar del momento. Ven, que te voy a llevar a un sitio que te gustará.

Agarrada de mi brazo, nos perdimos por las calles estrechas de la Judería, pasamos por la Giralda, hasta llegar a un bar de copas totalmente decorado con temática de la India. Era como si hubiera vuelto a mi país: del techo colgaban preciosas y coloridas lámparas; las paredes estaban cubiertas de tapices, de murales del Taj Mahal, estampas cotidianas de la vida de la India; esculturas de Buda, del dios Ganesh y de Vishnu...

−Mira, Carmen: este que ves aquí todo de azul y con cuatro brazos, es por el que me llamo así. Vishnu, el Dios de la protección, la bondad y la creación.

Nos detuvimos frente a un precioso mural de los *Ghats* de Varanasi, iluminada por cientos de velas.

−Esta es mi ciudad −le dije, orgulloso.

−Precioso, Vishnu, ¿te sientes mejor? Quería que te sintieras como en casa.

−Ya me siento así desde que llegué, Carmen, gracias. He tenido mucha suerte.

−¿Me llevarás algún día a la India? −me preguntó poniendo cara de "puchero"

−Dalo por hecho, quizás antes de lo que imaginemos.

Nos sentíamos tan a gusto hablando, que se nos pasó el tiempo volando.

−¿Vives lejos de aquí? −le pregunté.

−Vivo en Triana, ¿me acompañas a casa?

El frío apretaba y caía mucha humedad. Carmelilla, con la cabeza hundida en el cuello de su abrigo, se agarraba con fuerza de mi brazo.

−¡Qué frío, Vishnu! −me decía dando tiritones.

−Ven aquí, pégate a mí −le dije rodeándola con mis brazos, mientras le ponía cuidadosamente mi *pashmina* en su cuello.

Cruzamos el puente de Triana, y nos detuvimos un momento. La luz de la luna se reflejaba en las serenas aguas del río; la madrugada, el silencio y la calma, envolvían este mágico momento.

–Es precioso, ¿verdad? –me comentó Carmen.

–Sí, pero no tanto como tú –me atreví a decirle.

Ella me miró, vi como le brillaban los ojos, se puso frente a mí, me sonrió, y yo, sin dudarlo ni un instante, la besé suavemente en los labios. Fue corto pero intenso; a ella pareció agradarle y lo repetimos, pero esta vez de una forma mucho más apasionada. Era mi primer beso, no encuentro palabras para describir lo que sentí en esos momentos; fue el primero de otros muchos durante largo tiempo. La despedí en el portal de su casa y me encaminé a la mía sin poder reprimir las ganas de correr y de gritar al mundo lo feliz que me sentía. La vida me estaba proporcionando desde hacía tiempo momentos de felicidad, y le pedía al universo que no acabaran nunca. Se abría ante mí un nuevo futuro. Cambié la oscuridad por luz, incertidumbre por esperanza, desánimo por ilusión. Había vivido lo malo y esperaba vivir con toda la intensidad lo bueno. Pero mi felicidad no podía ser completa. Y me acordé de ella, ¿cuándo podré volverte a ver, hermanita?

XX
EL APRENDIZAJE

Pasados unos meses, nuestro amor crecía imparablemente, al igual que nuestra complicidad. Parecía, aunque suene a tópico, que habíamos nacido el uno para el otro a pesar de pertenecer a países tan distintos. O quizás no: las costumbres de la cultura gitana y la hindú tenían más cosas en común de lo que pensaba. La llegada de Carmen a mi vida resultó ser un regalo que el destino tenía guardado para mí. Sentía como mi karma se equilibraba después de haber pasado tantas penurias.

Carmen y yo nos convertimos en inseparables. Era una más en la familia de la calle Sol, y nuestra relación fue bendecida por todos. Había conocido durante un inolvidable fin de semana en Jerez a sus padres. Fueron encantadores conmigo y resultaron ser tan buenas personas como Manuel y Mare, que se empeñó en que había llegado también el momento de presentar a *mommy* Anjali a Carmelilla por vídeollamada. Mi madre al verla me preguntó en hindi.

–¿La quieres?

–Sí, *maan*, la quiero.

–Y, ¿ella a ti? –volvió a preguntar.

–Creo que sí... –respondí un poco desconcertado.

–¿Solo lo crees? Es el miedo quien habla por ti, ¿qué te dice tu corazón?

Yo me quedé pensativo unos segundos mientras frotaba mis manos, y respondí convencido.

–Sí, *maan*, mi corazón me dice que también me quiere.

Mi madre sonrió, y me pidió que acercara a Carmen a la cámara. Quería verle los ojos.

–El corazón nunca miente hijo mío, y sus ojos tampoco. Me dijo tras observarla durante unos instantes. –Tenéis mi bendición.

Carmen, un poco avergonzada, esperaba igual que lo hace un reo ante el juez, el veredicto de mi madre. Al traducirle sus palabras juntó las palmas de las manos y le dio las gracias con un respetuoso *"Namasté"*, tal y como le enseñé.

–Gracias, *maan*, no sabes lo feliz que me haces. Te echo mucho de menos. En vacaciones regreso y podré cuidarte.

–Estoy deseando de que llegue el día, Vishnu, pero no quiero que te preocupes por mí. Ya sabes que estoy bien acompañada. Además, hijito, debes saber algo, no olvides nunca esto que te voy a decir: "Los hijos no han nacido para cuidar de sus padres, son los padres los que están obligados a cuidar de sus hijos. No perteneces a nadie más que a ti mismo. Tienes que buscar tu camino, y si tu felicidad está en España, será la mía también.

Esa era mi madre, así de especial. Cuando expliqué a Mare y a Carmen cómo pensaba mi *mommy* Anjali, quedaron admiradas por su grandeza:

–Eso sí que es amor –comentó emocionada mi tata.

Carmen quedó impresionada por su belleza y su bondad: –¡Qué generosa! ¡Qué paz transmite! Tienes que estar muy orgulloso de ella, Vishnu. Estoy deseando conocerla en persona, eres muy afortunado.

Sí, realmente era un afortunado. Pero, incomprensiblemente, algunas veces me sentía ligero, libre, y fluía como un caudaloso río, para en otras muchas ocasiones sentirme espeso, cautivo del recuerdo y de la herida que dejó mi corazón teñido de negro desde la desaparición de mi hermana. Para mí, la incertidumbre era peor que si hubiera muerto. Me embargaba entonces el miedo y me sumía en una profunda tristeza, que me hacía sentir como un náufrago que se hunde en el mar, sujeto a un pesado lastre. Este sentimiento me hacía aislarme de todos.

La relación con Carmen iba más allá de la de una pareja de novios; ella era extremadamente sensible. Tenía la capacidad de saber qué me pasaba con solo una mirada. Respetaba mis silencios y sabía ofrecerme en cada momento lo que necesitaba. Cada vez que me besaba, sentía de nuevo mariposas en el estómago, y entonces me sentía seguro. Pero era consciente de que mi dolor tarde o temprano me pasaría factura. "Demasiado bien estaba", me decía. Hubo tiempo de sincerarme con ella y contarle mi traumática experiencia y, claro, después de eso, mi inseguridad crecía y me hacía pensar que mi historia, digna de ser llevada a la gran pantalla, y la empatía con mi sufrimiento, era la responsable de su interés por mí. Y yo no quería eso.

—¿Por qué estás conmigo, Carmen? —le pregunté una tarde.

Y ella me respondió con otra pregunta.

—¿Por qué me preguntas eso, Vishnu? No estaría contigo si no te quisiera, estoy enamorada, el amor es así.

Veo en ti lo que jamás vi en nadie. Y no me pregunto más. ¿Quieres traspasarme tus dudas?

—Es que no sé cómo explicarlo. Últimamente no duermo bien, me vienen imágenes de mis días en el taller, en la cantera, de Kiran, cómo lo dejaron morir. Y el saber que Savitri está aún metida en ese infierno, me causa ahogo. Sueño con ella gritando mi nombre cuando se la llevaron, con su carita pegada al cristal del coche. A veces, pienso que se aparece en sueños porque está muerta.

—No digas eso, amor. Piensa que algún día volverás a verla. Creo que necesitas ayuda, al menos para que desaparezca la ansiedad. Debes ir al médico o a algún psicólogo.

"Siempre estaré contigo, amigo", me dijo Kiran antes de morir. Un día le pedí ayuda, hablé con él frente al espejo. "No puedo quejarme, pringao, ya ves cómo estoy. Me hubiese gustado tanto compartir contigo todo lo que me está pasado... pero no estoy bien. No quisiera molestarte, pero ¿puedes ayudarme?".

No quería medicamentos, tampoco profundizar más en la herida, solo ansiaba que cicatrizara lo antes posible. Siempre le pedía a la vida que apartara de mi lado al tipo de personas que se encargaron de hacer de mi infancia una pesadilla, y que pusiera en mi camino a personas de buen corazón, de las que poder aprender. Y por Dios que comprobaba que era así. El señor Harminder, su familia, Manuel, Mare, y ahora Carmen.

La ayuda que necesitaba la encontré, ahora sé que no casualmente, a la mañana siguiente. Era sábado, fui a desayunar a la abacería, me acerqué al mostrador y vi a una bella mujer que llevaba unos folletos de publicidad. Era alta y delgada, de cabellos rubios y ojos verdes:

–Buenos días, ¿puedo dejar algunos folletos aquí?

La señora reparo en mí y me dio un *flyer*. Anunciaba clases de yoga y de meditación. "Una oportunidad para conectar de nuevo con tu esencia, aprender hábitos sencillos para salir de una crisis vital y crecer". Clases de meditación y yoga integral.

–Hola, ¿has practicado yoga o meditación alguna vez? –me preguntó la señora.

–No –respondí.

–Eres de la India, ¿no?

–Caramba, ha acertado. Desde que llegué todo el mundo cree que soy gitano –le contesté.

–También, pero yo sé diferenciarlos, ese color de piel es inconfundible. Me llamo Ángeles, y ¿tú?

–Me llamo Vishnu. Encantado –no sé por qué, pero en ese momento sentí como me traspasaba su buena energía.

–¿Puedo invitarla a un café? –le pregunté

–Vale, pero por favor no me hables de usted, que me haces más mayor.

Nos sentamos en una mesa y no exagero al decir que llegó la hora de comer y aún estábamos hablando. Me contó que era de Ronda, un precioso pueblo de la provincia de Málaga, pero que al casarse se estableció en Sevilla. Ahora estaba a punto de inaugurar su primera academia de yoga. Hablamos de mi país, donde viajaba regularmente a formarse y a participar en retiros espirituales. Era una amante de la India, y estudiosa de todo lo referente al yoga, la espiritualidad y al conocimiento interior. Me sentí tan conectado a ella, que me sinceré y le dije que no estaba pasando por un buen momento, a pesar de que todo parecía ir bien. Ella supo dar con mi herida.

—Anímate y prueba, Vishnu. Te puede venir muy bien para canalizar la energía y desbloquear los *chakras* que puedas tener bloqueados. Y meditar, si lo conviertes en hábito, te aseguro que cuando compruebes sus beneficios no podrás dejarlo.

—No sé de dónde sacaré el tiempo, Ángeles, pero prometo ir el lunes. Tengo que dejar de pensar tanto.

—Claro, Vishnu, dar tantas vueltas a las cosas puede llegar a convertirse en algo muy tóxico. Tu peor enemigo siempre será tu mente, no solo porque es quien conoce tus debilidades, sino porque es quien las crea.

—Perdona mi ignorancia, Ángeles, pero, ¿qué es el yoga? —pregunté muy interesado.

—No tengo nada que perdonar, *"mi arma"*. Según los *Yoga Sutras* de Pantanjali, en el primer tratado de yoga que existe, escrito por el sabio indio Patañyali en el siglo III a.C lo define así: El yoga es la inhibición de las fluctuaciones de la mente. Te lo explico, Vishnu. La mente está siempre viajando al pasado y proyectándose al futuro, con lo cual nunca está en el presente, que es donde la vida sucede. Ese es el motivo de todos los conflictos del hombre a todos los niveles. A nivel mental, emocional y físico. A través del pensamiento surge la emoción y esta se manifiesta físicamente. De ahí viene tu ansiedad. Mira, en el yoga existen cinco ramas, pero la más conocida en occidente es el *Hatha Yoga* que se concentra más en el apartado físico. El *Hatha*, se centra en la realización de *asanas* o posturas, capaces de purificar el cuerpo; permite la introspección y sanar la mente. La respiración es muy importante mientras se realizan los ejercicios. Luego está el *Raja Yoga*, que es mucho más profundo; está considerado el verdadero yoga o el camino mental. Su objetivo es la canalización del *prana* o la energía para despertar el *Kundalini* y alcanzar así la iluminación. Prioriza lo espiritual a lo físico. Es el que practicaba Buda, con posturas inmóviles como la del loto. Los maestros *yoguis* o abcetas de la India, pueden llevarse hasta días en la misma postura sin beber ni comer.

–¡Arrea! –exclamé, sorprendido.

–Jajaja… Bueno, luego está el *Karma Yoga*, que prioriza la acción de servir a los demás. Busca el desapego, eliminar el ego y purificar el corazón. Se entiende como un ofrecimiento a la divinidad sin esperar nada a cambio. Puede servir como ejemplo la vida de la madre Teresa de Calcuta. También se practica el *Bhakti Yoga*, que busca la unión con la divinidad a través del canto o la repetición de mantras. Y por último está el *Jñana Yoga*, que desarrolla el camino al conocimiento a través del estudio de textos y escrituras sagradas. Se le considera el más duro de todos y requiere de un Gurú que guíe al *yogui*. ¿Qué te pareció la clase? Esta no te la cobro.

—¡Guau, que interesante, Ángeles! Es imperdonable que siendo hindú desconociera tanto algo que nació en mi país. Y, ¿cuál es el que a mí me viene mejor? –pregunté.

La señora me respondió sin dudar.

—Para empezar, lo mejor para ti es el *Hatha Yoga*. Los demás son muy avanzados y requieren mucha preparación. Necesitas aquietar la mente para mejorar físicamente, y es lo que vamos a trabajar, ¿te parece?

—Sí, sí, me interesa mucho. El lunes comienzo –respondí, agradecido.

Regresé a casa sin dejar de pensar en todo lo que aprendí en esa mañana. "¿Es esta tu ayuda, Kiran?", pregunté mirando al cielo. "Pues, ¿sabes que me encantó? Gracias, amigo".

Curiosamente, durante el tiempo que pasé con Ángeles, no sentí ansiedad alguna. Conocerla supuso para mí, además de abrirme la puerta a un gran crecimiento espiritual, ganar a una amiga con un alma libre y pura que se fusionó con la mía desde el primer momento.

****

Jerez

La amistad con Ángeles perdura hasta el día de hoy. Ella me enseñó, a través de la meditación y el yoga, a sanar mi mente. Encontré el equilibrio que necesitaba para intentar vivir el presente y aceptar mi pasado, por muy doloroso que hubiese sido. El trauma de mi difícil infancia y la desaparición de Savitri, de la que después de tantos años seguíamos sin saber nada, quedaría para siempre agazapada en un rincón de mi alma. No pasó ni un solo día que no me acordara de mi hermana. El dolor permanecería para siempre, solo podía aprender a vivir con él, sin que condicionara mi vida ni mi futuro.

"La cicatriz es el sitio por donde entra la luz", era mi lema, y me lo repetía como un mantra cada mañana al despertar.

Se cumplían nueve años desde mi llegada a España; fue un tiempo de sanación y de crecimiento en todos los sentidos. Creció mi conocimiento, creció mi vocación por escribir y, sobre todo, creció mi amor por la mujer que compartía mi vida. Tras acabar la carrera, decidimos trasladarnos a vivir a Jerez. Nos alquilamos un pequeño apartamento en pleno centro de la ciudad, muy cerca del Teatro Villamarta. Carmen viajaba cada fin de semana a trabajar con su grupo donde la contratasen, y yo procuraba acompañarla siempre que podía. Algunas veces pasaba largas temporadas en Japón; suponía un gran sacrificio para los dos, pero merecía la pena. Llevábamos años ahorrando, porque la ilusión de Carmen era casarse delante del señor del Prendimiento. "El Prendi", como todo el mundo lo conoce, enclavado en el barrio gitano de Santiago, su barrio.

La verdad es que no nos podíamos quejar, a Carmen no le faltaba el trabajo. Jerez rezuma arte por todos sus rincones: levantas una piedra y no paran de salir artistas. El flamenco es un gran reclamo para los miles de turistas que cada año visitan la ciudad durante su gran Festival Flamenco. Cuando llega febrero, la ciudad se inunda de aficionados al flamenco de todo el mundo, sobre todo japonesas. Es muy gracioso ver como caminan por la calle al mismo tiempo que ensayan pasos de baile, camino de las clases. Por la noche, el festival se traslada al teatro y a las peñas flamencas, creando un ambiente increíble en toda la ciudad. Pero la fiesta no acaba aquí: llega la gran feria de Sevilla y luego, la señorial Feria del Caballo de Jerez. La temporada flamenca que la llama Carmelilla. Es admirable el carácter de los andaluces, trasmiten tanta alegría... Claro que el clima tiene mucho que ver, es imposible quedarse en casa y no salir a las terrazas a disfrutar del sol. Una vez leí que el índice más alto de suicidios de todo el mundo se daba en los países nórdicos, donde no ven salir el sol durante días. Eso en Jerez, desde luego, no pasaba. Aquí siempre oí desde mi llegada que trabajan para vivir y no al contrario. La alegría de vivir de sus gentes era realmente contagiosa, a pesar de que cada uno pudiera llevar como podían sus propios problemas.

Yo trabajaba desde hacía cuatro años en una agencia de viajes, que alternaba haciendo de guía turístico para una de las bodegas más importantes de la ciudad. En verano trabajaba también para una agencia nacional, y viajaba por toda España. Cuando nos lo podíamos permitir, viajábamos a la India a ver a mi madre y a nuestra "familia" de Benarés. Un verano fue mi madre quien viajó para conocer mi país de acogida y pasar un par de meses con nosotros. Estaba encantada, disfrutaba de cada momento, de las comidas y del calor que nos ofrecían Manuel y Mare, de la que se hizo inseparable. Los padres de Carmen hicieron también lo imposible para que se sintiera como en casa. En Jerez pasaba su tiempo cocinando esa comida india que tanto echaba de menos, y por las tardes me la llevaba a las magníficas playas de la costa gaditana. Nuestras preferidas eran las de la parte de Chiclana, Conil, El Palmar, Bolonia... Un auténtico paraíso virgen, sin olvidar Zahara o los Caños de Meca. Pero el día que saltaba el levante, había donde elegir: Rota, El Puerto de Santa María, Chipiona... Toda la provincia de Cádiz aglutina la mayor concentración de banderas azules en sus playas de toda España.

"¡Vive!", me decía siempre mi madre, y yo, con ese propósito grabado a fuego en mi equilibrada mente, vivía tranquilo y esperanzado, visualizando el día en que me llamasen desde la India diciéndome que había aparecido Savitri. Había recuperado el hábito de escribir y, en mis ratos libres, comencé mi primera novela. ¿De qué podía escribir? Me preguntaba y, naturalmente, surgió relatar mi propia historia. Sentía una irrefrenable necesidad de expresar todo mi dolor como herramienta de sanación. Escribía para mí, sin pensar que algún día pudiera publicarse. No me avergüenza reconocer que mis lágrimas mojaron el teclado en alguna ocasión al recordar. Revivir tan duros momentos, supuso para mí como si me arañasen el alma, pero sentía que era necesario para superar los últimos peldaños de mi duelo por tantas pérdidas. Fue una experiencia verdaderamente sanadora. Nacía así *Los hijos de la miseria*.

A pesar de que, como en todo el mundo, España había sufrido una gran crisis económica, nosotros la habíamos sorteado bien. La economía parecía comenzar a levantar cabeza; corría los últimos días del verano del 2014. Una noche, cenando en la ribera del marisco de El Puerto, conociendo a Carmen como la conocía, noté que quería decirme algo, pero no sabía cómo. Yo la dejé hacer.

—La temporada no ha estado mal, ¿no? Creo que ha llegado el momento.

—El momento ¿de qué? —pregunté mientras chupaba una "boquita de la isla."

Carmen, me cogió la mano y comenzó a dar saltitos en la silla.

—¡Prendi! ¡Prendi! —repetía.

—Pero ¿qué prisa tienes, Carmen? Estamos bien, somos jóvenes aún.

—No tanto, Vishnu, yo tengo ya casi treinta. Soy la última de mis primas que aún no se ha casado, ¿qué nos lo impide? Además, yo quiero ser madre, y se me va a pasar el arroz. Quiero darte un pequeño indio gitanito.

Era imposible resistirse cuando ponía ojillos de cordero degollado, y tenía tanta ilusión, que le contesté mientras le pellizcaba mejilla.

—Bueno, vaaale.

Carmen comenzó a dar palmas con una risita nerviosa, se levantó de un salto tirando la silla, y se abalanzó sobre mi cuello sin dejar de besarme. Las personas que comían a nuestro alrededor presenciaban la escena, sonrientes, y al escuchar a Carmen gritar: "¡Me caso, me caso!", comenzaron a aplaudir.

Yo, aunque un poco avergonzado, me sentía feliz por ella; reconozco que a mí también me hacía ilusión, solo que me pilló un poco por sorpresa. Pusimos fecha para la primavera siguiente, pero se presentaba un "problemilla": cómo y dónde celebrarla.

****

Una princesa hindú

Después de tantos años en Jerez, se me había pegado bastante el acento y algunas de las expresiones típicas de la tierra. Me había integrado perfectamente en el círculo de amistades de Carmen, principalmente artistas y "primos" del barrio. Al igual que la señora Desi, algunos me llamaban Marajá. En mi familia política, desde el primer día, caí como se suele decir por aquí, "de pie." Carmen tenía una hermana pequeña, Tomasa, que cantaba y bailaba. Y tres hermanos, mis cuñados. Luis, el mayor, era guitarrista como mi suegro Alonso, hermano de mi tío Manuel, que era además anticuario. Eduardo, el mediano, tocaba la flauta travesera; y el pequeño Antonio, al que todos llaman "Nono", era percusionista. Todos dedicados, desde casi la cuna, al mundo del flamenco. Pertenecían a una de las sagas de artistas con más renombre de Jerez. El único que no sabía ni tocar las palmas era yo. "Qué *saborío* eres, hijo", me decía mi cuñado Luis. Yo le respondía: "¿Qué quieres que haga?

Uno no elige dónde nace. Si tú hubieras nacido en Benarés, a ver lo que hacías".

Yo hubiera preferido una boda íntima, pero eso en la familia de Carmen era imposible. Mi suegro decía que no se casa a una hija todos los días, y estaba dispuesto a tirar la casa por la ventana. Era muy conocido en la ciudad, y pensaba invitar a todo el barrio de Santiago y San Miguel. A mí eso me tenía un poco mosqueado. "Y, ¿yo no tengo nada que decir?", me preguntaba. Daba por hecho que la boda sería en Jerez, cualquiera le decía a Carmen que hubiera preferido celebrarla en la casa del señor Harminder. Pero no quería quitarle la ilusión, por ella estaba dispuesto a hacer cualquier cosa. No imaginaba lo que se me venía encima.

Una tarde, tomando el fresco en la peña del barrio donde parábamos por las tardes, mi cuñado Nono, entre copa y copa, me sorprendió con algo que nunca me había parado a pensar.

–Vishnu, tienes que ponerte a ensayar.

–A ensayar ¿qué? –respondí temiéndome lo peor.

–¡Qué va a ser! El novio tiene que bailar con la novia, hombre… –me contestó Nono, a la vez que me daba unas palmaditas en la espalda.

Me senté junto a Carmen, que me miraba divertida.

–Qué vergüenza, desde luego el compás no está entre mis dones y talentos.

–No te preocupes, *gordo*, que yo te enseño. Es muy fácil, tenemos tiempo, Ya verás lo bien que lo harás –me susurró Carmen al oído.

Yo hubiera dado dinero por evitar pasar el mal rato, pero no me quedó más remedio que comenzar a ensayar para tener, al menos, una salida decorosa cuando me llegase el momento. Cada noche, después de cenar, retirábamos la mesa del pequeño salón, e intentaba seguir el compás de Carmelilla. "Un, dos, tres, un, dos, tres... ¡Ahora! ¡Entra, Vishnu! ¡Nooo, te adelantas demasiado!", "Ay por Dios... ¿Dónde se ha visto a un indio bailando por bulerías? Vaya marrón en el que me he metido". Al menos nos divertíamos, y a Carmen se le podía ver hasta la última muela de la risa que le provocaba verme patear el suelo de la forma más patosa posible.

La cuenta atrás se había iniciado. Sería el 14 de abril, que además era mi cumpleaños; veintiocho años al cincuenta por ciento entre luces y sombras. Pero la de la desaparición de Savitri era demasiado alargada. Esta circunstancia marcó sin duda mi forma de ser; hablaba lo justo, en muchas ocasiones incluso estando rodeado de gente. Inconscientemente, buscaba un momento para aislarme y pensar en mis cosas. "¿Dónde está Vishnu?", se escuchaba. Carmen, que me conocía bien, respondía: "No te preocupes, ahora vuelve. Él es así".

No me gustaban las aglomeraciones. Algunas veces me preguntaban: "¿Por qué hablas tan poco?" A lo que respondía siempre sonriendo: "Abriendo los ojos se aprende más que abriendo la boca".

Escogía muy bien a mis amigos, no me preocupaba de agradar a nadie más que a mí mismo. Tendrían que quererme tal y como era. Esto no significaba que no fuese sociable, al contrario. Había desarrollado un sentido del humor muy de la tierra, y me gustaba gastar bromas. Me sentía equilibrado; simplemente, a veces, necesitaba encontrar mi espacio.

Los meses pasaron rápidamente y, casi sin darnos cuenta, nos encontrábamos a solo una semana del gran día. Mi reducida lista de invitados estaba encabezada por mi madre y, por supuesto, por el señor Harminder, la señora Asha y sus hijos. También habían confirmado la asistencia algunos compañeros de trabajo, de la universidad y amigos de mi etapa en Sevilla, incluidas Desi y Ángeles con sus respectivas parejas. Quería que de algún modo la India quedase representada en mi boda, y le había enviado a mi madre mis medidas para que en los talleres del señor Harminder me confeccionaran un elegante *kurta* de seda azul marino. Mi suegro se había encargado de organizar el banquete en una bodega de la ciudad. Lo del vestido de novia era un auténtico secreto, como debe ser. Estaban invitados más de cuatrocientas personas, entre ellas lo más granado del mundo del flamenco de Jerez y Sevilla. A cinco días de la madre de todas las bodas, como la llamaban en el barrio, Carmen y yo fuimos al aeropuerto a recibir a nuestra familia de la India. Estaba muy ilusionado porque hubiesen podido acompañarme en un día tan especial para mí. Por el señor Harminder no pasaban los años; la señora Asha estaba, como siempre, bellísima; y qué decir de Naisha, que venía acompañada de su marido, un joven y reconocido médico *Sij* de Delhi. A mi "hermano" Gobind le acompañaba su prometida Arundhati, una joven y prestigiosa abogada nacida y afincada en Londres. Había reservado habitaciones para ellos en uno de los mejores hoteles de la ciudad. Todos causaban admiración allá por donde iban y, por supuesto, en el barrio de Santiago. Los hombres impecablemente vestidos con *kurtas* de estilo clásico, y siempre complementados con llamativos turbantes azules. Las mujeres con elegantísimos *saris* de seda. Mi suegro, dos días antes de la boda, quiso agasajar a mi familia con una cena en un afamado restaurante de Jerez, para después improvisar una gran fiesta flamenca en el patio de la peña "Luis de la Pica". Mi madre estaba impresionada por la belleza de las mujeres gitanas, comprobando sorprendida cuánto se parecían a cualquier mujer hindú. No se separaba de su consuegra Esperanza y de mi tata Mare. Carmen, que se desenvolvía bastante bien con el inglés, me ayudaba con las labores de intérprete. Estaba realmente feliz de ver a mi madre más guapa que nunca, desprendiendo luz, repartiendo abrazos y viendo cómo me querían todos.

–Ahora comprendo por qué te sientes tan bien aquí, hijo mío –me decía mi madre rebosante de felicidad.

Como solía pasar cada vez que surgía una fiesta, la noticia corrió como la pólvora y no paraba de llegar gente. Disfrutamos de una noche mágica, inolvidable para todos. Pero como siempre me solía pasar, mi mente viajaba al lado de mi hermana, y sentía una punzada en mi corazón. Carmen me vio salir a la calle y se vino tras de mí.

—¿Qué te pasa, Vishnu? —me preguntó cogiéndome por el brazo.

Yo no pude contestar y, con los ojos vidriosos, no pude hacer otra cosa que abrazarme a ella, y llorar como hacía tiempo que no lloraba.

—Ay, cariño, no te pongas así. Ya sé que te pasa. Te acuerdas de ella, ¿verdad?

—Lo siento, pequeña, es que no puedo evitarlo. Duele tanto... —respondí un poco más repuesto.

—Ya lo sé, pero ella está contigo de alguna forma. Dios, que todo lo puede, te permitirá recuperar a tu hermana algún día. No permitas que el dolor empañe este momento, demuestra todo lo que has aprendido. Tu madre no puede verte así, ¿vale?

—Vale —respondí mientras mi Carmen me acariciaba la cara y secaba mis lágrimas.

La fiesta se alargó hasta altas horas de la madrugada, aunque nosotros nos recogimos no muy tarde; al día siguiente tenía que llevar a mi familia a conocer Jerez, las bodegas y tenía entradas para el espectáculo de la Real Escuela Andaluza de Arte Ecuestre.

Ese día en Jerez, el sol resplandecía luminosamente en lo más alto, el aroma a azahar de los naranjos daba la bienvenida a la primavera, y la puerta de la iglesia de Santiago se encontraba repleta de invitados ataviados con sus mejores galas. A las seis de la tarde, en un elegante coche descapotable, llegué puntual a la puerta de la iglesia del brazo de mi madre. Mi *mommy* Anjali, vestía un precioso *sari* verde esmeralda adornado con fina pedrería, complementado con una *tika* sobre la frente, a juego con unos impresionantes pendientes, y las clásicas pulseras o *bangles* en sus brazos. Todo estaba preparado. Me encontraba realmente emocionado esperando el momento de ver aparecer a la novia. En ese momento, mi mente viajó a la pequeña aldea que me vio nacer, donde la miseria, las necesidades y los malos tratos de mi padre, fueron el crisol de la desgracia que protagonizaba mi vida hasta entonces. Pero aquello había acabado, me decía, otra suerte muy diferente me esperaba, me lo había ganado a pulso. Miré a mi madre, y me sentí muy orgulloso de lo que había conseguido. El mismo orgullo que sentí al ver bajar a Carmen del brazo de su padre, de un precioso enganche jerezano tirado por cinco espléndidos caballos blancos.

Todos los asistentes quedaron boquiabiertos, entre exclamaciones de admiración, al ver a Carmen vestida con un maravilloso *sari* de gasa color marfil, con una larga cola de varios metros, sujetada por su hermana Tomasa y por tres de sus primas, igualmente ataviadas con *saris* de color rosa palo. Sobre su cabeza reposaba sutilmente cubriéndole la cara, una valiosa mantilla del mismo color, y debajo de esta, un impresionante casquete de pedrería fina, rematada sobre su frente por la genuina *tika* hindú. Sus manos y sus pies estaban adornados con tatuajes de *henna*, seguramente hecho por alguna de las mujeres de mi familia la noche antes en un ritual llamado *Mehndi Rat* o noche de la *henna*, con el cual se brinda protección y prosperidad a la novia. Se dice que cuanto más oscura sea la tinta, más fuerte será el matrimonio de la pareja. Parecía una auténtica princesa india. "Vaya sorpresa, no me lo esperaba, que callado te lo tenías", le dije al oído cuando su padre me la entregó en el altar a los sones de la marcha nupcial. Era su forma de decirme: "Aunque estés lejos de tu tierra, quiero que esté muy presente en este día". Mi madre y la señora Asha, muy emocionadas, la miraban con ojos de complicidad, y entonces comprendí que tenían mucho que ver con el bellísimo *sari* que, además de causar sensación, creó tendencia entre las gitanillas del barrio. La ceremonia fue preciosa, cantada y acompañada al piano por dos de sus amigas. Lacrimógena, tan emotiva, que hasta mi querido señor Harminder y mi tío Manuel, dejaron caer alguna lagrimilla. Tras el sí quiero y las fotos de rigor, todos los invitados nos esperaban en la puerta para felicitarnos con la clásica lluvia de arroz y de pétalos de flores; los besos y las felicitaciones se sucedían. Mi cuñado Luis, hizo sonar su guitarra, acompañado al cante por mi cuñada Tomasa, y mi Carmelilla se arrancó a bailar rodeada por las caras de emoción y satisfacción de la familia y de los invitados. Yo estaba tan feliz y disfrutaba tanto del momento, que me lancé a bailar junto a ella, entre las miradas de asombro de todos cuantos nos rodeaban. "Oleeee", se escuchaba una y otra vez. "Qué fuerte, qué arte... ¡Bien, Marajá!", exclamaban mis primos de la peña. La verdad es que las clases dieron su fruto y no lo hice mal del todo. Yo, feliz por ello y por ver que, mi ya mujer, rebosaba felicidad.

Fue solo el principio de lo que quedaba por disfrutar. Una increíble fiesta flamenca se desató antes incluso de que terminara el banquete. Mi madre y mi familia de Benarés estaban literalmente alucinados y agradecidos de haber podido presenciar algo así. La noche fue muy larga, y los cantes y bailes se sucedían, siempre por bulerías. Carmen se había cambiado de vestido: algo más cómodo que le permitiese bailar una y otra vez con sus primas y primos, y por supuesto conmigo, que después de varias copas ya me había venido arriba y le estaba cogiendo el gustillo. La noche llegó a su punto álgido cuando sus hermanos y varios gitanos nos cogieron en hombros a Carmen y a mí, mientras se rompían las camisas bajo una lluvia de almendras y peladillas. Fue una auténtica boda gitana, a excepción de la prueba del pañuelo, que debe verificar la virginidad de la novia. Es una tradición llena de simbología, que en verdad no pasan las gitanillas de Jerez, sin restarle ni un ápice de emotividad al momento. Nunca me vi en otra igual, algunos gitanos ya venían preparados con camisas viejas, dispuestos a partírselas en honor de los novios, y en demostración de orgullo de su raza. Las mujeres, con delantales de lunares, llevaban cubos de zinc llenos de vino, del que daban de beber directamente de un cazo. Llegó un momento en que mi cuerpo no podía más, caí rendido y me desplomé en una silla junto al señor Harminder; este me miró y me comentó echándome el brazo por los hombros.

—Está siendo fantástico, Vishnu. Mira a tu madre, a Asha y a mis hijos cómo están disfrutando.

—Gracias, señor. Me alegro tanto de que hayáis podido venir a acompañarme…

–¿Lo dudabas? Los amigos deben estar en lo malo, pero también en lo bueno, y este es un momento muy feliz para ti –me respondió alborotándome el pelo.

–No estaría aquí si no fuera por usted y por su familia; y ya lo que hace por mi madre no tengo palabras para agradecérselo.

El señor Harminder me dio un emocionado abrazo, mientras me decía.

–Tienes un gran futuro por delante, querido, nadie te ha regalado nada, te mereces todo lo mejor.

La fiesta se alargó casi hasta el amanecer, aunque Carmen y yo nos retiramos antes para disfrutar de nuestra noche de bodas. El señor Harminder nos había regalado un viaje de ensueño de dos semanas por Europa, con primera escala en Roma. El instinto maternal de Carmen crecía por días, y me pidió que dejáramos de poner medidas para ya sabéis...

Y, como se podía esperar, tanto amor dio su fruto a los nueve meses. No a un gitanito indio como ella quería, sino a una regordeta gitanilla hindú. Bella como su madre, pero con los mismos ojos de indescriptible color de su abuela *mommy* Anjali. Nuestra pequeña Indira, un sueño hecho realidad, la luz que siempre busqué.

XXI
LOS HIJOS DE LA MISERIA

Desde el momento en el que sostuve entre mis brazos por primera vez a nuestra pequeña Indira, comprendí aún más el sufrimiento de mi madre. Me enfermaba pensar que le pudiese pasar algo; es increíble sentir que algo tan pequeño, te puede cambiar la vida. Quise que mi madre disfrutara de su nieta, y se vino a vivir con nosotros una larga temporada, pudiendo recuperar así parte del tiempo perdido. Ella estaba feliz, pero después de un año, quiso regresar a la India. Pensaba que debía estar lo más cerca posible de Savitri, por si surgía alguna noticia de ella. Yo echaba cuentas, y comprobaba con asombro que, entre el secuestro y mi marcha a España, habíamos estado casi tanto tiempo separados como viviendo juntos. Pero no dejaba de ser una circunstancia que, tanto para ella como para mí, habíamos vivido siempre desde la aceptación. Sobre todo, mi madre que, en un extraordinario gesto de generosidad, comprendió que debía pensar antes en mí y en mi futuro, que en ella misma. Yo, desde lo más profundo de mi corazón lo agradecía, y sentía que así era como teníamos que educar a nuestra hija. Alejados de todas las creencias que limitan tu vida desde el momento en el que naces. En el caso de mi madre tenía doble mérito después de haber perdido a sus hijos. En cualquier caso, aunque estaba bien acompañada por la señora Asha y el señor Harminder, prefirió separarse de mí y permitir que viviese y construyese mi propia vida. En la India, e imagino que, como en cualquier parte del mundo, existen muchas personas que tienen hijos pensando en tener a alguien que los pueda cuidar al hacerse viejos. Pero no era nuestro caso. "Estás conmigo, hijo mío, pero no eres mío, no te preocupes por mí, vuela Vishnu", me decía siempre mi madre. Difícil decisión para quien piensa así, sin caer por pura ignorancia en los clásicos chantajes emocionales, por no decir de las madres que, cuando se casan sus hijos, no dejan de entrometerse en la pareja. Por todo ello, me sentía realmente libre, dueño de mis actos y único responsable de mis errores. Vivía ilusionado mi pasión por la literatura desde que el señor Kiran me animase a escribir. Posteriormente aparecieron en mi vida personas que me animaron a seguir haciéndolo, mi amiga Ángeles entre ellas, pero ninguna tuvo tanta influencia como Rosa. La conocí una tarde tranquila de otoño mientras trabajaba en la agencia. Sobre mi mesa reposaba un primer borrador impreso de mi primer libro que, después de dos años, me resistía a terminar. Esperaba esperanzado que fuese el destino, con el soñado regreso de mi hermana, el encargado de escribir sus últimos capítulos. La tarde había sido muy tranquila, y mi jefe se había marchado antes a casa. Mi compañera Lucía había salido a por café y cuando entró una señora, la invité a sentarse. Quería reservar dos billetes de avión y hotel para Barcelona.

Mientras le hacía la gestión, la señora reparó en mi escrito.

¿Qué significa "Vishnu"? –me preguntó.

–Aparte de mi nombre, es un dios de la India – respondí.

–*Los hijos de la miseria…* ¿Es una novela? ¿Puedo echarle un vistazo?

–Si, por supuesto –contesté sin imaginar la trascendencia que traería a mi vida ese simple gesto.

–¿La has escrito tú? ¿De qué trata?

–Sí, señora, se puede decir que es una novela autobiográfica. Es mi vida, trata sobre la esclavitud infantil en la India.

La señora, tras leer unos minutos, mientras terminaba de hacer las reservas, me volvió a preguntar cada vez más interesada.

–Eres de la India, ¿verdad? Me encanta tu país.

–Sí, de Benarés, ¿la conoce?

–Conozco la India, me encantó, pero claro, es tan grande… Solo nos dio tiempo de conocer el norte. Delhi, Jaipur, estuvimos también en Nepal. Es muy triste todo lo que pasa allí con los niños.

La señora se quedó pensativa durante unos segundos.

–Sé que no me conoces, pero ¿puedo pedirte algo? –me preguntó sin soltar mi libro.

–Por supuesto señora, dígame.

–Me encantaría leerla, lo poco que he leído, me ha parecido muy interesante.

Yo me quedé muy sorprendido, pero inmediatamente le respondí.

–Me siento muy halagado de que alguien quiera leer mi escrito, pero aún no está terminada.

–No te preocupes, eso es lo de menos. Por cierto, me llamo Rosa.

La señora se despidió, y yo me quedé con media sonrisa dibujada en mi cara. Conforme iba avanzando en la novela, mi ilusión crecía pensando en que algún día pudiera ser publicada. Me encontraba realmente intrigado por saber la opinión de mi misteriosa enviada. Ese día llegó, justo a la semana, cuando recibí su llamada. Quedamos esa misma tarde en mi oficina.

La recibí un poco nervioso y la invité a sentarse. Ella me miraba sonriente. "Buena señal", pensaba.

–¿Qué le ha parecido, Rosa? –le pregunté esperando el veredicto.

La señora me respondió sin dejar de sonreír.

–Bueno, Vishnu, necesita corrección, pero no debe preocuparte, la técnica se aprende. Tengo que decirte que… me ha encantado. Es fantástica.

–¿De verdad? –contesté intentando disimular mi entusiasmo.

–Escribes de forma sencilla, es fácil de leer; se entiende perfectamente, que es lo más importante. Describes tan bien las situaciones y las localizaciones, que te transporta al lugar. Pero, sobre todo, transmites muy bien los sentimientos, eso hace que el lector se conmueva. Yo me he emocionado leyéndola en más de una ocasión. Es una historia preciosa, aunque muy dura, engancha, provocas que no se pueda parar de leer, y eso es muy bueno. Sin duda tienes talento, alma de escritor, ¿has pensado en publicarla?

–Caramba, Rosa, ¡muchas gracias! Si le dijera que no, le estaría mintiendo.

–Vale, pues entonces, si me lo permites, me encantaría ayudarte.

–¡No me diga! Y, ¿cómo?

–Bueno, verás… soy escritora y mi marido también. De momento, me ofrezco a hacerte las correcciones. Hay escritores que para auto publicar tienen que pagar una corrección, que es imprescindible por otro lado, pero a mí no me gusta la auto publicación. Pienso que el trabajo de un escritor, si es bueno, debe ser pagado y no al contrario. Luego es muy difícil vender libros sin la promoción y la ayuda de una editorial. Yo prefiero presentarme a concursos literarios, o enviar directamente la obra a editoriales. Pero, vamos paso a paso, ¿te parece? Lo primero es que la termines. Mientras, envíame la novela por email, para comenzar con las correcciones.

Terminé de escribir la novela en solo un mes, aunque no de la forma que me hubiese gustado. Era mi historia, la de mi familia, nuestro sufrimiento a través de los ojos de un niño miserablemente explotado.

Rosa me habló de un concurso de novela que organizaba anualmente una importante editorial. Decidí presentarme con un seudónimo, tal y como obligaban las bases del concurso. No tenía nada que perder; si no daba resultado, Rosa, me había comentado que se la podía enviar a algunos contactos conocidos, que había hecho dentro del mundo literario. El concurso contaba con un premio en metálico de diez mil euros y el 10% de las ventas. Después de que Carmen, Ángeles, y por supuesto Rosa y su marido la hubiesen leído, tenía motivos para pensar que mi obra tenía calidad suficiente para aspirar al premio. Aunque nunca hubiese querido vivir ni relatar algo así, y de primerísima mano. Soñaba despierto.

—¿Te imaginas que lo gano, Carmen?

—No sé, Vishnu, no quiero que te hagas ilusiones, luego la decepción puede ser mayor. Está bien soñar, visualizar y todo eso, pero vamos a esperar. Luego ya veremos.

El concurso se fallaba en dos meses. Carmen me paraba bastante, pero yo, fiel a mi hábito de visualizar lo que quería que me ocurriese, me acostaba cada noche imaginando que recibía un correo, anunciándome que había ganado el concurso literario.

Se cumplían dieciséis años del secuestro, mi vida había cambiado radicalmente. Había creado mi propia familia en un país donde me encontraba mejor que en el mío propio, teníamos una hija maravillosa y un trabajo que me gustaba y que me permitía viajar. Pero presentía que la vida me depararía aún muchas sorpresas. Soñaba con volver a estudiar y poder desarrollar mi carrera. Ahora sentía que estaba a punto de conseguir algo; algo que nunca pude imaginar. Como siempre decía, bajaba cuesta abajo, dispuesto a aceptar lo que me viniera.

Habían pasado dos meses, Rosa me advirtió que permaneciera atento al fallo del jurado. Cada mañana, antes incluso de ir al baño, abría el ordenador esperando el mensaje de la editorial. Hasta que un día el ansiado correo al fin llegó. Me puse tan nervioso, que no fui capaz de abrirlo, el corazón se me aceleró rápidamente y le tuve que pedir a Carmen, que fuese ella quien lo leyese. Se sentó frente al portátil, mientras yo la miraba impaciente. Tras unos interminables segundos, la cara de Carmen se transformó; yo me preparaba para la decepción. Pero Carmen me miró con una maravillosa expresión de sorpresa.

–¡Vishnu! ¡Has ganado! –exclamó.

–¿Estás segura? ¡No estarás de broma! –respondí sin poder creer lo que estaba oyendo.

–¡No! ¿Cómo voy a bromear? ¡Míralo tú mismo! ¡Cariño, lo has conseguido! Carmen se levantó y me agarró del brazo acercándome al ordenador:

"A la atención de Vishnu Sankhar, autor de *Los hijos de la miseria*. Tenemos el gusto de anunciarle que ha resultado ganador con su obra del Concurso Literario Grupo Verde Luz Editorial 2016, en la modalidad de novela. En breve nos pondremos en contacto con usted. Enhorabuena."

En ese momento salté de júbilo y me abalancé sobre mi mujer. Caímos al suelo abrazados sin parar de gritar, hasta que la sorpresa dio paso a lágrimas de emoción. ¿Qué pasaría ahora? Tenía que serenarme, lo primero sería dar la noticia a mi madre y al señor Harminder. Por supuesto también a Rosa, de la que aprendí tanto. Mi madre y toda mi familia de Benarés estaban igual de sorprendidos que yo, y lloraron conmigo al recordar. "Te dije siempre que conseguirías algo grande, Vishnu", me decía el señor Harminder. "Bravo, hijo mío, estoy muy orgullosa de ti", me dijo mi madre, secándose las lágrimas. Mi maestra Rosa no lo pudo remediar, y corrió hacia la oficina a felicitarme.

—¡Vishnu! ¡Ven aquí que te abrace! ¿Te das cuenta de lo que has conseguido? ¿Sabes cuantos aspirantes optaban al premio? Tienes un don, Vishnu, y gracias a Dios han sabido verlo.

—¡Gracias, gracias, Rosa! Sin ti no lo habría conseguido.

No olvidaba nunca las palabras de mi madre: "No pierdas nunca la humildad, hijo mío". Esperaba no defraudarla ni a ella, ni a nadie de los míos. Se abría una nueva etapa en mi vida, y estaba dispuesto a recoger la recompensa después de tanto sufrimiento. Pero siempre, siempre, con mi hermana en la mente. Pronto llegarían nuevas sorpresas.

Es increíble el poder que puede tener la visualización. A veces, puede resultar incluso peligroso. Una vez leí que Hitler, muchos años antes de hacerse dueño te toda Europa, ya plantaba banderitas nazis sobre un gran mapa del continente. Gracias al trabajo con Ángeles, tuve la oportunidad de comprobar una y otra vez, que verdaderamente da resultado si se hace bien. Daba gracias a mi divinidad como si ya mi deseo se hubiese cumplido. Y puestos a pensar, ¿por qué no hacerlo a lo grande?

Hay que ser constante y no perder la paciencia. El secreto está en conseguir fusionar tus sueños, tus deseos, con tu inconsciente, incluso mientras duermes. Deseaba con todas mis fuerzas todo lo que me estaba ocurriendo.

Mis sueños de triunfar como escritor, los compartía con el de reencontrarme con mi querida y soñada hermana. Comencé a tener sueños extraños, donde veía la cara de una joven mujer; otras veces me veía caminando por el desierto. A veces me costaba recordarlos y comencé a tomar notas en un pequeño diario, no le encontraba sentido. En las siguientes semanas los acontecimientos se sucedieron. Recibí una llamada de la editorial donde me citaban para la gran gala de entrega de permios. Tendría lugar en Madrid en el plazo de dos meses. Allí me harían entrega del cheque, pero antes, tendría que viajar para firmar el contrato de edición. El viaje sería rápido y Carmen, como siempre, me acompañaría. Viajamos hacia Madrid en el AVE, para regresar al día siguiente.

El contrato en sí no tenía mayor complicación. En principio, se haría una tirada de mil ejemplares, y si tenía éxito podrían editar las que fueran necesarias. También se contemplaba la posibilidad de traducirla al inglés. De las ventas de los portales digitales me llevaría un porcentaje menor, pero beneficio, al fin y al cabo. La editorial se comprometía a promocionar la novela digitalmente, notas de prensa y en televisión. También a organizar presentaciones y firmas de libros, en ferias literarias o donde creyesen oportuno. Por otro lado, yo estaba obligado a asistir a todos los actos promocionales donde fuese requerido. Insistí en incluir una cláusula donde me había reservado los derechos, por si la obra era llevada al cine o a la televisión. Tras examinar con detenimiento los documentos, di el visto bueno, y fue así como firmé mi primer contrato de edición y venta.

Esperaba que no fuese el último. La editorial nos invitó a comer, me emplazó para la gala de entrega de premios, y tras un largo día con celebración incluida, a la mañana siguiente, regresamos a Jerez.

Me encontraba realmente esperanzado en que pudiera tener éxito, así me lo transmitieron desde la editorial. La cantidad inicial de ejemplares, aunque no era muy grande, estaban convencidos de que sería la primera de muchas, pero prefirieron comenzar de menos a más. El lanzamiento estaba previsto para hacerlo coincidir con la gala, así que, en un mes escaso, mi novela estaría a la venta en las principales librerías de toda España y en los canales de venta digital. Una vez en casa, procuré poner los pies en la tierra y no creérmelo demasiado. Intenté, por mucho que visualizara, centrarme en el trabajo y en la familia, como si nada hubiera pasado, aunque el gesto de satisfacción era difícil que desapareciera de mi rostro. El dinero nos vendría de maravilla, pero tampoco era una cantidad tan importante como para que pudiera cambiar aún nuestras vidas. Habría que esperar a la acogida de la crítica y de los lectores. El día de la gala, acudí con Carmen de mi brazo, que estaba bellísima, con un vestido negro; esa noche me hicieron sentir como a un verdadero escritor. La editorial no reparó en gastos, incluso habían puesto una alfombra roja como en la Gala de los Oscar, donde nos pudimos hacer fotos con famosos, que acudieron para dar repercusión al evento. Después de una elegante cena, se inició el acto y, llegado mi turno, me presentaron y subí al escenario para recibir mi premio. La presentadora me hizo una pequeña entrevista donde pude hablar un poco de la novela. Yo, no pude evitar recordar las últimas palabras de mi amigo Kiran: "Debes gritar al mundo lo que pasa aquí" y fue lo que hice. Debí transmitir el mensaje bastante bien, pues recibí una gran ovación de los asistentes y fui reclamado por varias televisiones, donde comuniqué el mismo mensaje. Durante días recibí las felicitaciones de la familia, de amigos… pero para mi sorpresa, también de periodistas que se habían hecho eco de mis palabras. Al poco tiempo, recibí una llamada de la editorial, de una señorita llamada Yoli; ella sería la encargada de tratar todo lo referente a la promoción del libro. Mi agente me habló en tono de broma.

—Vishnú, ¿tienes representante?

—No, ¿cómo voy a tener representante? —respondí entre risas.

—Pues, a lo mejor deberías de ir pensando en tener uno. No, ahora en serio: tus entrevistas han tenido una gran repercusión y, en solo unas semanas, tu libro está casi agotado. Estamos preparando una segunda edición, pero esta vez vamos a lanzar cuatro mil ejemplares. ¿Qué te parece?

—¿Estás hablando en serio? ¿No me estarás tomando el pelo?

—Lo que oyes. Estamos pensando en organizar presentaciones, y hoy tengo que cerrar dos entrevistas en la radio y en la televisión. Promocionalmente tus palabras nos han abierto un camino que no sospechábamos, y hay que sacarle partido. Permanece atento, que tendrás que viajar en unos días a Madrid.

"Caramba con la visualización", me dije a mi mismo. No lo podía creer, resultaba inevitable dejar volar la imaginación, pero no esperaba que la cosa fuese tan rápida. Si tenía que viajar a las promociones y a las entrevistas, ¿de dónde sacaría el tiempo? ¿Qué pasaría con mi trabajo? Tendría que hablar con mi jefe y buscar una solución. Todo hacía indicar que la novela estaba despertando mucha expectación. Tras hablarlo con Carmen, que estaba tan sorprendida como yo, decidimos esperar acontecimientos.

Una tarde recibí una llamada que me hizo mucha ilusión. Era Carol, que se encontraba en Barcelona y me había visto en las noticias. Se había emocionado tanto con mis palabras, que me animó a colaborar con su organización. Había leído mi novela, le había impresionado. Me propuso participar en algunas charlas para concienciar a la población y recaudar fondos para una fundación que habían creado para ayudar a los niños de la calle en India. Yo me presté desinteresadamente, tenía muy presente las palabras de mi amigo: "Eleva tu voz para que no vuelva a ocurrir", y yo, que ahora era un poco más visible, estaba encantado de poder aportar mi granito de arena. Carmen y yo decidimos salir del pequeño apartamento en el que vivíamos hasta entonces de alquiler, y dimos la entrada para una bonita y soleada casa unifamiliar.

–Qué miedo, Vishnu, ¿podremos pagarlo? –me preguntó mi mujer

–Carmen, esa pregunta se la hace todo el que se compra por primera vez una casa. Tranquila, ya ves cómo van las ventas, y presiento que no acabará aquí.

–¡Qué alegría! ¡Sigue visualizando, hijo! –me respondió con gracia Carmelilla.

Para el tercer cumpleaños de nuestra pequeña Indira vivíamos tranquilos. Seguía con mi trabajo, y regularmente daba charlas para la fundación de Carol y promocionaba mi libro. Por aquel tiempo, entre viaje y viaje, ya tenía casi terminada mi nueva novela. Trataba sobre la historia de una niña autista a la que le gustaba escribir. Tenía buena pinta, según mi editorial.

Mi querida amiga Ángeles siempre me decía en broma: "Vishnu, si triunfa tu novela, yo seré tu ayudante. Me llevaré la plancha de viaje". Nos lo tomábamos entonces a risa, pero a mí nunca se me olvidó. Ángeles, aparte de ser como de la familia, era una gran amante y conocedora de mi país, y desde hacía unos meses nos habíamos asociado para organizar viajes desde España a la India más espiritual.

Ese verano decidimos pasar unas semanas de vacaciones para ver a la familia de Benarés. Yo buscaría tiempo para atender con Ángeles nuestro negocio de viajes, mientras tanto, Carmen y la niña se quedarían con mi madre. Aprovechábamos cualquier oportunidad para estar de nuevo juntos, aunque solo fuesen unos días. Mi madre seguía viviendo con la señora Asha y el señor

Harminder. Hacía tiempo que había abandonado la pequeña casa de alquiler.

Una calurosa noche, Ángeles y yo tomábamos el fresco después de cenar en los jardines de un precioso hotel colonial en Jaipur. Habíamos organizado un espectáculo de música y danza tradicional hindú, cuando sonó su teléfono. "Perdona, Vishnu, entro un momento, aquí no oigo bien con la música". Tras unos minutos, Angelita, como la llamaba cariñosamente, se sentó frente a mí con la cara desencajada. Yo, al verla, le pregunté preocupado.

−¿Ha pasado algo? Mi madre, Carmen, la niña, ¿están bien?

Mi amiga, tardó en responder.

−¡Angelita, por Dios, contesta!

−No, no es eso, imagino que estarán bien. La cláusula, ¿te acuerdas de la cláusula?

−¿Qué cláusula? −pregunté aliviado.

−Vishnu, me ha llamado desde Madrid un señor de una productora. ¡Me ha dicho que están interesados en comprar los derechos de tu novela, para llevar tu historia al cine! ¡Qué pelotazo, compadre! Hemos organizado una reunión para cuando regresemos a España. Quieren hacernos una oferta.

¡Arrea! Esto nunca lo visualicé, pero como siempre digo, es lo que tiene la inercia; encaraba la bajada del puerto, sin la necesidad de dar pedales. Estaba feliz, pero me lo tomaba con serenidad, hacía tiempo que la cuestión económica había dejado de preocuparme. Tenía todo cuanto necesitaba, solo le pedía a Dios salud para los míos. Pero si había que gritar al mundo el problema de los niños explotados, no se me ocurría mejor forma de hacerlo. A veces la vida te concede más de lo que nunca esperas de ella. No sé por qué, pero sentí miedo.

XXII

MAAN

Aprendí que nuestra vida está compuesta de ciclos. Yo había completado varios a lo largo de la mía, seguro que sufriendo más de lo normal. Ahora me encontraba en un momento donde la herida de la desaparición de Savitri se había desvanecido tristemente en el tiempo; se había convertido en el melancólico recuerdo de una niña que ahora, de estar viva, se habría convertido en una mujer de veinticinco años. ¿Qué habría sido de ella? Esa pregunta martilleaba mi mente insistentemente cada vez que despertaba de ese extraño sueño, en donde veía claramente la cara morena de una chica india. Presentía que el momento de cerrar ese doloroso círculo se encontraba cada vez más cerca, pero nunca pude imaginar de qué forma.

Después de dos semanas en las que pudimos disfrutar de la compañía de mi madre y de la familia, regresamos a casa. Me incorporé al trabajo; Carmen, aparte de sus actuaciones, había montado una pequeña academia de baile; y nuestra pequeña Indira, crecía despreocupada y feliz. El destino tenía guardado para nosotros algo que, si me lo llegan a decir en el tiempo en el que miraba a las estrellas en nuestro campamento de la playa, hubiese pensado que desvariaba.

Acudí con Ángeles a un hotel de Sevilla a nuestra cita con el productor interesado en comprar los derechos de mi libro. Resultó ser una productora con años de experiencia en el sector, habiendo producido series y películas de reconocido éxito. Me dijeron que les había cautivado mi historia, y que la veían claramente cinematográfica. Me hablaron del proyecto. Querían que fuese una gran producción, con el apoyo del Ministerio de Cultura. Las localizaciones en la India requerían de un gran despliegue técnico y económico. Creían que la profundidad de la obra quedaría mejor en una serie de televisión. Yo estaba de acuerdo; por supuesto me ofrecieron supervisar la producción, para que el guion adaptado fuese lo más fiel posible. Estábamos de acuerdo, yo no tenía ni idea de lo que costaba comprar los derechos de un libro para ser llevado al cine, así que cuando me hicieron la oferta, casi me caigo de la silla. Con esa cantidad, podría prescindir tranquilamente de mi modesto sueldo en la agencia y dedicarme plenamente a mis charlas y a escribir. Quedé en contestarles en unos días. Con una copia de la propuesta, acudí a un abogado para que me asesorara. Este, tras examinar detenidamente el documento e investigar si la cantidad ofrecida estaba acorde con lo que se suele pagar en estos casos, le pareció bien, aunque me aconsejó que pidiera más. "Aprovecha Vishnu. A saber, cuándo te ves en otra igual, ya se sabe: todos barremos para adentro", me dijo acertadamente el abogado.

A los pocos días les presenté una contraoferta que, para mi sorpresa, fue aceptada el mismo día. Tras la firma del contrato, me sentí el hombre más feliz en ese momento, tanto que me daba miedo. Creía que la vida me había recompensado ya suficiente, y presentía algo. Este temor lo llevaba en silencio, no quise preocupar a Carmen. Una inexplicable negatividad comenzaba a adueñarse de mis pensamientos.

Pasaron los meses, a Carmen y a la niña les encantaba la playa. Yo desde que vi la inmensa mancha azul de la mano de Kiran, quedé prendado de la paz que podía aportarme. Sentí que necesitaba vivir cerca de ella. Con parte de las ganancias de los derechos, nos compramos una coqueta casa con amplios ventanales y vistas al mar en la playa de Zahara. El sitio ideal para retirarme y dedicarle tiempo a mi pasión: escribir.

Disfrutábamos de una tranquila tarde de playa, Carmen jugaba con Indira en la orilla, y yo las observaba plácidamente, buscando inspiración para rematar mi nuevo libro, cuando sonó mi teléfono: era el señor Harminder.

—Vishnu, hijo, ha ocurrido algo. Debes venir a casa cuanto antes.

—¿Qué ha pasado? Es mi madre, ¿verdad?

—Sí, no te preocupes, ahora está bien, pero ha sufrido un infarto.

A mí se me descompuso el cuerpo. Presentía que algo malo estaba por ocurrir, y mi intuición no se equivocaba.

—Está en el hospital, pero los médicos dicen que es grave, mañana la operan —me transmitió un alicaído señor Harminder.

Grité a Carmen, que acudió corriendo a mi encuentro.

—Recoge las cosas, tenemos que irnos

—¿Qué pasa? —me preguntó mi mujer sorprendida.

–Mi madre, Carmen, es mi madre…

Y no pude decir más. Sentí un mareo, y cómo se me aflojaban las piernas. Caí desplomado en la arena. Cuando desperté estaba rodeado de algunas personas, y Carmen sujetaba mi mano. Un poco más recuperado, nos encaminamos hacia la casa.

–¡Tengo que salir cuanto antes!

–Te acompaño –respondió Carmen.

–No, quédate con la niña –contesté mientras daba vueltas por el salón. Carmen me paró en seco y agarró mi cabeza fuertemente con las dos manos.

–Vishnu, tranquilízate. A la niña la dejaremos con mi madre. Llamo ahora mismo a Ángeles para que se encargue de los billetes. No te voy a dejar solo en estos momentos.

Hasta el día siguiente no había vuelos para Madrid, así que, sin pensarlo dos veces, iniciamos un largo viaje por carretera hacia la capital para embarcar en el primer avión con destino a Benarés a la mañana siguiente. Durante el largo y angustioso viaje, con escala en Doha y trasbordo en Delhi, pedía a Dios que me concediese el tiempo necesario para volver a ver a mi madre con vida. Sería materialmente imposible que llegase a tiempo al hospital antes de que entrase al quirófano. Había vuelto a hablar con el señor Harminder. El estado de *maan* Anjali era muy grave. Se había desmayado en la casa con un fuerte dolor en el pecho. La pudieron convencer para ir al hospital, al que entró por su propio pie, pero allí mismo, rodeada de médicos, le había repetido. Pudieron reanimarla, pero permanecía entubada. Los médicos fueron muy claros: tenía el corazón muy dañado y la operación sería muy delicada. Teníamos que prepararnos para lo peor.

Tras casi 24 horas de vuelo, entramos en el Hospital. El señor Harminder nos esperaba en la puerta.

—¿Cómo está mi madre? —pregunté, temiéndome lo peor.

—Tranquilo, Vishnu, la operación ha sido muy larga, pero la ha superado. Ahora está en cuidados intensivos.

Solté toda la tensión acumulada y me abracé desconsolado al señor Harminder. Carmen daba gracias a Dios, mientras lloraba con su cabeza apoyada en mi espalda.

—Vamos, hijo, tienes que ser fuerte. Los médicos dicen que hay que esperar 48 horas para saber si saldrá adelante.

—Quiero verla —pedí mientras mi mujer me secaba las lágrimas.

—Por supuesto, pero tendrá que ser en unas horas, ahora no dejan entrar a nadie.

Entré a la habitación y vi a mi madre entubada. Nunca imaginé que pudiera llegar este momento, me hubiese cambiado por ella en ese mismo instante, y hubiese muerto feliz. Le cogí la mano y la llevé a mi mejilla inundada de lágrimas. "Estoy aquí *mommy*, soy yo, tu Vishnu. Tienes que aguantar, por favor. Sé que me estás oyendo. No puedes irte ahora".

La señora Asha y el señor Harminder no quisieron regresar a casa, y pasamos una larga y angustiosa noche en la sala de espera del hospital. Cada vez que veía pasar a un médico el corazón me daba un vuelco. Destrozado por la tensión y por el largo viaje, me recosté en un sillón y me quedé dormido. No sé el tiempo que transcurrió, quizás una hora, dos… o tal vez diez minutos. Me despertó la suave presión en mi hombro de la mano de Carmen.

—Cariño, despierta. Está aquí el médico.

Sobresaltado, pegué un salto y con solo ver la cara de todos supe que no eran buenas noticias. El médico me miraba en silencio, me acerqué a él de la mano de Carmen, temiendo oír las fatídicas palabras.

—Lo siento, no ha podido resistir. Su corazón dejó de latir hace diez minutos, vamos a prepararla para que puedan entrar a despedirse de ella.

La señora Asha lloraba abrazada a su marido. Yo me quedé con la mirada perdida, sintiendo cómo se me desgarraba el alma; no comprendía por qué tuvo que irse tan pronto, ni siquiera pude despedirme de ella. Roto, salí a la calle y no pude evitar lanzar un grito de puro dolor mientras clavaba mis rodillas en el suelo. Carmen, desconsolada, hundió mi cabeza entre su pecho.

Parecía que estuviese dormida. Ver a mi madre muerta fue una visión que se grabaría en mi mente para el resto de mis días. Pedí quedarme a solas, después de unos minutos me abracé a ella, y le besé las manos. "Descansa *mommy*, ya se acabó tu sufrimiento. Ojalá a donde vayas estés bien; no me dejes nunca. Sé que estarás siempre conmigo. Gracias por tanto amor".

El señor Harminder se encargó de organizar la cremación en los *Ghats*. El día amaneció plomizo, los cuervos sobrevolaban el cielo gris, y el olor a carne quemada flotaba en el ambiente. La señora Asha la envolvió, ayudada por dos mujeres, en un sudario rojo tal y como marca la tradición. A los hombres se les envuelve en un sudario blanco. Sus delicados pies estaban descalzos. El monje encargado de la cremación untó el cadáver de *ghee*, una sustancia sagrada que ayuda a que el cuerpo arda con mayor facilidad una vez prendida la pira. El maestro de ceremonias, vestido con una túnica blanca, ayudado por mí y por el señor Harminder, sumergió el cadáver en el agua para purificarlo. Otros monjes cubrieron la camilla de troncos de sándalo. Depositamos de nuevo el cuerpo sobre los troncos antes de ser cubierta totalmente por más leña. El monje encargado del ritual se dirigió al templo de Shiva con unas varillas de paja, para prender la llama eterna del fuego sagrado. Al retornar, me cedió el fuego y me indicó que diese cinco vueltas alrededor de la pira, pero antes de prenderla, me acerqué a mi madre y le dije casi en un susurro: "Te prometo que encontraré a Savitri para que descanses al fin en paz. Ayúdame a encontrarla estés donde estés. Adiós *mommy*, te quiero", y, tras darle un último beso, prendí el fuego con manos temblorosas y el alma partida en dos.

XXIII
SAVITRI

En una pequeña aldea, una niña juega feliz persiguiendo a los pajaritos mientras su madre lava la ropa en la orilla del río Sutlej. El desierto de Thar, en la región del Punyab, pasa muy pronto factura a todo el que vive por allí. La mujer, que solo contaba con veinte y pocos años, aparentaba tener algunos más. La joven había llegado hasta el lugar con la sola compañía de su hija, hacía poco más de cinco años. Vivían en una pequeña cabaña, en unas condiciones muy humildes. Se alimentaba de lo poco que le proporcionaba un pequeño huerto junto a la casa y de lo que le enviaba de vez en cuando una buena amiga. Vivían sin agua corriente ni electricidad. Los vecinos del lugar le suministraban leche, grano, y alguna gallina, por enseñar a leer y a escribir a los niños de la aldea. Estaba rodeada de un paraíso arenoso donde la fina arenisca se fundía con el paisaje verde y frondoso del río, muy cerca de la frontera con Pakistán y de la ciudad de Amritsar. Pero ¿cómo llegó hasta allí? ¿Cuál era su historia? Sin duda, se ocultaban de alguien.

Había llamado a su pequeña hija, Anjali, en honor a su madre. Sí, su querida y añorada *mommy* Anjali. Su nombre era lo único que le quedaba de ella. Hablaba a su hija continuamente de su abuela y de su tío. La pequeña Anjali, de siete años, adquirió la misma costumbre familiar y llamaba a su mamá, *mommy* Savitri. Se refería a Vishnu, como *chaacha* y a su abuela *daadee*. Savitri siempre inculcó a su hija el amor por su familia, a pesar de que no los había visto en su vida, ni siquiera por foto. No tenían a nadie más en el mundo. Soñaba cada noche con que llegara el día de poder volver con ellos. Pero ni siquiera sabía si estarían vivos. Es lógico preguntarse qué le había impedido volver con su familia, después de tanto tiempo. Pero no resultaba tan fácil. Habían pasado diecisiete largos y traumáticos años desde que fuese arrancada de los brazos de su madre. Le habían truncado todos sus sueños, y arrebatado la alegría de sus expresivos ojos. Al ver a su pequeña corretear, pensaba que era lo único bueno que le había ocurrido en todo este tiempo.

Cada vez que llamaba a su hijita, su mente se transportaba a los días en que vivían todos juntos como una familia. Miraba al horizonte con la vista perdida, con un gesto de profunda tristeza y melancolía. Su cuerpo se estremecía al recordar cómo fueron sus días desde que, con sus pequeñas manos pegadas en el cristal trasero de un coche, viera a su hermano por última vez.

La pequeña Savitri, lloraba desconsoladamente llamando a su hermano, al que veía hacerse cada vez más pequeño hasta desaparecer.

–Haz callar a la niña, no la soporto –le dijo el conductor a su compañero.

Este se volvió, y agarró a la niña del brazo y la amenazó con un gran cuchillo.

–Si no te callas será lo último que hagas, ¿has entendido?

La niña, atemorizada, enjugó sus lágrimas y cesó de gritar. Agachó la cabeza y, temblando de miedo, no le quedó más remedio que resignarse a su suerte. Fue llevada a una casa, donde la metieron en un tenebroso cuarto alumbrado solo por un par de velas; una de ellas reposaba en una pequeña mesa, la otra estaba en un rincón de la habitación. Se acercó y descubrió a una niña tan asustada como ella. Habían dispuesto dos esterillas en el suelo, Savitri se dirigió a la niña

–¿Cómo te llamas? –le preguntó.

–Me llamo Arya. Estoy muy asustada, quiero ir con mi mamá, ¿Sabes por qué nos han traído aquí? –preguntó la pequeña, que parecía tener su misma edad.

–Yo soy Savitri, y sí, yo también tengo mucho miedo. No sé por qué estamos aquí, pero al menos no estamos solas, nos tenemos la una a la otra.

Es increíble como la nobleza encuentra pronto refugio cuando estás rodeado de tanta maldad. Como si se conocieran de toda la vida, las dos niñas se acurrucaron abrazadas en una sucia esterilla, y se dieron consuelo mutuamente. Se quedaron dormidas sin poder imaginar que cuando despertaran, un largo viaje hacia un sórdido mundo lleno de abusos les esperaba.

En algunas partes de la India, si naces mujer, tienes solamente ciertas opciones en la vida: eres hija, hermana, esposa o madre. Pero nada más. La desafortunada Savitri, y su nueva amiga Arya, tuvieron la desgracia de caer en algo mucho peor. A las niñas, tras ser vendidas por "The Boss" a un intermediario, las llevaron tras un largo y penoso viaje por carretera, ocultas en un coche, hasta casi novecientos kilómetros de Benarés. Su destino sería una ciudad cercana a Delhi, llamada Masoodpur. El hombre que compró a las niñas resultó ser un terrateniente proveniente del sur de la India.

Nadie elige dónde nace. El señor Kamal Tivari, había heredado su gran fortuna de sus antepasados, pertenecía a una larga casta de *brahmanes*. Era el ejemplo andante de cómo te puede condicionar la vida, dependiendo de la casta en que naces en la India. Era rico desde antes de nacer, pero no solo heredó de su familia las tierras y la riqueza, sino también una increíble interpretación en torno a la mítica figura de las *devadasis*, en pleno siglo XXI.

En el sur del país, de donde provenía su familia, existía desde hacía siglos la tradición de casar a las niñas de las castas más bajas, al cumplir los trece años, con la diosa Yellamma. Al casarse con esta deidad, no podrían casarse nunca con un mortal, y existía la creencia de que tener sexo con una de estas niñas *devadasis*, purificaba al hombre que lo practicaba.

Eran preparadas desde entonces para servir a la diosa, y a cuantos hombres pagaran por acostarse con ellas. Las formaban también para aprender lo que actualmente es la base de la danza clásica de la India. La mente enferma de este hombre no solo había comprado dos niñas para el servicio, si no también, su virginidad.

Las tierras eran trabajadas por cientos de campesinos del lugar. El señor Tivari era viudo desde hacía diez años; sus dos hijos mayores estaban casados y vivían en Delhi, donde dirigían diversos negocios. Su hija menor Jaya, de quince años, estudiaba en un colegio interna en Delhi. Solo quedaba en la casa, su madre, la señora Dharani, una distinguida anciana, respetada devocionalmente por todo el personal del servicio. Ninguno de sus hijos varones querían saber nada de los negocios de su autoritario padre, siendo esta la principal fuente de conflictos entre ellos. Huyeron de él como de la peste en cuanto tuvieron oportunidad. La gigantesca hacienda era llevada con mano de hierro por el señor, con la ayuda de un administrador, varios encargados y una decena de capataces.

Vivía en una señorial casa palacio, rodeada de verde césped. Estaba equipada con todas las comodidades y decorada al más puro estilo hindú. El servicio interno dormía en unas humildes dependencias en la misma finca, pero bastante apartado de la gran casa. Este sería el nuevo hogar de las niñas, que serían confiadas para su instrucción desde su llegada a la gobernanta. La señora Darika, una estricta mujer de mediana edad, de casta igual de baja que la del resto del servicio, vivía entregada al significado de su nombre: sirvienta.

Al ser informado de la llegada de las niñas, el señor Tivari ordenó que fueran llevadas al salón donde las esperaba junto a su madre. Las pequeñas fueron lavadas y vestidas con ropa limpia por la gobernanta y las acompañó hasta la presencia de los señores. La señora Darika, se dirigió al señor Tivari.

–Señor, aquí le traigo a las niñas

—Que pasen —respondió el señor, mientras advirtió a su madre, que permanecía de espaldas leyendo a la luz de un amplio ventanal.

La señora se giró, mirando por encima de sus gafas, y se dirigió a las niñas parsimoniosamente.

—Acercaos, quiero veros bien. ¿Cómo os llamáis? —preguntó a las chicas, que permanecían descalzas y agarradas de la mano.

—Me llamo Arya —respondió la pequeña.

—Yo soy Savitri.

La señora Tivari las miró durante unos segundos.

—¿Por qué las traes tan pequeñas, Kamal? —le preguntó a su hijo haciendo un gesto de desaprobación.

El señor dibujó una leve sonrisa en su boca, sin dejar de observar a las niñas. Tras el comentario, la señora, se volvió a dirigir a Savitri y a Arya.

—Desde hoy, debéis hacer todo lo que os ordene Darika. Tendréis que aprender rápido, ¿os gusta la música?

Ante la pregunta, las niñas se miraron sorprendidas, y movieron graciosamente sus cabezas.

—Me alegro, si hacéis bien vuestras tareas, podréis venir alguna tarde. Ahora marcharos.

La señora Tivari cantaba muy bien. Era muy aficionada a la música tradicional hindú, y dos veces por semana, hacía venir a músicos y a bailarinas, para poder dar rienda suelta a su vocación. A veces invitaba a tomar el té a sus amigas de la alta sociedad durante estas representaciones.

A pesar de que continuaban muy asustadas, las niñas sintieron un poco de alivio al comprobar que el trato no era tan malo como se esperaban. Estaban alimentadas y aseadas. Nada que les hiciera sospechar, hasta el momento, que estaban a punto de adentrarse en un mundo que las dejarían traumatizadas para el resto de sus vidas.

Los meses fueron pasando y Savitri se esmeraba en agradar a la señora Darika en todas las tareas que le encomendaba, desde sacarle brillo a la cristalería, hasta fregar el suelo a mano. Otras veces ayudaba en la cocina, donde adquirió destreza en pelar cebollas y patatas. El poco tiempo libre del que disponía, lo dedicaba a leer en su cuarto revistas y libros que le dejaba el chófer o enseñando a jugar al ajedrez a su amiga Arya. No les estaba permitido salir solas y, si lo hacían, era para acompañar a la gobernanta al mercado. La señora Darika era la única que conocía las más oscuras inclinaciones de su jefe, llevaba demasiados años sirviendo y había visto de todo. Sabía bien el motivo por el que las adolescentes del servicio desaparecían de un día para otro. Tenía pánico al señor, después de haber sido amenazada de muerte si abría la boca. De todas formas ¿quién iba a creer a una pobre sirvienta? Sería la palabra de ella contra la de todo un *brahman*, ahora metido en política y relacionado con las más altas esferas de la ciudad. Era por eso por lo que intentaba no encariñarse demasiado con las niñas que llegaban a la hacienda. Detrás de una dura coraza, se escondía un compasivo corazón. Una noche Savitri se atrevió a preguntarle ingenuamente.

−Señora, ¿cree usted que podremos volver a casa pronto? Echo mucho de menos a mi madre y a mi hermano. Aunque no sé qué habrá sido de él. Deben de estar sufriendo mucho.

La señora Tivari agachó la cabeza sin saber qué decir y, ante la mirada de la niña, solo pudo responder.

−Eso no depende de mí. Esta es ahora tu casa. Seguro que están bien, no te preocupes.

Como todos los miércoles, la señora Dharani, sentada en la alfombra sobre un cojín y rodeada de músicos, comenzó su jornada musical al compás de la más genuina y tradicional música india. La bailarina vestía un *choli* que le cubría la parte superior, y unos pantalones bombachos con una parte central que al agacharse tomaba forma de abanico. Movía ceremoniosamente los brazos y sus pies descalzos. En cada uno de sus pasos sonaban unos cascabeles anudados en sus tobillos. En ese momento, Savitri y Arya estaban limpiando una alfombra en la habitación contigua, y al oír la música no pudieron evitar asomarse discretamente. Las niñas admiraban cada gesto de la bailarina; era como si hablara en cada uno de sus movimientos. Sin poder remediarlo, Savitri comenzó a imitar cada paso de baile. La señora, que estaba justo delante de ellas, no tardó en percatarse de la presencia de las niñas. Lejos de mostrarse enfadada, las invitó a sentarse frente a ellas y pudieron presenciar la función privada en primera fila. Al terminar, la señora Dharani le pidió a la bailarina que probara a las niñas, a ver cómo se movían. Savitri y Arya lo hicieron insospechadamente bien. Una vez que las niñas se retiraron, la bailarina le habló especialmente a la señora de las condiciones de Savitri:

—Esta niña es especial, ha interiorizado muy rápido cada paso, pero lo más increíble es que siente cada movimiento.

La señora, complacida, decidió que las niñas recibieran clases tres veces por semana. Después de varios meses, Savitri se había convertido en una alumna aventajada. La danza resultó ser para ella la mejor terapia para sobrellevar el dolor que significaba estar alejada de su familia. Pronto se cumpliría un año desde su llegada a la hacienda. Todo parecía ir bien. Hasta que una calurosa noche de junio, el demonio dormido del señor Tivari despertó.

Las niñas dormían en el mismo cuarto, se habían convertido en uña y carne y se sentían afortunadas por poder estar juntas; compartían el mismo deseo de volver con sus familias, pero intentaban adaptarse de la mejor forma a esta situación impuesta.

Esa noche la señora Darika se llevó a Arya a otra habitación.

—¿A dónde vamos? —preguntó la pequeña.

Darika no dijo nada, pero en la cara llevaba reflejado el sentimiento de culpa que le causaba ser cómplice de la barbaridad que estaba a punto de repetirse. Creía que quizás, a su jefe, se le había pasado esa extraña atracción que sentía por las menores, incluso en vida de su esposa. Pero nada más lejos de la realidad. Pensaba que denunciarlo no serviría de nada, podría haber huido cuando comenzó todo hacía años, pero le faltó el valor necesario, tenía que mantener a su familia. Ahora era ya tarde. Arya se sentó en la cama, preguntándose qué pasaba. No esperaba ver a la figura del señor Tivari entrar en el pequeño cuarto; en el tiempo que llevaban allí nunca se dirigió a ellas para nada. Pero antes de que se sentara junto a ella, la niña sintió que aquello no era normal, y aterrada comenzó a llorar.

—¿Por qué lloras? No te voy a hacer daño.

Y, acariciándole la cabeza, la recostó en el camastro. Después de casi una hora, el sádico personaje se alejó tranquilamente fumando un cigarro. Cuando la gobernanta regresó a la habitación, la niña, al verla, se abrazó a ella llorando. La señora Darika no podía hacer nada, solo darle un poco de cariño. Esa noche se quedó al lado de la pequeña que, en estado de shock, preguntaba por qué ese señor había hecho esas cosas tan feas con ella. Para la pequeña Arya, desgraciadamente, fue solo la primera de muchas aterradoras noches.

Savitri, permanecía ajena a lo que le había pasado a su amiga. Arya nunca le dijo nada, pero su comportamiento, su tristeza, y esa mirada perdida, decían mucho. Cada vez que se llevaban a su amiga, temía que llegase el día que le tocara a ella.

Pasaron las semanas y Arya dejó de bailar. La señora Dharani había organizado una fiesta, donde Savitri bailaría por primera vez delante de lo más selecto de la sociedad de Massopur.

La profesora de danza, la señorita Latika, la preparó durante semanas, no solo en la parte técnica, sino también en el significado y en el alma de la danza que representaría.

—Savitri, debes saber que la danza *odissi* proviene de la región de Odisha al este de la India, y está llena de simbología. Esta danza se llama la *Moksha nata*, que simboliza la búsqueda de la liberación de las encarnaciones. La bailarina emprende el camino hacia la liberación de las penas de este mundo. Y siempre se termina con una invocación a las deidades femeninas del hinduismo. A Naráini, la madre divina, Sarasvati, la diosa del conocimiento, Lakshmi, diosa de la prosperidad, y la diosa Durga, que representa a la fuerza femenina divina. A Durga, nada le detiene y no le teme a nada.

La pequeña Savitri, escuchaba embelesada las explicaciones de su profesora y se quedó pensativa durante unos instantes, para preguntar.

—¿No le teme a nada, señorita Latika?

—A nada, pequeña. Cuando tengas problemas y sientas miedo, puedes invocar a tus diosas, ellas te ayudarán.

A Savitri, descubrir que la danza, aparte de hacerle olvidar durante unas horas su triste realidad, podía ayudarla a superar los duros momentos que estaba pasando, le dio una fuerza extraordinaria.

Llegó el día de la representación, los invitados comenzaron a llegar. La señora Dharani había dispuesto en el jardín una carpa con comida, bebidas y un pequeño escenario.

La habían maquillado y preparado para la ocasión con un vestido-pantalón tradicional para la danza *odissi*, color rojo y negro con un gran lazo dorado delantero a la cintura, en forma de abanico. Una larga trenza caía sobre su espalda; sus muñecas estaban adornadas por cuatro pulseras, y anudados a sus pequeños tobillos, los clásicos *ghungroos* o cascabeles. Sus pies y las puntas de los dedos de las manos estaban pintados con *henna* roja. El conjunto lo completaba un tocado de flores en la parte posterior de la cabeza, la *tika* sobre la frente, y unos pequeños pendientes de canasta, clásicos de la región del Rajasthan. Con todos los invitados, ocupando sus asientos, y los músicos preparados, la señorita Latika, se dirigió a los asistentes e hizo una breve introducción de la danza que la niña iba a representar. Tras los aplausos, y un corto silencio, la música comenzó a sonar. La pequeña Savitri aguardaba a un lado del escenario con las palmas de las manos juntas y los codos elevados, estaba impresionantemente bella, parecía una autentica princesita. Con delicados movimientos y siempre con una sonrisa en sus labios, se dirigió al centro del escenario y comenzó a bailar. Las palabras de su profesora se habían grabado en su mente, e imaginaba que su madre y su hermano estaban entre el público. Se sentía tan sola y los echaba tanto de menos... Pedía a sus diosas que le ayudasen a reencontrarse con ellos, y bailaba con una seguridad tal, que clavaba cada movimiento, haciéndolo coincidir al compás de la música y del canto. Su amiga Arya la contemplaba emocionada, sin poder reprimir las lágrimas, abrazada a la señora Darika. Tras terminar la actuación, el público inició una gran ovación y la señora Dharani aplaudía orgullosa, mientras recibía las miradas de aprobación de sus invitados. Había dejado a todos impresionados. El señor Tivari quedó también maravillado por los movimientos de la pequeña y puso entonces sus ojos sobre la desdichada Savitri. La niña no podía imaginar en esos momentos que había despertado el interés de su malvado amo. Su particular infierno estaba a punto de comenzar.

Irremediablemente, ese fatídico momento llegó solo dos días después, cuando una noche la señora Darika entró de nuevo en la habitación que compartían las niñas. Al verla, los corazones de las pequeñas se sobrecogieron. Savitri, cogió la mano de su amiga, pensando que otra vez sería ella la elegida, pero comprobó horrorizada que la gobernanta ponía sus manos sobre sus pequeños hombros y la llevaba hacia la puerta. En ese momento Savitri volvió su cabeza hacia Arya que la miraba apesadumbrada, y clavó su dulce mirada en sus tristes ojos. Una vez en el pequeño cuarto, comenzó a dar vueltas de un lado a otro, preguntándose qué es lo que le iba a pasar. Después de unos minutos, oyó unos pasos, e instintivamente buscó protección en un rincón. Esperaba, muerta de miedo, a que se abriera la puerta, se agazapó, y hundió la cabeza entre las rodillas. Entrelazó sus manos e invocó a la diosa Durga para que le diera fuerzas.

El señor Tivari, se presentó ante ella con una mezquina sonrisa.

–¿Por qué te escondes? No debes tener ningún miedo, no voy a hacerte daño, ven aquí.

Savitri permanecía con las manos tapándose la cara.

–No sabía que podías bailar tan bien –le dijo el pederasta tendiéndole la mano.

Atemorizada, la niña se resistía a levantarse, tanto, que el hombre la agarró por una de sus muñecas y, de un tirón, la incorporó y la sentó junto a él en la cama.

–Eres muy guapa –le susurró, intentando acariciarle la cara.

Pero Savitri lo evitó girando la cabeza.

–¡No me toque! –le gritó la pequeña, sin dejar de llorar.

El señor Tivari insistió, pero Savitri se defendió clavándole las uñas en su cara. El malvado se llevó la mano al rostro y comprobó que sangraba. Esto no hizo otra cosa que sacar más el demonio que llevaba dentro y, quitándose el cinturón, comenzó a azotarla. Savitri no cesaba de gritar de patalear, y de llamar a su madre, "*mommy, mommy*"; así que no le quedó más remedio que darle una bofetada tan fuerte, que la dejó inconsciente y con el labio roto. Jadeando por el esfuerzo, miró a su víctima indefensa con unos asquerosos ojos de deseo, mientras se bajaba los pantalones.

En esta ocasión el tormento duró menos que otras veces. No podía dejar de pensar en cómo justificaría ante su madre los arañazos en su rostro. Era la primera vez que se le habían resistido tanto. La diabólica figura del señor Tivari desapareció discretamente en la oscuridad de la noche, dejando tras de sí el humo de su cigarro y a la pequeña Savitri con la misma mirada perdida con la que quedó su compañera Arya; su frágil cuerpecito azotado, y una intensa hemorragia en sus partes íntimas. Esta visión para la señora Darika fue demasiado, y se derrumbó llorando a los pies de la cama. Maldecía su cobardía y al malnacido capaz de cometer semejante crimen con una niña tan inocente.

Fue el principio de casi ocho años de vejaciones, donde tanto Savitri como Arya eran sistemáticamente violadas, una y otra vez, por este pervertido engendro humano. Savitri había cumplido dieciséis años y se había convertido en una bellísima adolescente. Había descubierto su fortaleza mental y se desprendía de su dolor volcándose en la danza. No pudo decir lo mismo su desgraciada amiga y compañera. Ninguna de ellas volvería a ser las niñas que fueron; dejaron de serlo el día que se las llevaron a la fuerza de sus casas. Arya no pudo nunca superarlo. Un ser despreciable le había robado su inocencia, sus sueños, su futuro, y se quitó la vida cuatro años más tarde una tormentosa noche cortándose las venas en su lúgubre cuarto. Ayudado por la señora Darika, fue enterrada en secreto por el mismo señor Tivari, en las afueras de la finca entre dos grandes piedras, intentando silenciar así un crimen cada vez más difícil de ocultar. Hasta allí acudía todas las semanas Savitri, para depositar sobre su anónima tumba un ramillete de flores frescas del jardín. Y hablaba con su querida amiga: "Arya, te prometo que intentaré vivir la vida que soñabas por las dos".

Dicen que el tiempo lo cura todo, pero el trauma y las heridas causadas por el secuestro, y por tantos años de abusos, nunca cicatrizarían. Savitri veía pasar el tiempo, esperando que algún día su tormento llegara a su fin. Aun así, no sabía cómo ni cuándo, pero estaba convencida de que algún día podría salir de ese infierno al que había sido arrojada. Siempre oyó que nada ocurre por casualidad. Sin saberlo, estaba a punto de ocurrir algo que propiciaría este hecho del modo más insospechado.

XXIV

UN PROBLEMA, UNA OPORTUNIDAD

Desde la muerte de Arya, la joven Savitri se había convertido en el único objetivo de las visitas nocturnas del señor Tivari, aunque se terminaron espaciando un poco en el tiempo. Savitri había aprendido que no servía de nada resistirse, y se tendía en la cama como si estuviera muerta, deseando que terminara rápido. Aprendió a dejar la mente en blanco. "Para obtener la paz mental, la mente debe de ser como un papel en blanco. Una mente negra está siempre llena de problemas. ¿Quieres dejar de tener problemas? Entonces muérete", leyó en una ocasión. Se convirtió en una joven fría y calculadora, pero en el buen sentido. Más de una vez pensó en degollarlo cuando tuviera ocasión, pero pensó que a él se le acabarían los problemas, y ella acabaría en la cárcel. Se había propuesto vivir.

Era por ello por lo que se negaba a permitir que los hombres que le llevaron a penar por la vida casi desde que vino al mundo, se salieran con la suya. "Soy más fuerte que tú, no vas a destruirme", se repetía cada vez que lo tenía encima. Desarrolló, a pesar de ser una niña, una fuerza y una inteligencia emocional tal como solo te puede enseñar el sufrimiento. La pobreza y la miseria destruye lentamente a las familias en la India, y ella no tuvo más remedio que aprender a vivir habiendo perdido tanto; había pasado demasiado tiempo. Aprendió también que, quien tiene un problema, tiene también una gran oportunidad ante sí. Pensar de esta forma, le dio más fuerza si cabe, para aceptar el revés que de nuevo su destino estaba a punto de asestarle.

Una gran mayoría de mujeres en la India, sobre todo las más pobres, solo viven, de media, diez meses al año; a diferencia de los hombres que, como todo el mundo, vive, trabaja y se relaciona durante doce. Aunque parezca increíble es así. Durante los días de menstruación, la mujer es excluida de cualquier evento mientras tiene la regla. Tiene que comer sola, no pueden visitar los templos, las niñas pierden días de colegio, al no tener la mayoría servicios donde poder cambiarse. Son consideradas como impuras, y muchos evitan hasta tocarlas. Un porcentaje muy pequeño puede permitirse costear las compresas, así que utilizan arena, hojas o simples trapos que lavan y tienden ocultos entre otras ropas sin que siquiera les dé el sol. A muchas les provocan enfermedades infecciosas, por lo que resulta duro ser mujer en la India. Sus falsas creencias, prejuicios, o su ignorancia, convierte algo que es de lo más natural, en un tabú, como muchos con los que tienen que lidiar a lo largo de sus vidas.

Hacía tres años que a Savitri le vino su primera regla, no tenía a su madre para que le explicase por qué le dolía tanto y sangraba. Tuvo que ser la señora Darika quien la tranquilizara y le explicase que es algo que les pasa a todas las niñas cuando se convierten en mujeres. Cuando a Savitri le venían esos días, tenía prohibido poner un pie en la gran casa. Un día, como cualquier otro, fue enviada a ayudar a la cocina. Los rayos del sol entraban por la ventana abierta de par en par, y la joven se sentó en el suelo a sentir su calor y a pelar zanahorias mientras escuchaba los cotilleos de la señora Darika. De repente, se sintió mareada y con náuseas, se levantó corriendo y buscó un sitio donde poder vomitar. La señora Darika y la cocinera se miraron muy serias. La gobernanta salió tras ella.

—¿Qué te ocurre? —le preguntó.

—No sé, señora, me han entrado ganas de vomitar —respondió Savitri con muy mala cara.

La gobernanta le apartó un poco el *sari* y vio como su vientre estaba un poco hinchado.

—¿Cuánto tiempo hace que no te pones mala? —preguntó Darika, con gesto preocupado.

—Dos meses —contestó la niña secándose el sudor de la frente.

La señora Darika la rodeó con el brazo y la acompañó al jardín a que le diera el aire, mientras decía: "Que Dios nos ayude".

Savitri no entendía nada, pero de todas formas el tiempo se encargaría de hacerle comprender que una nueva vida se estaba formando en su interior. Pronto se haría evidente a la vista de todos, y era algo que el cobarde señor Tivari no estaría dispuesto a permitir.

Tampoco podría bailar sin que lo notase la profesora Latika, o lo que sería aún más grave: la señora Dharani. Había que hacer algo. Una noche, sentadas en la puerta de su pequeño cuarto, Savitri y la gobernanta hablaron a la luz de la luna.

—¿Qué va a ser de mí, señora Darika? —preguntó Savitri, acariciándose la barriga.

La gobernanta, tras unos segundos, resopló y le respondió.

–No sé, pequeña. Hay formas de pararlo, ¿tú quieres tenerlo?

La niña se quedó pensativa, y reflexionó en voz alta.

–Me apartaron de mi familia; no sé si algún día podré volver a ver a mi madre y a mi hermano; estoy presa en esta cárcel; me han arrebatado mis ilusiones y estoy sometida a lo que este monstruo quiera hacer conmigo. No quiero que haya una próxima vez, ni tampoco quiero terminar como la pobre Arya. Pero si estoy segura de algo, es que quiero tenerlo. Será mi nueva familia, mi razón de vivir. Es la única posibilidad que tengo de salir de este infierno, y quiero aprovecharla. ¿Qué cree que hará el señor cuando se entere?

–Nada bueno, desde luego no creo que permitiese que esta criatura que llevas dentro viera la luz. Sería un escándalo, aquí no duerme más hombre que él – respondió la señora Darika

–¿Me ayudará usted? Por favor… –le pidió, cogiéndola de la mano.

La señora Darika la miró y sintió que no podía abandonarla a su suerte, tenía la oportunidad de redimirse y lavar su conciencia después de años permitiendo y ocultando las atrocidades de su jefe.

–No te preocupes, no estarás sola, ya se nos ocurrirá algo –le respondió acariciándole el vientre.

Pasaron los meses, el niño crecía en su interior, y la barriga ya era imposible de ocultar. La señora Dharani estaba preparando otra representación de danza y quería que ensayase todos los días. Había que tomar una decisión. La señora Darika se reunió con Savitri: se le había ocurrido algo.

–Puedo evitar darte trabajos en la casa, pero si el señor te vuelve a visitar lo descubrirá, también si bailas. Así que he pensado aprovechar una de las salidas al mercado para llevarte a casa de mi hermana. Allí te podrás quedar un tiempo hasta que nazca el niño. Pero es muy arriesgado que permanezcas en la ciudad. Diré que te perdí como se pierden miles de niños cada día. Después, podemos trasladarte a casa de otra hermana que vive en Delhi y buscaremos la forma de contactar con tu madre.

A la pequeña Savitri se le iluminó la cara al oír sus palabras.

–¿De verdad haría eso por mí? Es usted muy buena conmigo. Dios le bendiga –le respondió intentando tocar sus pies–. ¿Estará usted a mi lado cuando llegue el momento del parto? –le volvió a preguntar, emocionada.

Darika sonrió.

–Haré todo lo posible, procura que sea un viernes que tengo la tarde libre.

La respuesta hizo reír a la pequeña como hacía años que no reía y, feliz, se abrazó a ella. El único buen corazón que le dio un poco de cariño y protección cuando más lo necesitaba. Solo pensar en que el sueño de volver a casa podía hacerse realidad, le hacía sentir en su interior una felicidad como nunca sintió. No podían esperar mucho tiempo, era viernes, y el lunes comenzarían los ensayos. Llegó el momento tan esperado y Savitri, con lo puesto, salió de la finca con la señora Darika para montarse en el autobús que le llevaría hacia la libertad.

****

La casa roja

La ciudad de Massodpur adquiría para los ilusionados ojos de Savitri una nueva dimensión. Aunque nerviosa ante la nueva vida que se le presentaba, su ilusión era mucho más intensa; sentía que algo bueno estaba al fin por llegar y, dispuesta a vivirlo intensamente, se alejó de la casa donde había sido retenida los últimos ocho años. Se dirigieron directamente a la casa de la hermana de la señora Darika, unas humildes habitaciones en un suburbio de la ciudad. La gobernanta había puesto en antecedente a su hermana menor, Vanisha, del problema. Eran pobres, el sueldo de su marido Darshan, como repartidor de comida para los trabajadores de empresas, difícilmente les alcanzaba para alimentar a sus tres hijos. Vanisha ayudaba a los gastos del hogar lavando y planchando ropa que su marido se encargaba de repartir por las tardes en su bicicleta. Darika se había comprometido a ayudarles económicamente mientras Savitri viviera con ellos. La llegada de la invitada no hizo ninguna gracia a Darshan, la niña oyó desde su cuarto como el matrimonio discutía acaloradamente; se sintió incómoda, pero no tenía otro sitio a donde ir. La relación con Vanisha y sus hijos era buena, pero con el hombre era muy fría, casi inexistente, había algo en él que no le gustaba, le hacía sentir en todo momento como una carga. La mirada de Darshan no era clara, le hacía recordar inquietantemente a la de su padre. Si había aprendido algo en todos estos años, era a saber diferenciar a la primera a las malas personas de las nobles, y este hombre le daba mala espina. Estaba deseando dar a luz para dejar de ser un estorbo; mientras, intentaba ayudar a Vanisha en todo lo que podía, lavando, planchando o ayudando a los niños con las tareas del colegio. Todos los viernes recibía la visita de la señora Darika. Esta le contó como el señor Tivari había montado en cólera cuando regresó a la finca sin ella, y que la señora Dharani, muy enfadada, había enviado a su hijo en su búsqueda. La habían suspendido de sueldo por un mes, pero era algo con lo que la gobernanta ya contaba. El señor Tivari se había tomado como algo muy personal llevarla de vuelta a la finca, y no cejaba en su empeño por encontrarla. Savitri echaba de menos bailar y, muchas tardes, sentaba a los niños en la puerta de la casa y los entretenía con su danza. Los pequeños aplaudían divertidos y ella, al terminar, agradecía los aplausos con una pomposa reverencia, sin reparar en que su demostración no pasaba inadvertida para los oscuros y mal intencionados ojos de Darshan.

En pocos días, la joven Savitri saldría de cuentas, el bebé podía venir al mundo en cualquier momento. Rezaba y pedía a sus diosas que fuese un viernes para que la señora Darika, su amiga, pudiese asistirla. Para ella era muy importante; el caso es que debieron de escucharla, y rompió aguas un viernes por la mañana. Fiel a su visita semanal, la gobernanta se encontró a Savitri con fuertes contracciones y, rápidamente, dispuso agua caliente y toallas limpias. "Ya le veo la cabeza, *beta*, empuja". Savitri agarraba su mano con fuerza, mientras gritaba de dolor. Era increíble como algo tan grande podía salir de un cuerpo tan pequeño. Al fin, se escuchó el llanto del bebé. "Es una niña preciosa, aquí tienes a tu pequeña". La nueva madre sintió latir el pequeño corazón de su hija sobre su pecho, y sin dejar de llorar de felicidad, supo en ese mismo instante lo que se puede llegar a querer a un hijo, y se acordó de su madre.

"*Mommy*, esta es tu nieta", exclamó en voz alta, sin dejar de mirar amorosamente al bebé. "Te llamaré como a ella, serás la pequeña Anjali, y te prometo que nunca nadie podrá separarnos".

Al viernes siguiente, la señora Darika no regresó. Había hecho llegar un mensaje a su hermana, haciéndole saber que el señor Tivari sospechaba de ella y estaba vigilada. Le había enviado un sobre con dinero y la dirección de su hermana, para que Savitri huyese cuanto antes a Delhi. No pudo despedirse de ella como hubiese querido, y a la mañana siguiente montaría en el primer tren hacia la capital. Para su sorpresa, lo haría acompañada de Darshan, con el encargo de asegurarse que la niña llegara sana y salva, a una ciudad de casi veinte millones de habitantes. La joven Savitri había sobrevivido a ocho años de vejaciones, creía que con un poco de suerte podría regresar a casa. Pero el destino de la niña parecía estar empeñado en alargar su padecimiento de una forma inimaginable. Llegó a Delhi, pero no a la casa de los parientes de la señora Darika, como pensaba. Las sospechas de Savitri se confirmaron cuando fue entregada junto con su bebé a unos desconocidos en la misma estación. Darshan recibió sin ningún escrúpulo un sobre, y la temerosa joven, sin soltar a su pequeña, fue obligada a montarse en un coche por dos personajes idénticos, en sus formas, a los que se presentaron un lejano día en su pequeña casa de Benarés. La miseria vuelve malas a las personas, y son capaces de hacer cualquier cosa por un puñado de rupias.

Llegaron a una casa de madera roja de dos plantas, integrada en lo que parecía ser un suburbio, lleno de mujeres maquilladas, algunas muy jóvenes, nunca había visto nada parecido. Fue recibida por una mujer de mediana edad, que la llevó sin mediar palabra a una habitación donde ya se encontraba otra chica mayor que ella. A pesar de estar metida en carnes, su cuerpo era escultural, con una cara bellísima y maquillada como si fuese a salir de fiesta. Aparentaba tener treinta años, aunque parecía algo más mayor.

–¿Dónde estoy? –preguntó Savitri a la mujer.

–Pronto lo sabrás. No te preocupes, hay sitios peores –respondió la chica mirando al bebé.

Esta se acercó e intentó verle la cara, pero Savitri apretó a su hija contra su pecho. La bella mujer intentó tranquilizarla.

–No tengas miedo, no le voy a hacer daño –le dijo sonriendo–. Me llamo Meena, ¿y tú?

Savitri sintió que podía confiar en ella, y le mostró tímidamente a la niña.

–Me llamo Savitri, ¿qué es este sitio?

–¿De verdad no te lo imaginas? Aquí no hay otra forma de ganarse la vida, estás en el barrio rojo de Delhi.

–¿Barrio rojo? ¿Qué es eso? –preguntó llena de ingenuidad Savitri.

Meena quedó en silencio.

–Eres solo una niña, es normal que no entiendas nada –le respondió pasados unos segundos–. Aquí se hace, para que me entiendas, lo que te hicieron a ti, pero a cambio de dinero. Esto es un burdel, y yo, como todas, soy puta.

La respuesta horrorizó a Savitri, que comenzó a llorar, sin querer creer lo que acababa de oír. La niña comenzó a llorar también. Meena intentó tranquilizarla.

–Hey, perdona, no quise ser tan brusca, no llores. Solo intentamos sobrevivir, a mi tampoco me gusta lo que hago, pero tengo que alimentar a mi madre y a mis hermanos. Terminarás acostumbrándote. No sé cómo te han dejado traer a la niña, no quiero volver a asustarte, pero este no es sitio para un bebé, el jefe tiene sus propios planes para los niños.

–¡No permitiré que me separen de mi niña! ¡Por favor, ayúdame! –imploró Savitri.

–No te preocupes, creo que podré ayudarte, pero debes confiar en mí. Mañana la llevaré a donde no puedan encontrarla, podrás verla todos los días. Ahora descansa, te traeré algo de comer, debes estar hambrienta. ¿Le das el pecho a la niña?

–Sí –respondió Savitri, asintiendo con la cabeza algo más tranquila.

A la mañana siguiente, Meena despertó a Savitri.

–Niña, debo llevarme a la bebé, pronto vendrán a por ti, y si la ven te aseguro que no volverás a verla.

–¡No! ¡No te creo! –exclamó Savitri, escondiendo a su hija tras su cuerpo. Meena, sujetó el brazo de Savitri suavemente y le contestó.

–Te prometo por la diosa Durga, que es la que nos protege, que no te estoy mintiendo, confía en mí –le contestó–. Por la tarde te llevaré con tu hija.

Muerta de miedo, y sin estar segura, entregó a la niña a Meena haciendo caso a su intuición, que le decía que podía confiar en esta desconocida mujer que se prestaba a ayudarla desinteresadamente. A los pocos minutos, la misma señora que la recibió fue a buscarla para llevarla ante el jefe. Este resultó ser el clásico grandullón mafioso echado para delante de las clásicas películas de Bollywood, pero tan mugroso como el cuarto donde había pasado la noche. Se llamaba Jalil Paswan. En ese momento, estaba sentado tomando el té, ojeando un periódico, con los mismos esbirros que la recogieron de la estación. La miró por encima de sus gafas de sol.

–¿Dónde está el bebé? –le preguntó.

Savitri se quedó sin palabras y no supo reaccionar; pero en ese mismo instante, Meena entró en la habitación.

–¿Qué pasa? ¿No sabes hablar? ¿Dónde está la niña? –volvió a preguntar el proxeneta.

–Muerta –intervino Meena–. La acabo de enterrar con mis propias manos, en el solar de atrás.

–¿Quién te ha preguntado a ti? ¿Esperas que me lo crea? Que conteste la chica.

Meena miró a Savitri de tal forma que entendió rápidamente el mensaje. Y, llorando desconsoladamente, respondió al jefe con la voz entrecortada.

–Llevaba varios días con fiebre muy alta señor, y murió de madrugada.

Jalil la miró fijamente.

–¡Esta bien! Ahora mismo lo comprobaremos –exclamó con una sarcástica sonrisilla–. Pero antes, dime: me han contado que sabes bailar muy bien, ¿es cierto?

Savitri se encogió de hombros.

–¡Vaya, hombre! Pues también tendremos que comprobarlo.

Y dirigiéndose a Meena le ordenó:

–Ahora llévanos a donde has enterrado al bebé.

Meena se adelantó y llevó al jefe, seguido por sus matones y por la propia Savitri, hasta una explanada que servía de vertedero. Llegaron junto al pie de una tapia donde se encontraba un pequeño montículo de arena, cubierta por unas cuantas flores silvestres. El mafioso ordenó a sus lacayos comenzar a desenterrar el supuesto cadáver. Savitri contemplaba horrorizada la escena, pensando que realmente era su hija quien reposaba allí mismo. Buscó los ojos de Meena, y esta le devolvió una discreta y tranquilizadora mirada, a la vez que cerraba lentamente los ojos. Los hombres, al fin, descubrieron un diminuto bulto envuelto en una sábana blanca cubierta de flores y, asustados, salieron de la zanja.

–Espero que respetes el dolor de esta madre y no te atrevas a profanar el cadáver de este pequeño ángel, que ya reposa en las manos de Dios –intervino Meena. El jefe, convencido, ordenó a sus hombres cubrir de nuevo la tumba. Y regresaron a la casa roja.

Esa misma tarde, Savitri fue obligada a demostrar sus dotes para la danza, y complacido el jefe, le dijo frotándose las manos:

—Mañana te daremos vestuario y comenzarás a ensayar con los músicos.

El avispado Jalil vio así un próspero negocio en la habilidad de su nueva adquisición. Savitri no encontraba el momento para saber de su hija.

—Por favor, Meena, ¿dónde está mi niña? Quiero verla, llévame junto a ella.

—Está bien, tenemos que encontrar el momento; no te preocupes, al amanecer te llevaré junto a ella.

Al día siguiente, cuando aún no había amanecido, Savitri estaba preparada para salir al encuentro de su pequeña y despertó a Meena. Protegidas por la oscuridad de la noche, se alejaron de la casa y montaron en un *rickshaw* a pedales. Caminaron después por un enjambre de inmundos callejones flanqueados por pestilentes canales de desagüe, hasta llegar a una pequeña casa que contaba como puerta una simple cortina. Todos dormían. "Espera aquí", le dijo Meena a Savitri, para salir a los pocos segundos con la pequeña Anjali. Savitri comenzó a llorar y meció amorosamente a su hijita en sus brazos "Hola, *beta*. Hola, mi amor. Ya está aquí tu *mommy*".

Secándose las lágrimas con el pico del *sari*, miró a Meena y le agradeció lo que había hecho por ellas. Se sentó en un taburete, y comenzó a amamantar a su bebé. En ese momento salió una señora.

–Mira, Savitri, ella es mi madre, Naya. Ella cuidará bien de tu pequeña.

La señora la miró dulcemente. Savitri hizo el respetuoso gesto de tocarle los pies, pero antes de que lo hiciera, la señora Naya se lo impidió y le ayudó a levantarse.

–¿Cómo puedo pagarle lo que hacen por mí? No tengo dinero.

–No debes preocuparte, gracias a mi hija no nos falta para comer, en lo suyo es la mejor –le contestó la señora acariciándole la cabeza–. Ahora solo debes mirar por ti. Quien ayuda a una persona que lo necesita, se ayuda a sí mismo.

En ese momento, Meena, sin dejar de sonreír, enseñó a Savitri un artilugio que no había visto en su vida.

–¿Qué es eso? –preguntó la niña.

–¿Qué va a ser? ¿No has pensado como alimentarás a la niña? Es un extractor de leche eléctrico.

–Pero ¡te habrá costado mucho dinero! —exclamó Savitri.

–No me ha costado nada, me lo han prestado. Somos muchas compañeras. Con este se han criado muchos niños del burdel. Anda, date prisa, tienes que llenarlo, tenemos que regresar antes de que nos echen en falta. Por la noche volveremos.

Savitri regresó al burdel con la tranquilidad de saber que su pequeña estaba en buenas manos, y agarrada del brazo de la que sería su amiga para soportar todo lo que le tendría que venir. La desgraciada Savitri había salido de un infierno para adentrarse en otro aún por descubrir, pero al menos parecía que había encontrado a personas de buen corazón. Presentía que podría apoyarse en ellas para sobrellevar la nueva situación, al igual que encontró a la señora Darika. Quizás pudieran también ayudarla a cumplir su propósito. Pero, muy pronto, la infeliz Savitri comenzaría a comprobar la dureza del negro mundo al que había sido empujada.

Meena llegó al burdel como todas, siendo casi una niña captada por la mafia y por la necesidad de alimentar a su familia. Era tan delgada que fue obligada, al principio, a tomar Oradexon, un esteroide utilizado, entre otras indicaciones, para engordar al ganado. Adecuaban así su cuerpo al canon de belleza de un mundo donde la miseria y la alimentación deficiente, reduce los cuerpos casi a solo huesos. Las curvas son muy apreciadas por los hombres enganchados al negocio del sexo fácil. Si eres "redonda" puedes tener el doble de clientes y, por lo tanto, más dinero para tu casa. Aunque la toma continuada de este medicamento, que se puede conseguir fácilmente en cualquier puesto de tabaco de los burdeles, a céntimo y medio la píldora, tiene sus consecuencias: aparte de enfermedades, en muchos casos su abuso puede conducir ineludiblemente a la muerte.

Jalil Paswan se había enriquecido después de años dedicado al tráfico de drogas y al negocio de la prostitución. Su forma de tratar a sus empleadas con el paso de los años se había, por decirlo de alguna forma, "dulcificado", aunque su instinto de delincuente podía brotar a la menor ocasión. Para ello, tuvo mucho que ver el trato que Meena le dedicaba; era la única que se atrevía a plantarle cara, y su descaro consiguió suavizar, al menos con ella, su agrio carácter. Sabía cómo manejarlo, y ejercía sobre él un extraño y sorprendente influjo. La llegada de Savitri había inspirado en el avispado Jalil un negocio un poco más ambicioso de los que había dirigido hasta entonces. La inteligente Meena era toda una experta en arrimar el oído, obteniendo así información de primera mano del negocio que tenía en mente. La intervención de la mujer tendría importantísima influencia en el futuro de Savitri. Mientras barría la habitación, pudo descubrir que la primera intención de Jalil era reconvertir un gran edificio de tres plantas que había comprado en una buena zona de la ciudad, en un gran burdel. La intrépida Meena, no se lo pensó dos veces, y se dirigió a su jefe.

—Si me lo permites, creo que estás desaprovechando una gran oportunidad.

—¡Cómo te atreves! —le espetó uno de los empleados, pero fue interrumpido al momento por su jefe.

—No, déjala. Ya la conocemos, a veces la gordita tiene buenas ideas. A ver, ¿en qué me estoy equivocando?

—Esa información, como comprenderás, no te resultará gratis —le comentó Meena, de espaldas y sin dejar de barrer—. Si tú te has enriquecido explotando a niñas, engordándolas durante años como si fueran vacas, creo que es justo que yo también tenga derecho a crecer y a salir de esta cloaca.

Jalil se levantó como si tuviera un resorte.

—¡Basta! —le gritó —¿Te crees más lista que yo? Tú has nacido para lo que has nacido, y si no te gusta, puedes coger la puerta, tengo muchas como tú –contestó Jalil con los ojos casi fuera de las órbitas.

–Está bien, pero Savitri se viene conmigo –replicó impasible Meena.

–¡La niña es mía! ¡He pagado por ella! –respondió Jalil, dando un golpe en la mesa.

Meena soltó la escoba y se dirigió al hombre, mirándolo directamente a los ojos.

–¿Crees que puedes decidir el destino de esta pobre niña? Te pagaré con mi trabajo el doble de lo que pagaste por ella. Yo quizás nací para esto, pero Savitri no.

Jalil se quedó perplejo y con el orgullo herido, porque se hubiese atrevido a hablarle de esa forma en presencia de sus esbirros. Volvió a sentarse, y ordenó que los dejaran solos.

–¿Quieres un té? –le preguntó, más calmado.

–Por supuesto –respondió Meena, acicalándose el cabello.

Entonces Jalil dejó escapar media sonrisa.

–¿De qué se trata? –le volvió a preguntar.

Ella cruzó la pierna, y volvió a mirarlo fijamente.

–Te he dicho que mi opinión no te resultará gratis. ¿Qué vas a hacer si no hablo? ¿Matarme? –la seguridad de Meena desarmó a Jalil, y la mujer, segura de sí misma, tomó tranquilamente un sorbo de té.

–Te escucho, ¿cuáles son tus condiciones?

Ella sonrió complacida y, colocándose la cola de su *sari*, agudizó su ingenio. Sabía que no le resultaría fácil negociar. Tenía claro que le tendría que pedir mucho más de lo que el ego del excéntrico Jalil podría consentir. Meena comenzó con sus peticiones.

–Para empezar, quiero una participación del negocio.

Ante la descabellada petición, Jalil dejó escapar una gran carcajada. La bella chica ni se inmutó, y prosiguió exponiendo sus condiciones.

–Quiero ser la encargada del negocio y el diez por ciento del trabajo de las chicas; dejar de vender mi cuerpo y, sobre todo, condición indispensable, que nadie toque a Savitri. Para eso ya tienes a muchas. La pequeña puede hacer lo que ellas hacen, pero nadie puede bailar como la niña baila. Savitri te llenará el local y te hará ganar mucho dinero, que es de lo que se trata, ¿qué más da la forma en que lo haga? ¿O no?

Jalil se quedó pensando unos segundos.

–Lo primero, haré como si no lo hubiese oído –respondió–, si hace falta me rebanaré el cerebro, pero no pienso asociarme contigo. Las otras tres condiciones puedo estudiarlas.

–No es suficiente, si quieres que te diga lo que tengo pensado tienes que aceptar ahora mismo.

Y, levantándose, retomó la escoba. Al momento fue detenida por el jefe que, cogiéndola por el brazo, la obligó a sentarse de nuevo.

–¿Sabes qué significa tu nombre? –le preguntó hábilmente Meena.

–No –respondió, despreocupado, Jalil.

–Grandeza. Un rey debe de ser generoso con su pueblo, si tratas bien a tus empleados, trabajarán el doble para ti. Podrás ganar mucho dinero, puedes inspirar miedo, odio, envidia, pero nunca podrás conseguir respeto.

–Grandeza, respeto… ¡Me gusta! –exclamó Jalil, mientras miraba al cielo a través de la ventana.

Escuchar estas palabras hizo que, al fin, totalmente embaucado, diese su brazo a torcer.

–Está bien, serás la encargada, dejarás de prostituirte y nadie tocará a la niña, tienes mi palabra.

–Te olvidas de mi comisión… –intervino Meena, recolocando sus grandes pechos por debajo del *choli*.

–Ah sí, la comisión… Te doy el cinco por ciento –respondió Jalil, que aún se encontraba bajo el efecto de las aduladoras palabras que acababa de oír.

Se veía a sí mismo como a un verdadero rey, aclamado por su pueblo, a lomos de un caballo blanco.

–Bueno, ahora dime, ¿de qué se trata? –preguntó Jalil despertando de su sueño.

Para Meena era mucho más de lo que pensaba conseguir, y sellaron el acuerdo con un simple apretón de manos.

–Eres un hombre inteligente, pero te falta un poco de visión para los negocios. Escucha con atención: está bien lo del prostíbulo, pero no se diferenciaría en nada de este sucio burdel, solo por el tamaño. Todo en la vida es matemáticas, ¿sabes multiplicar? Tu principal clientela aquí son solo pobres desgraciados. Lo que ganas en el barrio rojo en un buen día, puedes multiplicarlo por cien o por más, si me haces caso. La clave es sustituir tu miserable clientela, por otra mucho más poderosa, pero para eso tienes que hacer las cosas bien e invertir dinero, y tú puedes hacerlo. Te aseguro que, en menos de un año, habrás recuperado la inversión.

Jalil escuchaba, hipnotizado, las palabras de Meena.

—Continúa –le pidió, con los ojos muy abiertos.

—Está bien, atiende: mi idea es diferenciar dos negocios en uno. En la segunda planta, un discreto bar reservado solo para hombres, donde las mejores chicas de Delhi puedan sacar la pasta a los millonarios de la ciudad. En la tercera las habitaciones.

—¿Y abajo? —preguntó, cada vez más interesado, Jalil.

—Abajo es donde encontrarás el prestigio y el respeto de la ciudad. Crearás el mejor restaurante, con la mejor música y danza tradicional India, que se haya podido ver. Ahí es donde entrará en acción Savitri, y otras bailarinas rodeadas por los mejores músicos. Con la debida promoción y publicidad, en poco tiempo, se convertirá en el sitio de moda en Delhi. Todo decorado al más puro estilo hindú. Un imponente portero *Sij*, vestido con impecable *kurta* de seda y turbante, en la puerta; dando la bienvenida a los clientes. La mejor comida, bellas camareras y el mejor servicio. Sin olvidar ofrecer a las agencias de viajes, cena más espectáculo, para que sea destino obligado en sus tours turísticos. ¿Qué te parece?

Conforme Meena hablaba, Jalil ya se imaginaba el local a pleno rendimiento y, entusiasmado, se levantó y abrazó a Meena.

—¡Me encanta! ¡Genial! –exclamó –La verdad es que no se me había ocurrido. Pero espera, dicho así… ahora me parece que un cinco por ciento para ti es mucho.

–¿Cómo? ¿Esa es la palabra que tiene un rey? –preguntó, exaltada, Meena.

–Está bien, está bien, no te irrites. De acuerdo, un cinco.

Jalil estaba eufórico y, a las pocas semanas, siempre con la supervisión de Meena, iniciaron la reforma del local para acondicionarlo a la idea original. La inteligentísima mujer supo tocar magistralmente la ambición del proxeneta, reconvertido, desde ya, en empresario hostelero y, de paso, consiguió dar un giro radical tanto a su vida y a la de su familia, como a la de la joven mamá Savitri. El negocio estaba en marcha. Gracias a la audacia de Meena, el futuro de Savitri había tomado sorpresivamente un rumbo muy diferente a la que estaba irremediablemente abocada. Su talento le ayudaría a ganarse la vida de una forma que nunca pudo imaginar. En los meses posteriores, la joven se centró exclusivamente en perfeccionar durante largas jornadas de ensayos, su técnica en la danza. Para ello, aconsejado por Meena, Jalil contrató a una experimentada profesora de baile para preparar cada una de las coreografías. Meena pidió a Jalil que permitiese llevar a Savitri a vivir con su madre, a lo que el jefe, como siempre, no pudo negarse; no tenía sentido que la niña viviera en ese sórdido ambiente. Acudiría al prostíbulo solo para ensayar, así podría dedicarle a su pequeña mucho más tiempo.

Después de casi seis meses de reformas, el local estaba casi listo para su gran estreno. Había sido un tiempo de duro trabajo, donde Meena hizo una concienzuda selección del personal. Desde cocineros, camareras, mantenimiento, pasando por la publicidad, hasta las chicas para las plantas superiores. Todas mayores de edad, para evitar problemas con la ley, seleccionadas en su mayoría del barrio rojo. A otras las captaron de los mejores burdeles de la ciudad. El jefe Jalil confiaba plenamente en Meena, y solo tuvo que ocuparse de supervisar la obra y de la seguridad, que para eso tenía experiencia en tratar desde pequeño con matones de doble ancho.

Todo estaba dispuesto para la inauguración. La promoción había dado resultado, y todas las mesas estaban reservadas. Tal y como habían proyectado, dos altísimos hombres *Sij* de pobladas barbas con turbantes color blanco sobre sus cabezas, vestidos con imponentes *kurtas* negros y bordados de oro, daban la bienvenida a los clientes. Las bellas camareras, uniformadas con preciosos *saris* rojos y los camareros con *kurtas* color bermellón. Un gran neón anunciaba el nombre del gran "Odissi restaurant" como lo habían llamado. Al entrar, lo primero que se podía ver era un gran patio rodeado de columnas, y lleno de diferentes plantas, con una gran fuente en el centro. Pasando por un gran arco de piedra, se llegaba a un amplio salón repleto de mesas. Adornaban las paredes ricos tapices bordados, intercalados de murales de paisajes y monumentos típicos de la India, salpicados también de figuras de los principales dioses y diosas del país. En el fondo del local, estaba situado el escenario elevado, donde tendrían lugar las actuaciones.

La iluminación era tenue pero potente en sitios estudiadamente escogidos, creando un ambiente muy cálido, y el olor a incienso impregnaba cada rincón del lugar. La cena era amenizada por relajante música ambiental hindú, en un salón repleto de personas influyentes de la sociedad de Delhi. Los hombres de negocios eran discretamente informados, por el personal de la barra, de los servicios que podían disfrutar en las plantas superiores. Meena, impecablemente vestida con un *sari* dorado, se aseguraba de que todo funcionase a la perfección. El gran momento para Savitri se aproximaba, y Meena subió a la habitación a desear suerte a su protegida.

–¿Cómo te encuentras, cariño? ¿Estás nerviosa?

–Un poco, Meena. No estoy acostumbrada, todo es muy diferente a cuando bailaba en la casa para los invitados de la señora.

Savitri estaba bellísima, estrenando vestido tradicional para la danza *odissi*, color azul y dorado.

–Estás espectacular, lo harás muy bien, seguro. ¿Estás preparada? Los músicos te esperan.

La pequeña Savitri balanceó su cabeza, y se abrazó a Meena.

–Eres un ángel que Dios puso en mi camino para protegernos. Gracias de todo corazón.

–Quita, quita, que me vas a hacer llorar –le respondió Meena, emocionada–. Anda, vamos, que el público te espera.

La actuación fue presentada por un relaciones públicas contratado por Jalil. Después de unas palabras de introducción a la danza, los músicos comenzaron a tocar. Savitri salió y recorrió en círculos el escenario graciosamente, hasta plantarse en el centro para deleitar a todo el público con su delicada forma de expresar y sentir el baile. Después de casi media hora de actuación, donde desplegó todo su arte en las distintas coreografías montadas, el público le dedicó una gran ovación puesto en pie.

Jalil estaba encantando, comprobando que todo lo que Meena le había hablado sobre Savitri era cierto. Meena y la profesora la obligaron a volver al escenario, para ser sorprendida por una lluvia de pétalos de flores. La pequeña, emocionada, dio las gracias, sin poder evitar, como siempre le ocurría, recordar a su madre y a su hermano. Cuánto le hubiera gustado que la hubiesen visto…

En pocas semanas, el éxito del negocio había sobrepasado con creces todas las expectativas, tanto que, con las primeras ganancias, Meena pudo abandonar el barrio rojo y sacar a su familia de las insalubres habitaciones en las que vivían. Alquiló un modesto, pero equipado apartamento muy cerca del restaurante donde, por supuesto, Savitri tenía también su sitio. Por primera vez en su vida disponía de una habitación limpia para ella sola y para su niña, que se encargó de decorar con la mayor ilusión. En los siguientes días, Jalil llegó a un acuerdo con varias agencias de viajes, y pronto el restaurante era llenado tres veces por semana por turistas de todo el mundo.

La pequeña Anjali había cumplido dos añitos. Su joven madre vivía entregada a cuidarla y a sus actuaciones en el restaurante. Aunque no ganaba mucho, le permitía pagar sus gastos en la casa de Meena. Desde hacía meses, la idea de escapar a Benarés le rondaba por la cabeza, pero no resultaba tan fácil. Su situación era un poco engañosa, estaba sometida a un estrecho marcaje por parte de Jalil y de sus hombres. La consideraba como una propiedad y era permanentemente seguida en sus movimientos. Por otra parte, era el principal activo del proxeneta y no estaba dispuesto a renunciar a ella fácilmente. Savitri no esperaba tener la vida que llevaba, y se preguntaba cómo hubiera sido de haber permanecido en su aldea. Cuando miraba a su bebé, pensaba que solo le faltaba tener a su madre y a su hermano junto a ella para ser completamente feliz. Los echaba mucho de menos y soñaba con vivir todos juntos en Delhi. Pensaba que, si estuviesen con ella, quizás su vida no estaría tan mal del todo. Había conseguido escapar de las garras del señor Tivari, hacía lo que le gustaba, era reconocida en su trabajo y había tenido la suerte de encontrar en Meena a una verdadera familia. Pero una noche el caprichoso destino, una vez más, provocó que todas sus ilusiones se desvanecieran igual que se desvanece un sueño en la memoria.

Como cada noche, la expectación por verla crecía entre los clientes, atraídos por los comentarios de sociedad. Savitri no solía tener presentimientos; de hecho, jamás tuvo ninguno, pero ese día despertó con una sensación extraña, que le hizo acudir algo más nerviosa de lo habitual al trabajo. Y así se lo comentó a Meena antes de salir al escenario.

–Meena, presiento que algo malo va a ocurrir; por favor, si algo me ocurre, prométeme que cuidarás de la pequeña Anjali

–¿Qué puede ocurrir? No seas tonta, todo está bien, sabes que la bebé está en las mejores manos, pero para que te quedes tranquila, te lo prometo. No permitiré que os ocurra nada.

Savitri salió a bailar como cada noche; nada vio que le pareciera extraño, y el número transcurría con normalidad. Pero después de dar un giro, al levantar la mirada, vio como dos hombres entraban y eran acomodados por el camarero en una mesa reservada cerca del escenario. Al momento, quedó paralizada y un escalofrío le recorrió todo el cuerpo, su temor cobró sentido al comprobar horrorizada como uno de los hombres era el señor Tivari que, con una mirada penetrante y una sonrisa burlona, la observaba mientras bebía un trago de la copa. La música no dejó de sonar, y Jalil, nervioso, le hacía gestos para que continuara bailando. Recuperada de la impresión, retomó el número, pero no podía continuar. Con una palmada al músico que tocaba la tabla, precipitó el fin de la representación y salió corriendo en busca de Meena.

–¡Está ahí! ¡Está ahí! –repetía sin cesar.

–¿Qué te pasa? ¿A quién has visto que estás tan pálida? –preguntó Meena, agarrándola por los hombros.

−¡Es él! El señor Tivari, el hombre que me compró y me violó durante años −respondió Savitri, presa de un ataque de nervios−. ¡Por favor, no me dejes sola! Viene a por mí y a por la niña, ese hombre es el demonio en persona, es capaz de cualquier cosa.

−Está bien, no te preocupes, no te dejaré sola.

Y, sujetándola por la cintura, la llevó hasta la habitación. Se preguntaba cómo había dado con ella, pensó que alguno de los invitados que normalmente la vieron bailar en la finca, le habría dado la voz de alarma a su "amo". Pasados unos minutos, Jalil se presentó en la habitación.

−Ya me dirás ¿qué te ha pasado? −preguntó el jefe, muy enfadado.

−Déjala, no se encuentra bien, ¿no la ves? −contestó Meena, acariciando la cabeza de Savitri, que lloraba recostada en la cama.

−¡Me importa una mierda como se encuentre! Me ha hecho quedar mal con mucha gente. Hay un hombre que venía especialmente a verla, y me ha dado cinco mil rupias por hablar con ella a solas.

Savitri, al oír esto, gritó aterrada.

−¡No! ¡Por favor, no me dejen sola con él!

−Lo siento, pero ya es tarde, está fuera esperando − respondió Jalil.

Meena intentó tranquilizar a Savitri.

−Está bien, escúchame pequeña: no te va a ocurrir nada, cariño. Recuerda que tienes mi palabra, yo estaré fuera esperando.

Meena y Jalil salieron de la habitación, dejando a Savitri desconsolada. A los pocos segundos, la puerta se abrió y la visión del señor Tivari frente a ella le sobrecogió, igual que cuando era visitada en las oscuras noches de la finca. El odioso hombre se sentó junto a Savitri en el pico de la cama, y levantó su cabeza.

–Has crecido mucho. Estás más guapa que nunca, pero te has portado mal, eso no se le hace a un amo.

Savitri, con los ojos hinchados por el llanto, se armó de valor.

–¡Usted no es mi amo! –le contestó–. Ya no soy la niña tonta de la que abusaba, ahora tengo quien me defienda. Si no se va, pienso denunciarlo.

Ante la respuesta, el señor Tivari soltó una carcajada.

–No me voy a ir de aquí sin lo que es mío, ¿entiendes? –le susurró al oído, agarrándola de la trenza–. He averiguado que tienes una niña, y es mía; tienes que entregármela, y si no es por las buenas, será por las malas.

–¡Está muerta! Murió al nacer –contestó, desafiante, Savitri.

–No pierdas el tiempo, tengo fotos de vosotras paseando por el parque. Contraté a un detective; ya he hablado con mis abogados para pedir su custodia, pediré una prueba de paternidad si es necesario. No intentes huir, sé que eres de Benarés y te juro que no habrá un lugar donde no pueda encontrarte. Tú, si quieres, puedes seguir con tus bailecitos, pero la niña se vendrá conmigo. ¡Vístete!

–¡Tendrá que matarme para llevársela! –gritó, sin miedo.

El desafío desató la ira del monstruo, que alzó la mano para abofetearla; pero, en ese momento, su golpe fue detenido por una gran mano. Era uno de los hombres de la seguridad del local, acompañado por Meena.

—¡No te atrevas a tocarla, malnacido! ¡Cerdo, que eres un cerdo! —gritó Meena.

El señor Tivari, sorprendido, se quedó sin palabras. No se esperaba a alguien del tamaño del guardaespaldas. Este, le invitó amablemente a salir de la habitación.

—Por favor, señor, retírese. Le tengo que pedir que salga.

El acosador no tuvo más remedio que obedecer, pero no sin antes amenazar a Savitri desde la puerta.

—No creas que te has salido con la tuya, niña estúpida, esto no quedará así.

Y, dando un portazo, se marchó por dónde había venido.

La joven Savitri se quedó reconfortada al ver que, su amiga Meena, siempre cumplía con su palabra. Pero esto lo cambiaba todo, estaba amenazada, y el miedo a perder a su hija provocó que volviese a sufrir un ataque de nervios.

—¿Qué voy a hacer ahora, Meena? Me encontrará, sabe que soy de Benarés, ¡quiere quitarme a mi niña! —exclamó entre lágrimas, completamente compungida. Meena la consoló y, como siempre hacía, le infundió una tremenda confianza.

—No te preocupes, cariño, seguro que se me ocurre algo. Cámbiate, te acompaño a casa.

Fue una larga noche, pero en el camino, la fiel Meena, ya sabía lo que tenía que hacer. "Debía marcharse de la ciudad, pero ¿a dónde?", se preguntaba Savitri. No había un lugar en la tierra donde poder esconderse, amenazó el demonio, que se había propuesto arruinar la vida de esta pobre chica. Al llegar a casa, Meena, que era una mujer que reaccionaba rápido ante los problemas, explicó a Savitri su plan.

—Mañana a primera hora te montaré en un autobús, es más seguro que el tren.

—Sí, pero ¿a dónde? —preguntó, preocupada, Savitri.

—Tengo una amiga más al norte; Se llama Priyanka, trabajó unos años conmigo en el burdel, un tipo rico se enamoró de ella y se la llevó. Es una buena persona, acabo de hablar con ella. Vive en Amritsar, pero sus padres siguen en la aldea donde nació. Ahí no podrán encontrarte. Ellos te ayudaran.

—Meena, y ¿qué pasará con Jalil? No quisiera perjudicarte.

—No te preocupes por eso: Jalil te compró por una miseria, y ya se aprovechó de ti bastante. Le diré que le pregunte al señor que le dio la propina, él será el principal sospechoso de tu desaparición.

La bondadosa Meena le preparó amorosamente el equipaje, y le dio un sobre con dinero y un teléfono. Savitri, emocionada, rompió a llorar lamentándose de que, nuevamente, tuviera que separarse de alguien tan querido. Montó en el autobús cuando aún no había amanecido, oculta bajo el velo de su *sari*, y con sus sueños rotos en mil pedazos. Había perdido tanto, y tantas veces… Pero conservaba lo que más amaba, y por lo que estaba dispuesta a hacer los sacrificios que fuesen necesarios. Por delante le quedaban casi diez horas de camino cruzando la región del Punyab, en busca de un nuevo hogar. Volvió la vista atrás y vio la figura de su querida Meena diciéndole adiós con la mano. Pidió entonces ayuda a su madre mientras se decía a sí misma: "Nunca nadie me apartará de mi hija, nunca".

XXV
EL AMOR TODO LO PUEDE

Después de la muerte de *maan*, nos trasladamos a vivir definitivamente a la playa. Su marcha dejó un inmenso vacío en mi interior, imposible de llenar. La firma de los derechos de mi novela para la televisión, y la noticia de su traducción al inglés, supuso la soñada tranquilidad económica que todo el mundo anhela, pero ¿para qué sirve el dinero en estos casos? Perdí a mi madre como perdí a mi querida hermana, de un día para otro. Miraba a mi mujer y a mi niña, y daba gracias a Dios por tenerlas a mi lado. La ilusión por seguir adelante luchaba a brazo partido por abrirse paso frente al desánimo. Me sentía afortunado, pero estaba sumido en pleno duelo; pensaba mucho, en verdad no hacía otra cosa. Dejé incluso de escribir. Creía que la marcha de mi madre debía de tener algún sentido; se marchó sin poder ver de nuevo a su hija. Ni siquiera pude despedirme de ella, la última vez que escuché su dulce voz fue por teléfono, y no le dije en ese momento cuánto la quería. Todos estos pensamientos se clavaban en mi alma como un puñal, y me sumía entonces en un profundo estado de abatimiento. Intentaba recordar con dificultad el rostro de mi hermana, su imagen que, después de tantos años, se había difuminado de mi memoria, pero no de mi corazón. ¿Cómo sería de estar viva? Tal vez estuviese ya con mi madre. Acomodado en mi soledad buscada, daba largos paseos por la playa, intentando encontrar respuestas a infinidad de incógnitas: ¿Qué habría sido de Savitri? ¿Cómo estaría mi madre?

¿Existe vida después de la muerte? Esa inquietud sería la puerta a mi sanación. Me pasaba horas y horas leyendo libros sobre la desencarnación con testimonios de personas que habían tenido experiencias con la muerte. Mediante el conocimiento y la aceptación, encontré el consuelo que necesitaba para aceptar mi situación. Toda mi vida me la pasé buscando ser feliz, pero comprendí que la felicidad no es no es la meta, si no la búsqueda, el camino. Aprendí, en este proceso, que nada nace en esta vida para morir, todo nace para crecer y evolucionar; y en el caso de las personas que mueren, solo muere una forma de vida unida a un cuerpo físico. Cuando desencarnan, permanece en ellos un estado energético y espiritual que los acompaña eternamente. Descubrí que la mejor forma de ayudar a mi madre era intentar ser feliz, pero lo cierto es que al hacerlo también me estaba ayudando a mí mismo. Siempre tememos a lo desconocido, una gran mayoría de personas entiende la muerte como lo peor que te puede ocurrir en la vida, el miedo nos hace imaginarla vestida de negro con capucha y una gran guadaña. En la vida existen solo dos grandes verdades; nacemos y morimos, y no nos preparan para ninguna de las dos. Nadie te enseña en el colegio a vivir, a gestionar el dolor, el sufrimiento, y qué decir de la muerte... Para muchos es un tema tabú. La mayoría considera que hablar de ella es algo tétrico, pero creo que es mucho más tétrico hablar de proyectos que sabes que nunca podrás realizar, o de sueños que nunca podrán cumplirse; y luego pasa que te mueres, es de las pocas cosas seguras que nos van a ocurrir, solo nos falta saber el día y la hora. Vivir el presente, ser consciente, me ayudó a ver la vida de otra forma, a sanar mi herida. Decidí entonces dejar de sufrir, que es de lo que se trata, ¿qué es la vida si no un tránsito hacia la muerte? Comencé a tener experiencias de difícil explicación.

Una noche me encontraba solo en casa, y me disponía a tomar una ducha. Dejé el equipo de música conectado y la puerta abierta: me relajaba oír música de la India. De repente, la luz se apagó. Pensé que habría saltado el automático, pero no, la música continuaba sonando y la luz de mi mesilla de noche permanecía encendida, "que extraño", pensé. Salí de la ducha y vi, sorprendido, que el interruptor del baño estaba en posición de apagado. Solo tuve que volver a pulsarlo para que volviese a hacerse la luz. Inmediatamente, pensé en mi madre. "¿Eres tú *maan?*", dije en voz alta. "No puede ser", pensaba, quizás esté sugestionado después de tanta lectura. Había leído que, muchas personas desde el más allá, intentan comunicarse con sus seres queridos, y a veces de una forma muy exacta. Vi un documental en el que se contaba la experiencia de dos hermanas americanas. Tenían una relación de amor muy intensa con su madre de más de noventa años, y a esta le encantaban las aves; su preferida era el pájaro cardenal, una pequeña y extraña ave de color rojo, que vive en Norteamérica. En una de sus visitas, estando la anciana ya enferma, le pidieron a su madre: "Mamá, cuando te marches, ¿nos enviarás a un pájaro cardenal para saber que estás bien?" A lo que la madre respondió: "Hija, haré lo que pueda". Emocionadas, mostraron una grabación de vídeo en la que se veía a un pajarillo cardenal, posándose dócilmente en sus manos. Después de unos minutos lo depositaron en las ramas de un pequeño árbol del jardín, pero el pájaro se resistía a marcharse y se posó en el hombro de una de las hijas. Las mujeres, al ver esto, lloraban de emoción y le decían: "Vete mamá, estamos bien", e, increíblemente, el pajarito obedeció, y se fue volando para el asombro de sus hijas. Al ver este, y otros muchos casos de la serie de varios capítulos, quedé impresionado. ¿Sería *maan* que me estaba queriendo decir que estaba bien? Después de unos días tuve la oportunidad de comprobar, por segunda vez, que cuando te dicen "ánimo, ella estará siempre contigo", en mi caso no se trataba de simples palabras. Esta vez Carmen fue testigo del fenómeno. Estábamos comiendo cuando abrí una botella de vino blanco, serví unas copas y volví a poner el corcho en la botella cuando vi que el tapón se cayó al lado del plato; no le di importancia, quizás hubiese sido el gas del vino, o simplemente no lo hundí suficientemente. Volví a colocarlo y, para mi sorpresa, el corcho volvió a caer.

–¿Has visto eso, Carmen? –pregunté a mi mujer sin comprender lo que estaba pasando–. He puesto el corcho dos veces, y se ha caído sin que lo tocase.

–¡Sí, lo he visto! Prueba otra vez –respondió Carmen, igual de sorprendida que yo.

Esta vez me aseguré de apretarlo un poco más, al mismo tiempo que decía "*Maan*, si eres tú, hazlo de nuevo". Carmen y yo no le quitábamos ojo a la botella, pero después de unos segundos, no sucedió nada. "Habrá sido cualquier cosa", me dijo Carmen. "Tal vez apreté demasiado", comenté. Pero de repente, pude ver como el corcho, lentamente, se movía hasta volver a caer en la mesa. La piel se me puso de gallina.

−¡Lo has visto como yo! −exclamé, conmovido.

Carmen se llevó la mano a la boca a la vez que decía. "Es increíble Vishnu, es ella, es tu madre".

Estaba convencido de que *maan* estaba conmigo. Cogí su foto, que reposaba en la mesa del comedor, y le dije emocionado: "No te preocupes por mí, *maan*, estoy bien; sigue conmigo".

Leí en una ocasión que no es conveniente alumbrar las fotos de los difuntos ni pedirles ayuda continuamente. Las almas se van porque ya cumplieron su misión y, desde otro plano, tienen otro trabajo que desempeñar; son nuestros guías espirituales convertidos en seres de luz. ¿Cuál sería ahora la misión de *maan*? Quizás oyese mis palabras antes de encender su pira funeraria.

Sentir que mi madre estaba conmigo era un gran consuelo. Pasados unos meses, mi libro sería lanzado en la India y tenía previsto viajar allí para presentar mi novela en Delhi y Jaipur, y también para dar algunas charlas. Acudiría acompañado de mi editora. Hasta entonces, no había vuelto a tener ninguna otra experiencia "mágica" con *maan*, hasta que la noche previa al viaje, sonó el teléfono. Era un número desconocido que comenzaba con el prefijo 98, sin duda la llamada provenía de la India. Al otro lado sonó la misteriosa voz de una mujer que me hablaba en hindi.

−¿Es usted Vishnu? ¿Vishnu Shankar?

—Sí, yo soy —contesté expectante.

—Verá, sé que le resultará difícil de creer, pero tengo un mensaje para usted de alguien muy especial, se refiere a usted como a *lalloo*.

—Escuchar de nuevo esa palabra provocó que se me erizara todo el cuerpo, nadie me llamaba así, nadie excepto ella: mi *mommy* Anjali.

La señora se presentó como Divya.

—¿Por qué me ha llamado usted así? —pregunté.

—No he sido yo, señor —respondió.

Yo intuía quién podría ser, pero dejé que fuese ella misma quien me lo dijese.

—Como le he dicho antes, sé que le parecerá increíble, pero verá, solo soy una mujer normal. Tengo un *ashram* de yoga en Rishikesh, al norte del país. Es a lo que me dedico, pero desde pequeña tengo la habilidad de poder ver y comunicarme con los espíritus. No me dedico a ello profesionalmente, pero cuando vienen a mí, no puedo negarme a transmitir los mensajes que quieren enviar a sus familias. Solo soy una mensajera, lo que se conoce normalmente como médium.

—¿Quién… quién está con usted? —volví a preguntar

—Su mamá. Me dice que sus hijos siempre le llamaron *moomy* Anjali.

Yo no estaba seguro, no terminaba de confiar en la señora. Me senté en mi escritorio y la dejé hablar; estaba un poco escéptico. El libro aún no estaba a la venta en la India, quizás recabó información de mí en internet. Pero pronto comprobé, emocionado, al darme detalles que nadie podía saber, que no me encontraba frente a una farsante. Le volví a preguntar.

–¿Cómo la ve? Dígame, ¿está a su lado?

–Si, la veo perfectamente. La rodea un halo de luz rosa, es preciosa. Tiene unos ojos increíbles; no sabría decirle exactamente el color, parecen verdes, pero con pigmentos color avellana, casi rojos. Tiene un precioso cabello negro y lo lleva recogido con un adorno de flores; viste una túnica blanca. Me dice que nunca imaginó lo maravilloso que podía llegar a ser el lugar donde se encuentra, nunca sintió tanta paz. No quiere verle mal, por eso ha sentido su presencia, está siempre con usted. Le sorprendería saber las cosas que son capaces de hacer para hacerse notar. Espere, me dice que debe confiar. Dice algo de una botella de vino, sí, un momento… La próxima vez dice que no apriete tanto el corcho.

–¡Fue ella! –exclamé, sobrecogido.

–Sí, también fue ella quien apagó la luz del baño, ¿me cree?

–Si, como no creerla, nadie más que mi mujer y yo sabía nada de esto –respondí abrumado por la evidencia.

La señora continuó.

–Está riendo, tiene una sonrisa preciosa, desprende tanto amor… Me dice que ella no hubiera querido marcharse, pero su alma decidió partir igual que cuando llegó. Sabe que es por una buena razón, cuando llegue el momento lo sabrá.

–¿Cuál es esa razón? –pregunté intrigado.

–Vishnu, me dice que debe ser paciente. ¿Tiene pensado viajar próximamente a la India?

–Sí, mañana salgo para allá –contesté sin llegar a entender el motivo de la pregunta.

–Espere, me dice que debe ir a Jaipur. Ahora tiene que marcharse, quiere que sepa que siempre estará con vosotros, volverá a verla de algún modo; me dice que el amor todo lo puede.

–Por favor, dígale que la quiero. Hasta pronto *maan*.

–Le ha oído, le dice: hasta pronto *pyaare bete*. Ella siente un amor inmenso por usted, y por su hermana.

La señora Divya me comentó que cuando quisiera hablar con mi madre, ella siempre me escucharía.

Mi corazón estaba lleno de paz y de una renovada esperanza, ¡había nombrado a mi hermana! Eso significaba que estaba viva. En una semana, teníamos planeado presentar mi libro en el Palacio de los Vientos en Jaipur. Me embargó tal emoción, que rompí a llorar con su fotografía en mis manos. En ese momento, Carmen entró en mi despacho y se acercó a mí. Me abracé a ella y le conté toda mi increíble conversación con la señora Divya.

– Carmen, he hablado con mi madre, con mi *maan*. Ha sido maravilloso, ¡era ella, amor mío! Me ha dicho que siempre estará conmigo. Siento que Savitri está viva.

Esa noche la recuerdo como una de las más felices de mi vida. No pude dormir, aunque deseé haberlo hecho, solo por soñar con *maan*. Quería que el tiempo volase, no veía el momento de embarcar hacía mi ansiada cita. ¿Por qué insistió en que debía acudir a la Ciudad Rosa? Como bien me aconsejó mi madre, tendría que ser paciente. Aprendí que, cuando menos, es imprudente creer solo en lo que podemos ver; no se trata de una cuestión de creencia, si no más bien de conocimiento. El hecho de no creer en algo no significa que no sea o no exista. Después de todo lo que había experimentado, estaba convencido de que cuando morimos vamos a un sitio mejor. Como decía Facundo Cabral: "No hay muerte, hay mudanza".

La primera semana en Delhi resultó agotadora. Mi compromiso con la fundación de Carol había crecido al mismo tiempo que el éxito de mi libro. Era muy importante aprovechar el interés que había suscitado mi obra en mi país, para intentar concienciar a la población de uno de los grandes problemas de la India. Se sucedieron las charlas, y alguna que otra entrevista en televisión. Solo quedaba la presentación oficial en un gran hotel de la ciudad. Me encontraba bastante centrado en mis compromisos, pero sin olvidar por un momento las misteriosas palabras de *maan*.

A la mañana siguiente pondríamos rumbo a Jaipur, capital de la región del Rajastán. Gracias a las gestiones de la ONG de Carol, habíamos conseguido que las autoridades nos permitieran hacer la presentación en un patio interior del Hawa Mahal, o Palacio de los Vientos. Un gran edificio de arenisca roja y rosa de cinco pisos de forma piramidal, construido en el año 1799 por el Marajá Sawai Pratap Singh. Aunque se conserva poco más que la fachada, en la actualidad se ha convertido en el símbolo de la ciudad, tanto que su color característico, propició que Jaipur, sea conocida como "The Pink city" (la ciudad rosa). El viento que circula por sus más de novecientas ventanas le dio nombre al palacio. A pesar de que, a diferencia de otros grandes palacios, están rodeados de jardines, el Hawa Mahal está situado en pleno centro de la ciudad, frente a una gran avenida castigada por un incesante tráfico. En los aledaños del monumento, proliferan pequeñas tiendas de todo tipo incrustadas en edificios de dos plantas del mismo color. Tras un viaje de más de cinco horas en auto hacia el sur, al fin llegamos a Jaipur. Al igual que en Delhi, antes de la presentación en el Palacio, teníamos prevista una conferencia en un hotel y una entrevista en la radio. Mi editora había dispuesto dos grandes carteles promocionales en la puerta del palacio. La entrada, después de la confirmación por parte de la prensa y algunas autoridades, estaba limitada por invitaciones que, previamente, habían sido repartidas por orden de llegada en la misma emisora de radio donde me entrevistaron. Tras la entrevista, la expectación era grande y todas las localidades estaban ya reservadas. Llegó el esperado día y todo estaba dispuesto para el inicio del acto. Las sillas, colocadas en el patio interior, esperaban ser ocupadas. El pequeño escenario estaba dispuesto en uno de los fondos. Desde una mesa alargada con cuatro asientos, me dirigiría al público. En la mesa me acompañarían el alcalde de Jaipur, su delegada de cultura, y Carol, como representante de la ONG. Detrás de mí, habían colocado un gran cartel con la portada del libro y mi fotografía. Al ser de noche, la iluminación, la majestuosidad y la historia del palacio, envolvía el evento de un ambiente mágico. Me encontraba más nervioso de lo habitual, y me preguntaba si resultaría también mágico para mí. El acto comenzó con una breve presentación por parte de una periodista local. Cedió la palabra al señor alcalde y, tras su intervención, fui presentado. Comencé hablando solo, relaté mi experiencia y, tras un breve coloquio con Carol, leí uno de los capítulos dando por concluido el acto. Agradecí el apoyo de los asistentes con un pequeño *coktail*. Mientras este era servido, inicié la firma de libros, y una organizada cola de personas deseosas de comprar mi novela se formó ante mí. La noche casi llegaba a su fin y, decepcionado, pensaba en por qué *maan* dio tanta importancia a que estuviese aquí. Aunque, un momento, mi madre dijo que debía de ir a Jaipur, no se refirió expresamente al acto. Mi regreso a España estaba previsto a la mañana siguiente, aún quedaba tiempo. Quedaban solo unas pocas personas en la cola cuando, de repente, se oyó la voz de un policía que parecía perseguir a alguien, formándose un pequeño tumulto.

Un día antes, un atestado autobús inicia la ruta desde Amritsar, en dirección a Jaipur. Por delante quedan casi setecientos kilómetros y más de doce horas de viaje, atravesando las polvorientas carreteras de las regiones de Punyab y de Rajastán. En su interior, sentadas en los últimos asientos, viajaba una joven mujer acompañada de su hija. Con la cabeza de su pequeña apoyada en su hombro, revisa una pequeña libreta y se pregunta si tiene algún sentido lo que está haciendo. Duda, contempla a su pequeña, respira hondo, y pide a su ángel que le ayude. Es su última oportunidad; se embarca en el que espera sea su último viaje hacia la libertad, movida por un sueño aún por descubrir. Cierra los ojos y recuerda su extraordinaria experiencia.

Dos semanas antes, a miles de kilómetros de Vishnu, Savitri y su pequeña Anjali, seguían ocultas en la pequeña aldea. La joven, que llevaba casi media vida huyendo, permanecía ahora esclava del miedo a perder a su hija. La niña llegó cuando solo tenía dos años, se había criado en plena naturaleza, en un paisaje lleno de contrastes, entre dunas de fina arena, y la verde frondosidad que salpicaba las orillas del río Sutlej. Al igual que muchos niños de la aldea, fue su madre quién le enseñó a leer y a escribir, pero la pequeña, a pesar de tener amiguitos, comenzaba a hacerle preguntas. Las noches junto al río eran frías. Savitri y la pequeña Anjali se calentaban en una pequeña hoguera, a la luz de la luna; la niña, removía el fuego con un palo.

–Ten cuidado, *betee*, no te vayas a quemar –comentó Savitri a su hija.

–No te preocupes, *moomy*, no es la primera vez que lo hago. *Mommy*, ¿por qué vivimos aquí? La mayoría de mis amigos se están marchando a la ciudad; a este paso no voy a tener a nadie con quien jugar.

Savitri sabía que, tarde o temprano, ese momento llegaría. Llamó a Anjali para que se recostara a su lado a contemplar las estrellas.

–*Mommy,* háblame de *daaidee*. ¿Cómo es?

Savitri acurrucó a su hija entre sus brazos, y comenzó a hablarle de su abuela.

–*Daaidee* es la mejor madre del mundo. Sufrió mucho desde niña, pero no existía amor suficiente en el mundo para dar a sus hijos, a mi hermano y a mí. Éramos muy pobres, y cuando había poca comida, muchas veces decía que no tenía hambre para darnos su parte. Mi hermano es muy inteligente, tanto como la abuela. Teníamos grandes sueños, pero un día todo se truncó.

–¿Qué pasó, *moomy*? –preguntó la pequeña Anjali.

La madre sintió que ya era hora de que su hija, supiera por qué se encontraban en ese lugar, tan apartadas del mundo.

–Hija mía, en esta vida existen dos clases de personas: unas son seres de amor, personas nobles que solo pueden hacer el bien, porque no hay maldad en sus corazones. Pero no sé por qué, hay otras que están llenas de odio, y lo vuelcan en todo cuanto les rodea. Da igual si son ricos o pobres, sencillamente no saben hacer las cosas de otra forma.

–Y, ¿no se les puede enseñar, *moomy*? –la ingenua respuesta hizo sonreír a Savitri.

–Ojalá fuese tan fácil, cariño. Sería genial que existiese un colegio donde enseñaran a ser buenas personas desde pequeños, pero ¿sabes qué? Por eso la educación es tan importante, la mejor lección es el ejemplo de los padres, y teniendo unos papás que sepan educar a sus hijos en el amor y en el respeto, debería ser suficiente.

–¿Por qué estamos tan lejos de *daaidee* y de *chaacha*? ¿Por qué no tengo padre?

—Hija, tuvimos la mala suerte de que en nuestras vidas aparecieran personas de corazón no tan blanco. De esas personas, aunque su misma sangre corra por tus venas, es mejor alejarse. Mi vida, la de mi hermano y la *daaidee*, cambiaron bruscamente desde el momento en que nos separaron a la fuerza. Por eso estamos aquí, amor mío, ocultas de quien quiere separarnos, ¿lo entiendes?

La pequeña Anjali pareció entenderlo, y le respondió abrazando muy fuerte a su mamá.

—Sí, *moomy*, lo entiendo, pero ¿estaremos aquí toda la vida? ¿Nunca podremos volver con ellos?

Savitri acarició la cabeza de su hija, y se hizo la misma pregunta.

Había pensado muchas veces en intentar viajar a Benarés, pero no tenía siquiera documentación, ni de ella ni de la pequeña. No podía demostrar que era su hija si la paraban en un control policial, no podía arriesgarse. Tampoco tenía dinero para un viaje tan largo, y sí mucho miedo a perder lo que más amaba. La pequeña se quedó dormida, y la humedad que caía sobre sus cabezas les obligó a resguardarse en la cabaña. Acostó a su hija en el camastro que compartían, y se quedó mirándola durante un buen rato; después, se recostó junto a ella, y le pidió a la diosa Durga que le diese la fuerza que le comenzaba de nuevo a flaquear. Intentaba visualizar el rostro de su madre, y se quedó dormida pensando en ella. "*Moomy*, como me gustaría volver a verte, volver a abrazarte, a sentirte. Me haces tanta falta...".

Aquel deseo fue el preludio de algo magnífico que estaba a punto de ocurrir; esa llamada desesperada de

Savitri, obtuvo respuesta de la forma más mágica imaginable. Esa noche, la joven tuvo un sueño que pareció tan real que, al despertar, no supo diferenciarlo de una extraordinaria aparición. Mientras la pequeña Anjali dormía, la humilde casa se iluminó por una luz. Mecida entre los visillos de la pequeña ventana, Savitri adivinó la silueta de una mujer vestida de blanco, rodeada de una áurea rosa. La figura se acercó, y se materializó junto a ella inundando el lugar de una amorosa paz.

–Hola, mi amor, mi Savitri.

–*Moomy*, eres tú, cuánto te he echado de menos… Pero no comprendo, ¿dónde estás?

–No debes preocuparte, cariño, estoy bien. He venido para decirte que siempre, siempre, estaré junto a ti y junto a mi nieta para protegeros, no debes sentir ningún miedo.

Madre e hija se fundieron entonces en un largo abrazo.

–Mira *moomy*, ¡es mi niña! ¡Tu nieta! La he llamado como tú.

–Es un ángel, amor mío. Nunca se separará de ti, no te imaginas lo bien que os van a ir las cosas a partir de ahora. Ahora debo marchar, pero antes, tengo que decirte algo muy importante: debes ir en una semana al gran Palacio de los Vientos.

Savitri despertó en ese justo momento, al sentir una suave caricia en su cara. Se quedó sobresaltada al lado de su hija, sin poder explicarse el mágico sueño que había tenido. Parecía tan real, que se levantó rápidamente a escribir hasta el último detalle. ¿Cómo podía ser posible? ¿Significaba eso que su madre había muerto? Llena de ansiedad, salió de la cabaña y miró al cielo estrellado.

Toda su inquietud desapareció al recordar las palabras de su madre: "No debes tener ningún miedo, estoy bien" y, sobre todo, recordó una consigna muy clara: tenía que viajar, en una semana, al Palacio de los Vientos. Nunca oyó hablar de tal palacio. Estaba aturdida, no sabía cómo ni a dónde tenía que dirigirse; pero si la joven Savitri tenía algo claro, es que no pensaba desobedecer, bajo ningún concepto, a *moomy* Anjali.

****

Un palacio cargado de sueños

Savitri se puso en marcha dispuesta a cumplir la orden de su madre. Lo primero sería averiguar dónde se encontraba el Palacio de los Vientos. Para ello recurrió al señor Renjy, que regentaba un pequeño almacén en la aldea. A pesar de no haber asistido mucho al colegio, le gustaba leer y tenía en su tienda muchos libros. Pensó que, en alguno de ellos, podía averiguar donde se encontraba. Pero al preguntarle, no hizo falta.

—Señor Renjy, necesito saber dónde se encuentra el Palacio de los Vientos, ¿puede usted ayudarme? –preguntó Savitri.

—¿El Hawa Mahal? –respondió el tendero.

—Creo que sí –contestó, insegura, Savitri.

—Es un palacio precioso. Pude visitarlo de joven, en un viaje a Jaipur.

—¿Jaipur? ¿Está muy lejos de aquí? –volvió a preguntar la joven.

–Pues, demasiado lejos para hacerlo a pie, tardarías días en llegar. Se encuentra a más de diez horas en autobús hacia el sur.

La respuesta del señor Renjy la dejó preocupada. ¿Cómo podría llegar? No tenía dinero para recargar la tarjeta del teléfono que le dio su amiga Meena. Pero no pensaba rendirse a la primera de cambio, así que se atrevió a pedirle un pequeño favor al amable tendero.

–Señor Renjy, necesito utilizar su teléfono, es una emergencia. No tengo dinero para pagarle, pero si quiere, le puedo limpiar la tienda, o lo que usted me diga. Por favor, es muy importante para mí.

La súplica de Savitri llegó al corazón del señor Renjy, y este, sin dudarlo un instante, sacó del bolsillo su arcaico teléfono móvil, y se lo ofreció acompañado de una cómplice sonrisa. Savitri llevaba siempre apuntado el contacto de Meena en la carcasa de su inutilizado teléfono, y marcó el número de su querida amiga. Siempre le decía que no dudase en llamarla cuando lo necesitara. Desde que llegase a la aldea, había mantenido regular contacto con ella, aunque hacía casi un año que no hablaban. Estaba al tanto de que el señor Tivari y Jalil, removieron cielo y tierra por encontrarla. Sospecharon de Meena desde el primer momento, pero supo mantener siempre la misma versión: no sabía nada de la desaparición de Savitri. Pese al tiempo transcurrido, sobre todo el señor Tivari, seguía obsesionado por encontrarla. Incluso Meena había descubierto que era estrechamente vigilada.

Savitri consiguió hablar con su amiga, y le confió su extraordinario sueño. Tenía que viajar a Jaipur, pero no tenía dinero, ni si quiera para comprar leche. Meena se alegró mucho de oírla, aunque se enfadó un poco con ella y le recriminó que no le hubiese pedido ayuda antes. "No te preocupes, cariño, te enviaré a mi amiga Priyanka, ella te ayudará en todo lo que necesites". Priyanka significa amable, y no pudo hacer más honor a su nombre. A los pocos días, se presentó con varias bolsas de comida y algo de ropa nueva; le entregó también un sobre con dinero. Tras acordar el día que tenían que viajar, quedó con ella para recogerla en la aldea y llevarla hasta la estación de autobuses de Amritsar. Los días previos al viaje, Savitri y Anjali, llenas de esperanza, esperaban nerviosas que llegase el día. La joven era consciente de que se encontraba ante la oportunidad que tanto había esperado. No había nada seguro, no sabía lo que le esperaba en ese desconocido palacio; le daba miedo pensar qué harían en una ciudad tan grande, abandonadas a su suerte si todo salía mal. Pero confiaba ciegamente en su madre y en su increíble sueño.

Tras más de doce horas de sufrido viaje y diecisiete peajes, el autobús se aproximaba a las afueras de Jaipur. La pequeña Anjali observaba sorprendida a través de la ventana, largas filas de peregrinos vestidos con túnicas naranjas, camino seguro de alguna celebración religiosa. Perros vagabundos atentos a los restos de comida que algunos viajeros dejaban caer en los improvisados tenderetes de comida, situados a los lados de la carretera.

Pasaron por campamentos de chabolas, rodeados por montañas de basura. Fue la visión de la más extrema pobreza y miseria que la niña nunca vio. Conforme se iban acercando a la ciudad, el paisaje se transformó en otro más propio del siglo XXI, donde el progreso parecía haber llegado también a esta árida tierra. Los grandes y modernos edificios contrastaban con la visión de hombres con coloridos turbantes a lomos de escuálidos camellos, o incluso, de algún gigantesco elefante de regreso de las excursiones turísticas. La noche caía sobre la ciudad rosa, y Savitri apresuró a su hija para que se preparase a bajar, inmersas ya en las amplias avenidas de la ciudad. Entumecidas, al fin bajaron del autobús, y desorientada, Savitri preguntó al chófer cómo llegar al Hawa Mahal. Este, le aconsejó que lo mejor era que consiguiera un *rickshaw*, un pequeño y colorido vehículo parecido a un motocarro. Aún le quedaba dinero, y si no resultaba muy caro, tal vez podría permitírselo. Antes, la niña le pidió ir al baño.

–¿Dónde encuentro ahora un servicio público, *betee*? –preguntó, desesperada, Savitri a su hija.

–*Mommy*, lo tenemos delante —respondió la pequeña, con una pícara sonrisa.

Una vez en la puerta de la estación de autobuses, Savitri negoció el precio del transporte con uno de los muchos conductores de *rickshaw* alienados en la salida. Llegado al acuerdo, montaron en el mini taxi. La pequeña Anjali estaba impresionada por la grandiosidad de la ciudad; era la primera vez que veía algo así, todo era nuevo para sus ojos. Al salir de la aldea, cambió el sonido del plácido cauce del río y el canto de los pájaros, por los estridentes cláxones de los coches y el caótico bullicio de las calles de esta inmensa aldea.

Se encontraban ya frente al gran palacio rosado. Savitri agarró la mano de Anjali, y se aventuró a cruzar los carriles de la gran avenida, que estaban separados por una valla metálica. Sin algún paso de peatones a la vista, tuvieron que ir esquivando coches y motos que les llegaban por todos lados. Aprovechando un pequeño embotellamiento, lograron llegar al fin al mítico Hawa Mahal. La puerta del palacio se encontraba oculta tras una multitud de curiosos con la intención de entrar. Poco a poco, Savitri, sin soltar la mano de su hija, se fue aproximando al bullicio; la curiosidad que sentía por descubrir el motivo de tanta expectación se tornó en tremenda impresión cuando vio uno de los carteles promocionales de la presentación del libro, y la foto del autor. Se quedó pasmada, totalmente impactada por lo que estaba viendo. Sus labios susurraron: "¡*Bhaee saahab!*" Sus ojos se inundaron de lágrimas, y comenzó entonces a dar gracias a su madre, por comprobar la exactitud del sueño que había tenido con su *mommy*. La pequeña Anjali miraba a su madre sin entender nada. Savitri, un poco más repuesta del shock, se agachó y abrazó a su hija.

–¡*Betee*! ¡Es *chaacha*, es tu tío Vishnu! –le dijo a su pequeña sin dejar de llorar y señalando la foto de su hermano.

–¿De verdad es *chaacha*? –preguntó la niña.

A pesar de los años transcurridos y de que se había dejado barba, el rostro de Vishnu resultó inconfundible para Savitri que, nerviosa por reencontrarse con él, agarró a la pequeña Anjali y, decidida, se dirigió a la puerta, siendo parada en seco por uno de los guardias que custodiaban la entrada.

—¿Tiene usted invitación?

—¡No, no tengo! ¡Pero tengo que entrar! —contestó angustiada, Savitri.

—Lo siento, señora. Son órdenes: sin invitación no se puede entrar. Por favor, retírese.

—¡Por favor, señor, usted no lo entiende! ¡Es mi hermano! —insistió, desconsolada, Savitri.

Pero no consiguió más que un manotazo del guardia, haciéndola retroceder unos pasos. La pequeña Anjali, viendo la desesperación de su madre, le dijo tirándole de la mano: "¡No te preocupes, *mommy*!".

Y, de repente, la pequeña se escabulló entre los guardias, y comenzó a correr hacia el interior, siendo perseguida entre gritos por uno de ellos. Cuando estaba a punto de llegar al escenario, fue finalmente atrapada. La niña pataleaba intentando liberarse. Vishnu, alertado por el llanto de la niña, se abrió paso entre los invitados y llegó hasta donde Anjali elevaba sus brazos. Se acercó al guardia y le pidió que la soltara:

—No se preocupe, yo me hago responsable.

Vishnu se agachó y, cogiendo la mano de la pequeña, le secó las lágrimas.

—¿Cómo te llamas? —le preguntó.

—Me llamo Anjali —respondió la niña, compungida.

Al escuchar ese nombre en boca de la niña, sintió una especie de latigazo en el corazón, y entonces, comprendió al fin. Miró a sus ojos, y fue como si volviese a mirar a los de su madre: el mismo indescriptible color. Respiró profundamente, miró al cielo y susurró: "Gracias, *mommy*".

—¿Sabes quién soy? —preguntó amorosamente Vishnu, sin poder reprimir las lágrimas.

La pequeña Anjali acercó su manita a la mejilla de su tío y le secó ella esta vez las lágrimas que corrían por su rostro.

—No llores, *chaacha*...

—Ven aquí, pequeñita.

Y abrazó a su sobrina con toda su alma.

—¿Dónde está *mommy*?

—Está en la puerta, *chaacha*, no la han dejado entrar. Pero yo me he escapado.

—¡Bien hecho, pequeña! —exclamó riendo, Vishnu.

Cogió a la pequeña Anjali en brazos, y se dirigió, nervioso, al encuentro con su querida hermana. Le temblaba todo el cuerpo, al recorrer los pocos metros que le separaban de Savitri, su mente se trasladó al momento en que vio a su hermana por última vez. Ella esperaba nerviosa en la puerta, cuando de repente vio aparecer la silueta de un hombre con su hija en brazos. Vishnu soltó a la niña, y vio de nuevo a esa pequeña carita pegada al cristal del coche convertida en una bella mujer. "*Bhahee saahab*", dijo Savitri. "*Bahan*", dijo Vishnu, y no hubo más palabras: se fundieron en un larguísimo abrazo, lleno de lágrimas. La escena había atraído la atención de muchos invitados como el mismísimo alcalde y Carol, la amiga periodista que presenciaba el momento hecha un mar de lágrimas.

–Hermanita, cuánto recé para que llegara este momento. Cuánto has tenido que sufrir… –musitó con el corazón encogido, Vishnu.

–Todos, todos hemos sufrido hermano. Pero ya se acabó, ya se acabó la pesadilla. ¿Has visto a mi niña?

–¡Si! Es igual que mamá, tiene sus mismos ojos –respondió Vishnu, acariciando la carita de Anjali, que hacía rato se había unido feliz al abrazo familiar.

–Hermana, *mommy*… –intentó decir Vishnu, que permanecía con la cabeza agachada.

Pero Savitri no le dejó terminar.

–Ya lo sé, hermano, pero ella está bien. ¡La he visto! Ella es la responsable de que nos hayamos encontrado. Ella y la magia de los sueños.

–Entremos, tendréis hambre. Tenemos muchas cosas que contarnos, no pienso separarme de ti nunca más, ¿lo has entendido?

Los dos hermanos y la pequeña Anjali, entraron cogidos de la mano al patio del Palacio de los Vientos. Quedaría grabado para siempre en sus memorias, como el lugar que escogió su querida madre, su amadísima *mommy* Anjali, para hacer posible el reencuentro después de diecisiete larguísimos años. Para Vishnu y su querida Savitri, a partir de ese momento, sería eternamente un lugar cargado de amor y de magia, pero, sobre todo, un palacio cargado de sueños.

Cambié mi pequeña habitación de hotel por otra más grande y esa noche dormimos los tres abrazados. Saber por todo el dolor y el sufrimiento que había tenido que soportar mi pequeña hermanita, me dejó hundido y muy furioso, pero decidimos honrar la memoria de *maan*, perdonando a todos cuantos nos hicieron tanto daño. Personas ignorantes, que no consiguieron apagar la llama del amor que nuestra *mommy* Anjali sembró en nuestros corazones; nos negamos a ser como ellos. Una nueva vida se presentaba ante nosotros, sin olvidar la promesa que un día le hice a mi pequeña Savitri: "Lucharé para que puedas cumplir todos tus sueños, hermanita" Aún estábamos a tiempo. Pasaron por nuestras vidas personas malvadas, pero no quisimos juzgarlas. En realidad, fueron esclavos de un mundo lleno de la miseria y pobreza que separó a tantas familias en nuestra querida India. En cambio, otras muchas personas llegaron a nosotros para aliviar nuestro sufrimiento. El señor Harminder, su esposa Asha, sus hijos Gobind, Naisha, mi fiel amigo Kiran, Admehd, el buen guardián, la señorita Carol, Peter, la señora Darika, Meena, el ángel protector de Savitri, Priyanka, y mi familia española: mi tío Manuel, Magdalena, mi amiga Ángeles, mi amor, Carmen, mi niña Indira y, sobre todo, mi madre, nuestra *moomy* Anjali.

No podía abandonar India sin visitar al señor Harminder y a la señora Asha, querían tanto a mi madre… El conocer a Savitri para ellos fue un momento soñado. Estaban felices y a la vez sobrecogidos al conocer su triste historia, pero sobre todo al saber que mi madre, desde el más allá, propició nuestro encuentro. Mientras, la señorita Carol gestionaba los pasaportes y visados de mi hermana y de mi sobrina, para llevarlos conmigo a España. Dejé a Savitri y a la pequeña Anjali en buenas manos en Benarés, y embarqué en un avión rumbo hacia Karnataka. Tenía aún algo importante que hacer. Volví al lugar donde pasé dos años de esclavitud y donde se dejó la vida mi amigo. La cantera estaba abandonada, pero recordaba bien el sitio donde reposaba Kiran. Lo desenterré con mis propias manos, e hice incinerar sus restos. Guardé sus cenizas en una urna, tenía otra promesa que cumplir. No sería la última vez que viajase a mi país, pero a partir de ahora lo haría sin tener que cerrar ningún doloroso círculo más de nuestra sufrida vida.

Lo primero que hice al regresar a casa fue esparcir las cenizas de Kiran en el mar que tanto le gustaba. Savitri pudo retomar sus estudios y, pasado un tiempo, le ayudé a montar una academia de baile tradicional indio, que fue todo un éxito. Vivíamos todos juntos en la casa de la playa de Zahara, éramos una auténtica familia. Sentado en mi tumbona bajo la sombrilla, veía jugar a las niñas. Se convirtieron en inseparables, más que primas, eran como hermanas y la relación de Savitri y Carmen se convirtió en una gran complicidad llena de cariño y conexión. Me sentía plenamente feliz, solo nos faltaba *maan*. Observé a mi hermana caminar por la orilla, y me acerqué a ella sigilosamente. La sorprendí cogiéndola por la cintura y apoyé mi cabeza en su espalda.

—Cómo se echa de menos, ¿verdad? Daría lo que fuese por volver a verla

—Ya sabes como es *mommy*, no lo descartes —me respondió Savitri mirando al horizonte, donde se fusiona el mar y el cielo.

—Ahora sé que no fue un sueño, Vishnu. ¿Te das cuenta de lo que hizo *maan* por nosotros? Si no llega a ser por ella, aún estaríamos separados.

—Sí, *bahan*, ella sabía lo que tenía que hacer. Su alma decidió marcharse por puro amor a sus hijos.

—¿Crees que nos está viendo ahora? —me preguntó Savitri.

—De eso puedes estar segura, hermanita —le respondí adentrándonos, cogidos de la mano, en el agua.

—Mira, ahí está, Savitri, ¿no la ves? Cierra los ojos, imagina ahora su cara amorosa, ¿ves cómo nos sonríe? Nadie muere hasta que no cae en el olvido *bahan*, por eso *maan* siempre vivirá en nuestros corazones.

Tras un breve silencio, llenos de complicidad, nos miramos, y dijimos al mismo tiempo con una gran sonrisa dibujada en nuestros rostros: "¡Hasta pronto, *mommy*!".

EPÍLOGO

"La esclavitud está abolida en India, pero solo en el papel. En la realidad, hay millones de niños que trabajan en condiciones de esclavos después de haber sido entregados a los patronos por sus padres, o en muchos casos, directamente secuestrados. En 1986, el Gobierno publicó la primera ordenanza contra el trabajo infantil en siete sectores y oficios denominados "peligrosos", a los que se han añadido en estos años otros 63, que van desde la minería a la construcción, la industria pirotécnica o el tejido de alfombras. Solo en Nueva Delhi hay más de 400.000 niños empleados, de los que 50.000 viven en la calle. Muchos caerán en la prostitución y la mayoría estará más expuesto que antes al maltrato porque a partir de ahora su trabajo es ilegal. La nueva ley impone a los patronos sanciones de 10.000 a 20.000 rupias y penas de cárcel de uno a dos años. La industria del sexo explota a centenares de miles de niñas y niños indios y es donde mayores abusos y violencia se producen. Son auténticos "esclavos del sexo" expuestos a un sinfín de enfermedades y a la muerte, sin que nadie reclame sus diminutos cuerpos. Muchos de los niños de los burdeles de las grandes urbes han sido previamente vendidos a las mafias del sexo, que también practican el rapto y la violación para asegurarse nuevos trabajadores.

Las cifras de la explotación infantil en India son apabullantes. Incluida la agricultura, donde casi la totalidad de los 800 millones de campesinos emplean al menos a tiempo parcial y sin salario a sus hijos, hay más de 100 millones de niños dedicados a empleos de adulto. De estos, cerca del 20% trabajan en condiciones de esclavitud en todo el abanico de la economía, comenzando por el servicio doméstico. El problema es la pobreza endémica de una gran parte de la población, que sigue sin beneficiarse del enorme despegue económico experimentado por India en los últimos 15 años. La fiebre constructora se ha adueñado de India, pese a lo cual se utiliza muy poca maquinaria y el peso de la actividad recae en los trabajadores que cargan, descargan, transportan y suben a mano material muy pesado. Además, en buena parte de las obras se trabaja sin protección y los niños son las primeras víctimas de los accidentes.

En lo que Gobierno y ONG están plenamente de acuerdo es en aumentar las llamadas *Childline* (teléfono de los niños). Estas líneas de teléfono, que operan 24 horas, se han convertido en la salvación de numerosos niños que, directamente o a través de un vecino que escucha los golpes o los abusos, denuncian a los maltratadores o violadores, lo que permite su rescate y su ingreso en un centro de acogida".

(Fragmento extraído de artículo publicado en *El País* por Georgina Higueras, el 13 de octubre de 2006).

ÍNDICE